MYST
033

怪奇孤兒院【第二部】1

歲月地圖

A MAP OF DAYS

蘭森・瑞格斯（Ransom Riggs）◎著
陳思華◎譯

高寶書版集團

怪奇孤兒院【第二部】1

歲月地圖

A MAP OF DAYS
THE FOURTH NOVEL OF
MISS PEREGRINE'S
PECULIAR CHILDREN

特異人物表

艾瑪・布魯

能用手生火的女孩，冷靜且強大的特異者。與雅各交往中，曾與亞伯拉罕有過一段感情。

雅各・波曼

少數能看見、感應並控制噬魂怪的人。自從靈魂圖書館一戰，在特異世界成為家喻戶曉的人物。

布蘭溫・布朗利

力大無窮的女孩，與艾瑪聯手戰鬥，幾乎無人能敵。原則是沒人可以欺負我的朋友。

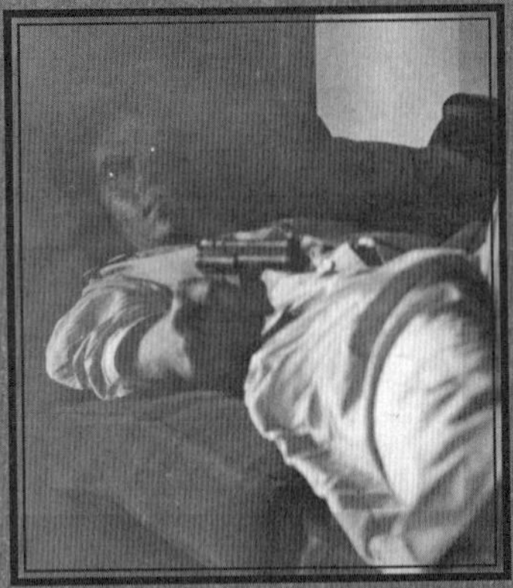

亞伯拉罕・波曼

雅各的爺爺，被噬魂怪所殺。年輕時曾在美國從事祕密任務，也是如今雅各最想解開的謎團。

特異人物表

米勒・諾林

透明人男孩，喜歡鑽研特異事物。來到普通人的世界後，為了不引起騷動，幾乎很少說話。

奧莉芙・愛勒芳塔

比空氣還輕的女孩。為了不像氣球一樣飄走，總是穿著沉重的鉛鞋。

霍瑞斯・桑納森

受預知景象和異夢所困的男孩。擅長烹飪，在普通人世界的超市受到非常大的衝擊。

伊諾・歐康納

可以短暫喚醒亡者的男孩，有時會利用能力幫亡者傳遞信息給朋友（當然也是亡者）。意外地很懂車子。

特異人物表

阿修．艾皮斯頓

肚子裡住著蜜蜂的男孩，可以操控蜜蜂，也保護牠們。費歐娜摔下懸崖後，仍一直在尋找她。

克萊兒．丹絲摩

後腦長了另一張嘴的女孩，是裴利隼女士照顧的孤兒中最年幼的。討厭說謊，尤其是對裴利隼女士。

費歐娜．富勞恩菲

個性沉默的女孩，可以讓植物快速成長。在鷦鷯女士的獸園裡摔下懸崖，生還希望渺茫。

阿爾瑪．拉菲．裴利隼

時鳥。可以改變為鳥的形態。原本是石洲島圈套的守護者，現在是時鳥委員會的暫代領袖。

特異者名詞表

特異者　人類中隱藏的種族分支，受到祝福或詛咒，而擁有超自然的能力。以往備受尊重，近代則遭普通人恐懼與獵殺，因而建立起專屬的社會組織或團體，對抗外敵。

圈套　在有限的範圍內，讓某段時間永無止境地重複。此區域由時鳥建立與維持，是保護特異者遠離危險的避難所。圈套裡的居民不會老去，可一旦離開圈套太久，就會以可怕的速度衰老。

時鳥　特異者王國中的女性統治者，能夠變身成鳥形態、控制時間、建立圈套，並負責保護特異孩童。在古老的特異者語言裡，時鳥意謂著「革命」或「輪迴」。靈魂圖書館戰後，時鳥委員會的首要之務就是重建圈套。

偽人　和人類在各方面都相同，可以假扮成任何人，只有一點例外：沒有瞳孔。他們擅於滲透普通人與特異者的社會，並利用噬魂怪做為可怕的助手，謀殺、綁架、製造恐懼，無惡不作。

噬魂怪　這種怪物曾經是特異者，因此對特異者的靈魂十分渴望，只要吃了夠多的特異者靈魂，就會變成偽人。外型像屍體般萎縮，但擁有強壯的下顎，三條宛若觸手般強大的舌頭，非常危險。絕大多數的特異者都看不到牠們。

序章

鳥女士和她的孤兒們現身，把我從關進瘋人院的命運裡拯救出來，在那個晚上之前，我從未懷疑自己是否精神錯亂。當時我正被押往精神病院，我坐在爸媽的車後座，夾在兩名身材壯碩的舅舅中間，一群特異孩童就像是直接從我的想像裡跳出來，站在前方的車道上一字排開，宛如天使一般在車子的遠光燈中閃閃發光。

車子瞬間打滑後煞住，揚起的塵埃掩蓋了擋風玻璃外的視野。是因為我想著他們的聲音，才從腦海深處投射出閃爍的全息影像嗎？不論怎麼解釋，似乎都比我朋友在這個時間、出現在這裡更合情合理。特異者總有辦法化腐朽為神奇，但我確定來找我是他們少數辦不到的事情。

我是自願離開惡魔之灣返家的，回到我朋友到不了的地方。原本希望回來後能將人生的兩條線縫合，即普通人與特異者，讓平凡和異常兩邊的世界融為一體。

可這是不可能的。爺爺也曾試著縫合他的兩個身分卻失敗了，最後與他的特異者家人及正常世界的家庭疏遠。因為不願兩者選擇其一，所以注定要同時失去這兩種生活——正如我現在的處境。

我抬頭看見前方一個人形穿過逐漸消散的塵埃朝我們移動。

「妳是什麼人？」我爸說。

「阿爾瑪・拉菲・裴利隼。」她答道，「時鳥委員會的暫代領袖和負責照顧這群特異孩童的院長。我們以前見過，雖然你應該不記得了。孩子們，打個招呼。」

第一章

真的很怪，關於人心能夠包容和抗拒的東西。我才剛度過一個無所不包的超現實暑假：回到過去、馴服看不見的怪物、愛上爺爺時間凍結的前女友。然而現在，在一個普通的日子裡，位於佛羅里達州郊區的老家中，眼前的景象簡直讓人難以置信。

伊諾整個人癱在我家米色的組合沙發上，用老爸的坦帕灣海盜隨行杯喝可樂；奧莉芙脫掉鉛鞋，浮到天花板上，順著風扇旋轉；霍瑞斯和阿修兩個人在廚房，霍瑞斯在看冰箱上的照片，阿修則在找零食吃；克萊兒的兩張嘴微張，凝視著我家壁掛電視偌大的黑色螢幕；然後是米勒，我看見老媽的家居雜誌從茶几浮到半空中，一頁頁翻動著，地毯上出現他赤腳站立的形狀。這是我幻想過不下千遍兩邊相互融合的場景，只是從未成真過。而如今卻看到我的「之前」和「之後」，宛如行星撞擊般合而為一。

米勒跟我解釋他們為什麼能安然無恙、毫不畏懼地出現在這裡。惡魔之灣圈套崩解差點害死所有人，後來其內部時鐘進行了重置。雖然不清楚原因，但他們現在已經不會因為停留在現代的時間過長，而面臨瞬間老得慘不忍睹的危機，只會像我一樣，一天一天變老。他們欠下的年齡債似乎遭到赦免，好像從未在二十世紀幾乎一直重複過著同一個晴朗的日子。毫無疑問這是奇蹟，是特異者史上空前的突破，但這整件事的成因遠遠不及他們出現在這裡讓我驚訝。艾瑪就站在我旁邊，可愛又堅強的她與我十指緊扣，一雙神采奕奕的綠眸睜得好大，不可思議地環顧屋內。在我回到家這幾個漫長又寂寞的星期裡，我常常夢見艾瑪；她穿著合身的灰色洋裝，裙長過膝，搭配一雙好跑的硬質平底鞋，淺金色的頭髮紮成馬尾。幾十年來一直是大家依賴的對象，讓她成為徹頭徹尾的實際派；然而，不管是她的責任感，亦或長年肩負的重擔，都未能讓她發自內心的少女光輝熄滅。她個性強悍，卻有著柔軟的一面；

脾氣火爆，但很貼心；既年老又年輕。同時擁有多種面貌這點，正是我最喜歡她的地方，她的靈魂深不可測。

「雅各？」

她正在對我說話，我試著回應她，但我的頭就像深陷流沙般昏昏沉沉的。

她朝我揮揮手，彈了下手指，拇指像打火石般冒出火花，我嚇了一跳，猛地回過神。

「嘿，」我說，「抱歉。」

「你在想什麼？」

「我只是——」我揮著手，像用耙子把結在空中的蜘蛛網清掉般。「見到妳很高興而已。」要完整說出一句話就像是要一次抱住十幾顆氣球一樣困難。

她的笑容掩蓋不了細微的關心。「我知道你一定覺得很奇怪，我們像這樣出現在你家，希望你沒有驚嚇過度。」

「沒、沒有，呃、可能有一點啦。」我朝房間和裡面的人點了點頭。我的朋友們無論到哪總會弄得很熱鬧。「妳確定我沒有在做夢？」

「你覺得我是夢嗎？」她牽起我另一隻手捏了下，她的溫度和實感似乎為世界帶來了些許分量。「這麼多年來，我不知道幻想過多少次來到這個小鎮的情景。」

我一時搞不清楚她在說什麼，但仔細一想……當然了，因為我爺爺。亞伯在我爸出生前就住在這裡了，我在艾瑪保存的信上看到爺爺在佛羅里達州的地址。她的目光飄向遠方，彷彿陷入回憶中，我頓時感到一股難以忍受的忌妒，並為此覺得難為情。她有權回憶過去，完完全全有理由像我一樣，對彼此的世界碰撞感到無所適從。

裴利隼女士如龍捲風般捲進門內，脫掉旅行大衣，露出醒目的綠色花呢外套和馬褲，彷彿才剛騎完馬似的。她一邊穿過房間，一邊命令道，「奧莉芙，從那裡下來！伊諾，腳不要放在沙發上！」她朝我勾勾手指，往廚房的方向點點頭。「波曼先生，我有事要跟你說一下。」

艾瑪挽起我的手，陪我一起走過去，讓我感激不已；我的腦袋依舊發脹，感覺整個房間都在轉。

「要去親熱？」伊諾說，「我們才剛到耶！」

艾瑪用空閒的那隻手往他頭頂點火，伊諾縮了一下，直拍著自己冒煙的頭頂，我大笑出聲，混亂的腦袋似乎有些清醒了。

是啊，我的朋友真實存在，他們就在這裡。不僅如此，裴利隼女士說他們要在這裡待一陣子，稍微學習現代的知識，度個假，從汙穢的惡魔之灣解放，好好休息一下——他們在石洲島引以為傲的老房子不在了，只能暫時住在那裡。當然啦，我很歡迎他們，對他們能來這裡說不出得高興；但究竟該怎麼處理？我爸媽跟舅舅要怎麼辦？他們現在還在車庫，由布溫看著他們。一下子有太多事要解決了，所以我決定先不管他。

裴利隼女士在打開的冰箱前和阿修講話，兩人站在全是不鏽鋼、線條冷硬的現代廚房裡，就跟演員走錯片場一樣，顯得格格不入。阿修揮動著一包用保鮮膜包著的乾酪條。

「這裡只有奇怪的食物啊，我好幾百年沒吃東西了！」

「少誇張了，阿修。」

「我才沒有咧，惡魔之灣是在一八八六年，我們在那裡吃了早餐沒錯啊。」

霍瑞斯從我家廚房的大型儲藏間衝了出來。「我看了下裡面，老實說嚇到我了。一袋小蘇打、一個鹽漬沙丁魚罐頭和一盒早已生蟲的綜合餅乾。你們的糧食是政府配給的嗎？現在在打仗嗎？」

「我們幾乎都叫外送。」我走到他身旁。「我爸媽不怎麼煮飯。」

「那要這個豪華廚房幹嘛？」霍瑞斯說，「我或許是很厲害的大廚沒錯啦，但巧婦難為無米之炊啊。」

其實老爸當初是在設計雜誌上看到這個廚房，就決定打造一間一模一樣的。為了證明錢不會白花，他還保證會去學烹飪，為整個家族辦一場劃時代的晚宴——但就像他一貫的作風，上了幾堂課後，老爸就逐漸失去興趣，到現在，這個重金打造的廚房主要用來煮冷凍食品和加熱隔夜的外賣。但我沒說什麼，只是聳聳肩。

「想必你五分鐘沒吃也不會餓死。」裴利隼女士說，把霍瑞斯和阿修兩人趕出廚房。「好了，波曼先生，剛才看你走路有點搖搖晃晃，你還好嗎？」

「好多了。」我有些尷尬。

「你可能有點圈套時差的問題。」裴利隼女士說，「你會覺得跟不上速度，這對時間旅行者而言十分正常，特別是新手。」她走向廚房，打開每個櫥櫃看了看，邊轉頭跟我說：「通常症狀不明顯，但也不一定。你頭暈多久了？」

「我是在你們來這裡後才頭暈的，但我真的沒事——」

「有滲漏潰瘍、拇囊炎還是偏頭痛？」

「沒有。」

「精神錯亂？」

「呃……印象中沒有。」

「未妥善處理的圈套時差不是開玩笑的，波曼先生，有人因此死掉了。噢——餅乾！」她從櫥櫃拿出一盒餅乾，倒了一塊在手上，塞進嘴裡。「糞便裡有蝸牛？」她邊嚼邊問。

我強忍住笑。「沒有。」

「懷孕？」

艾瑪縮了下脖子。「妳不是認真的吧！」

「據說這只發生過一次。」裴利隼女士說，放下那盒餅乾凝視著我。「而且當事人是男的。」

「我沒有懷孕！」我的聲音有點太大了。

「那還真是謝天謝地！」有人從客廳喊道。

裴利隼女士拍拍我的肩膀。「你聽起來沒問題，但我應該先提醒你一聲。」

「還好妳沒說。」我說。因為那會讓我成天緊張兮兮，更別說我可能會在上個月偷偷驗孕，或是大號時檢查糞便裡有沒有蝸牛，搞得老爸老媽早早把我扔進精神病院。

「那好吧。」裴利隼女士說，「在大家放鬆、享樂之前，我有一些事要說。」她開始在雙烤箱和備用水槽間踱步，「第一件事：安全和保護。我探查過這棟房子的周遭，似乎很平靜，但外表是會騙人的。你鄰居有什麼是我需要知道的嗎？」

「比如說？」

「比如犯罪史？暴力傾向？收藏槍械？」

我家附近只有兩個鄰居：梅洛魯斯太太是一個坐輪椅的八旬老人，外出需仰賴居家護士幫忙；另外是一對德國夫婦，他們大部分時間都不在，只有冬天會回來這棟鱈魚角風格的偽豪宅居住。

「梅洛魯斯太太有點愛管閒事，」我說，「但只要別在她家前院表現得異於常人，她就不會找我們麻煩。」

「了解。」裴利隼女士說，「第二件事：你回家後有感應到任何噬魂怪的存在嗎？」

她一提到這個詞，我就感覺血壓上升。我已有幾個星期不曾想起或說出這個詞了。「沒有。」我答得很快。「怎麼了？又有攻擊事件？」

「沒有人被攻擊，也沒有任何跡象，所以我才擔心。好了，關於你的家人——」

「我們在惡魔之灣不是把噬魂怪都殺了或抓起來了嗎？」我問，不想太快把話題從這上面轉開。

「不是**全部**。我們取得勝利後，有一小群骨幹跟著一些偽人逃走了，我們認為他們逃到了美國。雖然我個人懷疑他們會來接近**你**，但我敢說他們學到了教訓，所以最好假設他們正在計畫些什麼，謹慎一點總是好的。」

「他們很**怕**你，雅各。」艾瑪驕傲地說。

「是嗎？」我說。

「在你狠狠教訓他們之後，如果還不怕就太笨了。」米勒的聲音從廚房外響起。

「有禮貌的人不會偷聽別人說話。」裴利隼女士斥道。

「我沒有偷聽，我是**餓了**。而且我被推派來要妳不要霸占著雅各不放，我們可是千里迢迢來看他的耶。」

「他們很想念雅各。」艾瑪對裴利隼女士說，「跟我一樣。」

「看樣子該讓你來致個詞。」裴利隼女士對我說，「歡迎他們，並且說些基本規則。」

「基本規則？」我說，「比如說？」

「雖然說我是他們的監護人，波曼先生，但這裡是你的地盤和時間。我需要你幫我避免大家惹上麻煩。」

「只要保證能餵飽他們就好了。」艾瑪說。

我轉向裴利隼女士。「妳剛才想說什麼，關於我家人的事？」

我們不能永遠把他們關在車庫裡，該怎麼應付他們讓我備感焦慮。

「你不必擔心。」裴利隼女士說，「一切都在布蘭溫的掌控之中。」

話才出口，車庫的方向便傳來一聲連牆壁都跟著震動的巨響，一旁架子上的玻璃杯還被震了下來，碎裂一地。

「那聲音聽起來明顯脫離了掌控。」米勒說著，而我和裴利隼女士已趕了過去。

「通通待在原地！」裴利隼女士朝客廳吼了聲。

我衝出廚房，走到通往後門的走廊上，艾瑪跟在後面，腎上腺素上升讓我跑得飛快。

當我們闖進車庫時，我不確定發生了什麼事。冒煙？流血？剛才那一聲聽起來像是爆炸的聲音，但我萬萬沒想到會看見爸媽和舅舅們昏倒在車裡，臉色如嬰兒般安詳；汽車的尾部陷在車庫捲門裡，撞出一個巨大凹痕，破裂的尾燈還亮著，映在四周的水泥上。車子引擎正處於怠速運轉的狀態。

布蘭溫站在車頭，保險桿在她手裡晃來晃去。「噢，真對不起，我不知道發生了什麼事。」她說，把保險桿哐啷一聲丟到地上。

我想到得把引擎關了，免得大家窒息而死，便直接跑去駕駛座。車門鎖住了——當然啦，我家人一直極力阻止布蘭溫靠近他們，我敢打包票他們一定嚇壞了。

「我可以打開車門。」布蘭溫說，「退後！」

她站穩腳步，雙手抓著車門把手。

「妳在幹——」我才開口，她猛地一拉，車門便被拉開來，連鉸鏈也一起拆下了。車門的重量和拉力使門從她手中飛了出去，穿過車庫插進後方的牆壁，發出的聲響把我震得往後退。

「噢，煩耶。」布蘭溫在接踵而至的靜默中說道。

車庫逐漸變得像是我在戰時倫敦目睹的那些被炸毀的房子。

「布蘭溫！」艾瑪吼道，放下抱著頭的手。「妳可能會削掉別人的腦袋！」

我從原來是車門的洞鑽進駕駛座，伸手越過熟睡的老爸，拔掉電門的鑰匙。媽倒在爸身上，爸則發出輕微的鼾聲。在車後座，我的兩個舅舅抱著彼此沉睡。儘管發出那麼多聲響，他們卻沒動過一下。我只知道一種東西能讓人睡得這麼沉：塵土教母的粉末。我從車裡退出來後，看見布蘭溫拿著一袋東西準備解釋事發經過。

「後面那個人，」她指著巴比舅舅。「我看到他在用這個，這臺小——」她從口袋掏出巴比舅舅的手機。

「手機。」我說。

「對——就那個。」她接著說，「我把它拿走，他們每個人都氣得抓狂，然後我就像裴女士教我的——」

「妳用了那些粉？」裴利隼女士說。

「我對他們吹了粉，但他們沒有馬上睡著。雅各的爸爸發動了車，卻沒有往前開，他——他——」布蘭溫指著凹陷的車庫門，沒有把話說完。

裴利隼女士拍拍她的手臂。「好了，親愛的，我看得出來，妳處理得很好。」

「是啊，」伊諾說，「好到直接穿牆。」

我們轉過頭看見其他孩子們擠在走廊上偷看。

「我叫你們待在原地。」裴利隼女士說。

「都聽到**那麼大**的聲響了耶？」伊諾說。

「對不起，雅各。」布蘭溫說，「他們好生氣，我不知道怎麼辦，他們沒受傷吧？」

「應該沒有。」之前我也用過塵土教母的粉末，睡得很舒服，讓他們這樣待幾個小時也不錯。「我能看我舅舅的手機嗎？」

布蘭溫把手機遞給我。螢幕碎裂成蜘蛛網狀，但還能看。螢幕亮起來後，我看見舅媽傳來的一連串訊息：

發生什麼事了？

你什麼時候回家？

一切還好嗎？？

巴比舅舅正想回覆**報警**，忽然意識到自己打電話更省事；但布蘭溫在他報警前拿走了手機。如果她晚個幾秒鐘，我家可能就會被反恐小組包圍了。我的胸口發緊，意識到我們轉瞬間就可能會身陷危險及複雜的情況之中。**該死**，我心想，視線從半毀的車移至碎裂的牆面，再到凹陷的車庫門。**我早已身在地獄了**。

「別擔心，雅各，我處理過很多危急的情況。」裴利隼女士繞過車子檢查損害，「你的家人會熟睡到天亮，我認為我們也該睡一覺。」

「然後呢？」我焦慮地說，全身開始冒汗，沒空調的車庫熱得讓人難受。

「他們醒來後，我會抹除他們最近的記憶，再送你舅舅回家。」

「但他們會——」

「我會解釋我們是你父親那邊的親戚，為了向亞伯致意，特從歐洲來訪。至於你要去精神病院看診這件事，因為你已經好多了，不再需要精神照護。」

「那——」

「噢，他們會信的，普通人記憶消除後容易接受暗示，搞不好我還能跟他們說我們是來自月球殖民地的旅客。」

「裴利隼女士，請別開這種玩笑。」

她微微一笑。「我很抱歉，當了一百年的院長，容易為了以防萬一，事先預期可能碰到的問題。跟我來吧，孩子們，我們要討論一下接下來幾天的規矩。現代有很多東西要學，現在正是時候。」

她把所有人趕出車庫，大家紛紛抱怨及發問：

「我們能在這裡待多久？」奧莉芙問。

「早上能去外面看看嗎？」克萊兒問。

「在從這片土地上消亡之前，我想先填飽肚子。」米勒說。

很快地，車庫裡就只剩我一個人。我稍微逗留了一會兒，不僅是因為要把家人留在車庫裡過夜覺得愧疚，之後要消除他們的記憶也讓我感到焦慮。裴利隼女士似乎很有信心，但這次要消除的範圍比在倫敦時還大，那時候消去的記憶只有大約十分鐘。萬一她消除得不乾淨怎麼辦？萬一老爸把他畢生所學關於鳥類的知識全忘光，或老媽不記得大學時期讀的法文怎麼辦？

我盯著睡著的四人一會兒，冷不防感到一股新的重擔壓在身上。我突然覺得自己長大了，感覺很難受，因為我的家人看起來幾乎像嬰孩般脆弱、安靜，流著口水。

或許還有別的方法能解決。

艾瑪從敞開的車庫門探進頭來。「你沒事吧？再不準備晚餐的話，男生們就要暴動了。」

「我不知道該不該把他們丟在這裡。」我朝我的家人點點頭。

「他們不會不見啦，不用一直看著。他們吸入的劑量足夠一覺到天亮了。」

「我知道，只是……覺得有點愧疚。」

「你不該這麼想，」她進來站到我旁邊。「這完全不是你的錯。」

我點頭。「就是感覺有點慘。」

倍。」

「什麼有點慘？」

「亞伯・波曼的兒子一輩子都不會知道自己的爸爸有多特別。」

艾瑪把我的手臂環到她肩上。「我覺得他從此不知道自己兒子有多特別比這慘過一百倍。」

我正準備低頭吻她，放在口袋裡我舅舅的手機震動起來，我們兩個都嚇了一跳。我拿出手機，發現舅媽又傳了一個新訊息。

瘋子雅進瘋人院了沒？

「怎麼了？」艾瑪問。

「沒什麼。」我把手機塞回口袋，轉身朝門口走去。我突然覺得把他們丟在車庫裡過夜也不是什麼壞主意。「走吧，去看看今晚吃什麼。」

「你確定？」艾瑪說。

「對。」

離開時，我順手把燈關了。

我提議打電話去某家營業時間較晚的披薩店叫外送披薩。只有幾個人知道披薩是什麼，外送對他們來說更是一種全新的概念。

「他們會在別處做好餐點之後送來你家？」霍瑞斯說，話裡隱約透露出對這個點子的反感。

「披薩……是某種佛羅里達美食嗎？」布蘭溫問。

「不是。」我說，「但相信我，妳會喜歡的。」

我打去點了一堆餐，大家就坐在沙發和椅子上等餐點送達。裴利隼女士湊到我耳邊低語：「我想你現在可以致詞了。」我還沒回答，她就清了清嗓子，對所有人宣布我有話要說，我只好站起來開始有點尷尬的即興演講。

「我很開心你們全部人來到這裡，我不知道你們清不清楚今晚我爸媽本來要帶我去哪裡，但那裡不是個好地方，我是說——」我猶豫了半晌，「我是說，可能對**某些**人來說有幫助，就是那些心理真的有問題的人，但……總之，你們救了我的小命。」

裴利隼女士皺起眉頭。

「你才救了**我們的**……命呢。」布蘭溫說，瞄了眼他們的院長。「我們不過是還你人情罷了。」

「噢，謝謝。你們剛到的時候，我還以為我在做夢。自從認識你們以後，我就一直希望你們哪天來找我玩，很難相信這個夢想真的實現了。不管怎麼說，重點是你們**來**了，希望大家在這裡就像我在你們的圈套裡一樣，感到賓至如歸。」我點點頭垂下視線，突然有些不自在。「所以我想說，很高興你們來，我愛你們，我說完了。」

「我們也愛你！」克萊兒說，從椅子上跳起來，跑過來抱住我。奧莉芙和布蘭溫隨即加入她的行列，很快幾乎所有人都上前緊緊抱住我。

「我們很高興來這裡。」克萊兒說。

「還有能離開惡魔之灣。」霍瑞斯補上一句。

「我們會玩得很開心的！」奧莉芙跟著說。

「抱歉我們弄壞了你家的一部分。」布蘭溫說。

「妳說什麼啊，**我們**？」伊諾說。

「不能呼吸。」我喘著氣，「抱太用力了——」

所有人讓出足夠的空間讓我喘氣，然後阿修從一個縫隙鑽了進來，戳了戳我的胸口。

「你知道不是**全部**人都在這裡吧？」一隻蜜蜂孤獨而焦躁地繞著他飛。其他人往後退，給阿修和他生氣的蜜蜂一點空間。「你說你很開心我們**全部**人到這裡來，但沒有全部。」

我花了點時間才明白他的意思，而後備感愧疚。「對不起，阿修，我不是有意忘了費歐娜。」

他低頭注視著自己毛茸茸的條紋襪。「有時候我覺得除了我，其他人都忘了她。」他的下唇微微顫抖，緊握拳頭不要哭出來。「她沒有死。」

「我也希望。」

他挑釁地直視我的眼睛。「她**沒**死。」

「好，她沒死。」

「我真的好想她，雅各。」

「我們都想她。」我說，「我不是故意忘記她的，我也沒忘了她。」

「我接受你的道歉。」阿修說，接著抹了抹臉，轉身步出房間。

「你相信嗎？」米勒半晌後說，「他這樣已經算好的了。」

「他幾乎不跟我們說話。」艾瑪說，「他很生氣，不願意面對現實。」

「你們不覺得費歐娜還活著嗎？」我問。

「我覺得不可能。」米勒說。

裴利隼女士蹙起眉頭，豎起一根手指在嘴前。她從房間另一頭滑向我們，手放在我們背後，讓我們緊緊圍成一圈。「我們在每個有往來的圈套和特異者社區都放出了消息，」她悄聲說，「發布公報、通知、照片和詳細描述——我還派鶻鶉女士的鴿子偵察兵進入森林尋找費歐娜，迄今仍沒有消息。」

米勒嘆氣道：「如果這個可憐的女孩還活著，她會到現在還不聯絡我們嗎？我們不難找啊。」

「大概吧。」我說，「但你們有人試著找她的……呃……」

「她的屍體？」米勒說。

「米勒。」院長說。

「我有說錯嗎？還是要換一個比較含蓄的說法？」

「你閉嘴就好。」裴利隼女士斥道。

米勒不是沒有感情，他只是不擅長顧及別人的感受。

「費歐娜摔下懸崖，」米勒說，「可能死在鶻鶉女士的獸園裡，那個圈套早已崩解，就算屍體還在，也復原不了。」

「我一直在考慮是否要舉行追悼會。」裴利隼女士說，「但提起這個話題勢必會讓阿修萬分憂鬱，我怕如果逼得太緊——」

「他甚至不養新的蜜蜂了。」米勒說，「他說新的蜜蜂沒見過費歐娜，他沒辦法像以前那樣付出滿腔愛意照顧牠們，所以他只留著年紀較大的那隻。」

「聽起來換個環境可能對他有幫助。」我說。

就在此時，門鈴響了。不久後，屋裡的氣氛漸趨沉重。

克萊兒和布蘭溫想要跟我一起去到走廊，但裴利隼女士厲聲制止他們。「不行！你們還沒準備好跟普通人見面。」

我原本覺得讓他們跟披薩外送員見面沒什麼太大危險，直到我打開門，看見我的同校同學，手中抱著一疊披薩盒。

「九十四塊六。」他嘟囔著，把頭一偏，認出我來。「噢，真巧啊，波曼？」

「嘿，賈斯汀。」

他的名字是賈斯汀．彭伯頓，不過大家都叫他幫寶適[1]。他就是那種會在學校戶外停車場溜滑板的豬頭。

「你看起來氣色不錯，你現在……好多了？」

「什麼意思？」我問，但並非真的想知道他話中的含意，只想盡快把錢掏給他（我早先翻了爸媽放襪子的抽屜，他們習慣在裡面放個幾百塊）。

「我聽說**你失去理智**，請別在意。」

「呃、不，」我說，「我很好。」

1 Pamperton（彭伯頓）擷取前段就變成 Pampers（幫寶適）。

「當然啦。」他說，像是搖頭公仔般地點頭。「因為我聽說你——」

他中途打住，聽見屋內傳來笑聲。

「老兄，你在開趴嗎？」

我從他手中接過披薩，把錢塞到他手裡。「差不多，不用找了。」

「有女生嗎？」他想偷看屋內的情況，但我移了下身體擋住他的視線。「我再一個小時就下班了，我可以帶啤酒過來。」

我從未這麼希望別人滾出我家門廊。

「抱歉，這是私人聚會。」

他看起來很佩服。「不錯嘛，老兄。」他舉起手要跟我擊掌，發現我抱著披薩做不到，便朝我揮了下拳頭。「下週見，波曼。」

「下週？」

「學校啊，老兄！你哪個星球來的啊？」他慢步跑向他那輛沒熄火的掀背車，搖了搖頭，逕自大笑出聲。

每個人都分到披薩後，交談聲便逐漸消失了。接下來整整三分鐘，只聽見咂嘴和滿足的咕噥聲。與此同時我腦海裡不斷回放剛才賈斯汀說的話，再一週就要開學了，而我完全忘了這回事。在爸媽要我承認自己精神失常以前，我曾下定決心要回學校上課。我原本打算在家忍耐到畢業那天，然後逃到倫敦跟艾瑪和這群朋友相聚。可現在我以為遠在天邊的朋友和難以靠近的世界就在眼前，一切在一夜之間全變了。我朋友現在可以去任何喜歡的地方（在任何時間）溜達，我真的有辦法在這些好事等著我的時候，每天坐在永無止境的課堂上、獨自吃午餐並參加強制性的集會嗎？

大概沒辦法；但此時此刻有太多事想不通了。我嘴裡咬著披薩，「這一切真的發生了」的念頭仍讓我頭昏腦脹。還有一週才開學，現在我只需要填飽肚子，享受跟朋友在一起的時光。

「這是全世界最好吃的食物！」克萊兒咬了滿口濃稠的起司表示，「我每天晚餐都要吃。」

「如果妳想活超過一週的話，就不要那麼做。」霍瑞斯說著，一絲不苟地把他那塊披薩上的橄欖仔細挑出來。「這裡面的鹽分比死海還多。」

「你還怕變胖嗎？」伊諾嘲笑道，「胖子霍瑞斯，我很想看看。」

「我怕會脹氣。」霍瑞斯說，「我的衣服都是量身訂做的，跟你穿的麻布袋不一樣。」

伊諾低頭看了下身上的衣服：無領灰色襯衫搭配黑色背心、破損的黑褲子，以及一雙早已失去光澤的漆皮鞋。「這是我在葩——利——得到的。」他用誇張的法文口音說，「從一個不再需要這身行頭的時髦紳士手中得到的。」

「從一個死人手中。」克萊兒說，嘴脣因嫌惡而扭曲。

「殯儀館是全世界最好的二手精品店。」伊諾拿了一大塊披薩，「只需要在原主人開始滲水前把衣服剝下來即可。」

「噢，我沒胃口了。」霍瑞斯說著，把他那盤披薩扔到茶几上。

「拿起來吃完。」裴利隼女士斥責道，「不要浪費食物。」

霍瑞斯嘆了口氣，再次端起他的盤子。「有時候我很羨慕諾林，他就算胖了一百磅也沒人看見。」

「我很苗條，」米勒說著，發出一個像是拍肚皮的聲音。「不信的話給你摸一下。」

「不了，謝謝。」

「看在神鳥的分上，米勒，把衣服穿起來。」裴利隼女士說，「關於不必要的裸體，我是怎麼告訴你的？」

「又沒人看見，有什麼關係？」米勒答道。

「品味低俗。」

「這裡又不熱！」

「**快去**，諾林先生。」

米勒從沙發上站起來，喃喃地抱怨著**真死板**，一陣風似的經過我身邊，然後一分鐘後回來，腰間鬆垮垮地圍了條浴巾。但裴利隼女士仍不贊同這身裝扮，叫他再去換衣服。他第二次回來時，打扮得十分講究，所有衣物都是從我的衣櫃裡拿的：登山靴、羊毛褲、外套、圍巾、帽子和手套。

「米勒，你會中暑死掉啦！」布蘭溫說。

「至少大家不會覺得我沒穿衣服！」他說，希望以此惹怒裴利隼女士，但後者僅表示該進行第二次安全檢查了，便離開房間。

先前一直忍笑的人這才爆笑出聲。

「你有看見她的表情嗎？」伊諾說，「她都想殺你了，諾林！」

這群特異孩童和裴利隼女士之間的關係起了一點變化，他們現在似乎更像是真正的青少年，開始反抗她的權威。

「你們太沒禮貌了！」克萊兒說，「別笑了！」

這個嘛，也不是**所有人**都很不滿啦。

「難道妳不覺得累嗎？每件小事都會被碎念？」米勒說。

「小？！」伊諾說，再次爆笑出聲。「米勒有個——**噢**！」

克萊兒用後腦的那張嘴咬了下他的肩膀，在伊諾揉著被咬的部位時，她說：「不覺得，而且你無緣無故在有女生的場合不穿衣服才奇怪。」

「啊，一派胡言。」米勒說，「有誰覺得不舒服嗎？」

所有女孩都舉起手。

米勒嘆了口氣。「好吧，我會盡量隨時穿戴整齊，免得有人因為生物的基本構造感到不舒服。」

我們聊了很久很久，有太多事要聊了。大夥兒很快便恢復熱絡，感覺好像只分開幾天，但其實已經過了差不多六個星期。這段時間發生了很多事——對他們來說——而我只從艾瑪偶爾的來信得知事情進展。他們輪流描述利用「圓形圈套」進入許多特異者世界探索的事——雖然只限那些時鳥事先偵查過確認安全的圈套，因為圓形圈套的每扇門後面都是不為人知的世界。

他們去了一個在古代蒙古建立的圈套，見到一個會講羊語的特異者牧羊人。他只用自己的聲音，不需用樹枝或牧羊犬就能撫育他的羊群；奧莉芙最喜歡的一次冒險是在北非阿特拉斯山脈的圈套，那裡有個小城鎮，每個特異者都跟她一樣能在空中飄浮。他們在城鎮上空掛了網子，如此一來，就不必用重量壓制能力，還可以像特技演員般在零重力的狀態下彈來彈去；亞馬遜雨林也有圈套，目前已成了很受歡迎的觀光地，那裡是個由樹木組成的奇妙叢林都市，樹根和枝幹纏繞在一起形成道路和房屋。其中的特異者居民可以像費歐娜一樣操控植物，因此讓阿修感到難以承受的痛苦，匆匆離開了圈套，幾乎是馬上就回到惡魔之灣。

「那裡很熱，昆蟲很可怕。」米勒說，「但當地人非常友善，還給我們看怎麼用植物製成奇藥。」

「他們會帶一種特別的毒藥去釣魚，可以讓魚昏迷，但不會傷到魚。」艾瑪說，「他們就可以直接從水裡撈出昏迷的魚，真是才智過人。」

「我們還去了其他地方，」布蘭溫說，「小艾，給雅各看妳拍的照片！」

坐我旁邊的艾瑪從沙發上跳了起來，跑到她的行李那邊。一分鐘後，她手裡拿著照片回來了，我們團團圍著落地燈的光線看照片。

「我最近才開始拍照，到現在還是抓不到訣竅……」

「別謙虛了啦，」我說，「妳之前把一些照片跟信一起寄了過來，全都拍得很棒啊。」

「呃、我都忘了。」

艾瑪從不說大話，但在做得不錯的事情上，也不怕誇耀成果。她羞於讓大家看她拍的照片，代表她的標準很高，渴望達到自己的期望。幸好對我們兩人而言，她是天生的拍照好手，因為我實在不擅長假裝熱忱。儘管構圖、曝光等手法都很不錯（雖然我並非專家），但照片的主題才是真正引人入勝──也令人不快──的地方。

第一張照片是幾名維多利亞時期的人，在看似遭憤怒巨人砸毀而大幅傾斜的屋頂上，隨意擺出野餐的姿勢。

「這是智利發生地震。」艾瑪解釋道，「可惜照片不是用案卷紙印的，離開惡魔之灣後泛黃得很嚴重。」

她翻到另一張照片，是一輛列車脫軌翻覆的照片。一群小孩──大概是特異孩童──或坐或站地圍著那輛列車，彷彿玩得很開心似的露出燦爛的笑容。

「這是一起火車事故。」米勒說，「車上載著某種揮發性化學物質，這張照片拍完幾分鐘後，我們撤到安全距離之外，看著車廂著火爆炸。」

「你們怎麼會去這些地方？」我問，「感覺亞馬遜一些酷炫的圈套還好玩一點。」

「我們是去幫雪倫的。」米勒說，「記得他嗎？惡魔之灣那個高個子、穿著斗篷的船長。」

「怎麼忘得了？」

「他利用『圓形圈套』開發了改良過的新饑荒與火焰之旅，請我們幫他測試早期的版本。除了遇到智利地震和火車殘骸外，我們還去了一個下血雨的葡萄牙小鎮。」

「真的？」我說。

「那次我沒去。」艾瑪說。

「算妳幸運啦。」霍瑞斯說，「我們的衣服全被染色，根本洗不掉。」

「聽起來你們過得比我開心嘛。」我說，「自上次跟你們分開後，我只出門大概六次吧。」

「希望現在不一樣了。」布蘭溫說，「我一直想來美國看看，尤其是現代的美國。紐約市遠嗎？」

「很遠沒錯。」我說。

「噢。」她陷進沙發椅墊裡。

「我想去印第安納州的蒙夕看看。」奧莉芙說，「旅遊書上說沒去過蒙夕等於白活了。」

「什麼旅遊書？」

「《特異星球：北美洲》。」奧莉芙說著，拿出一本破爛、綠色封皮的書。「這是給特異者看的旅遊書，連續六年將蒙夕評為美國最正常的小鎮，各方面都很平均。」

「那本書太過時了。」米勒說，「十有八九不可靠。」

奧莉芙沒理他。「顯然那裡從未發生任何異常或與眾不同的事，從來沒有！」

「不是所有人都跟妳一樣對普通人興趣濃厚。」霍瑞斯說，「而且我確定會有很多特異者去那裡觀光。」

奧莉芙沒有穿上鉛鞋，飄過茶几來到沙發，把那本書丟到我腿上，翻到了介紹蒙夕附近唯一歡迎特異者的旅舍那頁，那是郊區某個圈套中名為小丑嘴之家的地方。顧名思義，這間旅舍的外觀就是一個石膏製成的巨大小丑頭。

我打了個冷顫，書從我腿上掉下去闔了起來。

「要看普通的地方不用到印第安納州啦，」我說，「安格伍這裡就有很多了，相信我。」

「你們想幹嘛就幹嘛，」伊諾說，「我下禮拜唯一的計畫就是睡到中午，然後把腳趾埋在溫暖的沙灘裡。」

「聽起來還不錯嘛。」艾瑪說，「這附近有海灘嗎？」

「要到對街去。」我說。

艾瑪的眼睛亮了起來。

「我討厭海灘。」奧莉芙說，「這樣我就不能把這雙臭金屬鞋脫掉，一點都不好玩。」

「我們可以把妳綁在水邊的岩石上。」克萊兒說。

「好興奮喔，」奧莉芙咕噥了句，把《特異星球》從我腿上拿走，飄到角落去。「我還是搭火車去蒙夕咒罵你們吧。」

「妳不能去。」裴利隼女士進到房間，不知道她是不是在走廊上偷聽我們說話，沒有去做額外的安全檢查。「你們的確有一小段休息時間，但我們的責任重大，不能隨便把接下來幾週的時間拿來鬼混。」

「什麼！」伊諾說，「我記得妳說我們是來這裡度假的啊。」

「是**打工度假**，到了這裡不能放過眼前的學習機會。」

一聽到「學習」兩字，房內頓時呻吟聲四起。

「我們學的東西還不夠多嗎？」奧莉芙哀怨地說，「我的頭腦可能會炸開。」

裴利隼女士警告地看了奧莉芙一眼，大步流星地走到房間中央。「我不想再聽到任何抱怨。」她說，「你們已經破例獲得新的行動自由，是進行重建工作的重要人選。經過充足的準備，你們今後可能成為與其他特異者交流的大使；新圈套及領地的探險家；設計師；製圖師；領袖和建築師。這些重建我們世界的工作就跟擊敗偽人一樣重要，難道你們不想參與嗎？」

「當然想，」艾瑪說，「但那跟度假有什麼關係？」

「在你們能勝任任何一項之前，首先要學會駕馭這個世界，現代的**美國**。你們必須熟悉美國人說話的習慣和這裡的風俗民情，達到普通人的程度。要是做不到，就會讓我們所有人陷入危險。」

「所以妳要我們……幹嘛？」霍瑞斯說，「學習當個普通人？」

「對，我要你們在這裡盡可能地學習，不要只是去晒太陽，而且我剛好認識一個很能幹的老師。」裴利隼女士轉身對我微笑。「波曼先生，你願意接下這個工作嗎？」

「我？」我說，「我其實不太擅長當個普通人，所以才覺得跟你們待在一起很自在。」

「裴女士說得對，」艾瑪說，「你很適合教我們。你一直住在這裡，雖然從小到大都認為自己是普通人，但卻是我們的一分子。」

「這個嘛，我**本來**預計接下來幾週要在軟墊病房裡度過，」我說，「但既然現在不用去了，我是可以教你們一些事情啦。」

「普通人課！」奧莉芙說，「噢，多好玩呀！」

「範圍滿大的，」我說，「要從哪裡開始呢？」

「從明天早上開始。」裴利隼女士說，「現在很晚了，大家該上床睡覺了。」

她說得沒錯，現在已經快午夜了，從在惡魔之灣算起，我的朋友們已經二十三個小時（一百三十年）沒睡了，所有人都疲倦不堪，我幫大家找了地方睡覺，有些睡在客房、有些睡沙發；伊諾睡在放毛毯的清潔櫃，因為他喜歡昏暗的小窩。我讓裴利隼女士睡在爸媽的臥房，反正他們沒有要用，但她婉拒了，「謝謝你的安排，但還是給布蘭溫和布魯小姐睡吧，今晚我來守夜。」她給了我一個心照不宣的眼神，其中寫滿了「守的不只是房子」，我強忍著不對她翻白眼。**妳用不著擔心**，我差點要脫口而出，**我和艾瑪八字還沒一撇**。但那又關她什麼事？我覺得很生氣，所以她一離開房間，去哄奧莉芙和克萊兒睡覺，我便去找艾瑪，對她說：「想看我的房間嗎？」

「當然好嘍。」她答道。我們便悄悄溜進走廊，而後上樓。

我能聽到裴利隼女士的聲音從其中一間客房飄上來，她在唱一首輕柔悲傷的搖籃曲，正如其他特異者搖籃曲一樣，哀戚而悠長——這首歌是關於一個女孩，她唯一的朋友是亡靈——也就是說，在裴女士來找艾瑪之前，我至少有幾分鐘的時間。

「我的房間有點亂。」我警告她。

「我一直跟二十幾個女孩睡同一間宿舍，」她說，「再亂我都能接受。」

我們飛快地上了樓，進到我的臥房。我打開電燈，艾瑪的嘴張了開來。

「這些都是什麼**東西**啊？」

「噢，」我說，「對。」我在想是不是找錯藉口了，光導覽我的房間就要占掉不少本來可能花在親熱的時間。

那不是什麼**東西**，是我的**收藏**。我有很多收藏，擺在房裡一整排的書架上。我不認為我是垃圾收藏家——我也不是囤積狂——但收藏物品是我小時候排解寂寞的方式之一。如果你最好的朋友是七十五歲的爺爺，自然就會花很多時間做老爺爺會做的事，對我們而言，就是每週六早晨殺去車庫大拍賣（波曼爺爺或許是特異者戰爭英雄及凶狠的噬魂怪獵人，但很少有比殺價更讓他興奮的事情了）。

每回去逛車庫大拍賣，爺爺都會讓我挑一件不超過五十美分的東西，日積月累下來，在過去十年間我大量收集了老唱片、封面可笑的廉價偵探小說、《抓狂》雜誌以及其他收藏品。平心而論都沒什麼用，卻被我視若珍寶地陳列在房間書架上。爸媽常常要我把大部分收藏清出來扔掉，可儘管經過幾番不情願地整理，還是沒什麼進展——這棟房子又大又時髦，而且**空蕩蕩**的，讓我對空曠的地方感到有些畏懼。所以在我唯一能控制的這個房間裡，我更喜歡擁擠的感覺。這也是為什麼，我房間除了塞得滿滿的書架外，還有一整面貼滿地圖的牆，另一面牆則是老唱片的專輯封面。

「噢，哇，你真的很喜歡音樂耶！」艾瑪走過我身旁去到那面貼滿專輯封面，彷彿長滿鱗片的牆邊。我開始對我分散注意力的裝飾感到不滿。

「誰不喜歡？」我說。

「但不是所有人都會貼滿整面牆。」

「我只對老唱片有興趣。」我說。

「噢，我也是。」她說，「我不喜歡那些新樂團，吉他很大聲，還留著長頭髮。」她拿起一張專輯《遇見披頭四》，皺了皺鼻頭。

「那張唱片是在，呃……五十年前發行的？」

「是啊，新樂團。你從沒提過你很喜歡音樂。」她沿著牆面走著，用手拂過我收藏的唱片，仔細研究每一張封面。「你有很多事是我不了解的，但我想知道。」

「我懂妳的意思。」我說，「我覺得我們在某方面很了解彼此，但某些方面又像是剛認識一樣。」

「這也情有可原吧，我們都沒什麼時間了解對方，總是忙著活下去，拯救所有時鳥等等之類的。但現在我們有時間了。」

我們有時間了。每次聽到這句話，我的胸口就會湧出滿滿的希望。

「放首歌聽聽吧。」艾瑪朝牆上的專輯封面點點頭，「選你最愛的那張。」

「我不確定我最愛哪一張。」我說，「有很多我都很喜歡。」

她微微一笑，回頭繼續欣賞我的收藏。我思索半晌，翻出尼爾．楊[2]的《豐收之月》。我把唱片從封套裡滑出來，放到唱盤上，小心翼翼地將唱針放到第三首和第四首歌之間。一

2 Neil Young，加拿大的傳奇搖滾歌手。

個溫暖的劈啪聲響起，那首與唱片同名的歌曲流瀉出來，感傷而甜美。我在房間中央騰出舞池，希望她能走過來，跟我一起跳舞，她卻走到貼著地圖的那面牆前。那些地圖層層堆疊，有世界地圖、城市地圖、地鐵路線圖，以及從舊的《國家地理》雜誌撕下來的折頁地圖。

「這太驚人了，雅各。」

「以前我常常幻想自己身在別的地方。」我說。

「我也是。」

她走到我靠著牆的床邊，四周都是地圖。她爬上我的棉被察看。

「有時候我會想起你才十六歲。」她說，「**確確實實**的十六歲。」

她轉過頭疑惑地看著站在床下的我。

「為什麼這麼說？」我問。

「不知道，感覺很怪，你不像只有十六歲的樣子。」

「妳也不像九十八歲啊。」

「我才八十八歲。」

「噢，好吧，妳看起來確實像八十八歲。」

她笑著搖搖頭，回頭看了看牆。

「下來吧，」我說，「跟我跳一支舞。」

她似乎沒聽見我的話，移到地圖牆上歷史最悠久的那一張——我八、九歲時與爺爺一起製作的，畫在方格紙和勞作紙上的地圖。我們在冗長的夏季花了許多天繪製，發明地圖符號，並在頁緣空白處畫了很多奇特的生物，有時候還會把地圖上的真實地點換成我們想像的。當我意識到她在看什麼時，我的心往下沉了沉。

「這是亞伯畫的嗎？」她問。

「以前我們常一起做很多事，他可以說是我的摯友。」

艾瑪點點頭。「也是我的。」她的手指滑過他寫的字——**歐基求碧湖**——然後轉身下了床。「但那已經是很久以前的事了。」

她走了過來，牽起我的手，頭靠在我的肩膀上，我們開始慢慢隨著音樂擺動。

「對不起。」她說，「我只是有點意外。」

「沒關係，你們在一起那麼久，而現在妳在這裡……」

我感覺她搖了搖頭。**別破壞了氣氛**。她把手從我手中滑出來，環上我的腰。我的臉頰貼著她的額頭。

「你現在仍會幻想自己身在別處嗎？」她問我。

「不會了。」我說，「這是長久以來第一次，我很高興自己在這裡。」

「我也是。」她說著，把頭從我的肩膀上抬起來，我吻了她。

我們跳舞、接吻，直到那首歌結束，輕微的喘息聲充斥著整個房間。我們持續搖擺了一會兒，因為兩人都意猶未盡。我努力不去想這個奇怪的轉折，還有她提到爺爺時我的感覺。她的內心似乎正在煎熬，但就算我不明白也無所謂。

我告訴自己，重要的是我們在一起，而且安然無虞，那就夠了。現在我們擁有的比過去更多，她不用再擔心時光倒數到某個時刻，身體就會枯萎、化為塵土；也沒有轟炸機使我們的世界陷入火海；不再有噬魂怪潛伏在門外。雖然不知道未來會如何，但這一切已足以讓我們相信自己擁有未來。

我聽見樓下裴利隼女士說話的聲音，提醒我們時間到了。

「明天見。」她湊到我耳畔說，「晚安，雅各。」

我們又接了一次吻，感覺就像電脈衝一樣，讓我全身酥麻。她旋即閃出門外，這是自我朋友到家裡以來，我第一次一個人。

當晚我幾乎睡不著。不是因為阿修在我房間用毯子打地鋪呼呼大睡，而是我滿腦子都是對未來的迷茫與亢奮。之前選擇離開惡魔之彎回家，是因為我認為完成高中學業，以及維繫與爸媽的關係很重要，值得我再忍受安格伍幾年；雖然到畢業之前的日子絕對會是一種折磨，尤其是艾瑪和我的朋友們全都困在大西洋另一端的圈套裡。

但事情在一夜之間發生了很多變化。或許現在我不需要等了，也不必在特異或正常的人生之間做出選擇。兩種生活我都想要、也需要——即使比重不同。我對普通的職業沒興趣，也不想跟某個不了解我的人過一輩子，或者不得不向我的孩子隱瞞我另一半的人生，就像爺爺那樣。

不過，我不想高中輟學——畢竟又不能真的把**噬魂怪馴服師**寫在履歷上——而雖然老爸老媽永遠不會贏得年度最佳父母的頭銜，我也不想讓他們從我的生命中消失；而且，我不願與正常世界脫節，忘記這裡的生活方式。特異世界很美好，我知道少了它我將永遠有缺憾，但那個世界同時也會帶來強大的壓力，令我不知所措。為了維持心智健全，我需要跟正常世界聯繫，保持平衡。

或許今後的一、兩年，我不用過著牢獄般的生活，等待高中畢業；或許，我可以跟艾瑪和這群朋友，以及我的家人一起，住在這個家中。又或者，艾瑪可以跟我一起上學，可能我所有的朋友都會來！我們一起上課、吃午餐，然後參加愚蠢的學校舞會。當然啦，有什麼地方比學校更適合學習正常青少年的生活和嗜好？一個學期後，他們就能毫無困難地模仿普通人（就連我都學會了）。等我們冒險進入更加遼闊的美國特異者世界時，他們也能融入其中。如果時間允許，我們還會回到惡魔之灣幫忙重建圈套，但願能幫助特異者世界不受未來威脅的影響。

可惜這一切的關鍵是我爸媽。他們能讓事情變得簡單，或是變得難如登天。如果能讓我爸媽不要一看到我的朋友們便抓狂就好了，這樣我們就不用偷偷摸摸的，一直擔心不小心使出自己的特異能力，讓他們尖叫地奪門而出，為我們帶來災難。

一定有什麼說法可以讓我爸媽相信；一定有什麼好理由能夠解釋我朋友為什麼來這裡、為什麼看起來不同尋常，甚至是他們的異能。我絞盡腦汁希望能想出一個完美的故事：他們是我在倫敦認識的交換學生。他們救了我、接納我，而我想回報他們（這跟發生的事實相去不遠）。他們剛好也是職業魔術師，時時刻刻都在練習魔術；他們的手法非常精湛，讓人看不出端倪，堪稱是幻象大師。

或許……或許會有辦法，然後一切都會變得很美好。

我的腦中充滿了希望。

第二章

隔天清晨醒來，我感覺胸口很難受，昨晚發生的一切肯定是在做夢。從失望中振作起來後，我冒險下樓，心想我的行李多半已經收拾好，而舅舅又會守在門口以防我逃走；然而，映入眼簾的卻是特異家庭的溫馨景象。

樓下充滿了歡笑聲和食物濃郁的香味。霍瑞斯在廚房忙著做菜，艾瑪和米勒幫忙擺餐具，裴利隼女士則吹著口哨，打開窗戶讓清晨的空氣流進來。奧莉芙、布蘭溫和克萊兒在院子裡互相追逐——布蘭溫抓住奧莉芙把她丟到二十呎的高空，奧莉芙邊慢慢飄下來邊瘋狂大笑，鞋子的重量足以壓制她的自然浮力；客廳裡，阿修和伊諾黏在電視機前，看著洗衣粉的廣告，驚訝得目瞪口呆。眼前是我想像中最令人開心的畫面，我在樓梯底站了好一會兒沒人注意，將一切盡收眼底。不過一個晚上，我朋友便讓這個我跟爸媽住了好多年的家，變成一個更加歡樂、溫暖的地方。

「很高興你起來了！」裴利隼女士大聲說，將我從白日夢中驚醒。

艾瑪跑了過來。「你怎麼了？」她說，「頭又暈了？」

「只是在看大家。」我說，把她拉過來吻她。她雙手抱住我回吻，頭皮發麻和彷彿靈魂出竅的感覺令我心慌意亂。就好像我浮到天花板，俯瞰這個出色女孩美麗溫柔的面容、我朋友們及這一切美好的光景，不知道如此美妙的時刻怎麼會出現在我生命中。

短暫的一吻結束，在其他人注意到之前，我們便手挽著手進了廚房。

「大家起來多久了？」我問。

「噢，好幾個小時了。」米勒邊說邊端著一個裝著鬆餅的煎鍋朝客廳走去。「我們都有很嚴重的圈套時差。」

我見他全副武裝，紫紅色長褲搭配一件薄毛衣，脖子上還圍著圍巾。

「早上我幫他打扮的。」霍瑞斯從廚房探出頭來，說道，「他對打扮可以說是毫無概念。」霍瑞斯自己穿著一件白襯衫，打了領帶，加上褶線褲，外面繫著圍裙，從這一身行頭幾乎可以確定他起了個大早燙衣服。

我接著離開廚房去車庫看我家人。他們仍在昨天的位置上睡得很熟，幾乎整夜沒有變換姿勢。然後忽地一股不妙的感覺冒出來，我跑到車旁，伸手探了探每個人的鼻息，發現他們都還活著便放下心來，回去找我的朋友。

所有人圍在爸媽口中的「高檔餐桌」旁，但那其實只是一塊長形的黑色玻璃，擺在我們很少使用的正式飯廳裡。我對這裡的印象就是生硬的禮節和不愉快的談話，因為我們只有在親戚來家裡拜訪或爸媽有什麼「大事」要跟我討論時，才會使用這個空間，所謂的「大事」通常是我的成績、態度不佳或交友狀況等等，他們要對我說教。如今這個房間擺滿了食物、充滿了朋友的笑聲，我覺得真是太好了。

我擠到艾瑪旁邊的座位，霍瑞斯大動作地展示他準備的食物拼盤。

「今天準備的早餐是法式吐司、皇家馬鈴薯、維也納風味的法式甜點和焦糖水果粥！」

「霍瑞斯，你的廚藝又更上一層樓了。」布蘭溫說，嘴裡塞滿了食物。

我裝了滿滿一盤，並表達感謝後，便埋頭大吃起來，好幾分鐘後才想起要問這些食材的來源。

「可能是從市場架子上飄到路上的吧。」米勒回答。

我嘴巴停了下來。「你**偷**了這些東西？」

「米勒！」裴利隼女士喊道，「萬一你被抓到怎麼辦？」

「不可能啦，我偷東西很專業的。」他說，「這是我第三厲害的技能，前兩個是我極高的智慧和近乎完美的記憶力。」

「但現在商店都有監視器，」我說，「如果他們拍到你，麻煩就大了。」

「噢。」米勒說著，注意力突然轉到叉子末端的焦糖水蜜桃片。

「很厲害嘛，」伊諾說，「再說一次你第一厲害的技能是什麼？」

裴利隼女士放下手中的銀製餐具，彈了下手指。「好了，孩子們，現在禁止清單上多加一條：不能偷普通人的東西。」

所有人發出了呻吟。

「我不是在開玩笑！」裴利隼女士說，「如果警察找上門來，會給我們帶來不小的麻煩。」

伊諾誇張地癱回椅子上。「現代也太累人了吧，記得這些事在圈套裡有多簡單解決嗎？」他用手在喉前畫一條線，「咳——再見了，麻煩的普通人！」

「我們已經不在石洲島了。」裴利隼女士說，「這也不是突襲村莊的遊戲，你們在這裡的所作所為都會帶來真實且不可抹滅的後果。」

「我只是開玩笑罷了。」伊諾嘟囔道。

「不，你**不是**。」布蘭溫嘶聲說。

裴利隼女士舉起一隻手，讓大家安靜下來。「新規矩是什麼？」

「不能偷東西。」所有特異孩童冷淡地齊聲說道。

「還有呢？」

幾分鐘過去，院長皺起眉來。

「不能殺普通人？」奧莉芙試探地說。

「沒錯，在現代**任何人**都不能殺。」

「如果他們真的很討厭呢？」阿修問。

「不管，就是不能殺他們。」

「沒有妳的允許不能？」克萊兒說。

「不，克萊兒。」裴利隼女士嚴厲地說，「**任何情況都不能殺**。」

「噢，好吧。」克萊兒說。

要不是我很了解他們，這段對話可能會讓我起雞皮疙瘩，但也明確提醒我關於現代的生活他們還有很多要學。這又讓我想到——

「之前說的普通人課程要從什麼時候開始？」我問。

「今天怎麼樣？」艾瑪迫不及待地說。

「現在！」布蘭溫說。

「要從什麼開始教？你們想知道什麼？」

「你乾脆把過去大約七十五年來的變化全教給我們好了，」米勒說，「歷史、政治、音樂、通俗文化，還有近代在科學和技術上的突破……」

「我更想教你們的是不像一九四〇年代人的說話方式，以及怎樣過馬路不會被車撞。」

「我想那也很重要啦。」米勒說。

「我只想出門。」布蘭溫說，「我們昨天就來這裡了，但目前只泡過臭沼澤和搭夜間巴士而已。」

「對呀！」奧莉芙說，「我想參觀美國城市和機場，還有鉛筆工廠！我在一本有趣的書上讀到鉛筆工廠——」

「好了、好了。」裴利隼女士說，「今天我們沒有要去探險，所以別再想這些事了。學跑之前要先學會走，而考慮到我們有限的交通選擇，用走的聽起來正好。波曼先生，這附近有沒有人煙稀少的地方是散步可以到的？除非必要，否則我希望孩子們在充分練習以前不要接觸普通人。」

「附近有一個海灘。」我說，「夏天幾乎沒什麼人去。」

「好極了，」裴利隼女士說，並叫孩子們去換衣服。「穿能防晒的衣服！」她在他們背後叫道，「帽子！陽傘！」我也正準備去換衣服，卻突然又擔心起來。

「我家人要怎麼辦？」我問她。

「他們吸入的粉末足夠睡到下午。」她說，「但為了以防萬一，我們要有個人留下來看著他們。」

「好，那然後呢？」

「你是說他們醒來後？」

「對，我要怎麼跟他們解釋……你們？」

她微微一笑。「波曼先生，那完全看你怎麼決定，你若願意，我們可以邊走邊討論。」

我讓我的朋友去衣櫃裡找找適合去海邊的服裝，因為他們沒有這種衣服，但看見他們幾分鐘後一身現代打扮回來真的很怪。衣櫃裡沒有適合奧莉芙或克萊兒的衣服，所以他們只加了頂寬簷的遮陽帽和太陽眼鏡，看起來像躲避狗仔的名人；米勒什麼也沒穿，只在臉和肩膀上塗了一層防晒乳，就像一個霧面的人影；布蘭溫穿了件碎花上衣和寬鬆的亞麻褲；伊諾在身上套了件泳褲和舊T恤；霍瑞斯穿著藍色Polo衫和卡其色斜紋布褲，褲腳整齊地捲起，儼然一副富家子弟的樣子。唯一沒換衣服的人是阿修，他依舊悶悶不樂，自願留下來照看我爸媽。我把舅舅的手機交給他，並將我的手機號碼拉到螢幕上，向他示範怎麼打給我，未免他們醒過來。

然後裴利隼女士走進門內，每個人都鼓譟起來。她穿著一件露肩流蘇上衣，熱帶花卉圖案的七分褲，戴著一副飛官太陽眼鏡；她總是挽起來的頭髮，立在粉紅色的塑膠遮陽帽中間。看她穿著老媽的衣服讓我有些不安，但她看起來十分正常，我想這才是換裝的重點。

「妳看起來好時髦。」奧莉芙輕聲說。

「而且很**怪**。」伊諾皺起鼻頭說道。

「如果要穿梭不同的世界，就必須學會喬裝。」裴利隼女士說。

「小心喔，裴女士，所有單身漢都會追著妳跑喔！」艾瑪說著走了進來。

「妳還敢說，」布蘭溫說，「嗚——呼——小心點，男生們！」

我轉向她，呼吸頓時哽在喉頭。她穿了件帶裙的連身泳衣，裙子的長度剛好到大腿中間。這身打扮明顯是我看過她露最多的衣服（她露腿了），但不會低俗。從遇見她的那一刻起，我便意識到她的美貌，可是艾瑪．布魯實在長得太漂亮了，我必須克制自己不要一直盯著看。

「噢，別吵。」艾瑪說完，發現我在看她後，笑了笑。那笑容——我的天啊——照亮了我的心。

「波曼先生。」

我轉向裴利隼女士，原本笑著的嘴角垂了下來。

「呃，什麼事？」

「你準備好了嗎？或者完全動不了？」

「不，我沒問題。」

「我想也是。」伊諾竊笑道。

我從大家中間走過去，撞了下伊諾的肩膀，接著打開前門，帶領我的特異朋友們邁入世界。

我家位在一個狹窄的堰洲島上，名叫針鑰島，總長五英里，上面全是招待遊客的酒吧和海濱別墅，兩端各有一座橋，被一條彎道一分為二，兩旁的榕樹枝長到了路中間。這個地方之所以能稱為島嶼，都多虧了一道狹長的海渠將針鑰島與大陸隔開約一千呎，退潮時不用弄溼上衣就能走到對岸。有錢人家的豪宅面向墨西哥灣而築，其餘住宅則望著檸檬灣，寧靜的清晨風景十分優美，可看見帆船駛過、蒼鷺在堤岸捉魚。在這裡長大既安全又舒適，或許我該對此心懷感激，但我整個青春期都在與格格不入的感覺對抗——起初只有一點，後來漸漸不堪負荷；我感覺大腦日漸消融，假使我畢業後在這裡多待一天，我的大腦就會完全液化，從耳朵流出來。

我讓大家躲在我家車道盡頭那道厚厚的樹籬後面，直到聽不到車子的聲音，才帶著所有人快速過馬路來到一條步道上；由於疏於打理，此處長滿了紅樹林，遊客不會知道這條路。在樹叢間跋涉一、兩分鐘後，我們來到了針鑰島的主要景點：一片狹長的白色海灘，以及一望無際的翡翠色海灣。

我聽見朋友們倒抽一口氣。他們看過海灘——過去曾在島上度過十分漫長的歲月——但很少見過這麼漂亮的；海面好似湖泊一般平靜無波，一整片純白的細沙海灘蜿蜒平緩地伸向遠方，海岸邊長了一排棕櫚樹，隨風搖曳。正是這自然純樸的景色，讓約兩萬人口選擇住在這個別無是處的小鎮，尤其是在這樣美妙的時刻，太陽高懸，微風輕拂，吹去一身暑氣，實在無從挑剔。

「天啊，雅各。」裴利隼女士深吸一口氣。「這裡是什麼人間天堂呀。」

「那是太平洋嗎？」克萊兒問。

伊諾哼了一聲。「那是墨西哥灣，太平洋在陸地的另一頭。」

我們沿著海灘漫步，年紀較小的孩子在四周跑來跑去撿貝殼，其他人則靜靜地欣賞陽光和美景。我放慢速度配合艾瑪的步伐，牽起她的手。她看了我一眼，微微一笑，兩人同時發出嘆息，而後笑了起來。我們聊了會兒海灘有多美，但這個話題很快就沒什麼好說的了，我又問了大家在惡魔之灣過得怎麼樣。至今我只知道他們利用圓形圈套去惡魔之灣外旅行的事，可是他們肯定不只去旅行。

「旅行對人的成長至關重要。」裴利隼女士說，語氣莫名充滿防衛，「即便是高知識分子，沒有旅行過也會顯得無知。讓孩子們知道自己生活的圈子只是特異者世界的一角，是很重要的。」

除了偶爾實地考察，裴利隼女士和其他時鳥還為監護的孩童創造了一個穩定的環境。正如我的朋友，大部分特異者都被迫離開自己生活許久的時間圈套；其中一些圈套已經崩毀，永遠消失了。許多人的朋友遭噬魂怪襲擊失去性命、受了傷，或歷經其他創傷；儘管過去是胎魔邪惡帝國中心的髒亂惡魔之灣，並不適合孩子們治療心理創傷，但時鳥們仍費盡心思建立起一個庇護所。所有逃難的孩童和逃過偽人恐怖活動的特異者都在那裡住了下來。他們創立了新的學院，每天都舉辦講座和討論會，有空的時鳥則會授課，若時鳥不在，就由擁有專長的成人特異者負責教學。

「有時候有點無聊。」米勒說，「但跟一堆學者待在一起，感覺還不賴。」

「你會無聊是因為你覺得自己懂得比老師多。」布蘭溫說。

「老師不是時鳥的話，常常是我懂比較多。」他答道，「這陣子時鳥幾乎都在忙。」

裴利隼女士說他們有「一大堆煩人的任務」要忙，大部分都跟解決偽人的問題有關。

「他們留下一堆爛攤子。」她說。有名副其實的爛攤子，比如與偽人抗爭後變得滿目瘡痍的圈套，雖然遭到破壞卻沒有完全摧毀；更麻煩的是被他們丟下、精神受損的人們，像是惡魔之灣那群仙丹成癮的特異者。他們需要戒掉毒癮，但不是每個人都願意接受協助，同時也會面臨一個棘手的問題，就是哪些人值得信任。這些人很多都跟偽人合作過，有的是出於脅迫，有的則是自願，甚至是惡意背叛。所以審判是必要的，過去每年頂多處理幾個案件的特異者司法系統，為了可以一次處理十多起未審理的案件，也正在迅速擴展。這些被告會在胎魔為其殘忍實驗的受害者打造的監獄裡等待，直到案子開始審理。

「時鳥委員會倘若不是在處理那些煩人的事，就是在開會，」裴利隼女士說，「整天都在開，一直開到晚上。」

「開什麼會？」我問。

「討論今後的事。」她生硬地答道。

「委員會的權力受到挑戰。」米勒說。裴利隼女士的表情僵住了，米勒毫不在意地繼續說，「有些人說，是時候改變特異者自我管理的方式了，時鳥委員會過時了，更適合早期的年代。世界早已變遷，我們也要跟著改變。」

「忘恩負義的傢伙。」伊諾說，「要我說，應該把那些人跟叛徒一起關進牢裡。」

「好了，這種想法大錯特錯。」裴利隼女士說，「時鳥政府是來自公民同意的，即使他們的想法有誤，也都有權表達。」

「他們反對什麼？」我問。

「一方面是關於是否要繼續住在圈套裡。」艾瑪說。

「不是大部分特異者都**必須**活在圈套裡嗎？」我說。

「對，除非我們嘗試大規模的圈套崩毀。」米勒說，「就像之前那次崩毀，造成內部時鐘重置，肯定被某些人注意到了。」

「後果就是引起別人的**忌妒**。」艾瑪說，「那些人聽說我們要來這裡度長假，就對我說了些有的沒的！就是**眼紅**呀。」

「但我們差點死在那次圈套崩毀耶。」我說，「太危險了。」

「是啊，」米勒說，「至少也要等我們更加了解圈套的崩毀現象才行。如果我們可以從中研究出適當科學的話，或許就能安全地重現發生在我們身上的事。」

「但那會花很多時間。」裴利隼女士說，「有些特異者不願意等待，他們已經厭煩活在圈套裡了，甘冒死亡的風險。」

「真是瘋了，」霍瑞斯說，「在我們闖進惡魔之灣以前，我還不知道那裡擠了多少榆木腦袋的特異者呢。」

「他們還沒有新世界特異者一半瘋癲呢。」艾瑪說，她才提到他們的名字就讓裴利隼女士嘆一聲。「他們想要與正常世界接軌。」

「別讓我講起這些瘋子！」伊諾說，「他們以為世界變得既開放又寬容，我們可以直接現身說：『大家好啊，我們是特異者並引以為榮！』好像我們不會像過去那樣被燒死似的。」

「總歸一句，他們還年輕，」裴利隼女士說，「從未經歷過獵巫或恐特異者的時代。」

「他們才危險咧。」霍瑞斯說，焦急地扯著自己的手。「要是他們魯莽行事怎麼辦？」

「我們應該也把他們關起來。」伊諾說，「我是這樣想啦。」

「所以你才不是委員會的一員，親愛的。」裴利隼女士說，「好了，別說了，我不想在這樣的好日子談論政治。」

「就是說呀。」艾瑪說，「不下水玩的話，我穿這身泳衣有什麼意思？」

「最後到的是小狗！」布蘭溫喊道，隨即拔腿狂奔，引發一場目標水邊的賽跑。

我和裴利隼女士站在原地看他們比賽。我因為有心事沒心情游泳；裴利隼女士卻沒有因為剛才討論的那些錯綜複雜的麻煩事感到沮喪。她有很多工作要做，但她面臨的問題（就我所知）與成長、治癒和自由有關，都是讓人感激的事。

「雅各，一起來呀！」

艾瑪在水邊對我大喊，抓著一隻從浪花中拽來的海星。幾個朋友在淺灘處潑水嬉戲，其他人則跳到海裡游泳。夏天的海灣就如洗澡水般溫暖，絲毫不像打在石洲島懸崖壁上的大西洋那樣波濤洶湧。「太驚人了！」米勒叫道，他的身體在海裡形成一個真空的人形。就連奧莉芙也玩得很開心，儘管她每走一步就會深深陷進沙裡。

「雅各！」艾瑪喊道，身體隨著海浪起伏，朝我揮著手。

「我穿牛仔褲！」我喊了回去。我沒騙人，我其實只想看他們玩就好；看著自己的朋友享受這裡的生活，讓我覺得很溫馨，感覺我心中對家的冰冷正在融化；我希望他們能隨時擁有這樣簡單平靜的時光，而或許真的有辦法也說不定。

我剛才想通該如何應付爸媽了，非常簡單，不知道為什麼之前一直沒想到。我不用編什麼彌天大謊，也不需要精心設計一套故事；故事可能會相互矛盾，謊言可能會被戳破，我們也不得不顧忌我爸媽，總是提心吊膽，害怕他們察覺什麼詭異的地方，而自己嚇自己，最後把簡單的平靜時光撕得粉碎。況且，要無止境地對爸媽隱藏我的身分，光想就覺得很累，特別是現在，我特異和正常的人生澈底碰撞在一起。但問題在於爸媽並不壞，我沒有被虐待或忽視，他們只是不了解我，而我認為應該給他們一個機會。

所以我要跟他們實話實說，如果我能慢慢、一步步地跟他們溝通，或許爸媽就不會過於害怕；如果爸媽在平和的情況下，一一跟這群朋友相處，對他們有一定的了解之後，我再介紹每個人的特異功能，或許就能達成目的。怎麼不可能？老爸可是特異者的父親以及兒子耶！要是有任何普通人能夠理解，那絕對就是他。而倘若老媽比較慢熟，爸會拉她一把。到那時也許——終於啊——他們會相信我的話，並接受我的身分；也許到那時我們會感覺真正像一家人。

要提這個建議讓我有些緊張，所以我想等裴利隼女士落單時再提出來。現在大部分孩子都在淺灘游泳、撿貝殼或之類的。她身後跟著一群小小的磯鷸，正用長長的尖嘴啄著她的腳踝。

「咻！」她說，邊走邊甩著腳。「我不是你們媽媽。」

磯鷸一陣拍打翅膀，但仍繼續跟著。

「鳥很喜歡妳，對不對？」我說。

「英國的鳥會尊重我的個人空間，這裡的鳥似乎很黏人。」她再次甩了下腳。「走開，咻！」那些鳥很快地掠過水面。

「是時候要聊聊了？」

「我在想，就直接跟我爸媽解釋一切怎麼樣？」

「伊諾、米勒，不准打鬧！」她手在嘴邊圍成一圈大喊，然後轉向我說，「不抹除他們的記憶？」

「在完全放棄他們以前，我想試試看。」我說，「我知道這可能行不通，但若是成功，事情就簡單多了。」

我怕她會立即駁回我的建議，但她沒有──至少不完全算是拒絕。

「那可是在長久的規定上開了舉足輕重的先例啊。」她說，「鮮少有普通人知道我們的祕密，這必須請時鳥委員會特別批准，要經過啟動流程、宣誓儀式，以及長時間的試用期……」

「所以妳的意思是不值得。」

「我沒那麼說。」

「真的？」

「我的意思是情況很複雜，但對你爸媽而言，麻煩一點或許值得。」

「什麼麻煩？」

霍瑞斯從我們身後走來，看樣子只有我和裴利隼女士兩人的討論就到此為止了。

「我在考慮跟我爸媽坦承大家的事。」我說，「看看他們是否能接受。」

「什麼？為什麼？」

這個反應才是我預期見到的。

「我覺得他們有權知道。」

「他們可是要強迫你住院耶。」伊諾說。

這時其他人也紛紛上岸靠了過來。

「我知道他們做了什麼，」我說，「但他們只是擔心我。如果他們知道事實真相，也能接受的話，就絕不會那麼做。這樣你們隨時想過來或我去找你們，也會變得容易許多。」

「你的意思是不跟我們一起回去嗎？」奧莉芙問。

艾瑪剛靠過來，身上還滴著海水。聽了我們的對話之後，她瞇起眼睛盯著我。我們私底下還沒談過這件事，但我卻在這裡跟大家商量。

「我想先讀到高中畢業。」我說，「但如果處理妥當，之後的兩年我們隨時都可以見面。」

「這個『如果』可是非同小可啊。」米勒說。

「想想看，」我說，「週末我或許可以幫忙圈套的重建工作，你們隨時想來就來，了解正常世界的事。你們願意的話，還可以跟我一起上學。」

我瞄了艾瑪一眼，她雙臂抱胸，表情難以琢磨。

「跟普通人一起上學？」奧莉芙說。

「我們就連披薩送來都沒辦法應門耶。」克萊兒說。

「我會教你們如何應對，你們很快就會上手的。」

「整件事聽起來越來越離譜了。」霍瑞斯說。

「我只是想給我爸媽一個機會，」我說，「假使行不通……」

「如果行不通，裴女士可以消除他們的記憶。」艾瑪說。她走向我，挽起我的手臂。

「你們不覺得亞伯．波曼的親生兒子不了解自己父親的身分很可悲嗎？」
她站在我這邊，我捏了捏她的手臂，對她的支持不甚感激。
「可悲是可悲，但這是必要的。」霍瑞斯說，「我們無法信任他爸媽，任何一個普通人都不能信任，只要想到他們會做出什麼就讓我緊張，他們會揭發我們所有人！」
「不會啦。」我說，雖然我腦海裡響起一個細微的聲音，說道：**不會嗎**？
「我們何不在他們面前假裝成普通人就好？」布蘭溫問，「這樣他們就不會生氣啦。」
「我真的覺得這樣行不通。」我說。
「我們之中有人**沒辦法**假裝普通人。」米勒說。
「我也討厭偽裝。」霍瑞斯說，「我們就只管做自己，裴利隼女士可以每天抹除一次他們的記憶。」
「記憶抹除太多次會使人腦袋昏沉，」米勒說，「一直呻吟，流口水。」
我望著裴利隼女士，後者點了點頭。
「如果讓他們出遠門度假呢？」克萊兒提議道，「裴女士先抹除他們的記憶，再趁容易受暗示的時候把這個想法植入他們腦袋裡。」
「那他們回來後怎麼辦？」我說。
「把他們鎖在地下室？」伊諾回答。
「我們應該把**你**鎖在地下室。」艾瑪說。
我讓每個人感到不必要的壓力及煩憂，他們會擔心，**我**也會擔心。全都是因為爸媽，這六個月來他們只讓我感到難過。

我轉向裴利隼女士。「事情太複雜了，」我說，「妳還是直接抹除他們的記憶好了。」

「如果你想告訴他們真相，就應該試一試。」她答道，「我認為實話實說幾乎都是值得的。」

「真的嗎？」我說，「妳確定？」

「如果行得通，我會去請委員會批准，如果不行，我有預感我們很快就會知道。」

「好極了！」艾瑪說，「既然這件事搞定了……」她拉著我的手臂往水裡走，「該游泳了！」轉變太快令我猝不及防，來不及阻止她。

「等——不行——我的手機！」

我趕緊把手機從牛仔褲口袋掏出來，恰好趕在水淹到胸口之前，然後丟給人在岸上的霍瑞斯。

艾瑪朝我潑了下水，隨即游遠了，我邊笑邊划著水追上去。我突然感覺異常快樂；我很高興能跟朋友們待在一起，感受眩目的陽光，划水追在一個喜歡我——愛我，她說過一次——的漂亮女孩後頭。

好幸福。

游在前方的艾瑪發現一座沙洲，雖然離岸邊很遠，水深仍只到她腰部。這種錯覺一直是我喜歡這片平緩海域的原因。

「噢，妳好呀！」我說，走上沙洲時有些上氣不接下氣。

「你總是穿藍色牛仔褲來游泳嗎？」艾瑪笑著說。

「噢，對呀，大家都這麼穿，這是最新的流行。」

「才不是呢。」她說。

「我說真的，這叫奈米丹寧布，從水裡出來只要五秒就乾了。」

「真的呀，太驚人了。」

「還會自己摺起來。」

她瞇眼看著我。「你說真的？」

「而且還會做早餐呢。」

她朝我潑水。「你真差勁，把幾百年前的女孩耍著玩！」

「是妳太容易上當了！」我說著，蹲下舀水潑了回去。

「老實說，我原本以為會看到飛天車和機器人助手之類的，至少要有機械褲子吧。」

「抱歉喔，我們只發明了網路。」

「真失望。」

「是啊，我寧願有飛天車。」

「我說的是你，我真的對我們的關係有很高的期望，結果你竟然是個騙子。唉，算了。」

「我只是想痛快地發洩一下，我不會再騙妳了，我保證。」

「真的保證？」

「問我別的事，我保證老實回答。」

「好吧。」她咧開嘴，把溼漉漉的瀏海從眼前撥開，雙手抱胸。「跟我說說你的初吻？」

我感覺自己臉紅了，試圖沉入水中掩飾，但當然沒辦法，因為我總得呼吸。

「我是挖坑給自己跳，對吧？」

「你對我的戀愛史幾乎瞭若指掌，我卻對你一無所知怎麼公平？」

「因為沒什麼值得說的。」

「噢，少來，連個吻都沒有？」

我環顧四周，希望有什麼事分散一下她的注意力，打斷她一連串的問題攻勢。

「呃……」我嘴巴沉入水中嘟囔道，水面冒出些許氣泡。

她把手掌放在水面上方，過了一會兒，水面發出嘶嘶的聲音，開始冒煙。「告訴我，不然我就煮了你！」

我抬起頭來，「好啦、好啦，我說！我跟一個名模火箭科學家交往過，還有一對雙胞胎，她們在人道援助和異國的做愛技巧議題上獲得獎學金。但妳比他們都好！」

水蒸氣讓她的輪廓變得模糊，等蒸氣消散後，她已不見蹤影。

「艾瑪？」我慌了，在水裡搜尋她的身影。「艾瑪！」

然後我感覺有水從背後潑來，我轉過身，又被噴了一臉水。她就在那裡對我哈哈大笑。

「我說不要騙我！」

「妳嚇死我了！」我說，抹掉眼睛上的水。

「你不會要我相信一個年輕的英俊小夥子在遇到我以前從沒吻過人吧。」

「好吧，有一個。」我承認，「但根本不值一提，我覺得那女生只是想試試接吻的滋味。」

「噢，天啊，聽起來確實滿有趣的。」

「那女生叫珍妮．威金斯，當時我們去參加梅蘭妮．沙在星塵滑輪溜冰場辦的生日派對，她在看臺椅後面親了我。她說她不想再當『沒接過吻的人』了，想試試看接吻的感覺，然後她要我發誓保密，要是我說出去的話，她就會到處散布我還在尿床的謠言。」

「天啊，真是個賤貨。」

「我令人興奮的戀愛史就到此為止了。」

她的眼睛睜大，然後往後躺去，漂浮在水面上。我們朋友的歡笑聲在潮汐聲中此起彼伏。「雅各．波曼，還真是純潔無瑕呀。」

「我、呃——是啊，」我有些尷尬，「但妳這樣說滿怪的。」

「其實沒什麼好丟臉的。」

「我知道。」我說，雖然我不確定自己是否真的那麼想，但我看的每部青少年電視劇和電影，都說沒在考駕照的年紀破處，代表做人很失敗。我知道這理論很蠢，但在耳濡目染之下，很難不把它當真。

「這代表你不濫情。」她說，「我欣賞你這一點。」她朝我使了個眼色。「而且無論如何，我都不擔心。我很確定你不會……」她手指劃過水，帶出裊裊熱氣，「一直這麼純潔。」

「是嗎？」我說，突然感到一陣興奮。

「時間會證明一切。」她說著，把腿伸直，在水中直起身子。

她眼光熱切地注視著我，在我們越漂越近時觀察我的表情，我們雙手交握，雙腳在水下糾纏。但在我們更進一步之前，聽到有人大喊，隨即看見裴利隼女士和霍瑞斯在岸上朝我們揮手。

「阿修打來的。」霍瑞斯說著，在我吃力地從海浪裡出來時，把手機遞給我。

我把手機拿離自己溼淋淋的頭。「喂？」

「雅各，你舅舅醒了，你爸媽好像也醒了。」

「我五分鐘就到。」我說，「讓他們待在原地。」

「我盡量，但快一點，」阿修說，「我的粉末所剩不多，而且你舅舅好凶。」

然後我們能跑的人就跑。

布蘭溫扛起克萊兒，裴利隼女士可以走、也能飛，但就是不能跑。她叫我們先走，我回頭看見她跳進海裡消失在浪潮下，不久她的衣服浮到海面上，卻不見人影，接著她以鳥形態衝出海面，掠過我們頭頂朝我家飛去。我每次看到她改變形態都想鼓掌叫好，但我控制自己的衝動，以免有別的普通人在看，只管繼續奔跑。

我們滿身沙粒、流著汗、氣喘吁吁地抵達我家前門，但沒時間清理了。我聽見舅舅們生氣的吼叫聲從車庫門內傳來，我們必須在梅洛魯斯太太聽見騷動報警前，先處理那兩個人。

一走進去，我便開始向舅舅們道歉。他們既生氣又困惑，而且開始大罵，一分鐘後，他們閃過我衝進屋內。裴利隼女士拿著一根羽毛等在走廊上，雙眼堅定地凝視前方，很快我的兩個舅舅便冷靜下來，不發一語，像黏土一樣任人搓圓搓扁。他們的記憶這麼容易抹除，幾乎讓人感到沮喪。大腦處於混沌狀態讓他們非常容易接受暗示，裴利隼女士讓我負責說話。我將他們移到廚房的高腳椅上坐好，說明過去二十四小時沒發生什麼大事，我沒有發瘋，最近上演的家庭風波全因為我的新精神科醫師誤診。為了安全起見，我告訴他們接下來幾週可能會碰到奇怪的英國人——或者打電話來是英國人接電話——那是老爸的遠房親戚，為了向去世的爺爺致敬而上門拜訪。巴比舅舅在半夢半醒間點頭，萊斯舅舅則一直發出「嘚哼」的聲音，同時把早餐剩下的炒蛋裝到口袋裡。我叫他們去睡一會兒，再打電話叫計程車，分別送兩人回家。

接著輪到爸媽了。我請布蘭溫在爸媽中的催眠粉效用消失前，先把他們搬到二樓的臥房裡，免得他們在毀壞的車裡醒來，看見周圍的慘狀會想起昨晚受到的驚嚇。她把他們搬到床上，關上門出來。我在門外的走廊上走來走去，緊張地思索著要說什麼，地毯上都是我沾著沙粒的足印。

艾瑪上樓來，「嘿，」她輕聲說，「在你進去前，我有話跟你說。」

我走過去，她握住我的手。「什麼事？」

「她喜歡你。」

「誰？」

「珍妮．威金斯呀，沒有女生會隨便把自己的初吻獻給別人。」

「我、呃——」我試著把這兩件事聯想在一起。「妳是在逗我玩，對不對？」

她笑了起來，垂下眼眸。「我是認真的，但你說對了，我只是想祝你好運，雖然不用我說你也辦得到。」

「謝謝。」

「我們就在樓下，有事就喊一聲。」

我點頭，然後吻了她一下，她面帶微笑地下樓。

爸媽在床上慢慢醒來，陽光穿過百葉窗灑了進來。我坐在房間一隅的椅子上看著他們，咬著手指甲，試圖保持冷靜。

媽先睜開眼睛，她眨了眨，又用手揉了下。接著坐起身子發出呻吟，按摩著自己的頸子。她不曉得自己在車裡睡了十八個鐘頭，不管是誰都會渾身痠痛。

然後她看見我，眉頭皺了起來。

「雅各？你在這裡幹嘛？」

「我、呃——我有點事要告訴你們。」

她低頭看了看自己，注意到身上的衣服跟昨晚穿的是同一件，頓時一臉狐疑。

「現在幾點了？」

「快三點。」我說，「一切都好。」

「不。」她環顧室內，臉上的狐疑變成了驚慌。

我站起來，她指著我說：「別過來。」

「媽，別怕，聽我解釋。」

她撇開頭，無視我，彷彿我真的不存在似的。「法蘭克，」她把爸搖醒，「法蘭克！」

「嗯……」他翻了個身。

她搖得更用力了。「**富蘭克林**。」

來了，我最後的機會。我已為這一刻做好準備，我在腦海中演練過很多種話術，但現在都顯得太荒謬——太直接也太笨。正當老爸坐起身來揉著惺忪的雙眼時，我幾乎沒了勇氣，突然不知道該如何開口。

這不重要，不管有沒有準備好，都得上場了。

「爸、媽，我有話要跟你們說。」

我走到床尾開始侃侃而談。事後我幾乎記不起自己說了什麼，只覺得像挨家挨戶的推銷員一般，劈里啪啦地一陣轟炸。我試圖解釋爺爺的遺言、那些詭異的照片和裴利隼女士寄來的明信片是怎麼帶我找到特異者的住宅，那裡住著亞伯所有的老朋友。他們不僅活著，甚至沒有變老。但我發現我一直在避免提起**時間圈套**和**力量**之類的詞，因為那樣似乎說太快也太多了。我胡亂拼湊事情的經過，再加上緊張，感覺只能向他們證實我瘋了；我說得越多，他們就越想遠離我。老媽拉起棉被蓋到肩膀上，老爸則將身體往後靠到床頭板上，額角冒出的青筋因為壓力而頻頻跳動，彷彿我身上帶著某種傳染病一樣。

「住口！」媽大吼一聲，終於打斷我。「我再也聽不下去了。」

「但我說的是**真的**，你們聽我說──」

她扔掉棉被跳下床。「我們聽得夠多了！而且早就知道是怎麼一回事，你因為承受不了爺爺過世的事實，偷偷把藥停了。」她生氣地來回踱步。「我們聽信那個江湖醫生的話，在最糟糕的時機把你送到半個地球外的地方，導致你精神出了問題！這沒什麼好丟臉的，兒子，但我們得解決問題，好嗎？你不能一直沉浸在這些……**故事**裡。」

我感覺自己挨了一巴掌。「你們甚至不給我機會。」

「我們給過你**上百次**機會了。」老爸說。

「不，你們從不相信我。」

「怎麼相信得了。」媽說，「你很孤單，失去了重要的人，然後遇見這群『特別』的孩子，就跟你爺爺一樣，而且只有你看得到？我根本不需要考什麼博士學位也看得出來，你從兩歲起就開始幻想隱形朋友了。」

「我又沒說只有我看得見他們，」我說，「你們昨晚在車道上也看到了。」

爸媽的臉色剎那間像見鬼了一樣，說不定他們是刻意封閉昨晚的記憶，當遇到偏離常識的事情時，就可能發生這種狀況。

「你在說什麼？」媽聲音顫抖地說。

現在似乎除了讓他們見見我的朋友外別無他法。

「你們想見見他們嗎？」我說，「重新認識一下？」

「**雅各**。」老爸語帶警告地說。

「他們就在這裡。」我說，「我保證他們一點也不危險，就……保持冷靜，好嗎？」

我打開門，把艾瑪帶進來。她才說了句「波曼先生、波曼太太，你們好」，媽便尖叫了起來。

裴利隼女士和布蘭溫跑進房間。

「發生什麼事了？」裴利隼女士說。

媽推了她——扎實用力地推了裴利隼女士一把——「出去，**滾！**」我看見布蘭溫克制著把我媽丟到牆上的衝動。

「瑪麗安，冷靜點！」老爸喊道。

「他們不會傷害你們！」我說。

我試著抓住媽的肩膀，但她掙脫開來衝出門外。

「瑪麗安！」老爸又喊了一聲，正要追過去時，布蘭溫抓住他的手臂，他因為粉末的後遺症仍頭腦昏沉，無力掙脫。

我跟著媽的腳步下樓，她衝進廚房抓了把切肉刀。其他特異孩童紛紛現身，在她背抵著冰箱揮舞刀子的同時，將她包圍起來，但保持不會被刺到的距離。

「請妳冷靜，波曼太太！」艾瑪說，「我們沒有要傷害妳的意思！」

「走開！」媽尖叫道，「天啊，**天啊！**」

可能是看見奧莉芙沿著天花板爬來——從車庫拿了個漁網，打算從頭頂網住她——也可能是聽見米勒的聲音從一件飄浮的浴衣傳來，讓我媽暈倒了。刀子掉在瓷磚地板上，她則摔在一旁，如此慘狀讓我不由得移開視線。

我聽見老爸在樓上咆哮，不斷叫著媽的名字，聽起來就好像我們殺了她一樣。

「我們會看著她的，」艾瑪對我說，「你去跟你爸談吧。」

我踩住掉到地上的刀子，用腳把它滑到櫃子下方，以防媽醒過來。艾瑪、霍瑞斯和米勒抬起她、搬向沙發。這裡不需要我幫忙了，我便跑上樓去。

爸抓著枕頭蹲在臥房的角落，布蘭溫雙手張開擋在門前，準備在他逃跑時抓住他。

老爸看見我，表情瞬間變得冷峻。

「她人呢？」他說，「他們對她做了什麼？」

「媽沒事。」我說，「她睡著了。」

他搖著頭說：「她永遠忘不了這些的。」

「忘得了，裴利隼女士有能力抹除特定一段記憶，她不會記得的。」

「那你舅舅呢？」

我點點頭。「一樣。」

裴利隼女士走進來，「波曼先生，別來無恙？」

老爸不理她，目光一直盯著我。「你怎麼能做這種事？」他破口大罵，「你怎麼能讓這些人進到家裡來？」

「他們是來幫我的。」我說，「幫我說服你們我沒瘋。」

「妳不能這麼對人，」他轉而向裴利隼女士發難。「進入別人的生活，把大家嚇得屁滾尿流，看心意抹除對方的記憶，這是錯的。」

「看來你妻子暫時還無法承受事情的真相，」裴利隼女士說，「但雅各非常希望你能聽他說。」

他慢慢站起身來，兩手垂到身側，一副認命的樣子，卻又一臉忿恨。

「好吧，你最好跟我說清楚。」

我轉而看向裴利隼女士。

「你沒問題吧？」

我點頭。

「我們就在外面。」她說，帶著布蘭溫走出門外，把門關上。

我說了很長一段時間。我坐在床沿，爸坐在角落的椅子上，目光低垂，耷拉著肩膀，彷彿正在聽課的孩子。我無視他的態度，從頭開始說起，這次一點也不慌張。

我告訴他我在島上看到了什麼，我是怎麼遇見這群孩子和他們的真實身分，以及我怎麼發現自己也跟他們一樣；我還跟他說了噬魂怪的事，但我沒有提及後來發生的那些錯綜複雜的情況、我們參與的戰爭、靈魂圖書館或裴利隼女士的兩個壞哥哥。目前告訴他這些就夠了，讓他知道他父親是誰，還有我是誰。

我說完之後，他沉默了好幾分鐘。他看起來不再害怕，只是露出悲傷的表情。

「怎麼樣？」我說。

「我早該知道。」他說，「你和你爺爺相處的方式，就像你們擁有祕密的語言。」他輕輕地點頭，自顧自地說下去，「我早該知道，我想我的確有察覺到了一些。」

「什麼意思？你知道爺爺是，但不知道我？」

「對、不對，該死，我不知道。」他的視線狠狠地盯著我的後方，彷彿想看透迷霧。「我想我內心深處知道，只是一直不願相信。」

我沿著床邊移動。「他跟你說過？」

「他大概想告訴我吧……有一次，但我一定是不願想起，或者有人拿走了那段記憶。可是昨晚——」他拍拍他的額頭，「看見那些人讓我想起了一些東西。」

現在換他娓娓道來，而我聽他說。

「在我十歲左右，你爺爺經常長程出差，一次就去好幾個星期。我一直想跟他去，求他帶我一起去，而他總是拒絕我，但有一天他答應了。」

老爸站起來，開始來回踱步，彷彿想起這段回憶讓他緊張，需要發洩。

「我們開車到……我不太記得了，好像是北佛羅里達還是喬治亞州，路上接了他的一個同事。我認識那個人，他來過家裡一、兩次，是個黑人，嘴裡總是叼了根雪茄。亞伯叫他H，就只有H。反正之前我見到他，他總是對我很親切，但那次氣氛卻很怪，他在車上一直看著我，有好幾次我聽見他對我爸說：『你確定嗎？』

「總之，天黑後，我們在某個老舊的汽車旅館過夜。半夜，我爸把我叫起床，當時他很害怕，他對我說：『法蘭，收拾一下。』隨即把我趕上車。我仍穿著睡衣，忍不住害怕起來，因為沒有東西能嚇到我爸，**從來沒有**。後來我們彷彿被殭屍追殺一樣駛離停車場，才開不到兩個街區，我們的車就砰的一聲突然歪向一邊，好像有什麼東西從旁邊撞過來，可當時附近根本沒車。我爸趕緊煞車，把車停在公園裡後下車。他叫我蹲下躲起來，但我沒辦法移開視線，下一秒他就被某個我看不到的東西拽到空中，喉嚨裡發出可怕的聲音，然後又掉落到地上。他持續發出那宛如野獸嘶吼的可怕聲音。我借著車頭燈看見他的眼睛，他的眼睛整個往後翻，只看到眼白，衣服上沾滿黑色的汙垢。我下車拔腿就跑，跑進一片玉米田，沒有回頭看。我不知道什麼時候昏倒了，後來只記得自己躺在旅館的床上，房間裡有我爸、H和其他兩、三個人，看起來都很**奇怪**。他們身上滿是泥土和血，還有那個味道……老天，聞起來真是……其中一個人……我永遠忘不了，他完全沒有五官，只有一張臉皮。我太害怕了，怕到忘記尖叫。然後我爸說：『沒事的，法蘭，不要害怕，這位女士要跟你談談，別怕。』那個人看起來有點像她——」裴利隼女士不知何時把門打開一條縫，探進頭來，而爸用手指向她。「她對我做了些事，隔天那些記憶幾乎消失了，就好像做了場噩夢，之後我爸再也沒提起那時候的事。」

「她應該抹除你的記憶，」裴利隼女士說，「看來她並沒有完成她的工作。」

「真希望她有，」爸說，「我做了好幾年的噩夢，有一段時間我以為自己真的要瘋了。我爸拜託她不要完全抹除我的記憶，不覺得這種事對一個孩子來說有點殘忍嗎？但他多少希望我知道吧，這就像一個……一個黑板雖擦過了，可是只要專心看，還是看得到一點痕跡？不過我不願去看，我不想知道，因為我真的真的不希望這件事是真的，不希望他……是**那個樣子**。」

「你只想要一個正常的爸爸。」我說。

「對。」老爸說，就好像我終於了解了一樣。

「但他不是，」我說，「我也不是。」

「看起來是這樣沒錯。」他停止踱步，在床沿坐了下來，將身體歪向一邊，不想靠近我。

「你兒子是一個勇敢而且有天賦的年輕人。」裴利隼女士冷冰冰地說，「你應該感到驕傲。」

老爸喃喃自語，我問他說了什麼。

他抬起頭，眼神多了一絲方才沒有的東西，像是嫌惡之類的情緒。

「你做了選擇。」

「這不是選擇，」我說，「這就是我。」

「不，你選擇了他們，你選擇這些……人……而非我們。」

「我不需要兩者選一個，我們可以共存。」

「去跟你媽說啊，她會像瘋子一樣尖叫！去跟你舅舅說啊，他們——在哪？你對他們做了什麼？」

「他們沒事，爸。」

「才不會沒事。」他大吼，再度站起身來。「你毀了一切！」

裴利隼女士原本一直徘徊在門口，現在卻衝進房間，布蘭溫緊隨其後。「坐下，波曼先生——」

「不，我不要住進瘋人院！我不會讓我的家人變得精神錯亂！」

「我有**解決辦法**，」我說，「我是要跟你說——」

他快速走向我，有一瞬間我以為他或許要揍我，但他停下腳步。「我做出了我的選擇，雅各，很久以前就決定了，現在看來你也做了選擇。」我們面對面，老爸漲紅了臉，呼吸急促。

「**我還是你兒子**。」我輕聲說。

他緊咬著牙，但我看見他的嘴唇在顫抖，彷彿準備開口，然後他轉身走向那張椅子坐下，將頭埋在手掌裡。房間裡頓時安靜下來，好一會兒只聽見他粗重的呼吸聲。

最後我說：「你想怎麼做？」

他抬起頭，看都不看我一眼，手按著額角。「動手吧。」他聲音嘶啞地說，「抹除我的記憶，反正你早晚會這麼做。」

我霎時間感到一陣絕望。

「只要你不想，我們就不會這麼做，只要你覺得——」

「這就是我想要的。」他說，看向裴利隼女士。「只是這次，不要留下任何記憶。」

他頹喪地坐回椅子上，眼神似乎變得暗淡無光。

裴利隼女士看向我。

我感覺全身發麻。

我對她點點頭，離開了房間。

艾瑪在我衝下樓時叫住我。

「你還好嗎？我沒聽見發生什——」

「我很好。」我說。

我不好，但我還不知道要怎麼開口談這件事。

「雅各，跟我說說，好嗎？」

「我現在不想講。」我說。

我現在極需獨處，更準確地說，我想要一邊飆車一邊朝窗外大叫，喊到沒氣為止。她放我離開，我也沒有回頭，我不想看她的表情。我跑過全身軟綿綿、躺在沙發上的媽媽，還有小聲說話、緊張地圍成一圈的朋友，從廚房一個木碗裡拿了車鑰匙，進到車庫，按下車庫門的按鈕。車庫門發出刺耳的摩擦聲動了起來，但車尾的保險桿卡得很深，片刻後門便不再上升，噪音戛然而止。我罵了聲，猛地朝離我最近的東西踢了一腳，那恰巧是一臺方形的老舊電視機，就塞在車庫的工作臺下方。我沒穿鞋子的腳直接穿過電視機背部，幾塊塑膠碎片飛了出去。我整隻腳頓時發麻，或許還割傷了。我粗魯地把腳抽出來，一跛一跛地從側門跳到院子裡，對著樹叢大叫。

鬱結在我胸口的怒火消了一點。

我繞到後院，穿過草坪，走上那條伸向海灣、曝晒在太陽底下的狹窄棧道。爸媽沒有船，連獨木舟也沒有。我來這裡只為了一件事：坐在棧道盡頭，把腳伸到混濁的水中晃來晃去，回想那些不愉快的事。

一、兩分鐘後，我聽見後方傳來踩踏木板的腳步聲。我正打算回頭，不管是誰都要叫他去死，但略為不對稱的步伐洩露了對方的身分，我無法對裴利隼女士無禮。

「小心釘子。」我頭也不回地說。

「謝謝。」她答道，「我能坐這裡嗎？」

我仍盯著水面，聳聳肩。遠處傳來船隻馬達運轉的聲音。

「好了。」她說，「你爸媽的精神都已進入可接受暗示的狀態，隨時可以植入記憶，你想要我怎麼告訴他們。」

「我不在乎。」

過了幾秒鐘，她在我身旁坐了下來。

「我在你這個年紀，」她說，「也試著對我父母做了類似的事。」

「裴利隼女士，我現在真的不想談這個。」

「那你聽我說就好。」

有時候裴利隼女士真的很頑固。

「那是發生在我離開阿沃賽女士的時鳥學院沒幾年的時候，」她開口，「我爸媽仍健在，我很想再見他們一面。因為自從我張開翅膀、莽撞地離家以來已經過了很長一段時間，我認為他們應該能以不同的眼光看我了，會將我視作一個人，看做他們的女兒，而不是某個討厭的怪物。我知道他們就住在我們村郊區的一棟小屋裡，因為我，大家都避開他們，就連親戚也不願跟他們聯絡。大家都認為他們與魔鬼勾結。我努力讓他們認同我，他們仍然愛我，但更怕我。最後我母親詛咒著，寧願我不曾出生，父親則用燒紅的火鉗把我趕出去。幾年之後，我聽說他們過世了——他們將石頭縫在口袋裡，投海自盡。」

她嘆了口氣。微風吹來，稍微帶走夏日殘存的暑氣，她所描述的彷彿是另一個平行世界。

「我很遺憾發生這種事。」我說。

「血緣親情在真相面前往往不堪一擊。」她回答。

我思索著她的話，半晌之後突然火大起來。「妳一個小時前不是這樣說的，妳說真相值得付出努力之類的。」

她不自在地變換了姿勢，拍掉褲縫裡的沙子。「我覺得你應該試試。」

「為什麼？」我提高音量說。

「我沒有立場教你怎麼跟爸媽相處。」

「就我所知，我沒有爸媽。」

「別這麼說，」她說，「我知道他們對你說了重話，但你不能——」

我突然起身跳進水中，屏住呼吸待在水面下，希望四周的漆黑和突如其來的寒意能抹去我腦袋裡的念頭：

他不想了解你。

他選擇遺忘，而不是了解你。

我在混濁的水中尖叫，直到喘不過氣。當我再次浮出水面，從離棧道約二十呎遠的位置探出頭時，我看見裴利隼女士站了起來，準備跟著跳下水。

「雅各！你——」

「沒事，我沒事。」我說。這水很淺，我隨隨便便就能踩到底。「我說過我現在不想談。」

「確實。」她說。

她站在棧道上，而我站在水深及腰的海灣裡，兩腳陷在泥濘中，小魚一點一點地啄著我的腳。

「我有話跟你說，」她說，「你不能亂耍脾氣。」

「好吧。」

「我知道你對現在的情況很不滿意，但我向你保證，你將來會後悔拋開普通人的生活。」

「什麼生活？我在這裡沒有朋友，爸媽怕我，覺得我很丟臉。」

「他們還活著，這比我們大多數人幸運了。而且就在五分鐘前，他們已經忘了發生什麼事。」

「但我記得！我不想今後都得要偽裝自己，如果當他們的兒子要付出這樣的代價，根本不值得。」

她看起來像是要對我大吼，但她吞了回去。「我從未說過身為特異者很容易。」她頓了會兒，「像我們這樣的人會遇到很多不愉快和困難，要學著跟這世上不能也不願理解自己的人相處——這大概是最難的一點。很多人認為自己辦不到，便躲進圈套裡。但我從不覺得你是這種人，你有很特殊的能力，我說的不是你操控噬魂怪的天賦，而是你能隨意變化，雅各，可以在兩個世界來去自如。你永遠不會被一個家或家庭所束縛，你會有很多個家，像你爺爺一樣。」

我抬起頭看著一隻鶺鴒飛過頭頂，每拍一下翅膀就發出輕微的風聲，而後想像了一下爺爺的人生。他大部分時間都住在沼澤邊緣的一棟小破屋裡，他的妻兒幾乎不了解他；他年復一年地冒險，為了特異者而戰，最終的下場卻是被當作脾氣古怪的老人對待。

「我不想像我爺爺一樣，我不想過他那樣的人生。」

「你不會的，你會有自己的人生。你在學校怎麼樣？」

「妳沒有在聽我說話，我不想要——」我轉身張開雙臂，對著水上大叫，「這些！鳥！事！」

我回頭面向她，滿臉通紅。

「你發洩完了？」她說。

「對。」我小聲說。

「很好，現在我已經很了解你不想要的東西了……那你想要什麼？」

「我想幫助這世上真正在乎我的人，也就是特異者，我還想做些**大**事，有意義的事。」

「那好吧，」她蹲下身，伸出手來。「你可以從現在開始。」

我涉水往回走，她把我拉上棧道。

「我有個工作很重要，而且在特異王國裡除了你，沒人辦得到。」裴利隼女士在我們回頭時說。

「好，是什麼？」

「孩子們需要這個時代的服裝，我要你帶他們去買衣服。」

「**買衣服**？」我停下腳步。「妳在開玩笑吧。」

她轉向我，面無表情。

「我不是開玩笑。」

「我說我想做重要的事，在特異者世界裡！」

她靠近我，聲音低沉而緊繃。「我之前說過了，但是這很重要，值得我再說一遍：讓這些孩子了解如何在**這個**世界生存，對**那個**世界的未來極其重要。除了你，沒有別人可以教他們了，雅各。不然還有誰？數十年來住在圈套裡的人對此一無所知，他們連在現代過馬路都有問題！而其他沒住在圈套裡的人不是年紀大了，就是太年輕，對特異者世界還不熟悉，自己就是個新手。」她抓住我的肩膀捏了一下，「我知道，我知道你很生氣想離開，但我懇求你，再留下來一段時間。我大概知道可以讓你偶爾興致來了留在這裡，又可以去圈套跟大家一起從事重要工作的方法。」

「是嗎？」我懷疑地說，「什麼方法？」

「等我到──」她從褲子裡掏出懷錶瞥了一眼，「傍晚，到時你就知道了，可以嗎？」

我第一個念頭是這個方法跟惡魔之灣的圓形圈套有關，但離這裡最近的圈套──他們昨晚過來使用的那個──是在好幾個小時遠的沼澤中間。而且，我也不想像通勤一樣來來去去，我想把這一切拋在腦後，遠走高飛，永遠不回來。但裴利隼女士很難讓人拒絕，而且我也答應了要教這群朋友認識現代世界。我覺得出爾反爾不太好。

「好吧。」我說，「就今晚。」

「太好了。」她正準備邁步時又接著說，「噢，免得我忘了，」她從另一個口袋掏出一個信封遞給我。「買東西用的。」

我打開信封，裡面塞了五十美元的紙鈔。

「這樣夠嗎？」

「呃，大概吧。」

她迅速地點點頭，開始往屋裡走去，留我驚訝地拿著信封站在原地。「忙死了，忙死了。」她喃喃地說，接著伸出一根手指，大聲說，「今晚！」

第三章

由於爸媽剩三個門的轎車只坐得下一半的人，我們不得不分兩趟去買衣服。第一輪包括艾瑪，我總是給她優待，而且對此毫不掩飾；再來是奧莉芙，因為她是個開心果，現在我很需要振奮起來；還有米勒，因為他一直纏著我不放，求我帶上他；最後是布蘭溫，因為要打開卡住的車庫門唯有借助她的力氣。我答應阿修、霍瑞斯、伊諾和克萊兒幾個小時後就會回來，霍瑞斯回我反正他對買衣服沒興趣。

「現在丹寧布成了日常穿著，」他斜眼看我，「當代的時尚已不能做為指標，時裝秀就像流浪漢大集合似的。」

「你**必須**換新衣服。」克萊兒說，「裴利隼女士說的。」

伊諾沉下臉來。「裴利隼女士說，**裴利隼女士說**！妳說話真像發條玩具。」

我們丟下他們繼續吵，徑直去到車庫。我們用布膠帶和一綑鋼絲，再加上艾瑪幫忙焊接，設法將駕駛座的車門裝了回去；雖然無法開關，但比起三個車門，四個車門比較不會被好奇的警察攔下，叫我們靠邊停。完成之後我們全部擠上車，一分鐘後，便沿著那條貫穿整座針鑰島的榕蔭幹道蜿蜒而行。

道路兩側隱約可見大房子，房子與房子之間的海灘一晃而過，這是我的朋友們第一次在白天見識到這個廣闊的世界，他們靜靜地、盡情地欣賞一切，女孩們臉貼著後座的車窗，米勒的呼吸讓副駕駛座的窗戶起霧。我試著想像他們看見眼前景象的感受，很久以前這些景色對我就已褪色到看不見的地步了。

我們越往南走，島的形狀變得越窄，大房子換成了矮房，最後變成一九七〇年代的低矮公寓，俗豔的招牌上寫著名稱：**波利尼西亞群島**、**天堂海岸**、**夢幻島**。車子駛入商業區後，更多繽紛的色彩映入眼簾：粉紅屋頂的小型藝品店販賣防晒乳和啤酒保冷套；鵝黃色的餌料店；條紋遮陽棚的房仲辦公室；當然還有酒吧，一排排提基火把隨風搖曳，海風推開門扉，點唱機播放的吉米．巴菲特[3]刺耳的抖音流瀉出來，一路迴盪到海邊。路上車流緩慢，還擁進一群被太陽晒得頭昏眼花的海灘客，讓你開車的同時還有閒暇唱歌。我人生中的這些人事物絲毫沒有改變，就像長壽劇一般，可以藉由演員的動作和固定場景辨別時間，每天都不例外。歐洲遊客臉色紅得像龍蝦，縮在棕櫚樹筆桿般纖細的陰影下；皮粗肉厚的釣客一個個像哨兵似的站在橋上，戴著帽子、挺著個大肚腩在淺灘垂釣，一旁放著冰桶。

離開針鑰島後，車子駛到波光粼粼的海灣上方，輪胎壓過橋面的金屬柵板發出嗡嗡的聲響。不久我們下了橋，到達大陸那側、一個由迷你商場和購物廣場組成的地方，四周都是停車場，像極了圍繞群島的海洋。

「真是個怪地方。」布蘭溫打破沉默。「為什麼美國那麼大，亞伯卻要搬到這裡？」

「佛羅里達過去對特異者來說是很好的躲藏地。」米勒說，「反正是噬魂怪大戰以前的事了。所有馬戲團冬天都會來這裡，中間又有一大片寬廣無路的沼地。據說任何特異者——不管能力多詭異——都能融入這個地方，或銷聲匿跡。」

我們駛離米黃色的城鎮中心，前往郊區。經過已關閉的 outlet、半建成的房屋，一路上雜草叢生，隱約可見高大的方形建築，那就是我們要去的地方。我轉進松林路，這條長達一哩的馬路兩側佇立著鎮上所有的療養院，還有超過五十五座露營車營地，以及老人社區。路旁

3 Jimmy Buffett，美國鄉村搖滾的老牌傳奇歌手。

設有醫院、緊急保健診所及墓園含蓄的告示牌，鎮上每個人都把松林路稱為天堂之路。

我在開近一個畫著一圈松樹的大型告示牌時放慢速度，直到車子進入彎道後，我才回過神來。前往我們要去的那家商場有好幾條路，但出於習慣我走了這條，又因為我心不在焉，下意識就轉了彎——這裡是我爺爺居住的社區「迷陣村」的入口。

「噢，走錯了。」我踩下煞車，開始倒退。

在我調轉車子，重新回到路上以前，艾瑪說：「等等，雅各，等一下。」

我的手停在排檔桿上方，一股恐懼感湧上心頭。

「怎麼了？」

艾瑪環顧四周，扭著脖子從後車窗往外看。

「這裡是不是亞伯住的地方？」艾瑪問。

「對，沒錯。」

「真的？」奧莉芙說，從駕駛和副駕駛座間的空隙傾身。「是嗎？」

「我不小心拐錯彎。」我說，「我開車來這裡太多次，有點習慣成自然了。」

「我想看，」奧莉芙說，「我們可以去看一下嗎？」

「抱歉，今天沒有時間。」我說，朝後照鏡中的艾瑪看了一眼。但我只能看見她的後腦，她已完全轉過身去，從後車窗盯著這個住宅區入口的警衛亭。

「但我們既然都來了。」奧莉芙說，「記得以前我們常說要來這裡嗎？你們不是一直想知道他家長怎樣嗎？」

「不行，奧莉芙，」米勒說，「這樣不好。」

「是呀，」布蘭溫說，戳了戳奧莉芙，把她的頭轉向艾瑪。「改天吧。」

奧莉芙終於懂了。「噢，好吧，其實，我也沒有很想看……」

我打了方向燈，準備開上路，艾瑪卻轉過身來。

「我想去。」她說，「我想看那棟房子。」

「真的？」我說。

「妳確定？」米勒問。

「對。」她皺起眉頭。「別用那種眼神看我。」

「哪種眼神？」我說。

「一副我承受不了的眼神。」

「又沒人這麼說。」米勒說。

「但你們都那麼想。」

「那買衣服怎麼辦？」我說，仍希望躲過這件事。

「我覺得我們應該向他告別，」艾瑪說，「這比買衣服重要。」

帶他們參觀亞伯的空屋讓我不寒而慄，但這個節骨眼拒絕他們似乎很殘忍。

「好吧。」我心不甘情不願地說，「只能一下子。」

對其他人而言，可能只是出於好奇，可以多了解亞伯離開他們的圈套後成為怎樣的人；但對艾瑪來說，卻有更深層的意義。我知道自她來到佛羅里達後，一直在想著我爺爺。她花了好幾年想像他住在哪裡和他的生活，從偶爾的來信中拼湊出他在美國大致的情形。多年來，她一直幻想能來看看他，而現在她真的來了，不可能不去想這件事。我感覺她有試圖淡忘這個念頭，但失敗了。她耗費太長時間在想——想他，想這個地方。我開始有一種完全陌生又不安的感覺，彷彿他的鬼魂會在我們獨處時如影隨形，或許探訪他生前——和死去——的房子有助他安息。

我有好幾個月沒來爺爺的房子了，早在我和老爸前往威爾斯之前，那時候我對這一切仍一無所知。自我朋友留下來度假以後，我總有一種不真實的感覺，但都比不上這一刻，載著爺爺派我出國尋找的人，進入他生前居住的悠閒迂迴社區，更像是一場夢。

這裡幾乎沒變：門口揮手讓我們通過的警衛還是同一位，臉上擦著防晒油，白得彷彿散發出陰森的氣息；每棟房子都大同小異，精靈石雕、塑膠火鶴和生鏽的魚形郵筒，個個都像褪色的蠟筆盒；同一批長相粗獷的人緩慢騎著醫用三輪車往返沙狐球場和社區中心，這個地方就像是被困在時間圈套裡，或許這就是爺爺喜歡這裡的原因。

「這地方還真是毫不起眼啊。」米勒說，「絕對沒有人相信一個著名的噬魂怪獵人會住在這裡。」

「我想他是故意的。」艾瑪說，「亞伯不得不保持低調。」

「就算是這樣，我還是期待大一點的排場。」

「我覺得很愜意呀，」奧莉芙說，「小房子排一排，只是這麼多年來，我們一直希望能來找亞伯，而現在他卻沒機會歡迎我們了。」

「奧莉芙！」布蘭溫嘶聲說。

奧莉芙瞄了眼艾瑪，有點畏縮。

「沒事。」艾瑪輕鬆地說。

但她跟我在後照鏡對視了一眼，旋即移開視線。我想她真正的用意是否要向我證明她已經釋懷，內心的舊傷早就不痛了。

一拐過彎便到了，位於雜草叢生的巷弄盡頭，宛如鞋盒般樸素的房子。晨鳥巷的整排房屋看上去都有些乏人問津——大部分鄰居仍在北方避暑——但亞伯家情況最慘，草坪已然結籽，屋緣的黃色收邊龜裂剝落，雖然亞伯的鄰居會在秋天回來，亞伯卻永遠離開了。

「就是這裡。」我說，把車開進車道。「只是一棟普通的房子。」

「他在這裡住多久了？」布蘭溫問。

我剛要回答，卻突然被某個沒看過的東西分了神：草坪上插著一個**待售**告示牌。我下車走過庭院，把告示牌從土裡拔起來，丟到水溝裡。

沒人告訴我。他們當然不會說，因為我會抓狂，爸媽不想聽我發脾氣。他們才懶得顧慮我的感受。

艾瑪從我身後走過來。「你還好嗎？」

「那應該是我要問的。」我說。

「我沒事。」她說，「這只是棟房子，對嗎？」

「是啊，」我說，「那為什麼我爸媽要把房子賣掉惹我生氣？」

她從身後抱住我，「你不用解釋，我明白。」

「謝謝，如果妳想走我完全理解，隨時都可以，只要說一聲。」

「我沒事。」她說，接著用更平靜的口吻補充，「謝謝你。」

身後忽地傳來一陣騷動，我們轉身看見布蘭溫和奧莉芙站在車尾。

「有人在後車廂裡！」布蘭溫喊道。

我們跑過去，我聽見一個悶悶的聲音在吼，我按下車鑰匙上的按鈕，後車廂打開，伊諾整個人彈了出來。

「伊諾！」艾瑪叫道。

「你躲在這裡幹嘛？」我說。

「你真的以為我會讓你丟下我嗎？」突如其來的亮光讓他眨了眨眼。「那你就錯了！」

「你的腦袋，」米勒搖搖頭，「有時候真令人難以置信。」

「是呀，我的聰明才智讓很多人難以招架。」伊諾走到車道上，左顧右盼，露出疑惑的表情。「等等，這裡不是服飾店啊。」

「天啊，他真聰明。」米勒說。

「這裡是亞伯的家。」布蘭溫說。

伊諾的嘴巴張開來。「什麼！」他朝艾瑪挑了挑眉，「誰說要來這裡的？」

「我。」我說，希望暫時結束這個愚蠢的話題。

「我們是來致意的。」布蘭溫說。

「隨便啦。」伊諾說。

我沒有帶房子的鑰匙，但沒關係，菜園一個海螺殼下方藏了備用鑰匙，只有我和爺爺知道。我很開心在原本放備用鑰匙的地方找到鑰匙，半晌便打開前門的鎖，大家踏進屋內。

空調差不多整個夏天都沒開，屋子裡的空氣悶熱。但比悶熱更糟糕的是屋內的狀況。地上堆了好幾堆雜亂的衣物和報紙；生活用品胡亂擺在流理臺上；角落的垃圾桶堆成一座小山，垃圾滿到散落一地。爸和姑姑從未好好整理波曼爺爺的遺物，爸放棄了原本的計畫（似乎還有房子），跟我兩個人前往威爾斯，只在屋前插了一個待售告示牌，希望有人代勞。這裡看起來就像被洗劫一空的救世軍二手商店，而不是備受崇敬的長者家，我突然感到一陣羞愧，同時想要道歉、解釋和整理，彷彿這麼做可將朋友們看到的事實掩蓋起來。

「天啊。」伊諾說著，邊環顧四周邊輕輕嘖了下舌。「他生前鐵定過得很糟糕。」

「不——之前——之前不是這樣的。」我結結巴巴地說，把堆在亞伯扶手椅上的舊雜誌抱起來。「至少，他生前不是——」

「雅各，等等。」艾瑪說。

「你們可以去外面等我整理一下嗎？」

「雅各！」艾瑪扳住我的肩膀，「**別弄了**。」

「我收很快的，」我說，「我發誓他不是這樣的。」

「我知道。」艾瑪說，「亞伯就連吃早餐也要換上乾淨的襯衫。」

「沒錯，」我說，「所以——」

「我們想幫忙。」

伊諾拉下了臉。「有嗎？」

「對！」奧莉芙說，「我們都會幫忙。」

「我贊成，」布蘭溫說，「這裡不該變這麼亂。」

「為什麼不行？」伊諾說，「亞伯死了，誰管他家乾不乾淨？」

「我們啊，」米勒說，伊諾踉蹌了下，彷彿被米勒推了一把。「如果你不想幫忙的話，就回去後車廂裡躺好！」

「對！」奧莉芙叫道。

「沒必要動粗吧，老兄。」伊諾從角落抓了根掃帚轉了圈，「看，我願意，掃掃掃！」

艾瑪拍了下手。「我們把這地方打掃乾淨吧。」

我們全心投入打掃，艾瑪負責安排工作，就像軍隊的班長般發號施令，我覺得如此一來她就沒多餘心思想太多。「書放書架上，衣服掛到衣櫃，垃圾丟垃圾桶！」

布蘭溫一隻手把亞伯的搖椅舉到頭上。「這個擺哪裡？」

我們除塵、掃地，打開窗戶讓新鮮空氣流進來。布蘭溫把約房間大小的地毯搬到院子裡拍掉灰塵——靠她一己之力。打掃一旦上了手，就連伊諾似乎都不介意幫忙。所有東西都沾滿灰塵和汙垢，也沾到我們的手、衣服和頭髮上，但沒人在意。

打掃的過程中，我彷彿到處都看見爺爺的影子。他一下坐在那張格紋椅上，讀著間諜小說；一下站在客廳窗邊，午後明媚的陽光映照著他的身影，他總是說站在窗邊是為了注意郵差，而後咯咯笑了起來；一下他又彎著腰在廚房煮波蘭獵人燉肉，一邊顧火，一邊說故事給我聽；一下又在車庫裡的那張製圖桌前，四處都是圖釘和毛線，和我一起在夏日午後繪製地圖。「河要往哪裡流？」他邊說邊遞給我一枝藍色麥克筆。「小鎮呢？」他的白髮像捲鬚一樣往上翹。「這裡可能更好？」他催促著我的手在圖上移動。

打掃完畢後，我們走到陽臺上，吹著微風休息，擦擦滿頭大汗。其實伊諾說得沒錯，沒人在乎房子打掃了沒。我們打掃只是為了表示心意，沒有用處卻富有意義。亞伯的朋友沒能參加他的葬禮，替他打掃房子就成了向他告別的儀式。

「你們其實不必這樣做。」我說。

「是啊。」布蘭溫說，「但感覺很舒服。」

她打開在冰箱找到的一罐汽水，喝了一大口，打了個隔，然後遞給艾瑪。

「我只覺得其他人沒來很可惜。」艾瑪啜飲一小口。「晚一點應該帶他們過來看看。」

「我們還沒整理完吧？」伊諾說，聲音聽來很沮喪。

「整棟房子都掃過了。」我答道，「除非你院子也想掃。」

「戰略室呢？」米勒問。

「什麼室？」

「就是亞伯制定計畫反擊噬魂怪的地方啊，接收來自其他噬魂怪獵人的加密通訊之類的……這裡肯定有。」

「他、呃——不，他沒有。」

「或許他沒告訴你，」伊諾說，「可能裡面都是最高機密，而你只是個小屁孩，難以理解。」

「我確定如果亞伯家有戰略室，雅各一定會知道。」艾瑪說。

「對。」我說，雖然我也很懷疑。畢竟爺爺告訴我特異者的真相後，我聽了校園惡霸的話，相信那只是童話故事，就當著他的面叫他騙子，他很傷心，所以或許他不相信我能保守祕密，因為我也不相信他。

更何況，這房子那麼小，怎麼可能會有戰略室？

「地下室呢？」布蘭溫問，「亞伯鐵定建造了強化的地下室，好抵禦噬魂怪的攻擊吧。」

「如果有那種地方，」我開始煩躁起來，「那他就不會被噬魂怪殺害了，不是嗎？」

布蘭溫一臉受傷的神情，房間陷入短暫而尷尬的沉默。

「雅各？」奧莉芙戰戰兢兢地說，「這是我想的那個嗎？」

她站在通往後院的紗門前，手摸著從長長裂縫垂下來的大塊紗網。

我心中又對老爸燃起怒火。為什麼他不補起來，或完全撕掉？為什麼要讓紗網像命案現場的證據般一直垂在那裡？

「對，噬魂怪就是從那裡進來的。」我說，「但他不是在這裡，我發現他……」我指向樹林，「倒在外面。」

奧莉芙和布蘭溫凝重地互看一眼，艾瑪盯著地板，臉色顯得慘白，或許這些細節對她而言還是太沉重了。

「其實沒什麼好看的，就是一堆樹叢而已。」我說，「反正我也不確定能不能再找到確切的位置。」

我撒謊了，就算蒙著眼睛我都找得到。

「如果你肯試試看的話，」艾瑪說，「我想看他遇害的地方。」

我帶著他們踩過及膝的草叢，來到樹林邊，而後進入陰暗的松樹林。我教他們如何通過多刺的灌木叢而不會被鋸齒狀的龍鱗櫚割傷，或被藤蔓纏住，還有怎麼辨別並避開蛇窩。在前進途中，我重述了那個致命夜晚發生的事——正是那個夜晚讓我的人生就此劃分成「之前」和「之後」。那天打工的時候，亞伯慌慌張張地打來，但我因為不得不搭朋友的便車而來得太遲，爺爺或許因此喪命，我卻可能因而得救。我述說自己是怎麼發現房子遭到破壞，在草叢中找到爺爺仍亮著的手電筒，照著樹林的方向。我就像現在一樣進入樹林，然後——

灌木叢突然一陣沙沙作響，所有人都嚇了一跳。

「只是隻浣熊。」我說，「別擔心，如果附近有噬魂怪，我會感覺得到。」

我們繞過一處看似熟悉的草叢，但我無法確定這裡是不是爺爺過世的地方。佛羅里達的樹木長得很快，從我上次來這裡到現在，樹林已經長成陌生的模樣。我猜我蒙著眼睛沒辦法找到那個地方，都過了好幾個月了。

我踏進一個有陽光灑落的空地，四周藤蔓低垂，草叢感覺被踐踏過。「大概就在這附近。」

我們鬆散地圍成一圈，自然而然地開始默哀。然後，我的朋友一個接一個向他告別。

「你很偉大，亞伯拉罕．波曼，」米勒說，「我們特異者很需要像你這樣的人，我們非常想念你。」

「你的遭遇太不公平了。」布蘭溫說，「但願我們能像你保護我們那樣保護你。」

「謝謝你讓我們見到雅各，」奧莉芙說，「要是沒有他，我們可能都死了。」

「別太誇張了。」伊諾說，因為他開口了，便輪到他致意。他用鞋尖在泥土上磨了半晌，然後說，「你幹嘛那麼笨，讓自己被殺？」接著乾笑一聲。「我以前對你很壞，我跟你道歉，要是能改變過去的話，我希望你不要死。」他撇開臉，小聲地說了句，「再見了，老友。」

奧莉芙手摸著胸口。「伊諾，你真好。」

「好啦，專心點。」伊諾搖搖頭，一臉尷尬，掉頭就走。「我先回屋裡了。」

布蘭溫和奧莉芙看向艾瑪，後者仍然什麼話也沒說。

「我想一個人待一會兒。」她說。

女孩們看起來有點失望，除了我以外，其他人都跟隨伊諾的腳步離開了。

艾瑪看向我，我揚起眉毛。

我也一樣？

她看起來有些困窘。

「你願意的話。」

「當然。我在那裡等妳，以防萬一。」

她點頭。我走到差不多三十步外，靠著一棵樹等她。艾瑪在那個位置站了好幾分鐘，我努力不要一直盯著她看，但時間過去越久，我越常看著她的後腦，想看看她是否在顫抖，肩膀是否在晃動。

我把視線移向上方盤旋的禿鷹。半晌，我突然聽見灌木叢裡有聲音，我垂下目光。

布蘭溫朝我跑來，嚇得我差點跌倒。

「雅各！艾瑪！你們過來一下，快點！」

艾瑪看見她，跑了過來。

「怎麼了？」我說。

「我們發現了一個東西，」布蘭溫說，「就在屋裡。」

她臉上的表情讓我聯想到可怕的情況：一具屍體。但她的聲音聽起來又很興奮。

所有人擠在亞伯辦公的房間裡，跟房間幾乎相同尺寸的舊波斯地毯被捲到一側，露出下方磨損的淺色地板。

我和艾瑪一路跑來氣喘吁吁。

「布蘭溫說……你們找到一個東西。」艾瑪說。

「我本來只是想看看我推測的對不對，」米勒說，「所以你們在樹林磨蹭的時候，我讓奧莉芙在屋裡繞了幾圈。」

奧莉芙走了幾步，那雙鉛製的鞋子每一下都發出沉重的聲響。

「結果她走過這個房間時我非常驚訝。奧莉芙，妳能示範一下嗎？」

奧莉芙從牆邊開始，跨著沉重的腳步穿過房間，當她走到地板正中央時，鉛鞋發出的腳步聲從扎實的**悶聲**變成較為空洞，還略帶一點金屬的聲音。

「下面有東西。」我說。

「一個房間，凹室。」米勒說。

我聽見米勒的膝蓋跪到地上，一把拆信刀浮在地板上方，刀尖朝下，接著刺進兩塊木板之間，米勒哼了一聲，隨即撬起一塊三呎見方的地板。那塊地板順著絞鏈向上掀開，露出一道金屬門，目測大小只夠一個成年人通過。

「**哇靠**。」

奧莉芙似乎嚇了一跳，我很少在他們面前說髒話，但這真的是……**哇靠**。

「是門。」我說。

「正確地說是活板門。」布蘭溫說。

「雖然我討厭『我就說吧』這句話，」米勒說，「不過——我就說吧。」

活板門的材質是暗黑色的鋼板，有一個嵌入式把手和數字鍵盤。我雙膝著地，用指節敲了敲那塊金屬，發出沉重響亮的聲音；我接著試著拉了拉門把，但門紋絲不動。

「門鎖上了。」奧莉芙說，「我們試過了。」

「密碼是什麼？」布蘭溫問我。

「我怎麼知道？」

「我就說他不知道，」伊諾說，「你知道得不多，對不對？」

我嘆氣道：「讓我想一想。」

「會是某個人的生日嗎？」奧莉芙問。

我一連試了幾個，我、亞伯、爸、奶奶，甚至是艾瑪的生日，但都無法解鎖。

「不是生日。」米勒說，「亞伯絕不會把密碼設得那麼好猜。」

「我們就連密碼有幾位數都不知道。」艾瑪說。

布蘭溫捏了捏我的肩膀。「快，雅各，快想。」

我試圖集中精力，卻因為難過而無法專心。我一直以為我比任何人都還親近爺爺，他怎麼從未跟我提過書房的地板有道暗門？他人生大部分時間都活在陰影中，從來沒有試著與我分享。他跟我說過聽起來像童話的故事，還給我看了幾張舊照片，但他並未向我展示任何證據。如果他再提出多一些證據，我就不會懷疑那些故事的真偽，例如讓我看這扇通往密室的暗門。

我跟老爸不一樣，我想要相信。

會不會他真的因為我懷疑，就決定放棄告訴我一切計畫？我簡直不敢相信，如果他清楚地告訴我事實真相，我會用盡一生守護他的祕密。他最後不想讓我知道大概是因為他不信任我。現在我在這裡努力解開他從未告訴過我的暗門密碼，其後隱藏的是他不想讓我知道的祕密。

那我還自找什麼麻煩？

「我想不到。」我站起身來。

「你要放棄？」艾瑪說。

「誰曉得呢，」我說，「搞不好這只是儲藏蔬菜的地窖。」

「你明知道不是。」

我聳聳肩。「我奶奶很重視水果保鮮。」

伊諾失望地嘆了口氣。「也許你不想讓我們看。」

「什麼？」我轉向他。

「我認為你知道密碼，但你想獨吞亞伯的祕密，就算門是我們找到的。」

我生氣地走近他，布蘭溫插進我們中間。

「雅各，冷靜一點！伊諾，閉嘴，你是在幫倒忙。」

我朝他比了個中指。

「啊，誰在乎亞伯滿是灰塵的古老地洞裡有什麼，」伊諾說，隨即笑了起來。「搞不好裡面放著艾瑪寫給他的一大疊情書。」

現在換艾瑪向他比中指。

「或是她的超大照片，四周點著蠟燭……」他開心地拍拍手，「噢，那樣你們兩個就太尷尬了！」

「過來讓我燒了你的眉毛。」艾瑪說。

「別理他。」我說。

我和她雙手插在口袋裡走到門口，他的話戳中我們的要害。

「我沒有隱瞞任何事。」我平靜地說，「我真的不知道密碼是什麼。」

「我知道，」她說，碰了碰我的手臂。「我在想也許密碼不是數字。」

「但那是個數字鍵盤。」

「可能是一個詞。你想想看，按鍵上有英文字母和數字。」我走到那道門前看了看，她說得對，每個數字鍵下方都有三個英文字母，就跟手機一樣。

「有什麼字是對你們兩人來說都有意義的嗎？」她說。

「E-m-m-a？」伊諾說。

我轉向他。「我對天發誓，伊諾……」

布蘭溫把他抓起來，扛在肩上。

「嘿！放我下來！」

「你給我去罰站。」布蘭溫說，不管他扭動著身體抱怨不休，扛著他走出房間。

「就像我說的，」艾瑪說，「這是你們之間的祕密，只有你會知道。」

我思考了半晌，然後跪在那道活板門旁。首先我試了我、亞伯和艾瑪的名字，但沒用。然後純粹為了好玩，我輸入了特異者的拼字 p-e-c-u-l-i-a-r。

不是，太明顯了。

「密碼可能根本不是英文。」米勒說，「亞伯也會說波蘭話。」

「不然你晚上再好好想一想。」艾瑪說。

我的腦子頓時嗡嗡作響。波蘭話，是啊，他偶爾會講，通常是自言自語。他教我的波蘭話不多，除了一個字：Tygrysku。他給我取的小名，意思是「幼虎」。

我輸進去。

門鎖喀的一聲打開了。

哇靠。

門打開後，出現一個延伸至暗處的梯子，我晃著腳踩上第一階。

「祝我好運。」我說。

「我先下去吧。」艾瑪說著張開手掌燃起一個火球。

「我應該先走。」我說，「如果下面有什麼怪物在等著，我想第一個被吃。」

「真有騎士風度啊。」米勒說。

我往下爬了十階後，踏到水泥地面。這裡的溫度比上面還低了十或十五度。眼前一片漆黑，我拿出手機照著四周，亮度只夠讓我看見兩側弧狀的灰色水泥牆。這是一個隧道，狹窄的程度會讓人得幽閉恐懼症，天花板很矮，讓我不得不彎著腰。手機的燈光太微弱了，看不到前方的情況，或者隧道還有多遠。

「怎麼樣？」艾瑪向下喊。

「沒怪物！」我吼道，「但我需要多一點亮光。」

看來騎士精神到此為止。

「待著別動！」艾瑪說。

「我們也下去！」我聽見奧莉芙說。

在等朋友們爬下來的時候，我突然發現爺爺其實想讓我找到這個地方。

「Tygrysku」這個字好似掉在樹林裡的麵包屑，就跟他把裴利隼女士寄來的明信片夾在愛默生的書裡是一樣的道理。

艾瑪爬到了樓梯底部，手裡出現一團火。「噢，」她說，往隧道深處看去。「這絕對不是什麼儲藏蔬菜的地窖。」

她朝我眨眨眼，我報以微笑。她看上去從容鎮定，但我很確定她是裝出來的，煩躁觸動著我每一根神經。

「我能下去嗎？」伊諾從上面的房間往下喊。「或者因為我開了玩笑就得被罰看家？」

布蘭溫剛爬到梯子底部。「你待在原地。」她說，「以防有人來，我們可不想被偷襲。」

「誰會來啊？」他說。

「誰都有可能。」布蘭溫說。

我們擠在一起，由艾瑪帶路，她捧著火球照亮四周。

「走慢點，仔細聽有沒有怪聲音，保持冷靜。」她說，「我們不知道下面有什麼，亞伯也可能在這裡設置陷阱。」

我們開始往前，彎腰駝背。根據這條隧道前進的方位，我試著推測我們的所在地點與房子的相對位置。移動二、三十呎後，我們很可能來到了客廳下方；四十呎後，便離開了房子；五十呎後，我肯定我們抵達了前院下方。

出現在隧道盡頭的是一扇門。這扇門看起來很重，正如那道活板門，但稍微開了條縫。

「有人在嗎？」我喊道。布蘭溫被我的聲音嚇了一跳。

「抱歉。」我對她說。

「你想會有人在嗎？」米勒問。

「沒，但誰曉得呢。」

我不想讓人知道我其實緊張得發抖。

艾瑪走進門內，用她的火焰照了下四周。「看起來沒有危險，」她說，「但這樣或許會有幫助……」

她的手摸向牆面，按下了一個開關，室內的一排日光燈亮了起來。

「嘿！」奧莉芙說，「這還差不多。」

艾瑪手指收攏熄滅火球，我們隨後走了進來。我慢慢地轉了個圈，環顧四周。這個房間不大，面積大概二十乘十五呎的大小，但我總算能站直身體了。房內的一切都井井有條，一如爺爺的作風。其中一側牆邊擺了兩張上下鋪的金屬雙層床，床腳放著用塑膠袋裝著的床單和毯子，緊緊捲成筒狀。牆面固定著一個大儲物櫃，艾瑪打開發現裡面有各式各樣的用品：手電筒、電池、基本工具以及夠吃好幾個星期的罐頭和乾糧。旁邊是一個裝滿飲用水的藍色巨桶，再過去則是一個外觀古怪的塑膠盒，我認出那是流動廁所，我曾經在亞伯車庫裡的野外求生類雜誌上看過。

「哇，你們過來看！」布蘭溫說。她站在室內一隅，眼睛緊貼著從天花板伸下來的一根金屬圓柱。「我可以看到外面耶！」

那根圓柱底部裝有把手和一個觀景鏡頭。布蘭溫退到一旁讓我看，我看見外面巷弄稍為有些模糊的景象。我抓住把手轉動，直到看見亞伯那棟部分被長草遮蔽的房子。

「這是潛望鏡。」我說，「一定是藏在庭院邊緣。」

「所以他可以看到牠們來。」艾瑪說。

「這是什麼地方？」奧莉芙問。

「這裡一定是避難所。」布蘭溫說，「以防噬魂怪來襲。看見那兩張雙層床了嗎？這樣他的家人也能躲進來。」

「他不僅僅是避難，」米勒說，「這裡也是接收站。」

他的聲音從另一頭的牆邊傳來，就在一個大木桌旁。桌面幾乎被一臺外型古怪的機器占據，是以鉻合金和鍍成綠色的金屬組成的，宛如十字架連著一臺原始印表機和傳真機，還有一個鍵盤難看地固定在前面。

「這臺機器肯定是拿來通訊的。」

「和誰通訊？」布蘭溫說。

「別的噬魂怪獵人。你看，這是一臺氣壓式電傳打字機。」

「噢，哇。」艾瑪說著，穿過狹窄空間湊過去看。「我記得這個，裴利隼女士以前也有一臺，後來不知丟哪了？」

「這是時鳥之間為了顧及圈套安危相互通訊的方案之一。」米勒解釋道，「但最後行不通，太複雜了，而且容易被攔截。」

我在發呆，沒有很認真聽他們說話。這一切靠我如此之近——名副其實就在我的腳下——我卻渾然不知，怎麼想都覺得無法理解。多少個午後我就在現在頭頂正上方二十呎的草地上玩耍，這真的很不可思議，使我不禁納悶：在我毫不知情的情況下，我到底接觸了多少特異世界的事？我想起了爺爺的朋友——那些時不時上門拜訪的老朋友，跟亞伯在後面門廊或書房裡一聊就是好幾個小時。

我是在波蘭認識他的，爺爺曾經跟我提起一個來訪的朋友。

他是我的戰友，這是他對另一人的描述。

但這些人到底是誰？

「你說這東西是為了跟別的噬魂怪獵人通訊，」我說，「你對他們了解多少？」

「那些獵人嗎？」艾瑪說，「我們了解的不多，但這是刻意不讓我們知道，他們行事作風極其隱密。」

「我覺得合理推測不超過十二位。」米勒說。

「你知道一共有多少獵人嗎？」

「每個獵人都有能力操控噬魂怪嗎？」我問。或許有其他跟我能力相同的特異者，或許我能找到他們。

「噢，我覺得沒有。」艾瑪說，「所以亞伯才特別呀。」

「還有你，雅各。」布蘭溫說。

「有件事我不懂。」米勒說，「為什麼亞伯當天晚上被噬魂怪追殺時不躲進這裡？」

「可能是來不及？」奧莉芙說。

「不是，」我說，「他知道噬魂怪要抓他，他好幾個小時前還慌張地打給我。」

「或者他忘了密碼？」奧莉芙說。

「他又不是老糊塗。」艾瑪說。

整件事只有一種解釋，我卻難以說出口，就連冒出這個想法都讓我感覺窒息。

「他沒有下來，」我說，「是因為他知道我會來找他，即使他叫我不要來。」

布蘭溫神情哀痛，抬手摀住自己的嘴。「如果他下來了……而你在上面……」

「他是為了保護你，」艾瑪說，「所以試著引開噬魂怪，才去了樹林裡。」

我感覺雙腳快要支撐不住，一屁股坐到床上。

「你不知道會這樣。」艾瑪坐到我身旁。

「不，」我呼出一口氣，「他跟我說怪物要來了，但我不相信他。他或許可以活下來的，但我不相信他，再一次讓他失望。」

「不要這樣責怪自己。」她聽上去很生氣。「他告訴你的不多吧，甚至還說得太少。如果他告訴你了，你會相信他的，對不對？」

「是啊……」

「但亞伯喜歡祕密。」

「沒錯。」米勒說。

「有時候我會覺得他愛祕密勝過愛人，」艾瑪說，「最後讓他遇害的原因是他的祕密，不是你。」

「大概吧。」我說。

「一定是的。」

我明白她說得有道理——大多數時候她都是對的。我很氣爺爺不多告訴我一點，但我很難不去想如果我沒有將他推開，或許他就不會對我有絲毫隱瞞。所以我既生氣又愧疚，可我不能跟艾瑪坦承我的感受，就只能點點頭說：「嗯……至少我們找到了這個地方，亞伯要帶進墳墓的祕密又少了一個。」

「或許不只一個。」米勒說著，打開桌子的抽屜。「你可能會對放在這裡的東西有興趣，雅各。」

我立刻下床走過去。抽屜裡放著厚厚一本大金屬環的活頁夾，前面貼著一個標籤，寫著**任務日誌**。

「哇。」我說，「這是……？」

「就像上面寫的啊。」米勒說。

我把手伸進抽屜，把書拿出來，大家都圍了過來。這本書有幾吋厚，至少重五磅。

「快打開。」布蘭溫說。

「別催我。」我說。

我從中間隨便翻開一頁，是一份打字的任務報告，上面還用釘書機釘了兩張照片，其中一張是一個變裝的孩子坐在沙發上，另一張則是一對男女打扮成小丑的模樣。

我大聲念出報告內容。全文以冷硬的執法口吻寫成，概述了拯救一名特異孩童的任務經過，從兩名偽人和一隻噬魂怪的追殺下逃脫，最後把那個孩子送至一個安全的圈套中。

我又翻了幾頁，全是類似的報告，一直持續到一九五〇年代為止，於是我闔上了活頁夾。

「你知道這代表什麼意思，對吧？」米勒說。

「亞伯不只追蹤和獵殺噬魂怪而已。」布蘭溫說。

「對。」米勒說，「他也負責拯救特異孩童。」

我看向艾瑪。「妳知道這件事嗎？」

她垂下視線。「他從沒有談過工作的事，從來沒有。」

「但拯救特異孩童是時鳥的工作呀。」奧莉芙說。

「對，」艾瑪說，「但如果偽人以小孩當作誘餌，就像在入口那次，時鳥或許無能為力。」

還有一個細節讓我有些在意，但我決定先暫時保密。

「喂！」門口一個聲音吼道，所有人都嚇了一跳，回頭看見伊諾站在那裡。

「我叫你不要下來！」布蘭溫說。

「妳想要我怎樣？你們把我丟在那裡那麼久。」他踏進室內，左顧右盼。「所以就是這個讓你們大驚小怪？看起來像是監牢。」

艾瑪看了眼她的手錶。「快六點了，我們最好回去了。」

「其他人會殺了我們，」奧莉芙說，「我們出來整個下午，卻沒有買新衣服。」

我想起了裴利隼女士答應的事，她說傍晚要給我看一樣東西，再一、兩個小時天就要暗了。老實說，我對她想給我看的東西早已興趣缺缺，我現在滿腦子都是回家躲進房間，一頁一頁閱讀爺爺留下來的日誌。

回到家時，太陽剛剛沒入樹梢，留在家的朋友們對我們去那麼久大肆抱怨。今天下午的發現仍讓我頭昏腦脹，還沒準備好要跟大家討論，所以我編了一個故事：因為輪胎漏氣，艾瑪利用路上的柏油加熱修補，所以耽擱了很久。其他人很快就原諒我們。

爸媽走了，他們收拾了行李前往亞洲旅行。我在廚房流理臺上發現媽留下的手寫字條，

October 31, 1967'HOUSTON, TEXAS

Rec'd report of previously uncontacted peculiar male, approx. 13 yrs of age, manifesting moderate ability, runaway given up for adoption. Operatives A and H discovered 2 wights posing as adoption officials, using subject as bait for ymbrynes. They had 1 hollowgast in tow.

Contact was made during local Halloween parade. Enemies separated from crowd and engaged. Hollowgast silently killed using compact bow and arrow. Wights escaped.

Male injured in leg, female unhurt. Wights believed to be traveling under aliases Joe and Jane Johnson. Never seen unmasked. Result: subject extracted, delivered safely to loop A-57 near Marfa, Tex. into the care of a Miss Apfel, November 10, 1967.

上面說：他們會很想我，隨時可以打電話或寄電子郵件給他們，然後要我記得付園丁鐘點費。我從字條上輕快且隨興的語氣——**愛你，小雅！**——可以看得出來裴利隼女士下了一番工夫，將過去幾個月他們擔心我的記憶抹得一乾二淨。他們似乎一點也不擔心我會崩潰或在他們外出時離家出走。事實上，感覺他們根本就不在乎。沒關係，**忘得好**！我心想，至少現在我們有各自的空間了。

裴利隼女士也不在，我們出發後，她也跟著外出了，霍瑞斯表示。

「她有說要去哪裡嗎？」我問。

「她只說要我們七點十五分準時在後院的花房跟她會合。」

「花房。」

「準時七點十五分。」

這樣我只有差不多一個小時的自由時間。

我偷偷溜上樓回到房間，把齊柏林飛船第四張專輯放上電唱機。每次我想專心做事就會聽這張唱片。我帶著爺爺的日誌爬到床上，攤開來開始閱讀。

我才看了差不多一頁，艾瑪便從門口探進頭來。我邀她跟我一起看。

「不了，」她說，「我今天已經受夠亞伯・波曼的東西了。」而後走了出去。

這本日誌共有上百頁，涵蓋數十年的時間。大部分的報告格式都跟我先前在地窖念的那篇類似：對細節詳盡描述，搭配公事公辦的口吻，有些還會夾帶照片和其他圖像證據。要整本讀完可能得花上一個星期，所以這一個小時我只能大略看過，不過已足以讓我對亞伯在美國的工作有個大概的了解。

他經常單獨行動，但偶有例外，有些報告會提及其他「幫手」，名字僅僅用英文字母表示，像是F、P、V，但最常出現的是H。

他就是老爸以前遇見的那個男人，假使他被抹除一半的記憶可靠的話。如果這個H能讓亞伯那麼信任，足以將兒子介紹給他認識，那他一定是個舉足輕重的人物。他是誰？他們的組織是怎樣的結構？誰負責分派任務？

每一個新的線索都會引發更多的疑問。

在早期，他們的工作幾乎是專門獵殺噬魂怪，但後來有越來越多任務涉及尋找並拯救特異孩童。毫無疑問，這很讓人敬佩，可是布蘭溫的問題一直縈繞在我腦海：這難道不是時鳥的工作嗎？有什麼勢力阻止美國的時鳥做這件事嗎？

亦或是出了什麼問題？

這些任務最早是從一九五三年開始的，在一九八五年戛然而止。為什麼停手了？會不會是有別本日誌我沒找到？或是亞伯在一九八五年退休了嗎？還是情況改變了？

讀了一個小時之後，我心中得出了一些答案，卻也有更多新的疑問。首先，還有很多像這樣的任務需要完成嗎？還有其他的噬魂怪獵人在與怪物打鬥並拯救特異孩童嗎？如果有，我非常想找到這群人，我想成為其中一分子，運用我的天賦繼續爺爺在美國的工作。畢竟，這可能就是他希望的。他用他為我取的綽號把他的祕密鎖起來，但他過世得太早，來不及告訴我。

現在重要的是，為了解答我的疑問，我得找到這世上唯一可能知道亞伯祕密的人。

我必須找到H。

第四章

我們在我家後院漫無目的地閒晃，等裴利隼女士回來。現在是七點十二分，天色幾乎全黑。我看向花房，那是一間用格紋木建構、疏於管理的小屋，佇立在夾竹桃樹籬前。幾年前，老媽曾熱衷於園藝，但最近這間小屋成了雜草和蜘蛛的窩。

就在七點十五分整，空氣中出現靜電啪擦一聲，霍瑞斯「喔——」了一下，克萊兒一頭長髮豎了起來，小屋內部瞬間變亮，發出一陣短暫明晃的閃光，好幾百個木格透出白光，又暗了下來。裴利隼女士的聲音從花房裡傳來。

「到了！」她闊步走到草坪上，「啊。」她說，深吸了一口氣。「對了，我喜歡這裡的空氣。」她看著我們所有人。「抱歉我遲到了。」

「只遲到了三十秒。」霍瑞斯說。

「波曼先生，你看起來有點不解。」

「我不太清楚剛剛發生了什麼事，」我說，「或是妳去哪裡了，應該說……完全狀況外嗎？」

「那，」她指著那間小屋。「是一個圈套。」

我把視線從她身上移到小屋。「我家後院有圈套？」

「現在有了，我今天下午建立的。」

「這是袖珍圈套。」米勒說，「裴女士，妳真聰明！我以為委員會尚未同意這件事。」

「只有這個，只限今天。」她說，揚起一個驕傲的微笑。

「妳創建這個下午的圈套幹嘛？」我問。

「時間不是袖珍圈套的重點，這種圈套的優點在於尺寸袖珍，維護工作很輕鬆。不像正常的圈套，袖珍圈套每個月只需要重置一、兩次，而不是每天。」

其他人皆面帶微笑，興奮地互看，只有我仍一頭霧水。

「但花房大小的圈套有什麼好的？」

「雖然不能拿來避難，做為門戶卻很有用。」她把手伸進裙子口袋，掏出一個細長的黃銅物品，看起來像是開了個洞的巨大子彈。「經由我哥哥班森發明的這個獨特的接駁器，就可以把這個圈套縫進他的圓形圈套中。**你看！**我們有一道通往惡魔之灣的門了。」

「在這裡，」我說，「我家後院。」

「你不相信我的話，」她說，伸手指向那間花房。「就自己親眼瞧瞧吧。」

我往前走了一步，「真的？」

「這是個美麗新世界，波曼先生，我們隨後就到。」

從我家後院回到位於十九世紀倫敦的時間圈套只花了四十秒。從我走到花房後面到踏出惡魔之灣的清潔間總共只要四十秒。整個過程讓我頭暈目眩，我的頭和胃已不太習慣突如其來的圈套旅行。

我從清潔間出來，進入一條鋪著地毯的熟悉長廊，沿著長廊陳列著相同的門，每一扇門上都有一小塊牌子。對門的牌子上寫著：

一九三七年四月八日，荷蘭海牙

我轉身看向身後的門，牆上貼著一張紙：

現代佛羅里達州，雅各・波曼的家
僅限阿爾瑪・拉菲・裴利隼及其孩子們

班森發明的空間扭曲機器「圓形圈套」的中心點，竟然跟我家連結在一起。我仍試著理清頭緒，艾瑪便打開門走了出來。「你好呀，陌生人！」她說著，吻了下我的臉頰。裴利隼女士和我其他特異朋友就跟在她身後。他們興奮地談笑風生，泰然自若地面對瞬間飄洋過海和穿越一個世紀的旅行。

「也就是說我們再也不用睡在惡魔之灣了。」霍瑞斯說。

「或是為了去雅各家開長途車穿過那片沼地，」克萊兒說，「我會暈車。」

「最棒的是食物，」奧莉芙說著，擠到前面來。「想想看，我們可以早上吃正常的英式早餐，午餐去雅各家吃披薩，晚餐再吃史密斯菲爾德肉市場買的羊排！」

「真看不出來這小個子是個大胃王。」霍瑞斯說。

「多吃一點或許就不用穿鉛鞋了。」伊諾說。

「是不是很棒？」裴利隼女士把我拉到一旁。「現在你明白我說的解決方案是什麼了吧。有了這個袖珍圈套，你就不用為了生活在一個世界，而與另一個世界切割。有你的幫忙，我們可以繼續探索現代的美國，又不會怠慢惡魔之灣這裡的職責。我們有圈套需要重建、還要幫助受創傷的特異者休養康復、處置被抓的偽人……我並沒有忘記對你的承諾，你可以在這裡愉快的工作。聽起來怎麼樣？」

「妳打算給我怎樣的工作？」我說。此時此刻出現在眼前的機會讓我頭暈目眩。

「任務是由時鳥委員會分派的，所以我也不清楚，但他們跟我說為你準備了很有趣的任務。」

「那我們呢？」伊諾說。

「我們想做重要的工作，」米勒說，「不只是瞎忙。」

「或是打掃。」布蘭溫補上一句。

「我保證會給你們重要的工作。」裴利隼女士說。

「我覺得現在重要的工作就是學習普通人的生活，」伊諾說，「幹嘛要在這個垃圾堆浪費時間？」

院長抿了一下脣。「你們學習現代技巧與知識的同時，也可以協助惡魔之灣的重建工作。我們甚至可以像現代人一樣上下班，不是很好玩嗎？」

伊諾搖搖頭，撇開視線。「不都是出於政治考量，妳只是不敢承認。」

裴利隼女士的眼睛冒出怒火。

「你太沒禮貌了。」克萊兒說。

「不，繼續說，伊諾。」裴利隼女士說，「我想聽。」

「某個站在食物鏈頂端的人覺得我們待在現代雅各家，而其他人卻困在這裡，像難民一樣生活，收拾偽人留下的爛攤子，這樣不好。但我不管別人怎麼想，我們應該要放假，該死！」

「這裡的每個人都需要放假！」裴利隼女士斥責道。她閉上眼睛，捏了捏鼻梁，彷彿頭突然痛了起來。「不如這麼想吧，孩子們看見你們這群惡魔之灣大戰的英雄為了公眾利益加入他們的工作，內心會大受鼓舞。」

「呸。」伊諾說，轉而清理他的指甲。

「但我很興奮呀。」布蘭溫說，「我一直想做真正的工作，承擔真正的責任，就算必須縮短我們的普通人課程。」

「縮短？」霍瑞斯說，「我們根本連一堂都沒上過！」

「一堂都沒有？」裴利隼女士看向我。「你們衣服買得怎麼樣了？」

「我們、呃……有點偏離了目標。」我說。

「噢。」她皺起眉頭，「沒關係，我們有很多時間，不急在今天！」隨即大步邁過走廊，擺擺手要我們跟上。

我們跟著裴利隼女士穿過長廊，不停有人在圓形圈套中的許多門來來去去。每個人都神情肅穆，步履匆匆，身穿截然不同的服裝以融入不同的目的地。一名女士穿著寬大的藍色巴斯爾裙襯，後臀像氣球般膨脹，讓我們不得不排成一行，緊貼著牆面與她擦肩而過；一位男士身著厚重的白色防雪裝和圓形皮草帽；另一個男人則穿了雙七里靴，長度到大腿上方，上身是一件釘著金色鈕釦的海軍大衣。這些五光十色的衣服看得我眼花撩亂，差點在拐過轉角時，一不留神撞上一堵牆——至少我以為是牆，直到聽到有人說話的聲音。

「少年波曼！」一個聲音冒出來，我抬起頭，伸直了脖子掃視男人全身。這人身高七呎，穿著厚重的黑色長袍，既是死亡的化身，也是我偶爾會想起的一位老朋友。

「雪倫！」

他彎腰向裴利隼女士打招呼，又伸出手來與我握手。他纖細冰冷的手指纏上我的手，甚至能再碰到自己的拇指。

「終於來見你的粉絲了？」

「哈哈，」我說，「是啊。」

「他可沒開玩笑，」米勒說，「你現在可出名了，出去後等著看吧。」

「什麼？你說真的？」

「是呀，」艾瑪說，「有人來要簽名的話，你可別嚇到喔。」

「別太得意。」伊諾說，「自靈魂圖書館一戰後，大家都小有名氣。」

「噢，是喔！」艾瑪說，「你有名氣？」

「一點點啦，」伊諾說，「有粉絲寫信給我。」

「只有一封，個位數。」

伊諾晃著他的腳。「其他的妳不知道。」

裴利隼女士清了清喉嚨。「無論如何！今天你們要去委員會接重建任務。雪倫，你不介意送我們去政府大樓吧？」

「沒問題。」雪倫向她鞠躬，他的斗篷散發出發霉和溼泥土的氣味。「我很開心能從忙碌的行程中抽出一點時間陪同各位貴客。」

當他陪我們走過長廊時，他對我說：「我現在是這棟房子的總管，也是圓形圈套及其門戶的監督。」

「我還是不敢相信他們讓他負責。」伊諾嘟囔道。

雪倫轉身直勾勾地盯著他，咧開了嘴，漆黑的兜帽下露出一抹光亮。

伊諾躲到艾瑪身後，希望能消失不見。

「這裡有個說法，」雪倫說，「『教宗很忙，泰瑞莎修女已死。』沒人比我更了解這個地方，除了老班森。不過多虧了少年波曼，他再也不能管理這個地方了。」他的語氣謹慎而中立，聽不出他對前雇主的死是否感到遺憾。「所以恐怕你們永遠擺脫不了我了。」

我們拐過另一個彎，進入一條寬廣的廊道，有如假日機場航廈般忙碌：旅人提著大包小包在位於兩側牆面的門來來去去；還有人在櫃檯前大排長龍，等身穿制服的職員審核完文件後放行；而粗暴的邊境衛兵則監視著所有人。

雪倫對一旁的職員吼道：「把門關起來！你把一九一一年聖誕節的赫爾辛基的大半個冬天都放進來了！」

那位職員瞬間從椅子上彈起，把開了條縫的門關上，雪花透過那扇門飄了進來。

「我們要確保人們只進入經過批准的圈套旅行。」雪倫解釋道，「這些走廊上有上百扇門，時間事務部表示只有不到一半是安全的，還有很多地方尚未充分探索，有些地區好多年沒有開放。所以在進一步通知以前，所有圓形圈套旅行都要接受政府部門批准——你們也一樣。」

雪倫把一張票從一個灰褐色頭髮、穿著棕色風衣的人手中抽走。「你是誰，要去哪裡？」他顯然很開心被賦予了一定的權力，情不自禁地在我們眼前炫耀。

「我叫威靈頓．韋巴斯。」男人口齒不清地說，「我要去一九二九年六月八號的紐約市賓州車站，先生。」

「去那裡幹嘛？」

「先生，我是被分派到美國殖民地的語言外展人員，我的工作是翻譯。」

「我們為什麼要派翻譯去紐約？他們說的不是純正英語嗎？」

「不盡然，先生。其實他們說話方式還滿怪的，先生。」

「為什麼帶雨傘？」

「那裡正在下雨，先生。」

「你這身打扮有去服裝部做過時代檢查嗎？」

「檢查過了，先生。」

「我以為那個年代的紐約人都會戴帽子。」

男人從風衣裡拉出一頂小帽子。「我有帽子，先生。」

裴利隼女士輕點她的腳尖好一段時間了，耐心早已用光。「若這裡需要你，雪倫，我們可以自己找到去政府大樓的路。」

「不行。」他說完，把票還給那個男子。「快走，韋巴斯，我會盯著你。」

男人落荒而逃。

「走這邊，孩子們，不遠了。」

他為我們在擁擠的廊道上清出一條路，帶著我們下樓。到了一樓，經過班森宏偉的圖書館，家具已經清空，騰出超過一百張床位的空間。

「在我們去找你之前，一直睡在這裡。」艾瑪對我說，「女生睡那間，男生睡這間。」

我們穿過原本是飯廳的房間，現在擺了更多的床。整棟房屋的最下層都成了收容流離失所特異者的地方。

「住得舒服嗎？」

蠢問題。

艾瑪聳聳肩，她不喜歡抱怨。「肯定比睡在偽人的監牢裡好多了。」她說。

「也沒有好**多少**。」愛發牢騷的霍瑞斯一逮到機會便湊上來。「我跟你說，雅各，真的很糟糕，沒幾個人像我們一樣注重個人衛生。我有好幾天睡覺時，不得不把樟腦棒塞進鼻孔裡！而且毫無隱私可言，更別說衣櫃、更衣間或正常的盥洗室了，廚房端出的菜也是千篇一律——」我們剛好經過門前，看見一堆廚子在切菜、攪拌鍋子，「有好多來自其他圈套的可憐傢伙晚上一直做噩夢，鬼吼鬼叫的，根本無法入睡！」

「還真敢說，」艾瑪說，「你一星期有兩次尖叫著醒來！」

「是沒錯，但至少我做的夢是有意義的。」

「聽說美國有個女孩能移除噩夢。」我聽見米勒說，「或許可以請她幫忙。」

「世界上沒人有資格操縱我的夢。」霍瑞斯不耐煩地說。

艾瑪寫給我的信中語氣一直都很輕鬆愉快，總是與我分享快樂的時刻，以及他們經歷的小小冒險。她從未提起這裡的生活條件或日常生活遇到的困難，使我不由得再次敬佩起她的堅韌。

雪倫推開走廊末端那扇偌大的橡木門，街道嘈雜的聲音和日光流瀉進來。

「別走散了。」裴利隼女士吼道。所有人步出門外，擠進人行道上絡繹不絕的人潮中。

要是艾瑪沒有牽著我的手，我可能會一動也不動地站在原地。我幾乎不認得這個地方了，上次看見惡魔之彎時，胎魔的碉堡仍是一堆冒著煙的殘墟；偽人遭暴民追殺逃至街上；仙丹成癮者搶劫無人看守的存貨；勾結偽人的不法分子燒毀留有他們犯罪證據的建築，引發了騷動。但那都是前一陣子的事了，現在看來已有很大的進步。雖然基本上仍是個骯髒不堪的地方：建築外觀結滿塵垢，天空一如既往是混濁的黃色，但火焰已經撲滅，斷壁殘垣也已清理乾淨，車水馬龍的大街上還有身穿制服的特異者指揮著一輛輛的輕馬車。

但比起城市景觀，人的變化更大。四處徘徊、眼神空洞的中毒者；在櫥窗大剌剌展示商品——即特異者——的人口販子；吃了仙丹、眼放精光的鬥士，都已不復存在。從路人身上不拘一格的跨時空服裝看來，這些特異者全來自歐、亞、非三洲、中東及各式各樣的時空。偽人無差別地狩獵特異者的靈魂，其範圍之廣遠遠超出我的想像。

除了服裝打扮外，最讓我震驚的是儘管他們處於這種境地，依然保有自身的尊嚴。他們從受損和崩毀的圈套來到這裡避難；失去了家園、親眼目睹朋友與摯愛被殺，受到難以想像的心理創傷，卻沒人露出驚恐與茫然的眼神，或者衣衫襤褸。這些人的生活遭到重創，整條街卻充滿正面的能量。

也許他們只是沒有時間哀悼，但我寧願相信，這是近一個世紀以來，特異者第一次不僅僅只是躲進圈套裡期待，還能有所作為。黑夜已經過去了，倖存下來的人還有很多事要做，他們要重建，讓這個世界變得更加美好。

走了將近一、兩條街，我太專心觀察街上的人，沒注意到很多人也在盯著我看。直到有人又多看了我幾眼，還有人指著我，而且我發誓他們的口形說的是我的名字。

他們知道我是誰。

我們經過一個報童，他大喊：「雅各．波曼今天將蒞臨惡魔之灣！我們的英雄戰勝偽人後，第一次重返惡魔之灣！」

我感覺臉頰發燙。

「為什麼所有功勞都是雅各的？」我聽見伊諾說，「我們也在啊！」

「雅各！雅各．波曼！」兩個少女追了過來，揮著一張紙。「你能幫我們簽名嗎？」

「他要趕去一個重要會議！」艾瑪說，拉著我穿過人群。

才走不到十呎，一雙厚實的手掌擋在我面前。對方是一個說話很快的男人，額頭中央長了一隻眼睛，還戴著一頂印著**記者**兩個字的帽子。

「我是《扒糞晚報》的法里悉．奧威洛，能讓我拍一張照嗎？」

我還來不及回答，他便把我轉向照相機——那是臺大型古董，鐵定有一噸重。一名攝影師縮在後面，舉起鎂光燈。「好啦，雅各，」法里悉說，「指揮一支噬魂怪軍隊是什麼感覺？與偽人背水一戰後覺得如何？在你給胎魔最後一擊前，他有什麼遺言？」

「呃，事情其實不是——」

相機閃了一下，讓我瞬間看不見東西。而後另一雙手放到我身上——這次是裴利隼女士把我拉走。「不要接受媒體採訪。」她湊到我耳畔說，「什麼都不要說，**尤其**是發生在靈魂圖書館的事！」

「為什麼？」我說，「他們以為發生了什麼事？」

她沒有回答，其實是沒辦法回答，因為布蘭溫突然把我舉到頭頂，像個大圓盤似的抬著走，遠離人潮。我們就那樣繼續移動，雪倫張開手臂將人海一分為二，指向前方高高的鐵柵門——對，就在那，就快到了——其後矗立著一棟黑石建成的龐大建築。

一名守衛揮手要我們穿過門進到院子裡，人潮被我們拋在後頭。布蘭溫把我放下來，我還在整平衣服，其他人就圍了過來。

「我還以為有人會咬你一口呢！」艾瑪說。

「我就說了他很有名吧！」米勒說，語氣裡滿是調侃和一點點的忌妒。

「是沒錯，但我沒想到——」

「**真的**這麼出名？」艾瑪說。

「你只是一時的熱潮。」伊諾說著擺擺手。「等著瞧吧，他們到聖誕節就會忘了。」

「老天，但願如此。」我說。

「為什麼？」布蘭溫說，「你不想出名？」

「不想！」我說，「那太——」我想說恐怖，「有點太超過了。」

「你應對得很好。」裴利隼女士說，「而且會越來越得心應手。一旦人們習慣看到你，就不會如此大驚小怪。你離開一陣子了，雅各，這段時間你已經聲名大噪。」

「看得出來，但他們說我殺了胎魔是什麼意思？」

她傾向我，壓低聲音。「這是必要的謊言，時鳥們認為讓大家相信胎魔死了最好。」

「胎魔沒死嗎？」

「很有可能。」她說，語氣過於隨意，實在令人難以置信。「但事實上，我們不知道圈套崩毀時發生的事，沒有生還者帶來消息。胎魔和班森或許死了，或者他們……去了別的地方。」

「異次元空間。」米勒說。

「他們當然不會回來。」裴利隼女士趕緊補充道，「只是我們不希望大眾——或那些逃過追捕的偽人——有任何懷疑，或打什麼想救他的歪主意。」

「所以恭喜啦，你也殺了胎魔。」伊諾說，他的語氣充滿諷刺。

「難道不能是我們其中一個殺了他嗎？」霍瑞斯抱怨道。

「你是指你嗎？」伊諾譏笑道，「誰會相信？」

「不要大聲喧譁！」裴利隼女士斥責道。

我仍在試著接受胎魔只是很可能死了這個想法，或有任何東西——即便是他在最後關頭變成的超級怪物——可能在危險的圈套崩毀中倖存。雪倫拍了下我的背，害我差點摔倒。

「我的天，我該回去了，如果你們還需要人帶路，請務必叫我。」

裴利隼女士向他道謝，他深深一鞠躬，便轉身離開，還大動作地把那身斗篷甩到身後。我們轉身面向那棟死氣沉沉的建築物。

「這是什麼地方？」我問。

「這裡是暫時的特異者政府機關大樓。」裴利隼女士說，「時鳥委員會開會，以及眾多部門辦公都在這裡。」

「這也是我們接任務的地方。」布蘭溫說，「我們早上會來這裡報到，他們會告訴我們該做什麼。」

「聖巴納布斯瘋人院。」我念出刻在建築物鐵門上的字。

「我們沒有多少空屋可以選。」裴利隼女士說。

「讓我們再一次共赴戰場吧，親愛的朋友[4]。」米勒笑了起來，推著我往前。

此機構的全名是「聖巴納布斯瘋人、騙子暨犯罪分子庇護院」，原有囚犯——大多是自願進去的——趁著偽人戰敗、一陣混亂之際逃跑，從此這個庇護院就一直空著，直到時鳥委員會辦公處在一次噬魂怪襲擊中遭到冰封，無法再居住，便徵用這裡做為臨時總部。現在這裡是大部分歐洲特異者政府部門的辦公地點，原本令人痛苦的地牢、軟墊病房和昏暗的走廊

4 此處米勒引述莎士比亞《亨利五世》的臺詞：Once more unto the breach, dear friends.

擺滿了桌椅、會議桌和文件櫃。儘管陳設變了，看起來仍舊跟拷問室差不多。

我們大步走過繁忙的入口大廳，多數官員穿著西裝背心，有一堆文件和簿冊要處理。牆邊設置一個個窗口，每個窗口都有一名接待員，並標示部門名稱：時間事務部、時代謬誤部、凡人相關部、留聲與照相檔案部、細節管理與學問部以及重建部。裴利隼女士帶著我們走向最後一個窗口，自我介紹。

「嗨，巴托比，我是阿爾瑪．裴利隼，我要見伊莎貝爾．杜鵑。」

男人抬頭看她，眨了眨眼。他額頭上擠了五隻眼睛，中間那隻戴著一個單片眼鏡。「她已經在等妳了。」他說。

裴利隼女士道了聲謝，然後往回走。

「你在看什麼？」男人對我說，眨了眨四隻眼睛。我趕緊跟上其他人。

入口大廳有好幾扇門，我們經過一扇門進到一個小房間，裡面擺了好幾排椅子，有六名特異者坐在那裡，填寫一份表格。

「那是才能測驗。」艾瑪對我說，「為了知道你最適合怎樣的工作。」

一個女人朝裴利隼女士大步走來，張開雙臂。

「阿爾瑪，妳回來了！」

她們互相親吻對方的臉頰。

「孩子們，這位是伊莎貝爾．杜鵑，我的親密老友，同時也是負責派遣高階重建任務的時鳥。」

那女人有著一身黝黑的皮膚，講話帶有法國口音。她穿著一件耀眼的藍色天鵝絨西裝，有著寬大翼狀的墊肩，往下收窄的腰身，中間飾有亮金色的鈕釦。她留著一頭中分短髮，是帶有金屬光澤的銀色，看起來彷彿來自未來的搖滾巨星，而不是維多利亞時代的女性。

「我很期待跟你們見面。」她親切地說，「阿爾瑪跟我說了很多你們的事，感覺我們認識很久了。妳一定就是艾瑪吧，能生火的女孩，然後你是阿修，那個養蜂人？」

「很榮幸見到妳。」阿修說。

幾乎所有人她都認識，她跟每個人握手，最後走到我面前。

「而你是雅各．波曼，你的名字在這裡可是如雷貫耳啊。」

「我也聽說了。」我說。

「他感覺沒有很高興？」杜鵑女士轉向裴利隼女士說。

「大家的關注讓他不知所措。」裴利隼女士答道，「他才剛從某個相對安靜的時空過來。」

杜鵑女士笑了起來。「不過他安靜的時光要結束了！我是說，如果你願意做些重要的工作。」

「我會盡我所能地幫忙。」我說，「你們有什麼要我做的嗎？」

「啊啊，」她搖搖手指，「好事多磨。」

「我不想打零工，」米勒說，「我覺得我才華洋溢，更適合其他工作。」

「你們運氣很好，這裡沒有不重要的任務，不管多奇特的異能都有用武之地。上星期我才派一個口水能當膠水的男孩負責加工堅不可摧的腳部束縛帶。不論你們的異能是什麼，我都有任務派給你們，好嗎？」

伊諾舉手發問：「我的異能是用我的帥氣迷惑女士，有什麼任務是我能做的嗎？」

杜鵑女士皮笑肉不笑地說：「伊諾．歐康納，可以喚醒亡者，出身殯葬世家。」她微微一笑。「而且會厚著臉皮開玩笑，我記住了。」

伊諾垂下頭對著地面傻笑，臉頰漲得通紅。「她**真的**知道我。」我聽見他說。

裴利隼女士的臉色看起來像要把他滅口似的。「真的很抱歉，伊莎貝爾——」

她擺擺手。「他雖然是個笨蛋，但很勇敢，那很有幫助。」她看著我們其餘的人。「還有人想跟我說笑話嗎？」

沒人敢吭氣。

「那就開始分配工作吧。」

她和裴利隼女士手挽著手，一起大步朝門口走去，看起來就像活在不同時空的姊妹。我們跟在後面走出房間，然後上樓。

「伊諾，你怎麼回事？」我聽見米勒說，「她大你一百歲耶，還是個**時鳥**！」

「她說我很勇敢。」伊諾說，一臉呆滯。

他頓時變得一點都不在意留在惡魔之瀞做事了。

「我原以為男生很難懂，」布蘭溫搖搖頭說，「但現在我知道了，男生全是白痴！」

我們跟著兩位時鳥來到一條點著煤燈的昏暗走廊。「這裡就是各部門辦公室，」杜鵑女士說，邊說邊面向我們倒退走。「所謂『製作香腸的地方』。」

每前進幾碼就是一扇門，每扇門都有兩種標示牌：庇護院原本的標示以粗體字刻在木牌上，木牌上面則是各部門自己放上去的標示，鏤刻在紙上。一扇開著的門上寫著「惡棍和「時間事務部」」，裡面有個男人一隻手在用打字機，另一隻手拿著傘，因為天花板嚴重漏水，乍看之下還以為是室內在下雨。另一扇門（變態／非人類事務部）裡，有一個女人拿著掃帚保護自己的午餐免受一群老鼠侵擾。幾乎天不怕地不怕的艾瑪，唯獨害怕齧齒動物，她緊緊抓住我的手臂。

「我很驚訝你們選擇這棟建築做為辦公室。」艾瑪對杜鵑女士說，「你們在這裡舒服嗎？」

杜鵑女士笑了起來。「一點也不舒服，但這是故意的。惡魔之灣的每一間收容院所都不舒適，我們也應該如此。這樣大家才有動力加快進行重建工作，我們才能盡快離開這裡，回到各自的圈套居住。」

我是不知道要把一半的時間拿來對付老鼠和漏水的天花板是能多有效率啦，但這麼做是基於一種高尚的情操吧。如果時鳥和官員為自己安排一座黃金宮殿，給外界的觀感會很糟糕，大戰老鼠反而會帶來某種榮譽感。

「你們可以想像，在倫敦這裡，有大量的重建工作要做。」杜鵑女士表示，「而在這個特殊的勞動市場裡，你們都是非常炙手可熱的人才。我們需要廚師、守衛、大力士。」她指著布蘭溫，「有幾個部門紛紛指定布朗利小姐幫忙，像是搶救與拆除部、監管與護衛隊部……」

我很快地瞄了眼布蘭溫，發現她的嘴角垂了下來。

「好了，布蘭溫，」裴利隼女士說，「那肯定比清除瓦礫好多了！」

「我本來希望被派去參加美國的遠征軍。」布蘭溫說。

「沒有什麼美國的遠征軍。」

「現在沒有，但我可以幫忙創造一支出來。」

「有這樣的野心，我很確定妳能辦得到。」杜鵑女士說，「但在送妳去前線之前，我們必須先讓妳鍛鍊一下。」

布蘭溫似乎還想說些什麼，如果對方是裴利隼女士的話，她可能就說出口了。但面對杜鵑女士，她便把話吞了回去。

杜鵑女士指著我旁邊的位置，米勒穿的外套和褲子浮在空中。「諾林先生，特異者情報部有個報酬豐厚又很輕鬆的工作，隱形人在外勤工作方面一直很吃香。」

「製圖部不是更適合我嗎？」米勒答道，「任何隱形人都可以來去自如偷聽機密，而且我敢說我的製圖技術跟專業人士一樣好。」

「有可能，但情報部正缺人手，而製圖部已經滿了，抱歉。現在請你去情報部找金波先生報到，在三〇一號房。」

「是的，女士。」米勒有氣無力地說完，轉身往走廊另一個方向走去。

杜鵑女士對路過的一個天花板挑高的大辦公室示意，裡面有六名男女職員在整理成堆的郵件。「歐康納先生，我很確定亡者信件辦公處會很高興有你加入。」

伊諾看起來垂頭喪氣。「整理無法投遞的郵件？那我的能力呢？」

「亡者信件辦公處的工作並非處理無法投遞的郵件，而是處理死者之間往來的信件。」

其中一個男職員拿起一封沾著墳墓泥土的信封說，「他們的筆跡真醜，文法更差，得要讓科學家來分析才知道這些信是寫給誰的。」他將信封倒過來，一堆小蟲掉了出來。「偶爾我們會很想去詢問寄信人，但我們沒人知道怎麼讓死者復甦。」

「死人會互相寫信？」艾瑪問。

「他們經常會互相問候，想跟老朋友報告近況，」伊諾說，「其中有一半都是八卦。如果有時間的話，我偶爾會讓他們在回去地下前寫張明信片。」

「考慮一下，」那個男職員說，「我們的人手總是短缺。」

「我的可不短！」後面的職員說著，舉起他超乎常人的長臂，手指刷過天花板，在我們走開時發出咯咯的笑聲。

杜鵑女士揮著手要我們跟上。

「布魯小姐，我用膝蓋想也知道妳適合去監管辦公處幫忙。妳可以成為出色的獄卒，看管我們抓獲的最危險偽人。但裴利隼女士告訴我妳最近有了新的嗜好？」

「是的，拍照。我已經自備手持鎂光燈了……」

她把手掌向上伸，生出一團火焰。杜鵑女士笑了起來。

「非常好，等我們重新跟美國殖民地取得聯繫後，肯定會需要厲害的攝影師負責記錄要務；但目前，妳的生火能力對我們仍是最有幫助的武器，所以我想讓妳待命，負責處理緊急狀況。」

「噢。」她說，明顯覺得失望，但努力不要表露出來。

艾瑪對我露出一個認命的表情，好像她太笨才會有過多的期待。她生火能力太過強大反而局限了她的發展，以特異者的角度看來，這個限制開始讓她覺得厭煩。

幾分鐘後，所有人都被分配到聽起來雖然不是超級酷炫或非常重要的任務，但至少都跟他們的異能相關。除了我。我的朋友們一個接一個離開，去跟他們被指派的部門官員請教工作事宜，只剩我獨自跟著杜鵑女士和裴利隼女士。我們走進一個寬敞的房間，窗外爬滿了交錯的藤蔓，連空氣都變得煩悶。房裡有一個巨大的黑色會議桌，桌面印有時鳥的公章：一隻鳥嘴裡銜著錶，一隻爪下壓制著一條蛇。這裡是時鳥委員會的辦公室，他們在這裡開會決定我們未來命運的走向，即使只是暫時的，我仍感到一股奇怪的敬畏。房間裡唯一的裝飾是釘在矮窗上的系列地圖。

「來，」杜鵑女士指著大桌周圍的椅子說，「請坐。」

我拉出一張不特別大、鋪著樸素灰色椅墊的椅子坐下。房間裡沒有任何黃金、寶座、權杖、長袍或其他類似的東西，就連象徵時鳥的裝飾也很不起眼。為了表示他們不比其他人了不起，託付給他們的領導工作是一種責任，而不是特權。

「請稍待一會兒，雅各。」裴利隼女士說著，跟杜鵑女士兩人走到房間另一頭。杜鵑女士每走一步，鞋跟就像是槌子般敲在石地板上。他們悄聲交談，時不時回頭看我。裴利隼女士似乎在解釋什麼，杜鵑女士邊聽邊皺起眉頭。

她一定有什麼重要的任務要交給我，我心想，因為太重要也太危險，所以必須先說服杜鵑女士。**他還太年輕、毫無經驗**，這真是史無前例，我想像杜鵑女士這麼說。但裴利隼女士了解我，她知道我有能力，完全相信我辦得到。

我努力不要表現得太興奮，不想太快下結論。我的視線開始在房間內游移，隨著目光第二次掃過釘在矮窗上的地圖，裴利隼女士想交給我的任務也漸漸在我的腦海中成形。

那些是美國地圖。

一張是現代的美國地圖，有幾張年代較久遠，連阿拉斯加和夏威夷都尚未成為美國的一州，甚至還有更古老的，美國國家的邊界還在密西西比河的年代。這張古老地圖劃分成幾個大色塊：南方區塊是紫色，北方是綠色，大部分西方區塊是橘色，德州則是灰色。地圖上散布著頗引人注目的符號和圖例——跟我在裴利隼女士的歲月地圖上看到的很像。我坐在椅子上慢慢傾身向前，想看清楚一點。

「有個棘手的問題！」杜鵑女士說。

「什麼？」我說，轉身看著她。

「美國，」她說著，穿過房間朝我走來。「多年來一直是塊未知的土地，有點像是蠻荒西部，那裡的時空地理學幾乎已無人知曉，許多圈套失落已久，還有更多未經挖掘。」

「哦？」我說，「為什麼？」

我感到很振奮——美國，當然啦，出任美國的危險任務，我是最適合的特異者人選。

「最大的問題在於美國沒有特異者的中央政府，沒有領導機構。美國目前分裂成好幾個幫派，只有最大的幫派跟我們維持外交關係，但他們長期陷入資源和領土方面的糾紛。多年來，噬魂怪的威脅一直像鍋蓋一樣，壓制著這場鬥爭，但現在蓋子掀開了，我們擔心過去的舊恨會演變為武裝衝突。」

我挺直身體直視杜鵑女士的眼睛。「所以妳希望我去幫忙阻止衝突發生。」

杜鵑女士露出十分滑稽的表情，彷彿想要笑的樣子，而裴利隼女士看起來很痛苦。

杜鵑女士把手放到我肩上，坐到我身旁。「我們有別的想法。」

裴利隼女士在我另一側的位子坐了下來。「我們要你分享你的故事。」

我把頭從一側轉向另一側。「我不懂。」

「在惡魔之灣生活可能很辛苦，」杜鵑女士說，「既費力又令人沮喪。住在這裡的特異者需要前進的動力，他們很想聽聽你是怎麼擊敗胎魔的。」

「孩子們都想聽惡魔之灣大戰當床邊故事。」裴利隼女士說，「就連白頭翁女士的劇團也將它改編成舞臺劇，還譜了曲呢！」

「我的天啊。」我感到很尷尬。

「你先從這裡開始，就在惡魔之灣，」裴利隼女士說，「然後再去其他圈套巡迴演講，就算遭偽人破壞嚴重，但仍有人——」

「那……美國呢？」我說，「妳說問題很棘手？」

「目前，我們主要專注在重建自己的社會。」杜鵑女士說。

「那妳幹嘛跟我說那些？」我問她。

杜鵑女士聳了聳肩。「因為你滿臉渴望地盯著那些地圖。」

我搖搖頭。「妳說美國滿是未經挖掘的圈套，還出現紛爭和麻煩。」

「對，但——」

「我是美國人，我可以幫忙，我的朋友也可以。」

「雅各——」

「我們都可以幫忙，等我教會他們普通人的生活模式。對，艾瑪已經準備好了，其他人只需要再給我幾天時間，或許上個幾週集訓課程——」

「波曼先生，」裴利隼女士說，「你太急躁了。」

「那不就是妳想讓他們學習現代生活的原因嗎？妳帶他們來跟我一起住不就是為了這個嗎？」

裴利隼女士猛地嘆了口氣，「雅各，我非常欣賞你的雄心壯志，但委員會覺得你還沒準備好。」

「你幾個月前才知道自己是特異者。」杜鵑女士補充道。

「而且你今天早上才決定要幫忙重建工作。」裴利隼女士說。

她的話很像是在嘲笑我。

「我準備好了。」我堅持，「其他人也是，我想要全部人在美國為妳們工作，像我爺爺一樣。」

「亞伯的團隊不受我們管轄，」裴利隼女士說，「他們完全是自發行動。」

「是嗎？」

「亞伯有自己的做事方式。」裴利隼女士說，「從那時起，我們的世界便發生了很大的變化，無法再以這樣的方式運作。總之，亞伯的做事方式與此無關。重要的是美國的局勢仍在發展中，我們現在只能告訴你這些。等我們需要你的幫忙，而委員會也覺得你和你朋友都準備好了之後，我們就會開口。」

「是的，」杜鵑女士說，「但在那之前——」

「妳們想要我成為勵志演說家。」

裴利隼女士嘆了口氣，她開始不耐煩，而我也逐漸火大起來。「你今天太累了，波曼先生。」

「累還不足以形容。」我說，「聽著，我只想做有意義的事。」

「或許他想成為時鳥？」杜鵑女士揶揄地笑著說。

我把我的椅子往後推，站了起來。

「你要去哪裡？」裴利隼女士問。

「找我朋友。」我說，接著朝門口走去。

「一步一步來，雅各。」裴利隼女士在我身後叫道，「來日方長，以後你還有的是機會當英雄。」

我朋友們仍分散在這棟大樓裡，談論他們的工作任務，所以我在繁忙的大廳裡找了張長椅坐著等待。我邊等邊在心裡做出決定，爺爺不需要時鳥的允許就能執行任務，我也不需要她們的允許來接續他的工作。亞伯把他的任務日誌留給我就足夠了。我需要一個任務，而要拿到任務——

「天啊。」

「啊——你是雅各．波曼嗎？」

兩個女孩在我旁邊坐下，我回過神來，看向她們，卻驚訝地發現我身旁只坐了一個女孩。對方是亞洲人，比我年輕一點，穿著一九七〇年代的法蘭絨上衣和喇叭褲——她絕對只有一個人。

「我就是。」我說。

「你能在我的手臂上簽名嗎？」她說，伸出一隻手。接著把另外一隻手也伸出來，用比較低沉的聲音說道，「還有我的？」

她發現我的疑惑，「我們是兩個人。」她解釋道，「有時候大家會以為我們是雙重人格，但事實上我們有兩個心臟、靈魂和大腦——」

「還有喉嚨！」她的另一個聲音說。

「哇，真酷。」我說，真心覺得很了不起。「很高興認識妳們，但……我覺得在身體上簽名不太好。」

「噢。」她們異口同聲。

「白頭翁女士的舞臺劇很讓人期待，對嗎？」較深沉的聲音說，「我等不及要看了，上一季是《玻璃獸園》，講述鶺鴒女士和她的野獸。」

「簡直棒呆了，非常有趣。」

「你覺得他們會找誰演你的角色？」

「呃，哇，我真的不曉得，嘿，我先失陪一下？」

我站起來，再次向她們道歉，快步穿過房間，不是因為——好吧，不完全是因為我想擺脫她們，而是我看到了某個很眼熟的人。我的腦袋嗡嗡作響，我必須弄清楚他是誰。

他是在大廳某個窗口工作的年輕職員，頭髮剪得很短，有著深棕色的皮膚，五官柔和。我對他的臉有印象，但想不起來在哪裡看過。我想如果能跟他聊聊，或許就會想起來。他看見我走向他的窗口，便從墨水臺拿起鵝毛筆，假裝正在寫東西。

「我在哪裡見過你嗎？」我問他。

他沒有抬頭。「沒有。」男人說。

「我叫雅各．波曼。」

他瞄了我一眼，一副沒印象的樣子。「是。」

「我們以前沒有見過？」

「沒有。」

我什麼也想不起來，看見窗口上刻著兩個字：**資訊**。

「我需要一些資訊。」

「關於什麼？」

「關於我爺爺的同僚，我想與他聯絡，如果他還在世的話。」

「這裡不是查號臺，先生。」

「那你有怎樣的資訊？」

「我們不提供資訊，而是收集。」

他的手伸過桌面，遞給我一張冗長的表格。「填吧。」

「你在開玩笑吧。」我說，把表格放回他的桌上。

他對我皺了皺眉。

圍。

「雅各！」

裴利隼女士從大廳另一頭朝我走來，我的朋友們緊跟在後。不一會兒，我就會被大家包

我把頭傾向窗口說：「我**真**的在某處見過你。」

「你說有就有吧。」男人說。

「要走了嗎？」霍瑞斯說。

「我餓死了。」奧莉芙說，「可以再吃一次美國食物嗎？」

「你的任務是什麼？」艾瑪問我。

他們推著我往出口走去，我回頭看向那個男人，他動也不動地坐在位置上，看著我離開，眉頭深鎖。

裴利隼女士把我帶到一旁。「等會兒我們談談，就我們兩個。」她說，「如果剛才開會讓你覺得不舒服，我很抱歉。讓你滿意對我和所有時鳥來說很重要，但美國的情況很棘手。」

「我只希望妳們能對我有信心，我又不是要成為軍隊隊長什麼的。」**我再也不會要求任何東西了**，我心想，但沒說出口。

「我明白。」她說，「但請有點耐心。請你相信，我們如此謹慎都是為了你的安全著想。要是你發生什麼事，或是你們之中任何一個人出事，都會是場災難。」

我的腦海冒出一個刻薄的想法：她言下之意就是如果我出事了，她會很丟臉，正如我們不在眾目睽睽下幫忙重建惡魔之灣會讓她臉上無光一樣。我知道那不是她全部的理由，她

當然關心我們，但她也在乎那些對我來說不過是陌生人的意見，以及他們認為我該怎麼過日子——而我不在乎。

但我什麼也沒提，只說：「好，沒問題，我明白了。」因為我知道她不會改變想法。

她笑著跟我道謝，讓我覺得有些不好意思對她撒謊，但只有一點點。她隨即跟我們道別。

惡魔之灣的時間剛過中午，裴利隼女士在這裡還有些事要處理，但我們今天的任務已經結束了，所以晚點她會和我們在我家會合。

「直接回去。」她警告道，「不要四處遊蕩、徘徊，磨磨蹭蹭或瞎混。」

「好的，裴利隼女士。」我們齊聲說道。

第五章

我們沒有直接回去。我提議避開人潮，走別條路，而本著冒險和稍微叛逆的精神，他們都同意了。伊諾說他知道一條幾乎可以肯定沒什麼人的捷徑，一分鐘後，我們便走在一條河——熱溝——的河畔。

惡魔之灣的這個區域不像城鎮中心一樣有被清理過，或許是這裡無法清除乾淨。惡魔之灣是一個圈套，所以基本環境每天都會重置，這條河渠永遠是個混濁骯髒的汙染帶。陽光從頭頂上方盤旋的工廠廢氣篩下來，總是呈現淡淡的茶色。困在這個無限循環光景的普通人，都是同樣悲慘、吃不飽的可憐人，躲在小巷或窗戶後面鬼祟地看著我們經過。米勒說一定有地圖標示惡魔之灣成為圈套的那天，發生在這裡的謀殺、攻擊和搶劫事件，這樣才能避開那些危險的地方，但我們沒人看過。大家都知道經過正常區域時要小心。我們緊靠著河渠走，只要能忍受這裡的氣味，就盡量避免離那些黑暗的建築物太近。

等到不再緊張地東張西望，我的朋友們便討論起彼此的新工作。大部分人聽起來都很失望，有幾個人的聲音透露出不滿。

「我應該要繪製美國地圖的！」米勒抱怨道，「現在波普勒斯是那該死的製圖部門主管，就算時鳥不覺得有欠我們什麼，他也一定有。」

「那你該直接去找他。」阿修說。

「我會的。」米勒說。

伊諾最初的興奮感消失後，就發現他在亡者信件辦公處的工作包含百分之五的喚醒亡者，百分之九十五的文件歸檔。「她們怎麼能在我們贏得靈魂圖書館一戰後，讓我們做這種體力勞動的工作？」他說，「我們拯救了時鳥的躲藏地，她要嘛給我們放長假，要嘛給我們閃亮亮的職位，帶領一堆員工。」

「雖然我不會那樣說，」霍瑞斯說，「但我同意。服裝部時間謬誤設計師的助理？我應該向時鳥委員會提出戰略建議才對，看在時鳥的分上，我可以預見未來耶！」

「我以為裴利隼女士相信我們。」奧莉芙說。

「她是呀，」布蘭溫說，「是其他時鳥，她們一點也不了解我們。」

「她們覺得被我們威脅了。」伊諾說，「這些任務？都不過是在告訴我們：你們只不過是特異孩童。」

艾瑪悄悄地走到我旁邊，我們肩並肩、一起擺動雙腳，我問她任務會議開得如何。

「你看，」艾瑪說著，從她的包包裡拿出一個細長的矩形盒子。「這是折疊式相機。」她撥動一個開關，鏡頭便從機身伸了出來。

「所以她們讓妳做妳想要的工作？記錄事情？」

「沒。」她說，「這是我從機房拿的，她們每週給我排三班，讓我在審訊偽人的時候護衛時鳥。」

「或許會很有趣，妳可能會聽見一些瘋狂的事蹟。」

「我不想聽那些事，審查他們多年來的罪行和對我們做過的事……我已經受夠重提歷史了。我想去新的地方，認識新朋友。你呢？」

「我也是。」我說。

「我是在問你的任務。我好想知道她們讓你做什麼，一定是很厲害的工作吧。」

「勵志演說家。」我說。

「那是什麼鬼？」

「就是到各個不同的圈套告訴人們我的故事。」

她皺起臉來。「要幹嘛？」

「為了……鼓舞他們？」

她笑得太誇張了，讓我有點受傷。

「嘿，也沒那麼怪吧。」我說。

「你不要誤會，我覺得你很鼓舞人心，我就是……我不懂。」

「我也是，所以我不會做這個工作。」

「真的？」她覺得很訝異，「那你要做什麼？」

「別的事。」

「噢，我懂了，是祕密。」

「沒錯。」

「你會讓我知道嗎？」

我笑了笑。「我會第一個告訴妳。」

我不想把艾瑪撇除在我的計畫外，不過我現在還沒有確切的計畫，只是腦海浮現某個信念。

結果真的有東西冒出來了，河中出現一個噪音——嘩啦的水聲，然後是重重的吸氣聲。

克萊兒吼道：「魚怪！」

所有人都轉頭去看，乍看之下像水中生物，其實是一個體格強壯、皮膚蒼白的男人。他在水裡游得飛快，與我們並行，除了他的頭和肩膀外，整個身體都浸在水中，水面下似乎有什麼我們看不見的東西在推著他前進。

「唷！」男人大喊，「年輕人，停一下！」

我們走得更快了，但那男人竟然有辦法追上來。

「我只是想跟你們問一件事。」

「大家停一下，」米勒說，「這男的不會傷害我們，你是特異者吧？」

男人抬起身，脖子上一對鰓張開來噴著氣，吐出黑色的水。

「我的名字是漪曲。」男人答道，而他是否為特異者已不言而喻。「我只想請教一個問題，各位是阿爾瑪・拉菲・裴利隼監護的孩子，對不對？」

「沒錯。」奧莉芙說，就站在河畔表示她不害怕。

「那你們是不是真的可以到處去而不會變老？你們身體的時間重啟了？」

「那是兩個問題。」伊諾說。

「是的。」艾瑪說。

「我明白了。」漪曲說，「那我們什麼時候也能重啟身體的時間？」

「我們是誰？」霍瑞斯問。

他的身體周圍忽地冒出四顆頭——兩個背上長鰭的年輕男孩，一個皮膚長著鱗片、年紀較大的女人，還有一個頭部兩側長著寬大魚眼的老伯伯。「這是我的寄養家人。」漪曲說，「我們一直住在這條討厭的河渠裡，呼吸這片受汙染的水太久了。」

「是時候轉換環境了。」魚眼男子聲音嘶啞地說。

「我們想搬到乾淨的地方住。」長鱗的女人說。

「沒那麼簡單，」艾瑪說，「發生在我們身上的事純屬意外，還差點害死大家。」

「我們不在乎。」滴曲說。

「他們只是不想把祕密告訴我們！」其中一個長鰭的男孩說。

「不是這樣，」米勒說，「我們甚至不知道能否再次重啟時間，時鳥們還在研究。」

「時鳥！」女人的鰓吐出了黑水。「就算她們知道也不會說的，我們只能一直住在她們的圈套裡，無法逃脫她們的統治。」

「嘿！」奧莉芙喊道，「妳說話真難聽！」

「澈底的叛徒。」布蘭溫說。

「叛徒！」滴曲大吼，游到河邊爬到人行道上。我們閃到一旁，水從他的身體直瀉而下，露出一片從胸膛蓋到腳的綠藻。「那可是個危險的詞。」

兩名男孩也跟著爬上岸，女人也是——同樣身體覆蓋著綠藻——只剩下老伯伯游在蕩漾的水面上。

「聽著，」我說——剛才我一直沒說話，心想或許我可以平息事態。「大家都是特異者，沒有理由吵架。」

「你懂什麼，新來的？」女人說。

「他真以為自己是我們的救星！」滴曲說，「你只是個運氣好的騙子。」

「假先知！」其中一個男孩喊道，另一個男孩也有樣學樣。接著他們紛紛大喊，「假先知！假先知！」並從三方將我們包圍起來。

「我從沒有說我是先知。」我試著解釋，「我從沒有說過這種話。」

十幾個住在廉價公寓的居民從後方大樓的窗口探出頭來，也開始大喊大叫，還有垃圾從我們頭頂砸下來。

「你們住在那條溝渠太久了！」伊諾說，「大腦都被汙染了！」

艾瑪生出一小團火，布蘭溫看起來準備要攻擊滿曲，但其他人拉住了他們。我們在惡魔之彎裡受到密切的關注，而傷害其他特異者，就算是自我防衛，觀感也不太好。

渾身溼答答的溝渠居民將我們逼進一條小巷，他們剛才還叫囂著「假先知」，現在卻要我們交出祕密。最後我們別無選擇只能轉身逃跑，直到我們彎過轉角，他們的叫聲還在身後迴盪。

儘管大家對後來發生的事記憶有些模糊，但我們還是誤打誤撞地離開了那片危險區域，回到城鎮的中心。我們渾身顫抖，穿過班森房子附近的人群時，遇到友善的問候，人們還上前握手，都讓我們感覺很不真實。

那些笑容背後隱藏著什麼？

他們之中有多少人暗地裡怨恨我們？

最後我們回到了圓形圈套，通過特異者的海關，悄悄抬著沉重的步伐上了樓，穿過長廊，每個人都保持沉默，沉浸在自己的思緒裡。

我們擠進清潔間，在一陣搖晃下，跌跌撞撞地來到佛羅里達炎熱的夜晚。花房的斜屋頂散發出微弱的蒸氣，伴隨著嘶嘶的聲響，像是熱引擎正在冷卻似的。

「臭氧。」米勒說。

「二十二分四十秒，」裴利隼女士站在院子裡，雙手抱胸。「你們遲到了二十二分四十秒。」

「但是，女士，」克萊兒說，「我們不是有意——」

「**大家什麼都別說。**」艾瑪輕斥道，然後大聲說，「我們想走捷徑卻迷路了。」

我們站在院子裡，疲憊不堪，仍因為熱溝的遭遇而餘悸猶存，還得聆聽關於守時和責任感的教誨。我聽見朋友們咬牙切齒的聲音，一旦清楚表明她對我們有多失望後，裴利隼女士便化為鳥的形態，飛上我家屋頂，棲息在那裡。

「怎麼了？」我壓低聲音說。

「她需要獨處時就會那樣。」艾瑪說，「她是真的很生氣。」

「因為我們遲到了二十二分鐘？」

「她壓力很大。」布蘭溫說。

「而她把壓力發洩在我們身上，」阿修說，「這不公平。」

「我覺得現在有很多特異者不願聽命於時鳥，」奧莉芙說，「但裴女士總是有辦法讓我們聽她的話，所以一旦我們搞砸了，就算只有一點點……」

「她可以把壓力積在羽毛下啊！」伊諾的聲音有點太大了。

布蘭溫用手摀住他的嘴，兩個人順勢跌到地上，扭打起來。

「別打了！住手！」奧莉芙說。我和她，再加上艾瑪，把他們兩人拉開，期間也摔到了地上。我們躺在地上氣喘吁吁，因為晚間溼熱的空氣而汗流涔涔。

「太蠢了。」艾瑪說，「我們不要再打架了。」

「休戰？」布蘭溫說。

經過一整天的勞動，大家都想要休息和沉澱，所以我們進了屋裡。霍瑞斯利用去雜貨店偷來的食材做了很棒的大餐，我則向他們介紹歷史悠久的美國傳統：邊看電視邊吃飯。在我轉臺的時候，朋友們都盯著電視螢幕，有些人看得太入迷，忘了腿上盤裡的食物正慢慢變涼。家庭購物電視網、狗食和女士護髮產品的廣告、現身於宗教頻道的傳教士、才藝競賽節目、外國發生衝突的新聞片段，這一切對他們來說都很陌生。一旦他們適應了我家這臺全彩電視，還有環繞音響，和一百多個不同的頻道，而不再感到驚訝後，他們便開始連連發問，有些問題甚至讓我感到意外。

當他們在看《星際爭霸戰》的重播時，阿修問：「現在很多人有太空船嗎？」

布蘭溫在看《橘郡貴婦的真實生活》時問：「美國現在沒有窮人嗎？」

然後是奧莉芙：「他們為什麼對別人那麼粗魯？」

電視播放汽車廣告時，霍瑞斯問：「那個噪音是音樂嗎？」

克萊兒轉到一個新聞節目，嚇得縮了一下，然後說：「他們為什麼要那樣大吼？」

我看得出來他們變得不太高興，艾瑪感到很緊張，阿修在踱步，而霍瑞斯緊緊抓著沙發扶手。

「太多了。」艾瑪說，用手掌根揉著自己的眼睛。「太大聲，太快了！」

「畫面一直跳來跳去，」霍瑞斯說，「看得我眼花。」

「難怪普通人很少注意到特異者。」伊諾說，「他們的大腦都萎縮了！」

「如果現代人會看電視，我們也該看看。」米勒說。

「但我不想要我的大腦萎縮。」布蘭溫說。

「不會萎縮啦。」米勒安慰她，「把這當作疫苗，只要一點點就能讓妳免受這個世界更大的衝擊。」

我們又轉臺轉了一會兒，但電視使人麻木的效果漸漸減弱，我的思緒也飄向一些不愉快的事。螢幕上正在播放《鑽石求千金》，我想起我對自己成長的世界是多麼無知。在我人生中遇到的普通人大多讓我覺得挫折——他們努力打動彼此的愚蠢行徑，驅使他們前進的普通目標以及平凡夢想；排斥自己難以接受的事物的方式，彷彿那些想法、行為、穿著或夢想相異的人會威脅他們的存在，這就是我成長過程中覺得孤獨的最主要原因。一般人的想法很重要，我的想法就很笨。而且我從來沒有可以傾訴的對象，所以不曾對其他人說出自己的想法。如今我回到了正常的世界，確信我在特異世界有個家，但今天在惡魔之灣遇到的事又讓我感覺格格不入——對某些人來說我是英雄，對某些人來說我是騙子，就像在這個家一樣，受盡大家的誤解。

在我試著跟朋友們解釋《辛普森家庭》的劇情時，一陣睡意襲來（今天真是漫長的一天），大腦好似有什麼解鎖了，我想起在哪裡看過那個職員的臉了。我把搖控器遞給伊諾，藉口要上廁所，跑到樓上。

我進到房間關上門，從床底拉出亞伯的任務日誌，翻了開來，找尋那個人的臉。我花了好幾分鐘，日誌有太多頁也出現無數的人，但我終於在一九八三年的某次任務報告中找到了。我猜那是一九三〇、四〇年代的老照片，但那位職員看起來跟照片裡一模一樣，代表他在圈套生活了很長一段時間。日誌上寫說這個人叫小萊斯特・諾博。照片中的諾博戴著一頂大圓帽，凝視著照相機鏡頭，他的表情沒有我今天早上在他臉上看到的驚恐。我讀了爺爺的任務紀錄，把照片上的釘書針撬開，將照片塞進口袋裡。

我在走廊上碰見艾瑪。

「我剛要找你。」她說。

「我也正要找妳，我需要妳幫忙。」

她湊了過來。「好，說吧。」

「掩護我，一、兩個小時就好，我得回去惡魔之灣一趟。」

「為什麼？要幹嘛？」

「沒時間解釋了。」我說，「等我回來再說。」

「我也要去。」

「我得一個人去。」

她雙臂抱胸。「這事最好夠精采。」

「會的，大概吧。」

我吻了她一下，溜下樓梯，穿過車庫去到花房。

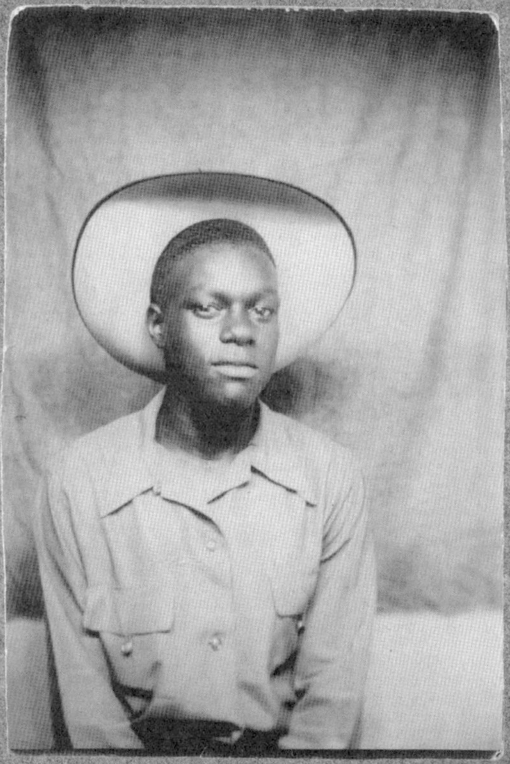

等我回到政府大樓的大廳時，那人已經不在了。他的窗口關了，裡面沒有任何人。我溜到隔壁窗口，問在那裡工作的女人知不知道那個職員的去向。

她戴著一副厚重的眼鏡，瞇眼看著我。「誰？」

「在那工作的男人，萊斯特．諾博。」

「我不認識什麼萊斯特．諾博，」她說，用鋼筆輕敲桌面。「但我隔壁那傢伙剛才下班了，你走快一點或許能——噢，他在**那裡**。」

她指向大廳另一邊，我轉身看見那個職員快步朝出口走去。我很快地道謝後，跑過整個大廳，在他走到門口前追上他。

「萊斯特．諾博。」我說。

他臉色變得慘白。「我叫史蒂文森，你擋到我了。」

他想從我旁邊走過去，但我沒有退縮，他很明顯不想大肆張揚。「你的名字是小萊斯特．諾博，你那口英國腔是裝的。」

我從口袋掏出他的照片，拿到他面前。他愣了一下，把照片從我手中搶走。他再度抬頭與我對視時，露出害怕的神情。

「你想要什麼？」他低語道。

「和某個人取得聯繫。」

他的目光掠過大廳，最後回到我身上。「去那條走廊，兩分鐘後跟我在一三七號房前會合，我們不能被看到走在一起。」

我把照片搶了回來。「這個暫時由我保管。」

兩分鐘後，我跟他在標有「一三七」的素雅木門前見面。他笨手笨腳地摸出鑰匙，兩手顫抖不已。我們走進去，他關上門後上鎖。房間很小，每面牆邊從地板到天花板全塞滿了文件夾。

「聽著，孩子，」他說著面向我，雙手合十，「我沒犯罪，好嗎？」他的英國腔消失了，取而代之的是些微美國南方的鼻腔口音。「美國有一些壞人，我不能被他們找到。我剛到這裡時改了名，我從沒想過會再聽到我的舊名字。」

「美國的噬魂怪真的比這裡的還恐怖嗎？」我問他。

「牠們很糟糕，但那不是我離開的原因。我離開是因為特異者，他們瘋了。」

「噢，怎麼回事？」

萊斯特搖搖頭。「我把你帶回來已經嚴重違反規則，如果你要看檔案，可以，但我沒時間跟你講古。」

「好吧，」我說，「你有關於噬魂怪獵人的資料嗎？」

萊斯特猶豫了一會兒，問道：「誰？」

「你知道我在講誰。」我說，並把我在亞伯的任務報告上看到的資訊告訴他。

報告上說，萊斯特一直住在一九三五年一月五號那天的圈套，位於阿拉巴馬州的安尼斯敦，後來他的圈套受到襲擊，管理的時鳥被殺。亞伯和H發現萊斯特躲在現代的一家汽車旅館——時值一九八三年——陷入老化危機。他們設法救出他，送到另一個安全的圈套裡。後來他一定是在某個機緣巧合下來到英國。這毫無疑問是個令人毛骨悚然的故事，但我沒時間聽他說，萊斯特同樣沒心情在我概括了他的人生之後，還與我分享他的經歷。

「你是怎麼知道這些事的？」萊斯特問完，全身變得緊繃，彷彿聽見噩耗，必須想辦法鎮定下來。

「亞伯是我爺爺。」我說。

「他跟你說過我？」他的音調猛地提高，看來真的被我嚇壞了。

「不是的。」我說，「聽著，沒什麼好擔心的，你也不用知道那麼多。我來這裡的目的不是要挖掘你的過去，只是想跟某個叫H的人取得聯繫。你跟他相處過一段時間，現在又在這裡工作，深入政府核心……」我用手畫圈，暗示其中的關聯。「我只能問你了。」

他嘆了口氣，我看見他稍微放鬆下來。他雙臂環胸，靠在其中一個書架上。「他們又沒有給我名片之類的。」他說，「就算有，那也是很久以前的事了。」

「我本來希望你的檔案裡可能有一些紀錄，」我說，「時鳥肯定有聯絡他們的方法吧。」

「那你幹嘛不去問時鳥？」

現在他變得有點太放鬆了。「我想謹慎行事，但如果我不得不去問她們，我會確保她們知道是小萊斯特．諾博引薦我去找她們的。」

他皺起眉頭。「那好吧。」他簡短地說完，轉身走到一面牆前，然後邊走邊用食指滑過文件夾。他從架上拉出一個文件夾，翻了翻內容，喃喃自語。接著走去另一面牆前的書架，拉出另外兩個文件夾，搖搖頭，把文件夾夾在手臂下，又往別處移動。幾分鐘後，他朝我走來並伸出手，手掌上放了一個老舊的紙火柴。

「我只有這個。」

我拿起紙火柴，外盒邊緣皺起，似乎一直塞在口袋裡。外蓋是空白的，內側卻印著一家中式餐館的廣告，上面有地址和隨意拼湊的數字及字母，還有一行用鉛筆寫的字：**看完就燒**。但顯然有人無視這個指示。

「好了。」萊斯特從我手上拿走照片。「我認為一物換一物很公平，讓你進來就可能害我被炒魷魚，更別說讓你帶著那個東西出去了。」

「這只是一個古老的紙火柴，」我說，「能拿來幹嘛？」

「那就是你的事了。」他走到門口打開門，要我離開。「好啦，幫我個忙，老兄。」他說，英國腔又出現了。「忘了我們曾經見過面。」

我匆匆在惡魔之灣穿梭，帶著急切的心情，即便有人認出我也不敢叫住我。我來到班森的房子，跑上樓，沿著圓形圈套的長廊找到寫著「阿爾瑪．拉菲．裴利隼及其孩子們」的門進去，不久便出現在我家後院的草坪上。我頭昏眼花地在原地待了片刻，耳邊傳來蟋蟀叫聲和蛙鳴，客廳的窗戶閃爍著電視亮光。

裴利隼女士不在屋頂上，沒有人看見我回來，我還有一些獨處的時間。我穿過院子走到棧道盡頭，坐了下來。這裡是我唯一能想到保有些許隱私的地方，而且如果有人來找我，我會聽到他們的腳步聲。

我拿出手機和紙火柴，思索著如何用它找到H。我用手機查了幾分鐘，得出一個結果：

Hong's
17 MOTT ST
NEW YORK CITY
RES: LT1-6730
• Chinese Food At Its Best
• Party Facilities
BURN AFTER READING

地址下方那串奇怪的字母和數字是電話號碼，雖然已經作廢了。自一九六〇年代後，數字搭配英文字母的電話號碼就已不再使用。

我查詢了一下紙火柴上廣告的那家餐館，幸運的是，這家餐館還在營業。我查到餐館現在的電話號碼，撥了過去。

我聽見一連串短促的響聲，彷彿是經過外國轉接，緊接著回鈴音響了起來，大約響了十或十二次，終於傳來一個粗聲粗氣的男聲。

「喂。」

「我想找H，我是——」

電話斷了，他竟然掛我電話。

我又打回去，這次響了兩聲他便接起電話。

「你打錯了。」

「我是雅各．波曼。」

電話那頭頓了一會兒，他沒有掛斷。

「我是亞伯．波曼的孫子。」

「那是你說的。」

我的心跳加快，這個號碼仍然可以通，我正在跟某個認識我爺爺的人說話，或許就是H本人。

「我能證明。」

「我姑且相信你，」男人說，「也就是說我可能相信，也可能不相信。那麼，請問雅各．波曼有何貴幹？」

「找工作。」

「去看分類廣告。」

「我要你的工作。」

「填字遊戲？」

「什麼？」

「我退休了，孩子。」

「那就你以前的工作，你、亞伯還有其他人。」

「你又知道些什麼？」他的語氣突然戒備起來。

「我知道很多，我看了亞伯的任務日誌。」

電話那頭傳來短促的金屬音，然後是一聲呻吟，好像H剛從椅子上起身。

「然後呢？」

「然後我想幫忙，我知道外面還有很多噬魂怪，數量可能不是很多，但就算只有一個也能造成大麻煩。除此之外，也還有很多事要做。」

「你真好心，孩子，但我們已經不做了。」

「為什麼？因為亞伯死了？」

「因為我們老了。」

「那，」我說，感覺充滿自信。「我會重新開始，我朋友也能幫忙，新的世代。」

我聽見櫥櫃關上，然後是湯匙在杯子裡攪動的聲音。「你有親眼看過噬魂怪嗎？」他問。

「有，而且殺了他們。」

「是嗎？」

「你沒聽過靈魂圖書館發生的事？惡魔之灣大戰？」

「我對時事不太了解。」

「我可以做到亞伯做的事，我看得到牠們，也能控制牠們。」

「你知道……」他咕嚕咕嚕地喝著東西。「我好像聽過你。」

「真的？」

「是啊，你很生澀、沒有經驗，個性浮躁，在我們這一行，你會死得很快。」

我咬緊了牙根，設法保持聲音平穩鎮定。「我知道我還有很多要學，但我覺得我也能幫很多忙。」

「你挺認真的嘛。」他的聲音聽起來愉悅且佩服。

「對。」

「好吧，你為自己爭取到了面試機會。」

「現在不就是嗎？」

他笑了起來。「還差得遠呢。」

「好吧，那我——」

「別再打來，我會打給你。」

電話掛斷了。

我衝進屋裡，匆匆穿過客廳，朝我朋友揮揮手——他們正在看某部殭屍電影——艾瑪跳了起來，跟著我走進一間安靜的房間。

她緊緊抱著我，戳著我的胸口。「從實招來，波曼。」

「我和亞伯的老搭檔取得聯繫，我剛剛才跟他通完電話。」

她放開我，退後一步，眼睛睜得大大的。

「別開玩笑了。」

「我沒開玩笑，這個人叫H，和我爺爺一起工作了好幾十年，出過無數個任務，但現在他老了，需要我們幫助。」

我或許可以稍微往目標靠近了，雖然只有一點點。H的確需要我們幫助，但首先要說服他我們幫得上忙。

「幫什麼？」

「出任務，在美國。」

「如果他需要幫助應該會聯絡時鳥。」

「我們的時鳥在美國沒有權限，而顯然美國沒有自己的時鳥組織。」

「為什麼？」

「不知道，小艾，有很多事我不知道。但我知道亞伯為他家地板暗門設定的密碼只有我會知道，還留下了任務日誌給我，而且如果他知道妳可能在場，也會想讓妳找到。」

她移開視線，內心陷入掙扎。

「我們不能就這樣去執行任務，裴利隼女士不會允許的。」

「我知道。」

她靜靜地盯著我。「怎樣的任務？」

「我還不知道，H會連絡我。」

「你真的很討厭時鳥給你的工作，對不對？」

「對，很討厭。」

「我倒覺得你會做得很好，你剛才說的就滿激勵人心的。」

「所以妳加入了？」

一個笑容在她臉上綻放。

「當然嘍。」

第六章

那晚，我做了一個噩夢。我身處一個大火燎原的荒地，地平線上漫漫煙灰，陷入一片火海，地上處處都是黑色的爛泥。我整個人定格在空中，浮在一個深坑上方。從洞穴深處發出兩道藍光，那兩道光屬於胎魔——怪物形態的胎魔，一百呎高，手臂像樹幹，他的手指很長，糾纏的爪子往上朝我伸來。

他在呼喚我的名字。**雅各，雅各**。他的聲音尖銳，帶著嘲諷平板的語氣。**我看見你，我看見你在那裡，我——看——見——你——了——**

一團腐爛的空氣向上撲來，瀰漫在我四周，聞起來像是燒焦的肉。我想嘔吐，逃離，但我動彈不得。我試圖開口，對他大吼，卻一個字也說不出來。

我發出嘶吼，彷彿老鼠在坑洞裡爬的聲音。

「你不是真的。」我最後擠出一點聲音，「我要殺了你。」

對，他說，所以現在的我無所不在。

沙沙的聲響越來越大，直到胎魔的手指爬出坑洞——十根細長、如樹根般粗糙的爪子朝我伸來，纏住我的咽喉。

我為你準備了一份大禮，雅各……非常、貴重的禮物……

我以為我的肺要爆炸了，胃部也一陣絞痛。

我直起身子，大口大口地喘著氣，緊緊摀著肚子。我在臥室的地板上醒來，睡袋纏在我身上。

月光將房間隔成兩半，伊諾和阿修躺在我的床上發出鼾聲。腹部傳來的疼痛給我一種久違的熟悉感，像是疼痛，又像指南針指引方向。

指針對著下方，並且向外。

我把睡袋解開，衝出房外，下了樓。我放輕腳步，踮著腳尖跑，如果真是我想的那樣，那我的朋友可幫不上忙。他們只會妨礙我，而且我也不想吵醒他們，在我尚未弄清楚狀況前不必製造恐慌。恐懼只會助長噬魂怪的力量。

恐懼使牠們飢餓。

經過廚房時，我從刀架抽出一把刀——這對噬魂怪沒什麼用，但總比徒手好——然後我從車庫走到房子外面。拐到後院時，差點被蜷曲的花園軟管絆倒。花房的屋頂緩緩冒出朦朧的臭氧，才剛有什麼東西使用了袖珍圈套。

接著，就像來時那樣，方才的感覺突然消失。指南針開始轉向海濱，完全指向海灣的方向，然後又垂了下來。以前從未發生過這種情況，我有點一頭霧水。是我弄錯了嗎？難道是噩夢觸發了我的特異能力？

感覺到腳下潮溼的草坪，我垂下視線看著自己的穿著：修身運動褲和舊T恤，打著赤腳。我暗忖，**亞伯去世的時候也是這個樣子，幾乎一模一樣**。穿著睡覺的衣服被引誘到黑暗中，手裡拿著簡單的武器。

我放下刀，慢慢地，我的手不再顫抖。我在家附近前前後後繞來繞去，卻沒有感覺到任何東西。最後我回到房間，躺回地上的睡袋裡，毫無睡意。

隔天一早，我頻頻檢查手機，希望接到H的來電。他沒說什麼時候會連絡我。我和艾瑪討論過是否要告訴其他人，最後決定等接到任務後再說——也可能什麼都不說。也許到時候出任務的只有我們兩人，也許我的朋友裡有些人不想參與，或者反對整個計畫。萬一他們之中有人告密，在我們逮到機會離開前，去向裴利隼女士透露我們的計畫怎麼辦？

早餐過後，我必須帶我的特異朋友去買衣服。感覺是打發等待時間的好方法，所以我努力讓自己投入其中，忘掉H的電話。

第一批人包含阿修、克萊兒、奧莉芙和霍瑞斯。我開車帶他們去賣場，不是我家附近那間，因為我擔心可能會遇見同校的人，所以選擇了位於州際公路旁的落松商場。他們一路上東問西問，我只好指著現代郊區的基本設施一一介紹——**那是銀行、那是醫院、那是公寓**。這些對我來說很普遍的建設，在他們看來卻十分神奇。

裴利隼女士在她的圈套中，盡其所能地保護她監護的孩子不受到實質的傷害，甚至嚴禁任何訪客與他們談論現代世界，如此過度保護反而讓他們很吃虧。因為他們一直備受呵護，他們就像李伯[5]一樣，睡了漫長的一覺醒來，發現物是人非，身處在一個完全陌生的世界。他們對現代的了解只有電力、電視、汽車、飛機、老電影、老音樂，以及一九四〇年三月以前眾所皆知的流行事物。對那以後的時代就只有一些零星且混亂的印象了。他們在現代生活的時間不多，大多都待在石洲島上，而在那裡即使日復一日，時間依然停滯不前。相比之下，即便是我居住的這個小鎮，感覺也像以每小時一百萬哩的速度往前移動，偶爾會讓他們感到侷

5 出自美國十九世紀的經典短篇小說《李伯大夢》（Rip van Winkles）。

促不安。

我把車停進賣場寬廣的停車場，霍瑞斯忽然變得不知所措，拒絕下車。「未來比過去可怕多了。」在我們勸說下，他解釋道，「就算是最可怕的時代至少還可以理解，能夠學習，而後倖存下來；但在現代，世界不知道什麼時候會變成恐怖、令人崩潰的局面。」

我試著跟他講道理。「今天世界還不會毀滅，即使會，無論你進不進去賣場都會發生。」

「我知道，但我就是**感覺**世界會毀滅。搞不好我坐在這裡不動，一切就會停止運轉，壞事就不會發生。」

此時，一輛開著窗的車子經過，車內傳來重低音的聲響。霍瑞斯整個人僵住，把眼睛閉上。

「你看？」克萊兒說，「即使你坐在原地，世界仍持續運轉。跟我們進去吧。」

「噢，該死。」他說著，打開車門。正當其他人拍手稱讚他的勇氣時，我在心裡暗自記下霍瑞斯可能不會是首次任務的最佳人選，不管任務內容是什麼。

落松商場是典型的購物中心，吵雜、整潔明亮，還有莫名其妙的文化典故（試試看跟二十世紀前半葉出生的人解釋布巴甘蝦業公司或電視推銷商品店）。不過商場裡到處都是青少年，這就夠了。我們來這裡不只為了買當代的衣服，我還想讓他們看看普通青少年的樣子，觀察自己要學習模仿的對象。這不只是一趟購物行程，還是一次人類學考察。

我們邊逛邊看，我的朋友聚集在我身旁，彷彿探險隊進入有老虎吃人的叢林探險。我們在美食廣場吃了油膩的食物，坐著觀察其他青少年。我朋友安靜地研究他們的行為：一群人小聲交談、互開玩笑，又爆笑出聲讓人嚇一跳；他們分群的方式，緊密的小團體，很少會混合行動；還有他們的習慣，就連吃飯都在玩手機。

「他們是有錢人家的小孩嗎？」克萊兒傾身向前，越過面前的免洗餐盤壓低聲音問。

「我覺得他們只是普通的青少年。」我說。

「他們不用工作？」

「可能暑假會打工吧，我也不曉得。」

「在我那個年代，」阿修說，「如果大到可以搬重物，就該去工作了，絕對沒有整天坐著休息、吃東西、閒聊這種事。」

「我們在能搬重物之前就得工作了。」奧莉芙說，「我爸爸在我五歲那年把我送去擦皮鞋的工廠做事，真的很慘。」

「我爸送我去濟貧院。」阿修說，「我整天都在製作繩索。」

「天啊。」我嘟囔了聲。

他們來自「青少年」這個概念尚未存在的年代，這個名詞創建於二戰後，在此之前毫無小孩和成人之分。如果他們連對這個概念都不清楚，真不知道他們要怎麼成功扮演現今的青少年。

或者這整件事都是個餿主意？

我緊張地看了下手機。

完全沒有H的訊息。

我們接著去買衣服，但中途霍瑞斯卻不見了，他忽然闖進商場側邊的雜貨店。我們後來在冷藏食品區發現他站在一整面起司牆前。

「菲達起司、莫札瑞拉起司、卡芒貝爾起司、豪達起司和切達起司！」他興高采烈地說，「這簡直就是美食家的幻想世界。」

這整面牆對我而言就只是起司，但對霍瑞斯而言卻等同於奇蹟：足足三十呎長滿滿都是起司，不論是切成薄片、攪成乳狀、或是切成厚塊，再分開包裝，以脫脂、全脂、低脂出售。他呆愣地站在原地閱讀標籤，我不得不一直提醒他壓低音量，免得他太過驚訝引起別人注意。

「應有盡有！」他喃喃道，「**應有盡有！**」

「看這個！」他說，轉向正好推著推車經過的老先生。「你看！」

老先生加快腳步離去。

「霍瑞斯，你嚇到別人了。」我把他拉近自己。「這只是起司而已。」

「只是**起司**！」他說。

「好吧，是**很多**起司。」

「這是人類成就的巔峰。」他嚴肅地表示，「我以為英國是帝國，但這——這——這征服了世界。」

「我光看肚子就痛了。」克萊兒說。

「妳有膽子再說一次。」霍瑞斯說。

我們終於設法將霍瑞斯拉出雜貨店，進入一間服飾店，但他對衣服興趣缺缺。我刻意選擇樣式最平凡的店，將他們帶到樣式最簡單的衣櫃前——樸素的顏色，標準的穿搭，還有套在人形模特兒身上的衣服。

我們把衣服放到購物籃裡，霍瑞斯的心情一沉。

「我寧願不穿。」他說，手裡拿著一件我交給他的牛仔褲，彷彿抓著一隻毒蛇。「你要我穿這個？丹寧布，像農夫一樣？」

「現在大家都穿牛仔褲。」我說，「不只農夫。」

事實上，跟當天店裡大部分人的穿著比起來，牛仔褲反而是最迷人的。我發現霍瑞斯臉色蒼白，打量附近客人身上穿的運動短褲、工作褲、連帽衫或睡衣。

他手中的牛仔褲掉到了地上。

「噢、不。」他輕聲說，「噢、不、不、不。」

「怎麼了？」阿修說，「他們的時尚不符合你的高標準？」

「別管標準了，禮儀呢？自尊呢？」

一個男人穿著迷彩褲、橘色人字拖，和剪掉袖子的海綿寶寶毛衣從旁經過。

我覺得霍瑞斯可能快哭了。

在他哀悼文明的終結時，我們買好了所有人的衣服。總是穿著鉛鞋讓奧莉芙看起來像科學怪人，所以我們讓她挑了雙新鞋子，尺寸大了一、兩號，這樣就有多餘空間塞重物。

我堅持要所有人在結帳時保持安靜，而他們即使跟著我走出商場、穿過停車場回到車上，依然一聲不吭，每個人手上都提著大包小包，大腦也嚴重超載。

我們回到家，發現其他人已經去了惡魔之灣開始下午的工作——根據裴利隼女士留下的字條表示，她去參加關於重建任務方針的會議。艾瑪留守家中，字條是這麼寫的，但我找半天找不到她，最後聽見二樓的客用浴室傳出她吹口哨的聲音。

我敲了敲門。「我是雅各，妳在裡面沒事吧？」

門縫閃過一絲微弱的紅光。

「等一下！」她叫道。

我聽見她四處摸索的聲音，不久燈亮了，門打了開來。

「他打來了嗎？」她殷切地問。

「還沒，妳在幹嘛？」

我越過她看向狹小的浴室，到處擺著照片顯影的設備——排列在馬桶水箱上的金屬罐、洗臉臺四周的塑膠托盤、地上放著笨重的放大機。空氣中瀰漫著化學藥品強烈的氣味，我忍不住皺了皺鼻子。

「你不介意我把浴室改造成暗房吧？」艾瑪倜促地咧嘴一笑，「不過我已經先斬後奏了。」

我家還有另外兩間浴室，所以我跟她說沒關係。她讓我進去欣賞她的作品，裡面空間不大，我不得不擠到角落。她動作很快，卻不著急躁，邊示範邊講解。雖然她說這是她第一次沖洗照片，看起來卻很熟練。

「我知道這很老套，」她蹲下去背對著我，轉動放大機上的旋鈕。「但我想做一本特異者攝影集。」

「老套嗎？」

「哈哈，很好笑。你應該有注意到每位時鳥都有一大本快照相簿吧，我們還有一個部門專門為特異者照相，三個特異者中就有一個帶著相機……就算大部分人根本不會照相。來幫我一下。」她把手放到放大機底部的一側，我則抬起另一側——真的非常重——兩人合力把放大機抬到橫跨浴缸的一塊木板上。

「有什麼原因嗎？」一直到現在我都沒細想過這件事，但這些不斷重複過同一天的人為什麼需要拍照片留念，似乎很奇怪。

「普通人好幾個世紀以來一直想把我們的存在抹滅，我想拍照是自我療癒的一種方式。為了證明我們存在，我們也不是他人想像中的怪物。」

「是啊，」我點點頭，「有道理。」

煮蛋計時器響了起來，她從馬桶水箱上拿起一個金屬罐，打開蓋子，將化學液體倒入洗臉臺；接著從洗臉臺中抽出一個塑膠捲軸，展開上面的底片，幾乎跟她的手臂一樣長，再用兩根手指刮乾，夾到她掛在淋浴間上方的繩子上。

「但現在我們來到現代，情況不一樣了。」她說，「我開始變老，這是我印象中第一次不再重複過日子，所以我每天至少都要拍一張照片記錄生活，拍得不好也沒關係。」

「我覺得妳拍得很好。」我說，「記得暑假妳寄給我那張人們下樓梯前往海灘的照片嗎？拍得很美。」

「真的嗎？謝謝。」

她很少因為什麼事害羞，這樣的她讓我十分著迷。

「那好吧，如果你有興趣……過去幾個禮拜，我拍了一些照片。」她抬起手，把夾在繩子上的一張照片拿下來。「這些人是特異者國土警衛隊的成員。」她遞給我，照片仍然有點溼。「他們正在把胎魔堡壘殘留的坑填起來，十二小時一班，填了很久很久，這個坑很大。」

照片上是一排穿制服的男人，站在一個深坑上方，把碎石堆到坑底。

「這張是我幫裴女士拍的。」她說，遞給我另一張照片。「她不喜歡拍照，所以我只能拍她的背影。」

照片中裴女士穿著黑裙搭配黑帽，走向一道黑門。「她看起來像是要去參加葬禮。」我說。

「對，我們都有去。你剛離開的那幾週，幾乎每天都有葬禮，都是遭噬魂怪襲擊喪命的特異者。」

「真難想像每天都去參加葬禮，一定很可怕。」

「是呀。」

艾瑪說她還有其他照片要沖洗。

「我可以看嗎？」我問。

「你不在意化學氣味就好，有些人聞了會頭痛。」

「我不在意。」

她再度擺弄起放大機。

「我很好奇為什麼妳不用數位相機，」我說，「可以省掉不少麻煩。」

「是不是像你的電腦電話？」

「類似。」我說，隨即想起我在等電話，便再次打開手機查看，但沒有未接來電。

「數位相機在很多圈套裡都不能用。」她說，「就像你的電腦電話。但這個老古董——」她拿起她的折疊相機，「哪裡都可以拍，好了，關上門。」

我把門關上，她打開紅燈，又把頭頂的日光燈關掉。四周陷入一片漆黑，我們兩個擠在一起，她在做事時我很難不撞到她的身體。

照片顯影需要花很多工夫等待，而且還得小心計算等待的時間。每隔四十五秒，就必須搖一搖金屬罐，或是把一堆化學藥劑倒出來，又或是把底片懸掛起來晾乾。而在這個時候，除了等待，什麼也不能做。我們就在亮著紅燈的浴室一隅等待和接吻。第一個四十五秒，我們相互試探著，輕柔地接吻，培養氣氛；第二個四十五秒就更放鬆了；到了第三次，我們踢翻了一盤化學藥劑，而且雙雙無視煮蛋計時器的提醒，我很確定艾瑪的一捲底片毀了。

然後我的手機響了起來。

我放開艾瑪，從口袋裡掏出手機，螢幕上寫著「**未顯示號碼**」，我接了起來。

「喂？」

「注意聽。」電話那頭是同一個粗魯的聲音，H。「亞伯的老地方，九點整，固定座位，點他常吃的餐點。」

「你要我……去見你？」

「單獨來。」

他掛上電話。

我放下手機。

「講真快。」艾瑪說，「怎麼樣？」

「我們要見面了。」

跟噬魂怪獵人面試要穿什麼呢？我不確定，所以我打了安全牌——牛仔褲、我最好的一雙運動鞋，以及看起來最專業的上衣，我在仕美工作的制服：粉藍色 Polo 衫，口袋上還繡了我的名字。艾瑪則選擇穿上一九三〇年代戰時的服裝，一件樸素的藍色洋裝，腰間繫著灰色絲帶，搭配一雙黑色平底鞋。我沒有跟她說H要我單獨去，我不想撇下她，自己去出任務，只有她在場才有意義。而且跟她說她沒有受邀只會讓她覺得尷尬。

早先跟我去商場的朋友正在試穿新衣服，其他特異孩童仍待在惡魔之灣，所以要偷溜出去很簡單。八點三十分，我們就已開車前往鎮上。

但願我有猜對H簡短的指示。「亞伯的老地方」可能指任何地方，但「固定座位」和「他常吃的餐點」讓我想起一個特別的地點：旋律餐館。這是家位於四十一號國道附近的老式小餐館，從開店初期（更準確地說是一九三六年）就開始販賣油膩的漢堡和今日特餐。在我的兒時記憶裡算是固定的娛樂，那裡是我和亞伯必去的地方。我喜歡那裡，但爸媽從來不去（他們認為那裡「陰沉壓抑」，而且餐點都是「老人的口味」），所以總是我和亞伯兩人單獨前往。幾乎每週六下午，都會在同一個靠窗的座位上看到我和亞伯的身影。我會點鮪魚起司三明治和草莓奶昔，亞伯則點小牛肝配洋蔥。但我十二、三歲以後就沒再去過了，似乎連開車經過都沒有，希望那家餐廳還在。鎮上變化很快，大部分有特色的老建築都拆掉了，改建成枯燥乏味的現代購物中心。我加快車速，打開收音機，在方向盤上敲著節拍，讓自己鎮定下來。

車子拐過轉角，就看到餐館佇立在一排橡樹後方，似乎沒什麼人潮。餐館的停車場很空，老舊的霓虹燈招牌有部分已不會亮。

「他想在這裡跟我們見面？」艾瑪問，在我把車開進停車場時，望向窗外。

「我百分之九十八確定。」

她懷疑地看著我，「好極了。」

我們走進餐館。這地方依然是老樣子，黃色的塑膠座位由假的盆栽植物隔開，還有一個長形的美耐板櫃檯和飲料櫃。我東張西望地找尋看起來像是H的人，但整間店只有角落坐著一對老邁的夫婦，以及櫃檯前衣衫襤褸的中年男子，手上拿著一杯咖啡。

餐館女服務生的聲音從另一頭傳來。

「隨便坐！」

我帶艾瑪走到我和亞伯以前固定坐的靠窗座位，拿起菜單。

「這家餐館為什麼叫『旋律』？」她問。

「大概是因為這裡很久以前有人駐唱吧。」

女服務生拖著腳走了過來。她稍微有些駝背，戴著一頂跟她滿臉皺紋不搭的金色假髮，妝化得有點隨便。**諾瑪**，她的名牌上寫著。我記得她，她在這裡工作很久了。她摘下臉上的老花眼鏡看著我，面帶微笑。

「是你呀，小夥子？」她說，「我的老天，你變帥了。」她朝艾瑪眨了眨眼。「說到帥哥，你爺爺呢？」

「他不久前去世了。」

「噢，很遺憾聽到這個消息，孩子。」

她伸出長滿老人斑的手放到我手上。

「生死有命。」我說。

「不用你說，我明年就滿九十歲了。」

「哇，真驚人。」

「是呀，我認識的人大都走了。我丈夫、朋友、哥哥和兩個姊姊。有時候我會想我們家的好基因是受到上帝詛咒。」她咧開嘴，露出滿口閃亮的假牙。「你們要點什麼？」

「咖啡。」艾瑪說。

「來個，呃、小牛肝配洋蔥。」我說。

諾瑪看著我，彷彿我點的餐讓她回憶起過去。「不來份鮪魚起司三明治？」

「我想試試別的。」

「嗯哼。」她舉起一根手指，離開我們座位，進到櫃檯後方，然後拿了個東西回來。她傾身向前低語道，「**他在等你**。」她張開手，將一把藍色小鑰匙放到我面前，轉身指向餐館後方。「沿著走廊，到洗手間後面，最後一扇門。」

洗手間後面的最後一扇門是厚重的絕緣金屬門，上面有個標示寫著**禁止進入**。我把鑰匙插進門鎖轉開，一股冷空氣撲面而來。我們用手環抱自己抵禦寒冷，走了進去。牆面的架子上塞滿了冷凍食材，結在天花板的冰柱宛如鐵處女的釘子指著我們。

「這裡沒人啊。」我說，「諾瑪大概年紀大記錯了。」

「你看地上。」艾瑪說。一些用絕緣膠帶貼成的箭頭延伸到房間後方，那裡有一整片塑膠布從天花板垂下來，上面用模版噴漆寫著**膾議室**。

「那是寫錯字？」艾瑪說，「還是冷笑話？」

「看看就知道了。」

穿過沾著冷凍肉汁的塑膠布簾，我倆隨即進到一個更小、更冷的房間。上方的日光燈管閃爍不停，到處都是肉塊，從破掉的盒子裡掉出來，散落一地，表面結了一層霜。

「到底發生了什麼事？」我說。

我用腳輕輕將一條羊腿往後推，那塊結凍的腿被咬掉了一半。我突然感覺到一股向下沉的力量。

「我們最好出去。」我說，「這可能是一個——」

陷阱兩個字才要脫口而出，事情便接二連三地發生了：

——我的腳踏到地上用膠帶貼了X的地方。

——頭頂閃爍的燈泡粉碎，房間陷入一片黑暗。

——我感覺胃部像坐雲霄飛車般翻來覆去，腦壓驟然上升。

房間又忽地亮了起來，但這次光源是來自鐵絲籠裡的黃光鎢絲燈。裝肉的箱子不見了，取而代之的是一袋袋冷凍蔬菜。我的腹部傳來明顯的絞痛。

我碰了碰艾瑪的手，指向我的嘴脣，用口形說著：**噬魂怪**。

艾瑪似乎有一瞬間陷入恐懼，猛地吞了口口水，控制住自己，把嘴湊近我耳畔。

「你能控制牠嗎？」她低語道。

我好像已經很久不曾說出噬魂怪這個詞，或是面對噬魂怪了。這麼久沒練習，就算在我最熟練的時期，也沒辦法馬上運用自如。

「我需要時間感覺牠。」我低聲說，「大概一、兩分鐘。」

艾瑪點點頭。「那我們伺機而動。」

噬魂怪跟我們一起待在冷凍室裡，就算我身體很冷，體內的指南針仍持續發熱，告訴我噬魂怪就在塑膠布的外頭。我們可以聽見牠在咀嚼東西，邊吃邊發出咕噥和口水的聲音。我們蹲在一個木箱旁，試圖隱藏自己。

噬魂怪把吃的東西扔到一邊，打了一個響嗝。

艾瑪給了我一個困惑的眼神——**怎麼樣？**——我搖頭以對。還沒有。我必須先聽到牠說話才能控制牠。

噬魂怪朝我們靠近一步，影子映在塑膠布簾上。我聆聽任何能讓我入侵牠大腦的聲音——任何一點說話聲都可以——但這隻噬魂怪只有微微喘著粗氣。牠嗅著空氣，收集我們的氣味，培養胃口。

我輕輕拍了拍艾瑪，指了指上方，慢慢站起身來。我們必須戰鬥。

艾瑪伸出手，手心向上，我緊咬顫抖的牙關，不是出於冷就是出於害怕，還極可能是後者。我很驚訝自己有多害怕。

噬魂怪的影子開始變形，一根強韌的舌頭從塑膠布的縫隙鑽了進來，在空中測試般地往上彎，彷彿潛望鏡似的觀察我們。

艾瑪往前走了半步，悄悄在手心生出一團火。她一直維持著小小的火球，但從她前臂肌肉緊繃的程度看來，她應該隨時準備讓火焰爆發。此時噬魂怪的第二根舌頭也鑽入塑膠布簾。艾瑪手中的火焰一點一點升高了。一滴冰水滴到我的頸背，天花板的冰柱開始融化。

襲擊總是發生在剎那之間。噬魂怪突然尖聲嘶吼，最後一根舌頭猛地穿過布簾，三根舌頭隨即向我們伸來。艾瑪大叫一聲，釋放手上的火力，舌頭在竄到我們跟前的瞬間，被火燒到，倏地捲了回去，但其中一根舌頭捲住我的腳踝，把我往前拖。

我背部著地，仰躺著滑向前方，穿過布簾來到外面大間的冷凍庫。噬魂怪退到門邊躲避火焰，把我拉向牠張大的嘴巴。我將身體傾向一旁的架子，設法用手指勾住什麼東西，但我只勾到一個木製貨箱，貨箱從架上掉下來，隨著我一起被拖走。

我聽見艾瑪大喊我的名字。我的另一隻手反射性地抓住貨箱擋到身前，在我被拖到噬魂怪面前的那一刻，箱子緊緊地卡在我和噬魂怪的下顎之間。

噬魂怪一瞬間鬆開我的腳踝，我趁機掙脫，躲到角落。然後我聽見牠發出幾個聲響，立刻試著從喉嚨模仿牠的聲音，喚醒沉睡在我體內某處噬魂怪的詭異語言。

艾瑪跑到我跪坐的地方。「你沒事吧？」

「沒事。」我說，「但我們得離開這裡，絕對不要在狹窄的地方跟噬魂怪打鬥。」

她的視線跟著浮在空中的貨箱到了門口。「牠擋在門口。」她說。

噬魂怪放棄用舌頭弄掉箱子，而是收緊下顎，將木箱壓裂，就像是吃洋芋片般，將其咬成碎片。

讓開。我試圖用噬魂怪的語言說。

牠朝我們走了一步，但仍擋住出口。我稍微修改了指令。讓到一邊。

牠接著又往前一步，然後伸出舌頭準備攻擊，彷彿響尾蛇一般在空中揮舞。

「沒有用。」艾瑪說，她的火焰漸漸將我們周遭的東西融化，天花板滴下的水在地上形成水窪。

「再熱一點。」我說，「我有個主意。」

艾瑪深吸一口氣，渾身緊繃，手中的火焰瞬間暴漲。

「聽我的口令，」我低聲說，「妳往那邊跑，我往這邊。」

噬魂怪尖叫一聲衝向我們，我吼道：「現在！」艾瑪跳向右邊，我則往左邊跑。噬魂怪的舌頭掠過我們的頭頂，我繼續跑向角落。牠企圖轉身抓我，卻踩到水滑了一跤，牠嚎叫了一聲，伸出舌頭朝我襲來，但其中一根舌頭被牆上的金屬架夾住。為了掙脫，噬魂怪將沉重的架子整個拖了過來，所有裝著冷凍食材的木箱都砸到牠身上。

我大喊一聲：「走！」然後跟艾瑪在門口會合，把門拉開，很快便進到走廊裡，再把身後的門關上。

「鎖起來！」艾瑪說，「鑰匙呢？」

但這扇門的把手不一樣，完全沒有鎖，所以我們轉頭沿著走廊，跑回用餐的地方。早晨的陽光灑了進來，店裡坐滿了穿著簡潔復古服裝的客人，所有人都轉過頭盯著突然闖進來的陌生人，我們渾身透溼，上氣不接下氣。等艾瑪想起手心的火焰時已經來不及了，她將手藏在背後，整個餐館唯一沒注意到我們的三名服務生，仍在邊哼歌邊工作：

「妳好啊，我的寶貝，妳好啊，我的甜心，妳好啊，我的旋律女——」

走廊傳來一聲巨響，打斷了服務生正要唱出口的「女孩」，瞪大雙眼的顧客全跳了起來。

「出去！」我吼道，「所有人馬上離開這裡！」

艾瑪將生出火焰的掌心再次放到胸前。「沒錯！出去，快走！」

第二次撞擊聲傳來——是金屬門鉸鏈被撞掉的聲音——幾乎每個人都站了起來，驚慌地奪門而出。

我們轉身看向後方，噬魂怪重重踏進走廊，轉向我們，發出怒吼，三根駭人的舌頭像硬釣線似的捲過走廊，然後啪的一聲拉緊，在發出尖鳴的同時振動起來。

飲料販賣員擠過我身旁，跑向最近的門口。光是噬魂怪的聲音就足以讓人恐懼了，但噩夢般的景象只有我一個人承受。

「好了告訴我。」艾瑪說。

「我快搞定了。」

噬魂怪開始沿著走廊朝我們走來，我對牠大吼——

站住！躺下！閉上嘴！

牠動作稍微慢了下來，彷彿我的話穿透牠的頭骨，但尚未進入牠的大腦，然後牠以兩倍的速度朝我們襲來。我希望能離開店內，在停車場迎戰，但門口被逃跑的客人堵住了。我們翻過長櫃檯，跑到另一頭的收銀機旁。停止！睡覺！坐下！別動！但我仍聽見噬魂怪一邊靠近我們一邊破壞這個地方的聲音。桌椅全部騰空，人們拚命喊叫。我冒險探出櫃檯偷看，看見噬魂怪纏住一名服務生的肚子，把他砸向一面玻璃窗。

艾瑪很快起身，抓起一瓶滿滿的綠色液體。她扭開瓶蓋，接著撕開自己的裙襬。

「妳在幹嘛？」我問她。

「做汽油彈。」她說著，把撕下來的衣料塞進瓶口。

瓶身標籤上印著「氣泡」兩個字。「沒用的——那是汽水！」

她咒罵了一句，但還是點燃布料，將瓶子扔過櫃檯。

我體內的指南針開始轉動，噬魂怪靠近了。

「這邊。」我輕聲說。我們手腳並用地移動到櫃檯另一端。不一會兒，噬魂怪的舌頭探到了我們剛才蹲著的地方，搜索著牆面，五十幾個玻璃瓶瞬間被掃了下來。

我聽見一個女人尖叫。有人受傷了，或許因此喪命。圈套裡的普通人永遠不會知道發生了什麼事，也沒有所謂的「明天」要面對——話雖如此，還是很糟糕。我們無處可逃，沒有更好的方法。我必須正面迎擊這個怪物，機不可失。

我從櫃檯後方起身，對牠大吼。噬魂怪正捲起一個上了粉紅色髮捲的女士的脖子，她拚命尖叫，髮捲一個個鬆脫。牠一看見我，便放開了那位女士。她摔到地上，然後連滾帶爬地躲進一個座位底下。噬魂怪接著朝我走來，咕噥著發出急促的怪聲，我站起來開始模仿牠，重複牠說的話，雖然我不知道什麼意思。

牠停了下來，撞倒一張桌子。我的舌頭已經開始習慣噬魂怪說話的音調，彷彿自己動了起來……

站住！躺下！

牠掙扎了一下，而後躺到地上。

閉上嘴巴。

牠將自己的三根舌頭捲回嘴裡，我從地上一堆銀製餐具中，撿起一支牛排刀。艾瑪增強手心的火焰，走了過來。

別動。

我看著噬魂怪來回扭動，企圖掙脫我的命令，但牠現在動彈不得，而我們只需要——

「夠了！」

一個響亮而熟悉的聲音傳來，我轉過身看看是誰。說話的是一個身穿淺咖啡色西裝的老人，他一臉平靜地坐在角落的座位——亞伯的固定位置——他的身體往前傾，手肘隨意地撐在桌上。整家餐館的客人全跑光了，只剩他一人，他看起來一點也不害怕。

「老天，」那個男人說，「你真的繼承了你爺爺的天賦。」

他移動到座椅邊緣，站了起來。「好了，如果你不介意放開何瑞修……」他用噬魂怪語低聲說話，我感覺自己對那隻怪物的控制消失了。「我答應牠今天乖乖聽話，就給牠吃一頓好的，對不對，夥伴？」

噬魂怪將舌頭捲起來，靠了過去，像隻體型巨大的小狗坐在他腳邊。

男人抓起桌上一塊牛排扔向噬魂怪，後者用嘴巴銜住，一口吞了進去。男人這才離開座位，走了過來，但艾瑪走近他，提高手上的火，大喊：「待在原地！」

他坐回原位。「我是朋友，不是偽人。」

「那你怎麼會跟噬魂怪在一起？」

「我現在出門一定會帶上何瑞修，可以的話，我不想跟這小子的爺爺同樣下場。」

我說：「你是H，對不對？」

「正是。」他指向對面的空座位。「你們也坐吧？」

「你瘋了！」艾瑪說，「你的噬魂怪差點殺了我們！」

「我敢保證，你們絕對沒有真正的危險。」他再次示意，「請坐，在警察來以前，我們只有五分鐘，卻有很多事要談。」

我瞄了艾瑪一眼，她看起來很惱怒，但還是把手掌闔起來，熄滅了火燄，垂下手臂。我們穿過用餐區，踩過一堆破碎的碗盤和翻倒的家具，走到H所在的座位。噬魂怪吃完牛排後，蜷曲在H身旁的地上，感覺像在打瞌睡。我體內指南針傳來的痛楚減輕了，但沒有消失，我發現痛楚的強度完全依噬魂怪的心情而定。攻擊性強、飢腸轆轆的噬魂怪，比冷靜且吃飽的還讓我疼痛難耐。

我們坐進座椅，艾瑪坐裡面，讓我離噬魂怪近一點。H手肘撐在桌上，身體往前傾，用吸管喝著杯子裡的東西，顯得泰然自若。

「我準備好面試了。」我說。

他舉起一根手指，依然喝個不停。我一邊等他喝完一邊觀察他。他歪斜的臉龐布滿皺紋，卻不失帥氣，眼睛深陷且炯炯有神，留著雜亂的鬍鬚。他穿著一件毛背心，隱約給人一種教授的氣質。我在亞伯的日誌上看過一張他的照片，而他現在的穿著幾乎沒有改變。

他終於喝完了飲料，把杯子推到一旁，往後靠到椅背上。「冰淇淋沙士。」他說，滿足地發出喟嘆。「現代的食物幾乎沒什麼味道，所以每次進入圈套，我都不會錯過任何一餐。」他對桌上擺的好幾盤菜點點頭，「我幫你點了炸牛排還有墨西哥萊姆派。其實我也該幫妳點一份的，布魯小姐——」他不滿地朝我使了個眼色，「但我原本是要雅各單獨來。」

「你認識我？」艾瑪說。

「當然，亞伯常常提起妳。」

艾瑪垂下視線，臉上藏不住笑意。

「我們是一個團隊。」我說，「合作無間。」

「看得出來。」H說，「順道一提，你通過了。」

「通過什麼？」我說。

「工作面試。」

我乾笑起來。「剛才是面試？被噬魂怪襲擊？」

「第一階段的面試。我得看看你是不是真的有能力。」

「然後呢？」

「你的語言操控還得更熟練。你必須更快獲得控制——有些傷亡或許可以避免。」他指著破掉的窗戶外、靠在一輛雪佛蘭引擎蓋上皺眉呻吟的服務生。「但毫無疑問，你的確有本事。」

我感到一股驕傲。

「別高興得太早，有幾件事我要告訴你。」

我克制住臉上的笑容。「我全部都想知道。」

「關於這份工作，你爺爺跟你說過什麼？」

「他沒說。」

他面露驚訝。「什麼也沒說？」

「他說他以前是巡迴推銷員。我爸說亞伯常常出遠差，一去就是好幾個星期，而且偶爾回來會摔斷了腿或臉上包著繃帶。家人以為他惹到什麼不良分子，或者去賭錢。」

他摸了摸留著鬍鬚的下巴。「那我們現在只有時間說些簡單的背景。亞伯戰後來到美國，想盡可能地過正常的生活，因為他認為自己的力量減弱，會對他的特異者同胞帶來危險而非助力，尤其是布魯小姐和她那群圈套朋友。而美國是一個相對和平的地方，雖然多年來，普通人迫害了很多特異者，造成特異者族群之間互不信任，但我們從來不像歐洲那樣遭受噬魂怪和偽人的威脅，直到一九五〇年代。他們強勢入侵，追著時鳥而來，造成很大的傷害。亞伯就是在那時候決定提早退休，成立組織。」

我屏氣凝神地聽他述說。我等得太久了，一直希望有人告訴我爺爺早期在美國的生活，真不敢相信這願望居然實現了。

他繼續說著，邊用手指捲著他短短的鬍鬚：「我們總共有十二個人，表面上過著普通人的生活，而且沒人住在圈套裡，這是規矩。部分人有自己的家庭，正常的工作。我們私下相聚，用密碼通訊。一開始，我們的任務只是獵捕噬魂怪，但後來太多時鳥遭到偽人殺害，不得不低調行事，我們便開始接手時鳥沒辦法再管的事。」

「找到未接觸特異孩童，」艾瑪說，「送他們去安全的地方。」

「你看了那本日誌。」

我點頭。

「那很不容易，也不一定都會成功，有時候會搞錯，有人會被遺忘，」他看向窗外，感覺到舊日的傷痛，「我至今仍忘不了那些失敗。」

「其他人呢？」我問，「其他十個成員呢？」

「一些在任務中被殺，一些人則是退出了，再也受不了這樣的生活。一九八〇年代對我們而言很難過。」

「亞伯沒找人替補嗎？」

「要找到能信任的人很難，敵人一直試圖滲透我們的組織，破解我們的密碼。我可以很自豪地說，我們真的是他們的眼中釘肉中刺。後來偽人把目標轉回歐洲，美國的威脅漸漸減少。畢竟他們在這裡已經得到很多想要的東西了，雖然因為我們的關係，讓他們付出更多的代價。」他低下頭半晌，「但全新時代或許就要展開，我一直希望有天電話能再度響起，而電話那頭的人會是你。」

「**你**可以打給**我**。」我說。

「我答應亞伯不會主動聯繫你。你爺爺不想讓你蹚這灘渾水，他希望你是出於個人意願，但我一直有種感覺你最後會加入。」

我看著他。「你說的好像我們曾經見過。」

他朝我眨眨眼。「記得安德森先生嗎？」

「天啊，我記得！你給了我一大袋鹽味太妃糖。」

「你那時大約八、九歲吧。」他笑著搖搖頭。「噢，那是個難忘的日子。亞伯一直都很小心，不想讓我們任何人去他家，但我很想見見他引以為傲的孫子，所以有天下午我就自己跑去了，而你剛好在那裡，他氣炸了，都快能在他額頭上煎蛋了！但很值得，我在見到你的那一刻，就知道你也擁有天賦。」

「我一直以為我和爺爺是唯一可以控制噬魂怪的人。」

「在我們的團隊中，四個人能夠看到噬魂怪，有能力操控的只有我和亞伯。你是我聽過唯一一個可以同時操控一個以上噬魂怪的人。」

我聽見遠處傳來警笛聲。

「所以你有工作給我們嗎？」我說。

「老實說，我有。」他從身旁拿了兩個小包裹放在桌上，差不多是平裝書的大小，包著牛皮紙。「我要你幫我送這些包裹，但不能打開。」

我幾乎笑了出來。「就這樣？」

「就當作是你第一階段的面試，向我證明你有能力完成工作，我就會給你真正的任務。」

「我們當然辦得到，」艾瑪說，「你沒聽過我們做的事嗎？」

「那是在歐洲，小姐，美國完全是另一回事。」

「我比你大了好幾歲——這樣說真怪。」

「這件事沒得商量。」

「好。」我說，「要送到哪去？」

「包裹上寫了。」

其中一個包裹寫著**火人**。

另一個則是**大門**。

「我不明白。」我說。

「給你們一個小線索。」他拿起他的杯子，把墊在下方的餐墊紙滑過桌面。我來這裡光顧過好幾次，旋律餐館的餐墊紙一向印著佛羅里達州的手繪地圖。上面除了標示一些觀光景點，就沒別的了；既沒有道路或高速公路，也沒有中小型城鎮，州首都還完全被一隻鱷魚喝著雞尾酒的插畫擋住。然而，H把餐墊紙滑過桌面時一臉嚴肅，好像給了我們一份藏寶圖似的。他輕點地圖中央，他的杯子在上面留下一個圓形水漬，剛好圈起一個叫做人魚幻想世界的景點。

「包裹送到後，我會連絡你們。你們有七十二小時。」

艾瑪難以置信地看著那張餐墊紙。「這太荒謬了，給我們真正的地圖。」

「不行。」他說，「若是地圖落到敵人手裡就完了。而且工作的一部分就是找到不易尋找的目標。」他再次敲了敲手繪地圖上的圓形水漬。此時警笛聲越來越近，觀望的遊客也開始聚集在停車場邊緣。「你沒怎麼吃。」

「我不餓。」我說，「只要有噬魂怪在附近，我的胃就會糾結在一起。」

「不要浪費啊。」他用叉子切了一口我沒動過的派塞進嘴裡，然後站起來。「走吧，我送你們出去。」

兩輛舊型的警車鳴笛開進停車場，我把兩個包裹抱在手中，摺起的地圖夾在包裹中間，離開了座位。H把兩根手指放進嘴裡吹了聲口哨，他的噬魂怪從地上起身跟著我們，像隻老獵犬般溫馴。

「記住幾件事。」H邊走邊說，「美國的特異者和他們的聚居地與你們所知的不同。這裡的環境很亂，沒有時鳥可以依賴。在某些地方，所有人都是特異者，任何人都不能相信。」

「而且有些圈套會互相爭鬥。」我說。

他回頭看了我一眼，「但願不會。雖然我不想大放厥詞，但你們或許將偽人趕出了歐洲，可我有預感他們仍未放棄這裡，他們很可能想在特異者之間煽動戰爭，我猜這就是他們的目的。」

他打開冷凍庫的門，我們走了進去。「另外，不要跟別人說你為誰工作，我們的組織從不浮上檯面。」

「裴利隼女士呢？」艾瑪問。

「她也不行。」

我們走到布簾遮住的地方，擠到角落貼著X的位置。一股感覺瞬間襲來，當速度感消退後，我們便回到了現代。我問：「如果美國沒有時鳥，這個圈套是怎麼維持的？」

H掀開塑膠布簾，他的噬魂怪竄了出去。「我可沒說沒有時鳥，」H說，「只是我們有的，應該說留下來的，跟你們習慣的時鳥有點不同。」

出了走廊，那名親切、上了年紀的女服務生正靠著牆抽菸，口中吐出一縷白煙。

「我們才剛說到妳呢。」H露出燦爛的笑容，「阿柏奈西小姐，妳好嗎？」

她把香菸扔到門外，輕輕地抱了下H。「你都不來看我了，老壞蛋。」

「一直很忙啊，諾瑪。」

「好啦、好啦。」

「她是**時鳥**？」艾瑪問。

「有些人會稱我們為半時鳥。」諾瑪說，「但我覺得**圈套守門人**叫起來更順口。我沒有變身成鳥或是創造新圈套之類的酷炫能力，但我能讓已經存在的圈套持續很長一段時間。報酬也很不錯。」

「**報酬**？」

「你以為我這麼做是出於好心？」她仰頭輕笑道。

「諾瑪在這裡管理南佛羅里達一小部分圈套的門戶。」H說，「組織一直與她合作。」

H手伸進口袋掏出一疊用橡皮筋綁住的現金。「今天謝謝妳幫忙。」

「而且我只收現金喔，」諾瑪眨了眨眼，將那疊錢塞進她的圍裙裡。「畢竟我得小心被查稅嘛！」她又笑了起來，搖搖擺擺地走進冷凍庫裡。「我最好先去關店，看看你們弄得有多亂，慢走不送啦。」

我們一起去到停車場，月亮已高掛空中，晚風涼爽。噬魂怪跑去追逐一隻流浪貓，我們走向我的車，停車場裡剩下兩輛中的一輛。

「所以，」我說，「我們去送這些包裹，就能拿到真正的任務？」

「看情況。」

「什麼情況？」

他咧開嘴角。「看你們是否辦得到。」

「我們會送到的。」艾瑪說，「但不要再有什麼駭人的噬魂怪襲擊了，好嗎？」

「如果你們再碰見噬魂怪，不會是何瑞修，所以你們最好不要手下留情。」

我們走到車旁，H看到保險桿不見蹤影，還有用線綁住的車門，皺了下眉頭說：「你會開車吧，孩子？」

「這不是我弄壞的。」我說，「我技術很好。」

「希望如此，因為要做好這個工作必須會開車。不過不管你開得好不好，都不能開那輛車，不然每十分鐘就會被警車攔下一次。開亞伯的車去吧。」

「亞伯不會開車，他沒有車。」

「噢，他會開，而且是輛漂亮的車。」他對我挑起一邊眉毛。「你不會大老遠跑去他的地窖，卻沒看到他的……」他笑著搖搖頭。

「他的什麼？」我和艾瑪異口同聲地問。

「下面還有一扇門！」

他轉身準備離開。

「你能多跟我們說說這個任務嗎？」

「你們該知道的時候就會知道。」他答道，「我只能說，這個任務跟某個身陷麻煩的特異孩童有關，在紐約市。」

「那你怎麼不去幫他們？」艾瑪說。

「以防萬一妳沒注意到，我已經老了，脊椎出了問題，膝蓋也不好，還有高血糖……不管怎樣，我都不是這個任務的最佳人選。」

「我們是。」我說，「我向你保證。」

「我也希望如此，祝你們好運。」

他走向停車場的另一輛車——是一臺有「自殺門」的流線型舊款凱迪拉克——接著朝他的噬魂怪吹了聲口哨，何瑞修跑過去，從打開的窗戶鑽進後座。車子發出喧囂的噪音，H稍微向我們示意，便揚起黑煙駛離停車場。

「真是瘋了，對不對？」我在開車，但大部分時間都看著副駕駛座的艾瑪，目光每隔幾秒才瞄一眼前方的路。「我是說，無論怎麼想，這個主意絕對是糟透了，對嗎？」

她點點頭。「我們幾乎不認識這個人，才剛跟他見面。」

「對、對啊……」

「我們甚至不知他的真名，他還叫我們大老遠去做這詭異的跑腿任務——」

「對……」

「去送這些連看都不能看的包裹——」

「對！而且這個任務可能會很危險，我們甚至不知道內容是什麼！」

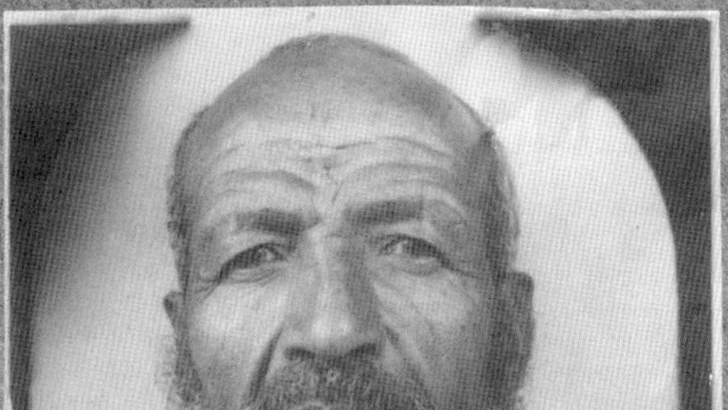

「而且裴利隼女士會非常生氣。」

我開到對向車道超車，每次我一焦躁就會開快車。

「她會大發雷霆。」我說，「可能再也不跟我們說話。」

「而且也不是所有人都會同意。」

「我知道。」

「這個任務可能會讓我們彼此反目。」她說。

「那會很糟糕。」

「沒錯。」她說。

「絕對會。」

我瞄了她一眼。「但還是要去。」

她嘆了口氣，雙手交疊放在自己腿上，看向窗外。

「要去。」

紅燈了，我放慢速度停了下來。車裡安靜了半晌，我才聽見經典搖滾電臺正小聲播放著一首歌曲，我一直沒有把音響完全關掉。我的手離開方向盤，把身體轉向她。

她看著我。「我們要去，對不對？」

「對，我們要去。」

外頭飄起毛毛細雨，郊區柔和的燈光籠罩在我們四周，我打開雨刷。

我們在開車回家的途中，討論了一些細節。我們會告訴其他朋友，但對裴利隼女士保密，希望在她來得及阻止前都不要曝光。我們會帶兩個朋友同行——最能幫上忙和感興趣的人。從現在開始，我們不會再三心二意，我非常確信這個任務就是我想要的；這就是我想為自己開創的生活，而非完全重返正常世界，或完全投身特異者世界；不是一時興起，也不想受時鳥支配。

我有點想直接驅車前往亞伯家，很好奇他的地窖裡還有什麼東西（一輛車？真的嗎？），但在我們做出任何行動前，必須先跟其他人談談。

一走進我家前門，就聽到奧莉芙的聲音從上方傳來，「你們去哪裡了？」害我的心臟漏跳一拍，還差點摔倒。她從天花板往下看著我們，頭下腳上地坐著，雙手抱胸。

「妳在那裡等多久了？」艾瑪說。

「夠久了。」奧莉芙推了一下天花板，滑向地面，同時將兩腳轉向下方，直接套進放在那裡的鉛鞋，從頭到尾一氣呵成。

其他人聽到我們的聲音，紛紛從房子各處擠到前廳來，急切地盤問。

「裴利隼女士呢？」我說，視線穿過他們瞄向客廳。

「還在惡魔之灣。」霍瑞斯說，「你們運氣好，今天時鳥都在開會，而且開超久。」

「有大事要發生了。」米勒說。

「你們兩個去哪裡了？」阿修說。

「去海灘親熱？」伊諾說。

「去亞伯的祕密地窖？」布蘭溫說。

「祕密地窖又是什麼？」阿修問。他沒有跟我們去，所以不知道。

「我們不確定你想不想告訴大家。」布蘭溫說。

我開始說明，但場面一片混亂，大家七嘴八舌地發問，一個接一個拋出問題，直到艾瑪揮著手臂，大喊要所有人閉嘴。「各位，到客廳去，我和雅各有事情要宣布。」

我們要大家坐下，將所有事全盤托出——從昨天在亞伯家的發現，到我們跟H見面、他給我們的小測驗，還有他承諾會給我們更重要的任務。

「你們不會是真的考慮要去吧？」霍瑞斯說。

「沒錯，就是這樣。」我說，「我們希望你們之中有兩個人一起來。」

「我們是一個團隊。」艾瑪說，「全部人都是。」

大家的反應很兩極化。克萊兒很生氣，霍瑞斯不發一語，感覺很緊張；阿修和布蘭溫很謹慎，但應該可以說服他們；伊諾、米勒和奧莉芙則是一副準備好要跳上車跟我們一起出發的樣子。

「裴利隼女士對我們那麼好，」克萊兒板著臉說，「我們不該這麼對她。」

「我同意。」布蘭溫說，「我不會對她說謊，我討厭**說謊**。」

「就我看來，我們太在意裴利隼女士的想法了。」艾瑪說。

「我覺得亞伯和他的團隊過去做的事才是我們的**天職**。」我說，「而不是美其名為重建的辦公室工作。」

「我喜歡我的工作。」阿修說。

「但我們在惡魔之灣是大材小用。」米勒說，「我們可以大膽地進入現代，沒人比我們更有經驗可以這樣做！」

「她不是要我們**現在**就去。」阿修說，「我們只上過一天普通人課程耶！」

「你們準備好了。」我說。

「我們有一半連現代服裝都沒有！」霍瑞斯說。

「這個可以想辦法解決！」我說，「聽著，美國有個特異孩童需要我們的幫助，我覺得那比重建圈套還重要。」

「沒錯。」艾瑪說。

「有人需要幫助，」阿修說，「可能吧，如果這個叫H的人沒有說謊。」

「亞伯的日誌裡記錄了好幾百個任務。」我說，努力不要表現出沮喪的樣子。「有一半都跟幫助陷入危險的年輕特異者有關。特異者不會因為亞伯停止工作就消失，他們依然存在，依然需要幫忙。」

「而且他們身邊沒有真正的時鳥可以依靠。」艾瑪說。

「所以你們才會在這裡，」我說，「這是我們應該做的事。噬魂怪獵人會老，時鳥一直忙著開會，除了我們，沒人更有能力幫忙。這是我們的時代！」

「如果我們可以向某個不認識的男人證明的話。」伊諾諷刺地說。

「這是一次考驗。」我說，「我想要通過這次考驗。贊同的人，明天早上九點整打包好行李下樓來。」

第七章

當晚，我在房間收拾行裝，視線掃到靠床的那面地圖牆，上面的地圖層層交疊，用膠帶和大頭釘拼湊成一大片鑲嵌藝術，這麼多年下來，似乎跟壁紙也沒多大差別，然而此刻卻有某個東西吸引了我的目光，我停下手邊動作爬上床。我站在枕頭上，研究從三張交疊的《國家地理》雜誌地圖下方露出的一小塊插圖：一隻卡通的鱷魚喝著一杯雞尾酒。

我把遮在上面的地圖拆下來，發現下面是旋律餐館的舊餐墊紙，印有佛羅里達州地圖的那個。旋律餐館以前常常會給小孩蠟筆，讓他們邊吃邊畫畫，我和爺爺好幾年前曾經用蠟筆在餐墊紙上塗鴉。我都忘了那天，甚至忘了將那天畫的地圖貼在這裡的事。但現在我看到亞伯畫的東西了——地圖上大多是他沉穩的筆觸——他將位於地圖中央的人魚幻想世界圈起來，就跟H用杯子留下的水漬一樣。亞伯還在旁邊畫了一個小骷髏頭和交叉的骨頭；在佛羅里達大沼澤深處，他則畫了一群有腳的魚（或是長著魚頭的人？），他還在周圍幾個地方標示了螺旋符號，若我對裴利隼女士遺失的歲月地圖上的圖例記憶正確的話，這些符號代表了**圈套**。地圖上還有其他我讀不懂的符號。

我們不製作地圖，H說過，如果那是噬魂怪獵人的法則之一，亞伯為我畫這個地圖就破壞了規則。他冒險做了這件事。

問題是：**為什麼？**

我小心翼翼地把這張地圖拆下來，又看了看牆上其他地方，搜尋任何亞伯畫過的地圖。他還留下什麼麵包屑給我，就藏在我眼皮底下？我瘋狂地把全部有註解或添加過內容的地圖拿下來，發現有幾張地圖是畫在空白的勞作紙上，沒有標籤，也沒有可辨別形狀的邊線。馬里蘭州和德拉瓦州的美國汽車協會地圖上畫有標記，我將地圖摺起來放到旋律餐館的地圖旁。牆上還釘著幾張明信片，是亞伯從旅行的地方寄來的——汽車旅館、路旁吸引遊客的景點以及我沒聽過的小鎮。亞伯在我十一歲時才停止旅行。儘管爸媽反對，他仍然常常獨自出去「拜訪外州的朋友」。他從不打電話給爸媽報平安，卻總會從旅行的地方寄明信片給我。我不知道這些明信片是否隱藏其他含意，但以防萬一，我把明信片疊在地圖上，全部夾進一本精裝書中。然後把書放進我的圓筒包裡，壓在替換衣物的上方。我稍早在家中四處搜刮現金，但除了爸媽收在臥房梳妝臺抽屜襪子裡的一疊鈔票外，並沒有找到多少錢。我用橡皮筋將鈔票捆起來，放到印有寶可夢圖案的舊便當盒裡，另外還有一包抗胃酸口嚼鈣片和一瓶助消化口嚼片，以防我們在噬魂怪附近待太久。

我正準備拉上包包拉鍊，忽然想起了一件事。我跪在地上，從床底下拉出亞伯的任務日誌。我把日誌放在手上掂了掂，思考著要不要帶著走。這本日誌又厚又重，而且滿是敏感資訊，H絕對不希望日誌遺失或被偷。我知道為了安全起見，我或許應該把日誌鎖在亞伯的地窖裡，但要是我需要它怎麼辦？裡面全是亞伯和H進行任務的照片及線索，是破關的攻略。

我把衣服和盥洗用品從包包裡拿出來，取出精裝書中的地圖和明信片，夾在日誌的封底夾層，再把整本日誌塞到圓筒包底層，最後放上衣物和盥洗用品，拉上拉鍊，用一隻手提起包包測試重量，感覺就像舉一個三十磅的啞鈴。我把包包丟到床上，它彈了一下滾到地上，發出砰的一聲，整個房間都為之震動。

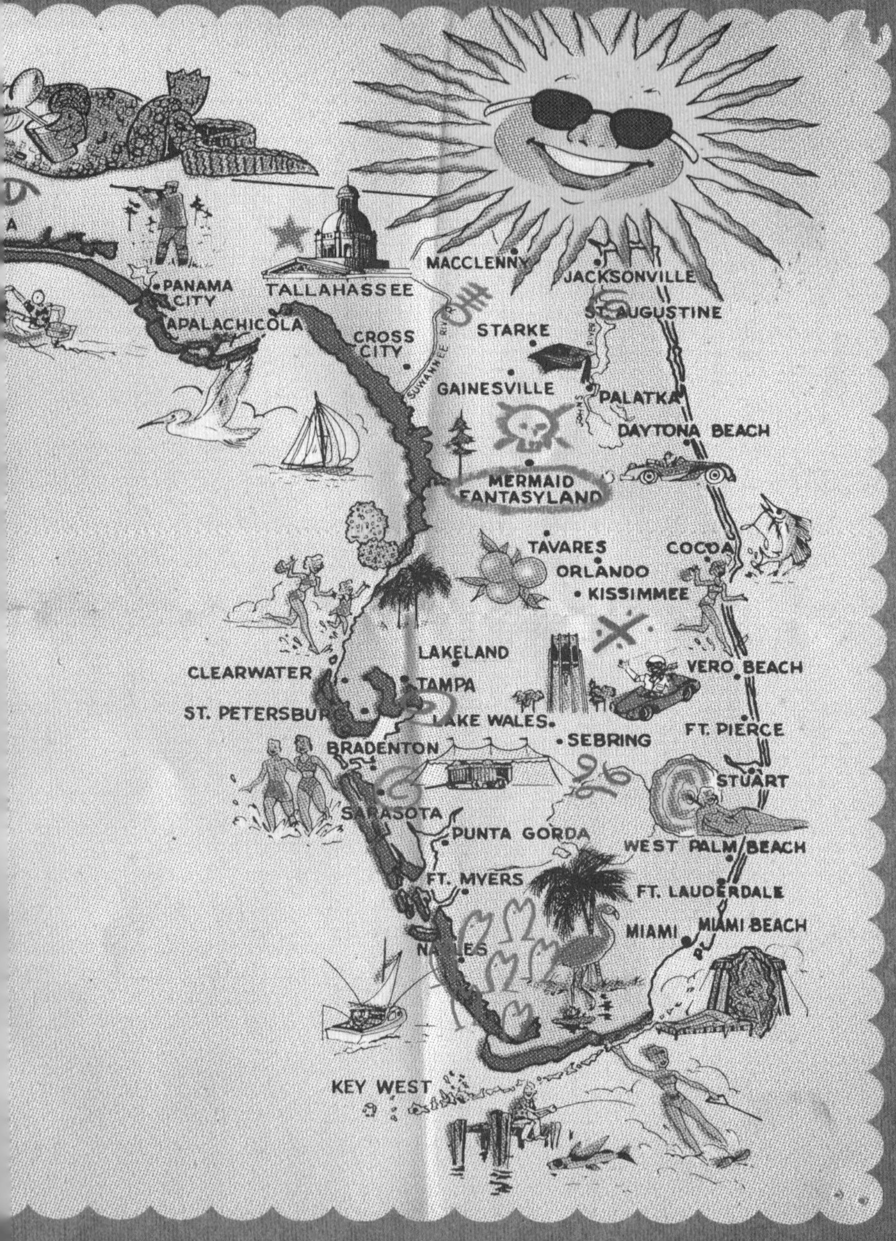
PANAMA CITY
TALLAHASSEE
APALACHICOLA
MACCLENNY
JACKSONVILLE
ST. AUGUSTINE
STARKE
CROSS CITY
GAINESVILLE
PALATKA
DAYTONA BEACH
MERMAID FANTASYLAND
TAVARES
COCOA
ORLANDO
KISSIMMEE
LAKELAND
CLEARWATER
TAMPA
VERO BEACH
ST. PETERSBURG
LAKE WALES
FT. PIERCE
SEBRING
BRADENTON
STUART
SARASOTA
PUNTA GORDA
WEST PALM BEACH
FT. MYERS
FT. LAUDERDALE
MIAMI
MIAMI BEACH
KEY WEST

MELODEE

FAMILY RESTAURANT

Why not try one of our delicious Homemade Desserts!

那天晚上我幾乎沒睡，清晨天一亮便起身，跟艾瑪一起溜出門去。我們開車去了亞伯家，打開辦公室地上的活板門，去地窖看看那裡有什麼未揭露的祕密。我希望正如H暗示的，是一輛四門轎車，但我想不出一輛車要怎麼開進連站著都嫌窄的隧道裡，就算有，我又該怎麼把車開出來。

我們在爺爺的地下工作室轉了幾分鐘後，發現牆上有一個把手，部分隱藏在兩個金屬架的陰暗間隙裡。我伸手進去轉動把手，牆上的門連著架子一起往外打開，露出另一段隧道。我們冒險進入，又得彎腰，因為這個隧道比上個區段的天花板更低、更封閉。艾瑪生出一團火照亮四周，我從亞伯的一個架子上拿了裝著冷凍「早餐主菜」的金屬盒充當門擋。

走了約一百呎左右，前方出現一個狹窄的水泥樓梯，通往一扇厚實的金屬門，這是一扇往旁邊滑動，而非前後打開的門；再過去則是一個鋪著地毯的衣帽間。我拉開那扇滑門，隨即從隧道進入一個樸素的臥房。房裡擺著一張只有床墊的床、一個床頭桌和一個梳妝臺。牆上什麼都沒有，窗戶緊閉，唯一的光線從窗上釘著的木板間隙透了進來。

這裡是亞伯位於巷弄中的另一棟房子。

「這是什麼地方？」艾瑪說，手指拂過覆蓋著灰塵的梳妝臺。

「可能是安全屋。」我朝臥房的浴室看去，裡面空蕩蕩的，洗臉臺上掛著一條粉紅色的毛巾。

「你覺得有人住在這裡？」艾瑪低語道。

「應該沒有，但還是小心一點。」

我們躡手躡腳地走過一條短短的走廊，窺看途經的其他房間。裡面擺設很少，跟樣品屋或連鎖汽車旅館沒什麼兩樣，毫無特色，僅僅給人一種有人住在這裡的錯覺。我走到走廊盡頭，左轉進入我猜應該是客廳的房間。這間房子的格局跟爺爺家一模一樣，對一個從未涉足的地方感覺似曾相識實在很詭異。客廳的窗戶也釘上了木板，所以我走到前門，透過貓眼往外看。

我看見亞伯的房子，就在距離幾百呎遠的對街。

接著我們走到車庫，一踏進去就明顯知道這裡才是這棟房子的目的。牆上到處都是釘子和置物架，陳列著各式各樣的工具和配件。車庫的中央有兩輛汽車並排停在一起，周圍打著泛光燈。

「見鬼了，」我說，「他真的有車。」

其中一輛是白色的經典雪佛蘭 Caprice，像極了一塊裝著車輪的肥皂，在佛羅里達的年長者間大受好評。我認出這是爺爺的車，在爸媽不准他開車前開的那輛（我以為他處理掉了，但就是這輛車）；旁邊是一輛黑色雙門轎車，看起來像一九六〇年代的野馬，但車尾較寬，線條更流暢。我不確定是什麼品牌，因為車上沒有任何商標。

我猜那輛雪佛蘭是為了旅行時隱藏身分；另一輛則著重在速度，而且比較有型。

「你真的不知道他有這些車？」艾瑪說。

「真的，我知道他以前會開車，但後來他沒通過監理所的視力測試，我爸就不准他開了。以前他常常一個人去旅行，一去就是好幾天，偶爾會去好幾個星期，就像我爸小時候那樣，只是沒那麼頻繁。從原本來去自如的生活，變成需要我或我爸媽載他去超市、看醫生，一定讓他很難受。」

我突然想到，說是這麼說，但亞伯很可能沒有真的停止開車，只是都瞞著我們。

「但他還留著車。」艾瑪說。

「而且保養得很好。」我說。這兩輛車跟房裡的其他東西不同，只沾上些許灰塵，保持得非常乾淨。「他一定時不時溜到這裡保養它們，打蠟、換油，如此一來，想開車就可以開，不會被家人發現。」

「不免讓人疑惑他何必那麼麻煩。」艾瑪說。

「對抗噬魂怪？」我問。

「成立家庭。」她回答。

我不知道該做何反應，所以什麼也沒說。我拉開那輛雪佛蘭的車門，坐了進去，打開置物箱找行照。行照仍然很新，是亞伯過世前三週才續簽的，但車子並非登記在他名下。

「有聽過安德魯．甘迪嗎？」我說，把行照從開著的門遞給艾瑪。

「一定是他的假名。」艾瑪把行照遞還給我。「天啊。」

我關上置物箱，從車裡出來。艾瑪臉上的表情有點微妙。「怎麼了？」

「我在想亞伯是不是他真正的名字。」她說。

這個問題並不奇怪，我卻因為某個原因而覺得驚訝。「是。」

她看向我。「你確定？」

她的眼神透露出一個沒說出口的問題，如果亞伯有辦法欺騙他們，那我呢？

「我確定。」我說，把頭撇開。「快九點了，趕快選一輛車走吧。」

「你開車你選。」

很簡單，選雪佛蘭比較實際，那是一輛四門轎車，後車廂空間更大，開在路上也比較不會引人注意；但另一輛車看起來更炫、速度更快。經過三秒鐘的深思熟慮後，我指著它說：「這輛。」我從未試過公路之旅（開車穿過佛羅里達前往邁阿密拜訪表親不算），開這輛車上路的念頭實在太誘人了。

我們坐進車裡，我按開車庫門，發動引擎，車子隨即發出猛烈低沉的轟鳴，害艾瑪嚇了一跳。我倒車駛離房子前的車道，開上大街，我看見她翻了個白眼。

「跟亞伯一個樣！」她提高音量，蓋過引擎聲。

「什麼？」

「開這種車進行**祕密**任務。」

我把車暫停在路旁，將爸媽的車停進亞伯的車庫後，關上車庫門。接著回到那輛神祕的雙門轎車上，對艾瑪笑了笑，將油門踩到底。引擎頓時像野獸般咆哮，車子隨即呼嘯而去，我們整個人撞上椅背。

人偶爾需要一點娛樂，就是出祕密任務的時候也不例外。

我和艾瑪外出時，裴利隼女士總算開完了一整晚的會，從惡魔之灣回來，旋即倒在二樓的床上——我極少看到她真的睡著。我們召集所有孩子到樓下臥房，關上門，避免吵醒她。

我讓大家舉手表決。

「誰要加入？」

伊諾、奧莉芙和米勒舉手，克萊兒、阿修、布蘭溫和霍瑞斯則無動於衷。

「出任務讓我緊張。」霍瑞斯說。

「克萊兒，」艾瑪說，「妳怎麼不舉手？」

「我們已經有任務了呀。」她說，「我負責分發重建組在比利時所有圈套的午餐和甜點。」

「那不叫任務，克萊兒，那叫工作。」

「妳也只是送貨！」克萊兒譏諷地說，「怎麼能叫任務？」

「任務是拯救有危險的特異者。」米勒說，「等送完貨之後。」

「布蘭溫，妳呢？」我說，「來不來？」

「我不喜歡對裴女士說謊，難道我們不該跟她說這件事嗎？」

「不行！」除了克萊兒以外，所有人都齊聲說道。

「為什麼？」布蘭溫問。

「我也不喜歡，」我說，「但她會阻止我們，所以不能跟她說。」

「如果我們真的想幫助其他特異者，就得如此。」艾瑪說，「成為下一代戰士，而不是在惡魔之灣讓人拍照。」

「或每次想做什麼都徵求同意。」伊諾說。

「沒錯。」米勒說。「院長仍把我們當小孩看，看在神鳥的分上，我們都快一百歲了，現在是時候展現符合年紀的作為了，或是年紀的一半，無所謂啦，我們必須開始自己下決定。」

「這就是我多年來一直在說的。」伊諾說。

我發現我的朋友正在改變，但裴利隼女士監護他們的方式仍一成不變。自從他們被迫離開石洲島後，獲得了很大的自由——我也是——而他們在惡魔之灣期間，受到不只一個而是十幾個時鳥的監督，讓他們感到窒息。過去幾個月來，他們已比半個世紀以前成長了許多。

「你呢，艾皮斯頓？」艾瑪對阿修說。

「我願意加入。」他說，「但我有自己的任務要完成。」

他不用說出口我們也知道，他要繼續尋找費歐娜。

「我們了解。」我說，「我們一路上也會注意的。」

他用力地點頭。「謝謝你，雅各。」

除了霍瑞斯、克萊兒和布蘭溫外，其他人都很興奮，然後布蘭溫改變了主意。

「好吧，我加入。我不喜歡說謊，但如果我們真的要出去拯救某個有生命危險的特異孩童，又不得不說謊，那不說謊會很糟糕，對不對？」

「妳的想法真蠢。」克萊兒說。

「歡迎加入。」艾瑪說。

剩下的就是選擇這次的任務成員了，我表示只能多帶兩個人，引起大家怨聲載道。雖然昨晚我說了那些話，但我其實有點擔心他們只上了一半的普通人課程，可能還沒準備好面對正常世界。我需要他們的幫助，可是也需要專注於我們的任務，而不是解釋斑馬線、電梯門以及如何跟現代普通人簡單交流。不過我沒有對他們說這件事，因為這可能會讓他們傷心，所以我只說不想讓車超載。

「那選我！」奧莉芙說，「我又小又輕。」

我想像奧莉芙忘記穿鞋，我還得像追飄走的氣球般追著她。「這次任務需要年紀看起來大一點的人。」我沒有說原因，她也沒問為什麼。

我和艾瑪在角落談了一分鐘，然後宣布我們的決定——米勒和布蘭溫。布蘭溫有蠻力，人又可靠，米勒則是因為他的思考、製圖，以及脫困的能力——只要脫掉衣服就好。

其他人很失望，但我們答應以後出任務會帶上他們。

「如果還有以後的話，」伊諾說，「只要你們不搞砸這次任務。」

「那你們離開後，我們其他人要做什麼？」阿修問。

「就做你們在惡魔之灣的工作，假裝什麼事都沒有。你們對我們去哪裡或做什麼毫不知情。」

「但我們知道呀，」克萊兒說，「如果裴利隼女士問了，我會告訴她。」

布蘭溫從腋下把克萊兒舉起來，舉到跟她眼睛同高的位置。「妳這想法才蠢。」她說，口中的威脅既清晰又令人驚訝。布蘭溫總是溫和地對待兩個年紀小的特異孩童。

克萊兒後腦的那張嘴對著布蘭溫齜牙咧嘴。「放我下來！」她用正常的嘴巴喊道。

布蘭溫把她放下來，但克萊兒看來有得到教訓，把話聽進去了。

「裴利隼女士起床後，會問我們在哪裡，」艾瑪說，「她真的……去睡覺了？」

這非常不符合時鳥的作風，就算熬了一整晚也一樣。

「我可能往房裡吹了一撮粉末。」米勒說。

「米勒！」霍瑞斯叫道，「你這混蛋！」

「那肯定能為我們爭取一些時間。」艾瑪說，「運氣好的話，她到今晚都不會發現我們出去了。」

「這個，」我們站在車道上，米勒拍了下黑色雙門轎車的引擎蓋。「才是適當的公路之旅用車。」

「才不呢。」布蘭溫說，「這輛車太顯眼，太英國風了。」

這輛車看起來確實很酷，但我不覺得會特別吸引目光，既不是鮮紅色，也沒有跑車那種閃亮的輪緣和凸出的擾流板。

「英國風有什麼不好？」艾瑪問。

「很常故障，大家都這麼說英國車。」

「如果很常故障，亞伯會開著這輛車去救人嗎？」米勒說。

「亞伯對車很了解，包括怎麼修理。」伊諾說。

他肩上背著一個包包倚著後車廂，臉上掛著得意的笑容。

「你不能來，」我說，「車坐不下了。」

「我有說要去嗎？」伊諾說。

「你**看起來**是想去，」艾瑪說，「讓開吧。」

我把他推到一邊，這樣才能打開後車廂（抱歉，應該說行李廂），放進我們的包包，但經過二十秒的手忙腳亂後，我發現我不知道該怎麼開。

「讓我來。」伊諾說著，轉動車尾燈之間的一個旋鈕，後車廂就彈開了。「奧斯頓馬丁。」他走過車旁，摸著車身的側面。「亞伯的確有品味。」

「我還以為是某款野馬。」我說。

「虧你說得出口。」伊諾說，「這可是一九七九年的奧斯頓馬丁 V8 Vantage。三百九十馬力，五秒內可以從零加速到時速六十哩，最高時速一百七十哩。是真正的好傢伙，英國第一輛真正的肌肉車。」

「你什麼時候變得那麼懂車？」我說，「而且還是一九四〇年代以後的車？」

「雜誌和郵購型錄，」米勒說，「送到他在現代石洲島的郵局信箱。」

「噢，他喜歡車，」艾瑪翻了個白眼，「但我可提醒你，他從未開過車，還有，千萬別跟他聊引擎蓋下的東西。」

「我對機械和生物醫學都很感興趣。」伊諾說，「器官、引擎，不過是把油換成血，其實沒什麼不同。而且我不需要心臟就可以讓引擎起死回生。這是件好事，因為這輛車是英國車，而且有四十年的歷史了，眾所周知非常不可靠，除非經過精心維護。因為亞伯死了，我很確定我是全佛羅里達唯一能夠維修這輛車的人。這也是為什麼，雖然我不想去——」他把他的包包扔進後車廂裡，就在我的包包旁邊。「但你們會需要我一起去。」

「噢，趕快上車出發吧。」艾瑪說。

「我坐前面！」伊諾叫道，坐進副駕駛座。

「這會是一次漫長的旅行。」米勒說。

我嘆了口氣，看來我沒別的選擇。

其他人聚在車道上目送我們離開。我們彼此擁抱，所有人都祝我們好運，除了克萊兒，她待在門口生悶氣。

「你們什麼時候回來？」阿修問。

「如果我們一個禮拜沒回來再擔心吧。」我說。

「太慢了，」霍瑞斯說，「我已經開始擔心了。」

第八章

我們開出我家車道，驅車從針鑰島過橋，開往郊區和小鎮的外緣。而後我們要上七十五號州際公路往北。第一站是火人，不管那是什麼，H提示我們可以在旋律餐館地圖的水漬中找到線索，於是我們的目的地縮小到沿澤地中央約三十哩見方的範圍。

我坐在駕駛座，忙著熟悉爺爺這輛馬力強勁又古怪的老爺車。這輛車方向盤很重，拐彎時車身傾斜的方式也讓我心跳加速，操控的按鍵和儀錶板都在奇怪的地方。艾瑪坐在我副駕駛座，腿上攤開著一本普通的佛羅里達公路地圖集（米勒也帶了《特異星球》來，但裡面的地圖太過久遠）。我堅持讓艾瑪負責導航，這樣就可以叫伊諾坐後座，接下來的幾天我可以一直看著她的臉，而不是伊諾。伊諾對著窗戶生悶氣，時不時踢我的椅背一腳。米勒坐在他旁邊，和布蘭溫擠在一起，後者必須斜坐，才有足夠的空間擺她那雙長腿。

「從這裡開到地圖上沾了水漬的地方有三百哩。」艾瑪說，視線在那張卡通地圖和公路地圖集之間來回游移。「沿途都不停的話，我們可以在五小時後抵達那裡。」

「我們中途一定要停，」布蘭溫說，「你還沒幫我們買現代的衣服。」

她說得沒錯，已經買了衣服的都留在家裡了，現在這幾個都還穿著來時的衣服，這樣的打扮很快就會引起麻煩。

「我們一會兒就停下來。」我說，「我只是想離裴利隼女士遠一點再說。」

「你覺得大門在哪裡？」伊諾問，「遠嗎？」

「可能吧。」我說。

「你能開那麼久的車嗎？」米勒問。

「我不得不開啊。」我說。我們沒辦法輪流開車，因為我的朋友們都沒有駕照。更何況，米勒是隱形人，讓他開車會立刻被警察攔下來；布蘭溫太害怕無法開車；伊諾沒有開車經驗；只有艾瑪能勝任駕駛，但她一樣沒駕照。所以一路上只能由我來開了。

「只要讓我補充咖啡因就行了。」我說。

「我來幫忙開，」伊諾說，「我可以比你更快到達目的地。」

「算了吧。」我說，「我們回來之後，你可以去上駕訓班，現在可沒時間讓你學。」

「我不需要上課，」他說，「我很清楚汽車怎麼運作。」

「那不一樣。」

他再次用力地踢我的椅子。

「你想幹嘛？」

「你開得像老奶奶一樣慢。」

就在此時，我們抵達了州際公路的上行匝道。我把車轉上去，踩下油門。引擎發出悲鳴，我輕笑了聲，等駛上高速公路後，伊諾尖叫著要我開慢一點。我從後照鏡察看有沒有警車，然後放鬆油門，按下所有車窗。

「哦——」布蘭溫在車窗降下來時說，「真炫！」

「聽音樂嗎？」

「好啊。」艾瑪說。

亞伯的車上有臺收音機和某種古老的卡式音響，裡面已經放了一卷卡帶，所以我按了播放。片刻後，一陣哀愁的吉他聲和嘹亮的人聲從擴音器傳了出來——是喬．科克爾[6]的歌〈朋友的一點幫助〉。我從未聽過如此美妙的音樂，其他人似乎都同意我的觀點，全都笑著在位置上隨著音樂擺動身軀，秀髮在風中飄揚。一邊開著這輛特殊的車子，一邊與一群特別的朋友跟著一首特殊的歌曲嘶吼，給我一種未曾歷經的瘋狂和緊張刺激的感受，就好像在宣稱世界為我們所有；我們擁有自己的人生。

我的人生，沒錯，我要隨心所欲地生活。

裴利隼女士一直是我們的監護人和支持者，但今天的她就像我們的敵人一樣，感覺既奇怪又反常。她發現我們離家後，肯定會追過來，而且會用最快的方法——從空中。她的速度、飛翔的高度、精準度、遠距離視野和她內建的特異孩童雷達，意謂著在距離不到一百哩的戶外，她要找到我們並非難事。所以我上路後前三個小時完全沒有停下來，甚至不讓布蘭溫上廁所，我希望盡可能拉大和院長之間的距離。直到又多開了兩百哩後，我才終於向後座越來越多的抱怨妥協；但即使如此，我依然保持警惕，在離開高速公路進入購物中心的停車場時，瞥了眼天空的雲層。而我看見艾瑪也做了同樣的動作。

我把車子的油箱加滿，其他人則到加油站裡的便利商店上廁所。透過店內的大窗戶，我

6 Joe Cocker，英國藍調搖滾傳奇歌手，已於二〇一四年去世。

看見店員和幾名客人在我朋友排隊等著上那唯一一間廁所時打量他們——那些人伸長脖子，竊竊私語，明目張膽地盯著瞧。其中一個人甚至用手機拍下他們的照片。

「我得幫你們買些現代的衣服。」他們出來後，我說，「馬上。」

沒人有異議，而且我選擇這個高速公路的出口正是有此打算。加油站對面就是美國最大的連鎖百貨：二十四小時不打烊的超級商城。這家店是零售業的航空母艦，就像一座城市。

「老天，這是什麼地方啊？」米勒在我們停進超大停車場的時候輕聲說著。

「只是一家店。」我說，「很大的一家。」

我們穿過停車場走到入口，一排自動門嘶一聲在我們面前打開，伊諾嚇得跳了起來，擺出或戰或退的姿勢。

「什、什、**什麼！**」他舉起拳頭大吼。

人們全盯著他，我們甚至還沒進去店裡呢。

我把他們帶到一旁，解釋動作探測器和自動門是怎麼回事。

「用把手開門有什麼不好？」伊諾惱羞成怒地問。

「如果買很多東西會不方便。」我說，「就像那個人一樣。」我指向一個推著滿滿一車商品經過自動門的男人。

「為什麼要買那麼多東西？」艾瑪問。

「或許是要為空襲屯糧。」伊諾說。

「進去以後你們就懂了。」我說。

我從小到大都在超級商城之類的地方買東西，所以從未真正理解我朋友為什麼大驚小怪，但當他們跟著我進入賣場，才看到收銀櫃檯就愣在原地，臉上露出驚奇的表情，我便開始懂了。

通道一直延伸到視線看不清楚的距離，每個貨架上都有千變萬化的大量商品吸人眼球，一小群悶悶不樂的理貨員，身穿印有黃色笑臉的制服四處巡邏。這地方比我家附近、米勒偷食材的那家店大上一千倍，他們當然會感到不知所措。

「他說這只是一家店。」艾瑪說，伸長脖子將一切盡收眼底。「這不是我看過的店。」

伊諾吹了聲口哨。「更像是停機庫。」

我推了輛購物車，經過一番哄騙後，再次帶著所有人前進，但不完全是朝對的方向。一旦適應這裡龐大的規模後，他們便開始對各種奇特的商品驚嘆不已。我試著讓大家往服裝區前進，但他們一直被其他東西吸引，頻頻脫隊，隨意從貨架上拿東西。

「這是什麼？」伊諾說著，搖了搖一雙底部有一顆顆超細纖維凸起的拖鞋。

我從他手中拿過拖鞋放回原位。「穿了這個就可以用腳打掃吧？我猜。」

「這個呢？」艾瑪說，指著一個貼有「**語音餵鳥器，還可連接藍牙！**」標籤的盒子。

「我不是很確定。」我說，彷彿焦急的母親帶著剛學步的孩子出門。「但我們只有七十二小時完成任務，所以不能——」

「現在只剩六十二小時了。」艾瑪說，「還可能更少。」

走廊盡頭陳列的書籍忽地崩塌，我不得不跑去阻止米勒——打赤膊的隱形人——他還想再次把書排好。我特別注意米勒的行蹤（或我覺得他在的位置），因為我真的不希望在超級商城弄丟一個隱形的男孩。

我們才剛離開藍牙語音餵鳥器的貨架，前進沒多久，伊諾便被體育用品吸引。「噢，這個東西可以很快地剔除雞肋骨！」他對一個鎖在盒裡的折疊刀喃喃說著。

艾瑪頻頻問**為什麼**。為什麼每樣東西都需要這麼多種不同款式？這些是要幹嘛用的？彩妝區特別讓她煩躁。「誰會需要那麼多種乳液？」她問，並從架子上拿了一個標有緊緻抗老夜間精華液的盒子。「大家都有皮膚病嗎？有很多人得皮膚病死掉嗎？」

「我是沒聽說啦。」我說。

「真的很怪！」

「妳說得倒輕鬆，孩子。」附近一位戴著環形耳環、頭髮亂糟糟的女士說，「妳的皮膚就像嬰兒一樣嫩！」

艾瑪迅速把盒子放回架上，我們趕緊溜走。

米勒不太常發言（因為我拜託他不要說話），但我可以從他輕聲的嘆息和鼻子哼氣的音調知道他暗自在心裡記錄。我不禁好奇，米勒要在圈套裡花幾輩子的時間，才能完整寫下這裡一天之內發生的大小事？

當我們終於走到服飾區，我深刻感受到時間的壓力——擔心任務的時限、普通民眾投來的目光，或者待太久會被裴利隼女士追上，即使我們已經離家一百哩遠，而她很有可能因為塵土教母的粉末仍在熟睡。我幾乎沒怎麼注意我朋友放了什麼衣服進購物車，而且直到要結帳了才覺得肚子餓。其他人也一樣，但比起再回去商店裡，我們選擇從收銀區抓了些零食，像是巧克力棒、洋蔥圈餅乾和糖果之類的果腹。

「會過期的食物。」艾瑪說，注意到一袋野櫻桃果醬背後的有效日期。「真奇怪。」

結完帳後，我們去了廁所，每個人都進去隔間換上剛買的衣服。當他們一個接一個換好出來，我發現顯然還有更多問題要解決。他們穿著在最普通的商店買的最普通衣服，但看上去還是不太像普通人。或許是因為他們穿得很彆扭，也可能是我太習慣他們過去的打扮，突然的轉變讓我的腦袋有點轉不過來，總之，他們看起來就像是穿著戲服。

除了艾瑪。她穿著緊身黑色牛仔褲，搭配銳跑全白經典鞋款，再加上寬鬆的橘棕色上衣。她看起來真的很美，我心想，她轉身對著鏡子皺眉。

「我看起來好像男的。」

「妳看起來很美，而且很現代。」

她嘆了口氣，拿起一個提袋，換下來的舊裙子隨便塞在裡頭。「我已經開始想念舊衣服了。」

「這布料一點都……**不癢**。」布蘭溫說，拉了拉我們幫她買的灰色半開襟短袖襯衫。「好不習慣。」

伊諾則穿著一雙厚底運動鞋，下半身是膝蓋處印著燃燒骷髏頭的睡褲，上身則是寫著「**普通人嚇死我**」字樣的T恤。

艾瑪搖搖頭。「這是最後一次讓你自己挑衣服了。」

我們沒時間回去換衣服，只能走出廁所——不知道為什麼比進來時更引人注目。當我們推著購物車通過自動門時，響亮的警鳴叫了起來。

「那是什麼？」艾瑪尖叫道。

「我們可能沒有，呃，每件衣服都付了錢。」米勒說。

「什麼！為什麼？」我說。

兩名穿著藍色背心的男人快步朝我們走來。

「江山易改，本性難移呀。」米勒說，「別管了，快跑！」他從我手中接過推車，朝我們的車奔去——一輛猶如自動駕駛的推車穿越人行道，後面跟著一群陰陽怪氣的孩子，再後面還追著兩名防盜保全人員，很快就引來一堆人圍觀。

我們帶著購物袋鑽進車裡，我把鑰匙插進電門發動引擎，巨大的轟鳴聲讓我不禁瑟縮了一下。我踩下油門，駛離停車格，沿著車道從那兩名保全人員旁邊衝過，後者連忙往反向閃避，以免被撞。

「如果你要犯法，至少要有點格調，米勒。」艾瑪說，「你也未免太遜！」

「我知道有監視錄影機，」米勒說，「但沒人跟我說有警報器啊！」

我沿著州際公路開了好幾哩，不斷查看後照鏡是否有警車出現，發現沒有人追上來。最後我們駛進一條小小的州道，從海岸轉向佛羅里達的中心。旋律餐館的地圖上，H在佛羅里達州中央印下的圓形水漬只有一條主要州道通過，就是我們現在開的這條。其間有一個叫做人魚幻想世界的地方，我不確定是否能在那裡找到火人，但既然只有那裡做了記號，就還是先去看看再說。

「等一下。」布蘭溫在後座說道，「我們離開海邊了耶，為什麼人魚住在沼澤裡？」

「那不是真的人魚。」我說，「那裡只是一個俗氣的觀光景點。」

「可能吧。」米勒說，「但這地方《特異星球》也有介紹。」他把指南拿起來給我看，讀出內容。「辛卓克友善的全新景點，有令人開心的水上表演，附近有圈套住宿。歡迎帶孩子們來玩！」

「那不表示人魚就是特異者。」艾瑪說，「那只代表鎮上有圈套存在。」

「或者曾經有。」米勒說，「記住，這本書已經出版七十年了，書裡的內容應該不太可靠。」

我們繼續驅車往前，太陽在天空中緩緩下沉，道路開始從雙線道變成單線道。佛羅里達的某些區域，感覺就像完全不同的州。離開富裕的海岸，一路上沒有連鎖商店，沒有新穎的建築，兩側的風景變成樹林，從偶爾閃現的間隙中，可以看見U-Pick草莓農場、免費泥土和保釋代理人的路牌。

沿途有許多小城鎮，而非綿延數哩、如出一轍的郊區。較大的城鎮外圍有速食店，中間是幾條冷清的街道——老式的銀行、倒閉的電影院、位在一樓店面的教會。每每經過設有紅綠燈的城鎮，我們都會碰到紅燈，而不得不坐在車裡等待燈號改變，坐在長凳上的老人和路上行人都盯著我們，彷彿我們是他們見過最有趣的東西。我們開始害怕遇到紅綠燈，到了第三或第四個紅燈，一個留著狼尾頭的年輕人，拿著一瓶打開的啤酒對我們大喊：「下個月才是萬聖節啦！」便大笑走開了。

開了幾哩路後，我們經過一個寫著「人魚幻想世界」的褪色廣告牌，之後又往前走了幾哩才終於抵達目的地。這裡不過是一塊泥土地，上面立著幾個看起來寒酸的帳篷，遠處有幾棟煤渣磚屋，可能曾經是辦公室或員工宿舍。入口大門是關著的，所以我把車停在路肩，所有人下車步行入內。我們穿過園區走向帳篷，附近似乎沒什麼人，就在這時，我們聽見最近的一座帳篷後方傳來咕噥及咒罵的聲音。

「有人在嗎？」我說，帶著我的朋友們朝聲音來源走去。

繞過帳篷，我們碰見兩個畫著小丑妝的人。其中一人頂著一頭鬈曲的金髮，打扮成人魚的模樣，另一人笨拙地抬著她，雙臂抱在她的腰間，蹣跚地倒退走，因為她的雙腳都被包在戲服裡。

「你們不識字嗎？」人魚盯著我們說，「我們打烊了！」

另一個小丑一聲不吭，甚至沒有看向我們。

「我們沒看到什麼告示。」我說。

「如果你們打烊了，為什麼還穿著戲服？」伊諾問。

「戲服？什麼戲服？」她甩動明顯是假的魚尾巴，詭異地笑出聲來，然後板起了臉。

「滾開，好嗎？我們在裝修。」她用手肘撞了撞抬著她的小丑。「喬治，繼續走。」

另一個小丑繼續將她搬向帳篷。

「等一下。」艾瑪說，跟上前去。「我們在旅遊指南上看到這個地方。」

「我們不在任何指南上，孩子。」

「有呀，」艾瑪說，「《特異星球》上有寫。」

人魚把頭轉向她。「喬治，停下來。」男人停了下來，她一臉狐疑地打量我們。「你們怎麼拿到那本古董書的？」

「就……找到的。」艾瑪說，「上面說這裡有東西可以看。」

「可不是嗎，是有一些東西可以看，給特定的人。你們是哪一種人？」

「看情況，你們是哪一種人？」

「喬治，放我下來。」他照做了，人魚利用她尾巴的彎曲處保持平衡，一隻手臂靠著喬治。尾巴彎曲的樣子像是肌肉，而非衣服。「我們是做馬戲表演的，但已經有段時間沒遇到值得我們表演的觀眾了。」她指著帳篷入口說，「要來看表演嗎？」

她似乎已經認定我們是特異者，讓我們不禁懷疑她也是。她說話的語氣從尖酸帶刺變成甜得發膩。

「我們只對火的表演有興趣。」布蘭溫說。

人魚歪著頭說：「我們不表演火，我看起來像是會表演火嗎？」

「那火人又是誰？」布蘭溫說。

「我們有東西要給他。」我說，「所以才來這裡。」

她臉上閃過一絲驚訝，但很快便隱藏起來。「誰叫你們來的？」她說，裝出一副溫暖的嗓音。「你們為誰工作？」

我記得H告誡我不要提起他的名字。「沒有人。」我說，「這是私事。」

喬治用手圈在人魚耳邊，低聲說了什麼。

「我看得出來你們是外地人。」聲音再次甜美起來，「我們沒什麼火之類的表演，但你們何不留下來欣賞其他節目呢？」

「我們真的沒時間。」艾瑪說，「妳真的不知道任何有關火人的事？」

「抱歉，孩子，但我們有三隻人魚，一隻會跳舞的熊，喬治會表演耍十字鎬……」

就在此時，有兩個人繞過帳篷走了過來——又是一個畫小丑妝的男人和一個穿著熊服裝的人。

「我們要吃晚餐了。」人魚說著，不管我們一副想溜之大吉的模樣。「晚餐外帶一場表演，還有什麼比得上呢？」

「唱一首歌！」小丑回答，開始彈起綁在腰間的箱式風琴，而那隻熊——戴著一個手工製作、十分嚇人且類似頭骨的熊面具——隨即跟著音樂唱起歌來。他唱的是某種奇怪的語言，旋律很慢，他的聲音低沉，讓我有些昏昏欲睡。我看見我的朋友們頻頻點頭，彷彿跟我一樣受到影響。

「Sofur thu svid thitt,」他唱著，「Svartur i augum.」

我們慢慢往後退。「不行，」我說，聲音變得緩慢且漸趨沉重。「我們……必須……」

「全鎮最棒的秀！」人魚說著，用尾巴站立起來搖晃身軀。

「Far i fulan pytt,」熊男唱著，「Fullan af draugum.」[7]

「我是怎麼了？」布蘭溫迷迷糊糊地說，「我的頭好像棉花糖一樣。」

「我也是。」米勒說。他的聲音突然憑空出現，人魚、熊男和兩個小丑都嚇了一跳，眼神中當即多出另一種渴望。就算他們之前對我們是否為特異者仍有疑惑，米勒也已消弭了他們的懷疑。

7　冰島搖籃曲〈睡吧，小豬〉，意為：「睡吧，黑眼豬，落入深深的幽靈坑裡。」

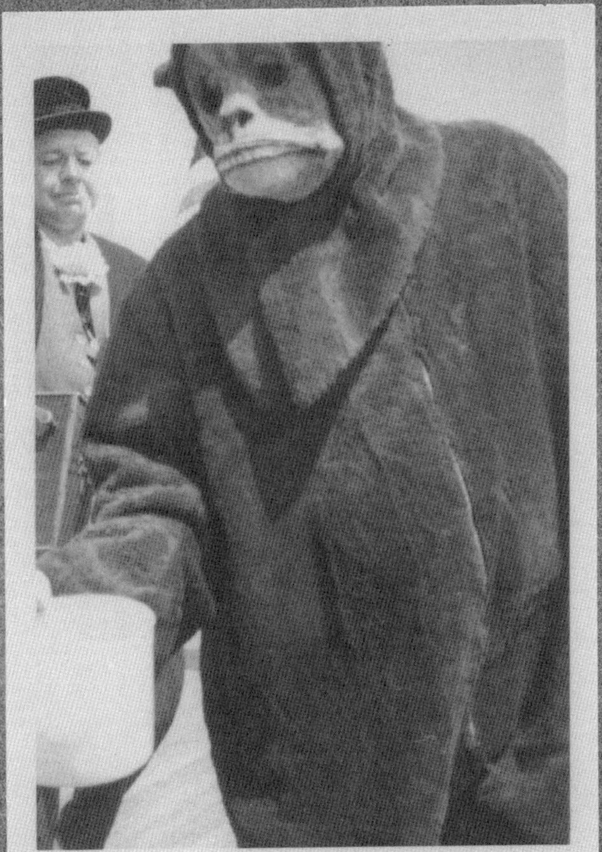

不過我們還是逃了出來，彼此互相推扯，跌跌撞撞地穿過那片泥土地，他們並沒有試圖用手或身體阻擋我們。這幾乎像是不可能的任務，好似從一百個巨大蜘蛛網中掙脫。等我們總算逃到門口時，蜘蛛網破了，我們的語言能力和神智也恢復過來。

我們摸索著把車門打開，我發動引擎。車子衝了出去，輪胎捲起一片塵土。

「那些可怕的特異者是誰呀？」布蘭溫問，「他們對我們做了什麼？」

「感覺他們想入侵我們的大腦。」伊諾說，「噁，我甩不掉那種感覺。」

「他們一定就是亞伯在地圖上畫骷髏頭和交叉骨頭的原因。」艾瑪說，「有看到嗎？」

她拿出亞伯註解的旋律餐館地圖給其他人看。

「如果這裡很危險，H幹嘛要我們來？」布蘭溫問。

「或許這是考驗。」米勒說。

「我知道這是考驗，」我說，「問題是我們通過了沒？或者說這只是個開始？」

不出所料，我從後照鏡看見一輛警車迅速追了上來。

「警察！」我說，「大家表現正常一點！」

「你覺得他們知道米勒在店裡偷竊的事嗎？」布蘭溫問。

「不可能，」我說，「我們都距離那麼遠了。」

但很明顯他們就是在追我們，他們緊跟在後，我差點以為要撞上了。後來道路變寬，多了一條車道可以超車，於是他們加速，從旁邊超上前來，不過他們沒有鳴笛或閃燈，也沒有用大聲公要我們靠邊停，就只是一直跟在旁邊，駕駛手肘靠在車窗上，十分愜意地打量我們。

「他們想幹嘛？」布蘭溫說。

「絕對沒好事。」艾瑪說。

這些警察還有另外一個奇怪的地方，就是他們的巡邏車。車型古老，可能是三、四十年前的了。我告訴其他人現在的警車已經不是長這樣，改了好一段時間了。

「或許他們買不起新車？」布蘭溫說。

「可能吧。」我答道。

忽然間，那輛警車踩了煞車落在後頭。我們越離越遠，從後照鏡可以看見駕駛拿起無線電說話，然後他們將車回轉，開上一條泥土路，漸漸消失在視線範圍。

「太詭異了。」我說。

「我們趕緊離開這裡吧，免得他們又回來。」伊諾說，「波曼，別再像老奶奶一樣慢吞吞地，給我踩緊油門。」

「好主意。」我說，開始加速。但不過開了數哩，引擎突然發出令人不安的嘎嘎聲，儀表板上紅燈閃爍。

「噢，搞什麼**鬼**。」我喃喃道。

「可能一下就修好了，」伊諾說，「但我要看過引擎才知道。」

我們剛通過一個褪色的告示牌，上面寫著：**歡迎莅臨斯塔克，人口五〇二**。

後面又一個手製的路標寫著：**販售活蛇，寵物或食材**。

車子發出的嘎嘎聲越來越大，我真的不想在總人口五〇二人的斯塔克市停下來，但我似乎沒得選擇，只好把車停到一個空曠的洗車場停車處，所有人都下了車，看著伊諾在引擎蓋下搗弄。

「真的很怪，」他說，簡單地檢查後直起身來。「我知道哪裡故障了，但不知道為什麼會這樣，這車應該還能跑個十萬哩的。」

「會不會被別人動了手腳？」我說。

伊諾搔了搔下巴，在臉上留下一塊機油汙漬。「我覺得不可能，但我不知道還能怎麼解釋。」

「不管車是怎麼壞的，」艾瑪說，「只要你能修好就沒差。」

「還有要修多久。」布蘭溫說著，抬頭看了眼暗下來的天色。已經快晚上了，遠處的天空聚積了一團烏雲，看來今晚會是一個討厭的夜晚。

「我當然可以修。」伊諾說，稍微挺起胸膛，「但我需要這位『人肉噴槍』幫忙。」他把頭偏向艾瑪。「至於要修多久就要看情況了。」

「晚安。」一個陌生的聲音傳來，我們轉頭看見不遠處站了一個男孩，就在停車場旁邊的土坡上，再過去是長著野草的荒地。

他看起來約十三歲，棕色皮膚，穿著一件復古襯衫，戴著扁帽。他說話的聲音很輕，走起路來更是沒聲音，所以我們沒人聽見他靠近。

「你從哪裡來的？」布蘭溫說，「嚇到我了！」

「從那裡來的。」男孩說著，指向身後的田野。「我叫保羅，需要幫忙嗎？」

「除非你有一九七九年奧斯頓馬丁 Vantage 適用的雙腔下吸式化油器。」伊諾說。

「我沒有。」保羅說，「但我們有地方讓你們可以修車不被發現。」

這話引起我們的注意，伊諾從引擎蓋下抬起頭來。

「我們不能被誰發現？」

保羅打量我們半晌，整個人籠罩在陰影下，天空最後一絲餘暉映襯著他的輪廓，使我看不清他的表情。就這年紀的男孩而言，他具有相當出眾的領袖氣質。

「你們都不是本地人，對不對？」

「我們是從英國來的。」艾瑪說。

「嗯，」他說，「在這裡，我們這樣的人除非萬不得已不會在晚上出門。」

「你說**我們這樣**的人是什麼意思？」艾瑪說。

「你們不是唯一在這個特殊路段車子拋錨的特異者旅人。」

「他怎麼——」米勒說，第一次敢開口。「你剛才說了**特異者**嗎？」

男孩似乎對空氣中傳來說話的聲音毫不驚訝。「我知道你們的身分，我也一樣。」他轉身走進田野中。「來吧，你們不會想待在這裡，等設陷阱的人來查看抓到什麼獵物吧。把車也一起推來。」他轉頭喊道，「我想力氣大的那位辦得到吧。」

我們目瞪口呆地看著他走掉，仍不確定該怎麼辦。根據之前與美國特異者相處的經驗，我們認為應該要保持警惕，然而艾瑪湊向我說：「我們應該問他關於——」

她話才說出口，那兩個字就出現在遠處，位於保羅跨越的田野後方，用霓虹燈顯示著：

那其實是一個招牌，用霓虹燈排列而成的文字招牌。原本是**火鶴大莊園**，但大部分的燈管壞掉了。而莊園——或不管什麼東西——幾乎被一整排松樹遮擋。

我和艾瑪面面相覷，既震驚又不免露出微笑。

「嗯，」她說，「你們都聽見他說的了。」

「特異者必須待在一起。」我說。

大家便開始跟著他。

我們隨著男孩穿過田野，沿著一條被草叢覆蓋、從大路根本看不到的泥土小徑往前。布蘭溫殿後，氣喘吁吁地一步一步將那輛奧斯頓馬丁推過凹凸不平的地面。除了偶爾經過大路的汽車，或後方洗車場氣鬧的聲音外，這個夜晚非常寂靜。

我們先經過一個汽車旅館的舊招牌，然後是一排樹，隨即汽車旅館映入眼簾——或者說是剩餘的汽車旅館。在一九五五年，這間旅館或許算是走在時尚尖端，有著飛揚的V字形屋頂、一座腎臟形狀的游泳池和獨立式洋房；可現在卻給人宛如廢墟的印象，屋頂蓋著防水布，院子內長滿茂密的樹叢，坑坑洞洞的停車場停著廢棄生鏽的車子；游泳池裡只有幾吋碧綠色的水，上面還浮著一個像是長棍麵包的東西——雖然光線昏暗很難辨識，但可能是隻鱷魚。

「別介意外面的樣子，」保羅說，「裡面好多了。」

「我絕對不要進去。」布蘭溫說。

「這裡一定有圈套，親愛的。」米勒說，「那樣的話，我**確定**裡面會更好。」

圈套入口的環境通常很可怕——有助於遏止普通人靠近——而《特異星球》指南裡提到人魚幻想世界附近的「圈套住宿」，說的一定就是火人了。況且就算我們不願意進去，在伊諾修好車子之前，我們也沒法離開。

「你們看。」布蘭溫小聲說，我們轉身看向洗車場。那輛老爺警車回來了，車速很慢，探照燈左右晃動。

「我要進去了。」保羅說，聲音多了些急迫。「我建議你們跟上來。」

我們毫不猶豫地跟了進去。

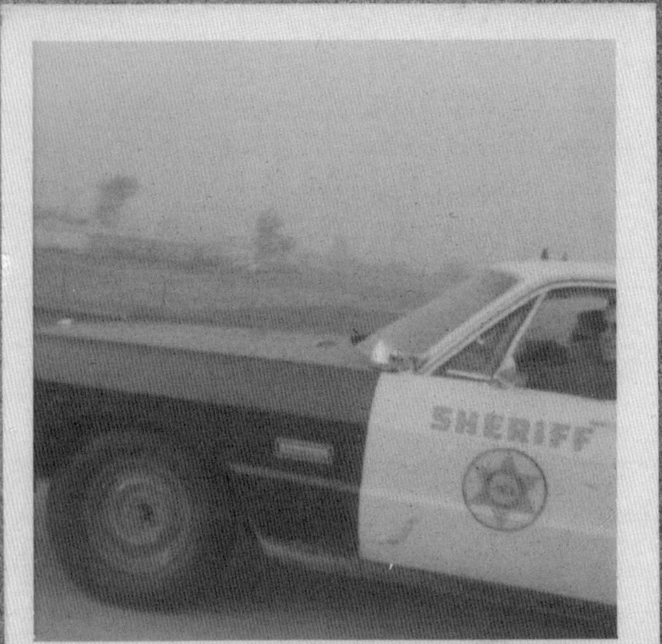
SHERIFF

第九章

保羅帶著我們穿過一條冗長、有遮蔽的門廊，經過停車場一路通往旅館內院。我們戰戰兢兢地跟進去，布蘭溫在後面推著車。走到一半，我突然感覺身體加速，轉眼間前方昏暗的景象變成了白天。我們進入一個涼爽、明亮的清晨，旅館房間沿著乾淨、鋪著磁磚的中庭圍成一圈，外表漆成螢光粉紅色，幾乎全新的樣子。屋頂上沒有防水布，游泳池裡波光粼粼，停車場裡的廢棄車已不復存在，換成了一九五〇、六〇年代的車子，保存狀態依然良好。我們一定是來到了一九六〇年代晚期，或一九七〇年代早期。

「圈套入口居然是停車場啊。」米勒說，「真時髦！」

我跑上前追上保羅，「好了，我們進來了，你現在能回答我們的問題了嗎？」

「你最好問比莉女士。」他說，「她經營這個地方。」

他帶著我們穿過中庭，朝一棟跟其他建築分開的平房走去，上面有個標示牌寫著**辦公室**。

「車就放著吧。」保羅對布蘭溫說，「沒人會動的。」

她放下那輛奧斯頓馬丁，小跑步追上我們。圈套裡還有其他居民，兩名老人正坐在游泳池畔，玩填字遊戲，我們經過時還把字謎放下看著我們；另一棟平房的窗簾掀了開來，一個女人從窗口偷看我們。

「比莉女士？」保羅說著，敲了敲辦公室的門。他打開門，示意我們進去。「這些人的車拋錨了。」

我們排成一列走進門內，裡面有一個登記櫃檯和幾張椅子。方才保羅說的比莉女士就坐在其中一張椅子上。她是一個年邁的白人女士，穿著一件漂亮的洋裝，塗著口紅，腿上坐著三隻迷你貴賓，手臂護衛般地圈著牠們。

「噢，天啊。」女人帶著濃厚的南方口音。那三隻貴賓犬發起抖來，她毫無起身的意思。「有人看見他們進來嗎？」

「應該沒有。」保羅說。

「那群公路大盜呢？」

「沒看到。」

如果公路大盜是指開警車的那些人，那保羅就是有意為我們隱瞞了。我不確定為什麼，但我還是很感謝他。

「我不喜歡這樣。」比莉女士說著，堅定地搖搖頭。「這很冒險，每一次都是冒險，但只要你們在這裡……」她稍微壓低角框眼鏡，看著我們。「我就不會把你們扔出去餵給狼群，對嗎？」

「如果你們不介意，」保羅說，「我還有事要處理。」

保羅走了出去。比莉女士的視線仍然緊鎖在我們身上。「你們不是要在這裡養老吧？我這裡已經有一堆老人了，如果你們想在這裡待到死，就給我去別的地方。」

「我們沒有要死。」我說，「只是有點問題想請教。」

「沒錯，妳是這裡的院長嗎？」布蘭溫說。

比莉女士皺起眉來。「什麼院長？」

「時鳥。」布蘭溫說。

「噢，天哪。」比莉女士說著，往後靠到椅背上。「我看起來真的有那麼老嗎？」

「她是半時鳥。」艾瑪說。

「就像低階的時鳥。」我解釋道。

「我是經理，真是夠了。」比莉女士說，「我收錢努力不讓這個地方崩塌。雷克斯幾個星期就會來一次，給鐘上發條。」她指著佇立在對面牆前的老爺鐘。古老、龐大且不合時宜，在旅館辦公室花俏的裝飾中顯得格格不入。

「雷克斯？」我說。

「雷克斯．波斯特威，一個特別的圈套守門人。他也幫忙維修管線和電氣系統，雖然沒有執照。」

「讓我弄清楚，這裡沒有時鳥，而假的時鳥幾個星期只來一次？」

「只有他能替鐘上發條，好像還有另一個圈套守門人，但整個北佛羅里達都是雷克斯負責的，也沒辦法挑三揀四。」

「要是他生病了呢？」米勒問。

「或死了？」伊諾說。

「他不准死。」

「不管怎樣，這到底是什麼？」伊諾說著，轉身朝鐘走去。「我從未見過——」

「不准靠近那個鐘！」比莉女士斥責道。

三隻狗開始狂吠。

伊諾快速轉身離開鐘前。「我只是看看而已！」

「也不要看。」比莉女士說，「不能讓你弄壞我的圈套時鐘，你可能會毀了這個地方。」

伊諾雙手抱胸地生悶氣。我心想該切入主題了，所以等狗停止吠叫後，我說：「我有東西要給妳。」

我拿出從H那裡拿到的包裹，上面寫著火人的那個。

她透過角框眼鏡看了看上面的字。「這是什麼？」

「不知道，但如果妳是經理，這就應該是給妳的。」

她皺了皺眉頭。「你來開。」

我撕開包裝，自從H把這東西給我後，我就很想看看裡面是什麼。

結果裡面是一袋狗零食，標籤上寫著**好吃！好玩！**

「你一定是開玩笑吧。」艾瑪喃喃道。

比莉女士眼睛一亮。「真棒！這是女孩們的最愛！」狗狗們看見那袋零食都鼓譟起來。

比莉女士從我手中拿走袋子，在牠們頭上舉高。「噢！噢！別貪心！」

「我們大老遠跑來只為了送**狗食**？」伊諾說。

「這不是隨便的狗食。」比莉女士說著，轉身把狗食放進包包裡，那些狗的鼻子緊緊跟著袋子。

「妳不好奇是誰送的嗎？」艾瑪說。

「我知道是誰送的，如果你們見到他，幫我好好地謝謝他，跟他說他重回我的聖誕節邀請名單了。好了——」她把狗狗緊緊抱在胸前，站了起來。「我要帶這些女孩們去尿尿，這個地方有幾個規則，第一：不准碰我的鐘。第二：這裡的居民不喜歡吵鬧。第三：隔壁有加油站和車庫，你們可以在那裡修車，修好之後，我希望你們離開，這裡沒位置了。」

她轉身走掉。

「妳有東西要給我們嗎？」我問。

她皺了皺眉。「例如？」

「線索。」我說，「我們在找某個……大門？」我希望她至少給我有用的資訊換取包裹，不管是一部分的地圖，或是寫著地址的明信片，任何能幫助我們找到下個目的地的東西。

「噢，孩子，如果你們沒有線索，恐怕我幫不了你！」她大笑道，「你們走吧，我要去遛狗了。」

中庭裡，火鶴大莊園的居民透過百葉窗的縫隙看著我們在空曠的游泳池邊交談。

「狗食。」布蘭溫說，「真不敢相信。」

「這跟包裹的內容沒什麼關係，」伊諾說，「只要我們有送到。」

「他想看看我們是否靠得住。」我說。

保羅朝我們走過來。

「我跟隔壁車庫的管理人說過了，」他指著火鶴大莊園平房外的一棟建築。「他們有一些零件，但我不知道什麼化油器。」

「聊勝於無。」伊諾答道，「謝啦。」

保羅點點頭，再次匆匆離開，我們圍成一圈討論下一步該怎麼做。

「下個地方是哪裡——那個**大門**？」布蘭溫問，「我們要怎麼找到那裡？」

「到處問問，」艾瑪說，「總有人會知道。」

「除非H派我們來這裡沒特別理由，」伊諾說，「只是要考驗我們的耐性。」

「不會啦。」艾瑪說。

伊諾將他腳邊的一顆沙灘球踢走，球彈飛到游泳池中。「妳可能不太習慣被耍，但這很像亞伯的作風——至少他會這樣對我。而這傢伙為他工作。」

「是**跟他**一起工作。」艾瑪說，仍對有人批評我爺爺感到受傷。

「一樣啦！」

「趕快去修你的車！」她吼道，「這不是你跟來的理由嗎？」

伊諾看起來很震驚。「走吧，布蘭溫。」他嘟囔道，「皇后下令了。」

他和布蘭溫走向那輛車，伊諾坐進車裡，指向車庫吼道：「**前進！**」

布蘭溫搖搖頭，嘆氣道：「做完這些事後，我最好可以吃兩份晚餐。」然後把手放到保險桿上，開始推車。

「唷，你們好啊，小夥子、小姑娘！」

我轉身看到一個面帶微笑的男子大步走過來，長著老繭的大手抓住我的手，跟我握了握手。「阿德萊德．波拉德，很高興認識你們。」他是個頎長的黑人，穿著一身漂亮的藍色西裝，帶了頂匹配的帽子。他看起來約七十歲，但可能更老，畢竟這裡是圈套。

「阿德萊德，」艾瑪微笑著說，我從未見過她對陌生人露出這樣的笑容。「很特別的名字！」

「我也不是個平凡人！是什麼風把你們吹到沼澤地這個小地方？」

「我們去了一個叫人魚幻想世界的地方，」米勒說，我看見阿德萊德的臉色沉了下來。

「他們似乎想對我們下咒語之類的。」

「我們逃走了。」艾瑪說，「但後來有警察追我們，不久後，我們的車又拋錨了。」

「很遺憾你們遇到這種事，」他說，「真是可悲，對自己人做這種事，真是可悲。」

「他們是誰？」艾瑪說。

「只是一群狡猾的歹徒。」他說，「他們會誘惑外地來的特異者落入陷阱，再把那些人賣給公路大盜。」

「你是說那些警察？」我說。

「假警察。他們就像一個幫派，會在公路上徘徊，搔擾市民，偷竊，彷彿整個郡都是他們的地盤。但他們不過是一群惡棍和金光黨罷了。」

「過去我們只需要擔心那些影子怪物。」一個坐輪椅的白人老先生來到阿德萊德身後，他的左腿褲管捲了起來，用別針固定住，腿上放著一個菸灰缸，他把一根點燃的雪茄在上面彈了彈。「我發誓，我偶爾會想念牠們，自從那些怪物消失後，這些公路大盜越來越猖狂了，他們以為自己可以為所欲為。」他從齒縫呼出煙霧。「對了，我叫艾爾．帕茲。」他朝我們點點頭。「叫我帕茲先生。」

「我真的很遺憾，年輕人。」阿德萊德說，「你們似乎是好人。」

「是啊。」米勒說，「但我們沒事啦。」

「他說：『**是啊**』！」阿德萊德笑了起來。「我喜歡。」

帕茲先生俯身把痰吐到地上。「你笑得太誇張了，阿德萊德。」

阿德萊德不理他。「真可惜，」他說，「這裡曾經是個好地方，會有像你們這樣友善的特異者專程跑來玩，現在來這裡的人都是身不由己被困在這裡。」

「我可沒有，」帕茲先生說，「我是退休。」

「最好是，艾爾，你就繼續騙自己吧。」

「建立這個圈套的時鳥發生了什麼事？」米勒問，「她為什麼不留下來幫忙維護？」

阿德萊德看向我，吹了聲口哨。「**時鳥**。你上次聽見這個詞是什麼時候，艾爾？」

「很久了。」帕茲先生說。

「我已經有……噢，四十年沒見過她們了。」阿德萊德說，聲音因為回憶過往而變得柔和。「我是指真的時鳥，不是這些不能改變形態的混血。」

「她們都去哪裡了？」艾瑪問。

「一開始時鳥沒那麼多。」帕茲先生說，「我記得是一九五〇年代，我在印第安納州居住的圈套跟附近的圈套都歸同一個時鳥灰背鷹女士照顧。突然有一天，到處都是偽人和他們的影子怪物，他們痛恨時鳥，無所不用其極地消滅她們，幾乎趕盡殺絕。」

「怎麼會？」艾瑪說，「偽人和噬魂怪自一九〇八年起就在歐洲出沒，也非常憎恨我們那裡的時鳥，但我們的時鳥仍能存活下來。」

「我不敢說我對偽人的所作所為瞭若指掌，」阿德萊德說，「但我知道美國的時鳥跟其他時鳥一樣堅強聰明，甚至有過之而無不及。我願意將性命託付給她們；如果她們還健在的話。所以並不是她們沒有能力。」

「所以你們就找所謂的圈套守門人替代。」米勒的聲音聽起來很懷疑。

「老雷克斯。」帕茲說，「合格的守門人，酒品卻很差。」

「他會喝酒？」米勒問。

「喝得可凶了，」阿德萊德說，「雷克斯每幾個星期就會來為圈套時鐘上發條，白天變成夜晚，周而復始——」

「然後他會喝光一瓶比莉小姐的自釀黑麥酒，」帕茲說，「我猜那就是他的報酬。」

「你聽過這種事嗎？」艾瑪轉向米勒說道。

「聽過謠傳。」他答道。

阿德萊德拍了下手。「你們吃過了嗎？我房間裡有咖啡，而艾爾總是藏著一些油炸麻花捲。」

「別打我油炸麻花捲的主意。」帕茲說。

「這些小朋友折騰的一天，艾爾，把你的油炸麻花捲拿出來。」

帕茲低聲抱怨著。

阿德萊德帶著我們穿過中庭去到他的房間。我們經過一間平房，一個女人在一扇關上的門後面大聲地唱著歌劇。

「今早唱得不錯嘛，男爵夫人。」阿德萊德喊道。

「謝謝你——」女人用唱的回應。

「是我多心嗎，」艾瑪低聲說，「還是這裡的人都有點——」

「秀逗？」帕茲說著，爆笑出聲。「我們都是，親愛的，全都一樣。」

「哇，他的聽力真好。」我說。

「眼睛不好，」帕茲說，推著輪椅經過我們身邊，「但耳朵還很靈呢。」

我們來到阿德萊德住的小套房的客廳裡，圍坐在一張茶几旁喝咖啡，吃著油炸麻花捲。那是一個很小的房間，擺著花卉圖案的沙發和椅子，牆上釘著一臺旋鈕的電視機，還有插著花的花瓶。我注意到門邊放了一個手提箱，便問他怎麼回事。

「噢，我要離開了。」阿德萊德說。

帕茲笑了起來。「你總是這麼說。」

「隨時可能出發。」

我瞥了眼帕茲，帕茲則搖搖頭。

「我要去堪薩斯。」阿德萊德說，「去見一位認識很久的女性朋友。」

「你哪裡也不能去，」帕茲說，「你跟我們一樣被困在這裡。」

這讓我想起以前去療養院探望外婆的情景，她患有阿茲海默症。她總是說要離開，但她永遠不可能離開。

「我們要找一個大門。」我說，「你們有聽過這附近有什麼大門嗎？」

阿德萊德看向帕茲，後者咕噥了聲，然後搖搖頭。「沒聽過。」阿德萊德說。

「根本沒什麼大門，」米勒說，「我們只會一直得到同樣的答案，根本是鬼打牆。」

「你們應該問問男爵夫人，」阿德萊德說，「或是老健美先生魏斯，那兩個人去過很多地方。」

「好，」我說，「謝謝。」

我們安靜地吃著油炸麻花捲，可過沒一兩分鐘，布蘭溫就用力放下咖啡杯，說道：「希望我沒有太冒昧，但你們兩位的異能是什麼？」

阿德萊德咳了幾聲，垂下視線，帕茲先生則假裝沒聽見。「我們去外面晒晒太陽怎麼樣？」他說。

我和朋友們面面相覷，感覺很尷尬。

我們走出門外，保羅剛好經過。

「年輕人！」阿德萊德說著，舉起手臂揮了揮。

保羅走過來，胳膊下夾了根細長多節的樹枝，手中握著一把刀。「請問有什麼事？」

「這些人想找——你們再說一次？」

「大門。」艾瑪說。

「噢，」保羅點點頭。「沒問題。」

他看起來一點也不困惑，完全面不改色。

「真的？」我說。

「我們最好繼續回去喝咖啡了。」阿德萊德說著，握住帕茲先生輪椅的把手，開始推他。「祝你們好運。」

「謝謝你們請客。」布蘭溫說，「如果冒犯到你們，我很抱歉。」

我瑟縮了一下，他們依然假裝沒聽見，消失在阿德萊德的屋裡。我們轉身面向保羅，試圖拋開這一瞬間的尷尬氣氛。

「你說你知道大門在哪裡。」艾瑪說。

「是啊。」他答道，「我就是從那裡來的。」

「你是從大門來的？」米勒說，「哪有這種——」

「我來自大門。」保羅說，「一個小鎮，喬治亞州的大門鎮。」

「有個小鎮叫大門？」我說。

「並不是什麼有名的地方，但確實如此。」

「在哪裡？你能在地圖上指出來嗎？」

「當然，但你們是要找那個鎮嗎？還是附近的圈套？那個鎮有點乏善可陳。」

我咧嘴一笑。「當然是圈套。」

「那情況就不同了，沒有我你們進不去。」

「我是有認證的製圖員，」米勒說，「再複雜的方向我都能應付。」

「問題不在方向，而是入口的位置會改變。」

米勒哼了一聲。「它會改變？」

「只有我信任的特異者能找到。」

「你能帶我們去那裡嗎？」我問。

「呃，我不知道。」

「拜託你，」艾瑪說，「我們會很聽話。」

「我不是很喜歡旅行，況且，這趟旅程也不會太愉快。」

「有那麼糟嗎？」我問。

他聳聳肩。「就是……不太愉快。」

「火柴人，快來幫忙。」

說話的人是伊諾，他的前臂沾滿了機油，跑向艾瑪，彷彿要把汙漬塗在她的新衣服上，她放聲尖叫，氣得跳腳。伊諾哈哈大笑，轉身走回車庫。

艾瑪的衣服有部分鬆開了，她重新紮好，瞪著伊諾的背影。「白痴。」

我們跟著伊諾去到車庫，保羅也跟來了，顯然他對我們要做什麼感到非常好奇，更甚於拒絕我們的尷尬。

我們穿過停車場的途中，布蘭溫說：「剛才我是不是太過分了，問那些老先生異能的事？」

「我們的異能就像肌肉一樣，」米勒答道，「太久不用，就可能萎縮。也許他們已經沒有能力了，而妳踩到他們的痛處了吧。」

「不是這樣，」保羅說，「這裡不允許使用異能。」

「什麼意思？」艾瑪說。

「掌管這裡的幫派定下規則，除了他們以外，其他人都不能使用異能。有時候，他們甚至會僱人專門告發，以確保人人遵守規則。」

「老天，」米勒說，「這是怎樣的國家啊？」

「殘暴的國家。」艾瑪說。

保羅嘆氣道：「還有別種國家嗎？」

牌子上寫著**艾德車庫**，但在我看來卻像穀倉。附近沒有別人，這個圈套一定是在星期日或國定假日建立的。布蘭溫剛才把那輛奧斯頓馬丁推到一個旁邊都是工具的地方，伊諾差不多要修好了，現在只要再焊接一些金屬，所以需要艾瑪的火完成工作。

經過好幾分鐘的努力不懈，來回踱步，摩搓雙手，艾瑪的手的溫度終於高到足以焊接金屬。她的兩手幾乎呈現白色，十分危險，所以她必須伸得遠遠的，不要靠近身體，免得衣服著火。她彎腰埋進引擎蓋下，我們退後一步，火花四下飛濺。焊接的聲音很吵，過程卻很迷人，等她滿頭大汗、氣喘吁吁地完成焊接後，我們才聽見從汽車旅館傳來憤怒的咆哮聲。

我們衝出車庫，早先騷擾我們的那輛老式巡邏車就停在火鶴大莊園的中庭，車門打開。

「看來公路大盜追著你們來了。」保羅說，「你們最好趕快逃，從後門出去。」他指向車庫後面的路，那條路可以通往鎮外。

「我們不能丟下他們任由那些惡徒擺布。」米勒說。

「你在說什麼？」伊諾說，「當然可以。」

就在此時，其中一名假警察抓著比莉女士的手臂，把她拖到中庭裡，她的三隻貴賓狗狂吠，咬著男人的後腳跟。

「你們可否等我一下，」布蘭溫說，「我要去打歪那男人的下巴。」

「抵抗他們沒有用，」保羅說，「只會讓他們更生氣，之後會帶更多人和槍回來，到時候事情可能變得更糟。」

「抵抗絕對有用。」艾瑪說，「要是能把壞人打得屁滾尿流的話效果更佳。」她十指交錯活動關節，依舊熾熱的雙手發出火光。「伊諾，車況如何？」

「完好如初。」他說。

「很好，先去發動車子。」她轉向我說，「我馬上回來。」接著又對布蘭溫說，「要來嗎？」

布蘭溫轉了轉肩膀，甩甩手臂，做了下伸展運動，然後點點頭。

我其實很喜歡這樣的艾瑪。她生氣的時候會變得異常冷靜，憤怒能提高她的專注力，讓她的能力得以大大發揮且破壞力十足。

她和布蘭溫開始朝旅館走去，當然我們其他人也沒有躲在後面的意思，但由於艾瑪和布蘭溫的能力是我們之中最具破壞力的，所以我們跟她們保持幾步遠的距離。

中庭裡，一個公路大盜抓著比莉女士的手腕，大聲地逼問她，另一個同夥則闖入一間間平房裡搜索。「他們在這裡，我就知道！」那男人從阿德萊德的屋子裡衝出來吼道，「你們居然敢說謊，我會讓你們後悔莫及！你們很清楚違背命令的代價！」

近看這兩人不怎麼像警察。他們穿著綠色迷彩褲搭配軍靴，理著小平頭，走起路來大搖大擺、不可一世的蠢樣，在佛羅里達土生土長的我再熟悉不過了。兩人中較矮的那個腰間繫著一個槍套。

「違背命令的下場比付不出保護費還慘！」高個子大喊，「老雷克斯可能不會再來給時鐘上發條了。」

「別找他麻煩！」比莉女士叫道。

他手臂朝她揮去，但較矮的那人突然出聲，打斷了他的動作。「他們在那裡，達瑞爾！」他指向我們，嘴巴張成O字形。

「嘖嘖嘖。」達瑞爾說。

他放開比莉女士，後者匆匆躲到游泳池規則告示牌的後面。我們走進中庭，在泳池附近停下來。雙方中間大概隔了二十呎，艾瑪和布蘭溫站在最前面，我和伊諾殿後，米勒不發一語，我希望他會偷偷繞去公路大盜的側面，我把保羅護在身後。

「你們一定是新來的。」達瑞爾說，大聲清了清喉嚨。「你們上的這條路可是收費公路，傑克森，今天要交多少？」

「如果想保住小命，就把罩子放亮點。」傑克森來到他們的巡邏車旁，跟達瑞爾站一起，靠在車門上，還把拇指扣在槍套皮帶間。他上下打量我們，似乎覺得我們不足為懼。「就拿走他們的錢和那輛車怎麼樣？」他朝車庫的方向點點頭。「噢，我好像在雜誌上看過他們其中一個。」

火鶴大莊園的居民從百葉窗窺看外頭的情況，感覺就像古早西部片裡的對決場景。

「去死吧。」艾瑪說。

此時達瑞爾也露出微笑。「哎呀，真是伶牙俐齒。」

「沒人能頂撞我。」傑克森說，「尤其是女人。」

「就是啊，」達瑞爾贊同道，又用鼻子哼了哼，接著從口袋掏出一條手帕，擦了擦鼻子。「抱歉。」他稍微轉過身，用手指壓住一邊鼻孔，猛地噴氣，將一坨黑色鼻涕噴到地上，鼻涕持續冒著煙，將人行道燒出一個小洞。

我聽見艾瑪嘔了一下。

「哇。」伊諾在一旁低語，似乎有些羨慕。

「這習慣很噁，達瑞爾。」傑克森說。

「這不是習慣，是折磨。」

艾瑪朝他們前進一步，布蘭溫也跟著她的腳步。

「所以他有核爆痰，」艾瑪對矮個子說，「那你的異能呢？做這世上的超級混蛋？」

達瑞爾爆笑出聲，傑克森的笑容消失了，他從巡邏車上直起身來，解開他的皮套。

艾瑪和布蘭溫再次往前走了一步。

「我猜他們想跳舞。」達瑞爾說，「你要哪個？」

「小隻的那個，」他說，盯著艾瑪。「我很欣賞她那張嘴。」

艾瑪和布蘭溫突然往前衝。傑克森伸手去拔槍，艾瑪仍將她熾熱發光的手藏在背後，然後在男人舉槍的瞬間，迅速伸手握住槍管。

槍支頓時融化，傑克森的右手也是。他摔倒在地上，哀號打滾。

達瑞爾閃到巡邏車後面，正準備開火，布蘭溫用肩膀撞了下駕駛座的車門，那輛車倏地往側邊滑行，輪胎嘎吱作響，傾斜翻了過去，將男人壓在車下。

整場衝突只持續大概十五秒。

「我的媽呀！」我聽見阿德萊德喊道，轉頭看見他站在他的屋前觀看。

帕茲先生坐在輪椅上歡呼大笑。幾扇門打開來，一個女人從她的房間往外看——她一定就是男爵夫人，因為她穿著一件熠熠生輝的洋裝，戴著一雙白色的長手套——用顫音唱道：

「老天——呀！」

「喔哦，」布蘭溫朝車底看去。「他們死了嗎？」

「不死也半條命。」艾瑪說，踩了矮個子一腳。

比莉女士從垃圾桶後面出來，身後跟著發抖的貴賓狗。「還有一個人。」她說，「一個瘦子。」

「小心——！」男爵夫人唱道。

她用一隻戴著手套的手指向圈套出口，我們聽見腳踩在人行道上的聲音。第三個傢伙從他的藏身處跳出來，奔向圈套出口。

「站住！」艾瑪吼道，追了過去。

那傢伙回頭看了一眼，嚇了一跳，然後似乎是下定決心，從腰帶掏出一把槍，轉身面對我們。

「趴在地上！」他對我們吼道，「不准動！」

我們舉起手，照他說的做。我從眼角餘光瞄到比莉小姐從自己的錢包裡拿出一個東西。

「去吧，親愛的！」她用尖銳的嗓音對她的狗說。

男人轉身把槍指向她，但當他看見她養的貴賓狗時，笑了起來。「妳要用這些小東西攻擊我？妳真是瘋了，女士，趕快跟其他人一樣趴在地上。」

比莉女士舉起手走向我們，她的貴賓狗圍著那包零食吠叫，大口吞食。

男人小心地靠近我們，他僵硬的手臂因為腎上腺素而顫抖不已。他目睹我們對他同夥做的事，看起來準備加倍奉還。

「我要拿走那輛車的鑰匙，」他說，「丟過來給我。」

伊諾從口袋掏出鑰匙，扔了過去。鑰匙落在人行道上，靠近男人腳邊。

「很好，現在我要沒收你們的所有財產。」

我不停思索，試圖想辦法擺脫當前的困境。或許我們可以騙他，誘使他靠過來，再打他一個措手不及。但不行，他似乎看見同伴與艾瑪她們近身對決的慘狀，所以不會再重蹈覆轍。

「快點！」他叫道，朝天空開了一槍。我嚇得縮了一下。我有好幾個月沒聽見槍聲了，我也從沒習慣過。

我跟他說車裡有幾百美元。

「你去拿。」

我維持投降的姿勢，慢慢地站了起來。「我需要鑰匙，錢鎖在置物箱裡。」

「你這該死的騙子，我應該現在就殺了你。」他靠近我，縮短我們之間的距離。「事實上，我要殺了你。」

比莉女士將兩根手指放進嘴裡，吹了一聲口哨。男人快速轉身將槍指向她。「嘿，女人，妳他媽的在——」

忽然從他背後傳來一聲響亮、低沉的喘氣聲，比莉女士的一隻貴賓狗從一棟平房後面衝了出來，不過體型比三分鐘前還要大上二十倍，像是成年河馬一般。

男人轉過身，放聲尖叫，把槍對準那隻巨犬。「呿！走開！呿！」

另外兩隻貴賓也從兩棟平房之間竄出，發出像卡車引擎般的低吼聲。男人轉個圈面向牠們，然而就在他轉身的瞬間，第一隻狗躍入空中，張開血盆大口，露出潔亮的牙齒，把他的頭一口咬掉。男人剩下的軀體頓時癱軟在地。

「乖狗狗！乖狗狗！」比莉女士叫道，拍著手。火鶴大莊園的所有居民歡聲雷動，我的朋友們從地上站起來。

「神鳥啊，」布蘭溫說，「那是什麼狗？」

「巨型貴賓犬。」比莉女士答道。

其中一隻張著嘴朝我跑來，我伸出手臂，往後退了幾步。「哇、哇、哇，我覺得牠還沒吃飽！」

「別跑，牠會以為你要跟牠玩，」比莉女士說，「牠只是想親近你。」

那狗的舌頭像是粉紅色的衝浪板朝我襲來，從脖子舔到頭皮。我應該有尖叫，整個臉溼答答的，有點噁心，但我很開心還活著。

比莉女士笑了起來。「看吧，牠喜歡你！」

「妳的狗救了我們，」艾瑪說，「謝謝妳。」

「是你們先為牠們創造機會，」她說，「謝謝你們挺身而出，下次見到H，也幫我跟他說聲謝謝。」

阿德萊德大步走過中庭，推著帕茲先生的輪椅。「年輕人，幹得好！」

「是啊，但誰要來收拾殘局？」帕茲先生嘟囔了句。

「我覺得他們不會再來煩你們了。」艾瑪說，朝倒在地上的公路大盜點點頭。

「我可不敢指望。」比莉女士說。

我和艾瑪把保羅帶到一旁。

「最後再問你一次，」艾瑪說，「你願意跟我們走嗎？」

他想了半晌，視線從艾瑪移到布蘭溫，最後回到我身上，然後點點頭。「不管怎樣，我都該回家了。」

「好耶！」艾瑪叫道，「我們要去大門了。」

「但他要坐哪裡？」伊諾說，「車子只夠坐五個人！」

「他可以坐前座。」艾瑪說，「你可以坐行李廂。」

第十章

我慢慢將車駛進昏暗的門廊，穿過幾個小時前因為車子拋錨，而不得不把車推進來的地方。多虧伊諾的專業知識和艾瑪的焊接技巧，現在這輛奧斯頓馬丁的引擎順利地運轉著。在我們經過門廊中段時，突然出現一股引力，我稍微握緊方向盤抵抗宛如墜落懸崖的感覺，而後我們便進入現代夜晚的凌晨時分。

我打開車頭燈。

「等等。」保羅嘶聲說。我停下動作。

他指著擋風玻璃外，穿過寬闊田野的某處。「你看那裡。」

在洗車場裡，有兩副大燈光線交叉，映照出七個人影。他們守在出口等待，其中一人拿著一個東西靠在臉旁，可能是對講機。不知道他們是否看見了我們。

「油門踩到底，」伊諾說，「把他們輾過去。」

「不行。」保羅說，「他們有步槍，而且槍法不錯。要除掉他們沒那麼簡單。」

「那就撤退吧。」艾瑪說，「不值得冒這個險。」

我認為她說得對，所有的圈套都有前後兩個出口，穿過回環往復的那一天。從後面出去的麻煩在於必須回到過去，而過去的麻煩（至少一百年前左右）則是有很多噬魂怪出沒。但我有能力應付這個問題，所以我將汽車倒退，往後開進圈套入口。片刻後，我們便回到比莉女士陽光普照的汽車旅館。

「這麼快就回來了？」她說，帶著她的狗走向我們。牠們已經開始縮小，我猜再幾個小時，牠們就又會跟在她腳邊轉了。

「外面有更多公路大盜。」保羅把頭探出開著的車窗道，「他們一定是叫了支援。」

「但願能帶你們全部人一起走。」我說。

比莉女士聳聳肩，「只要我的狗還有零食，我們就不會有事的。」

「我們會請H盡量多寄一點給妳。」艾瑪說。

「感激不盡。」

「妳能告訴我們後門怎麼走嗎？」我說。

「沒問題，」比莉女士說，「雖然可能會有生命危險。在一九六〇年代到處都是影子怪物，就算佛羅里達也不例外。」

「我們不會有事的。」我說，「我能看見噬魂怪。」

比莉女士稍微挺直了身軀。「你跟H一樣？」

「他跟亞伯一樣。」艾瑪自豪地說。

「我不認識亞伯，但如果H信得過你而僱用你，我想你應該很清楚自己在做什麼。當然啦，外面那些人也不敢跟著你去噬魂怪的地盤，他們寧願尿褲子，也不想面對那些怪物。」

她很快給我們指路：過了車庫，沿著大街走，就在法院那裡。「當你感覺耳朵啵一聲，就知道穿過圈套外圍了。」

我們再次跟她道謝，但沒時間好好道別了。況且，火鶴大莊園大部分居民經過早上駭人的事件後，都躲了起來，雖然還是有幾個人在我們繞過那輛巡邏車、離開中庭時，大聲祝我們好運。我忍不住心想他們才是需要好運的人。

我沿著大街邊開車邊留意後照鏡，還以為會看到另一輛舊式巡邏車出現。當我們在法院大樓右轉時，我感覺到胃部下沉，空氣像熱浪一般起伏，但周遭一切都沒有變化，至少我看不出來。

「我們出來了。」保羅說，語氣很怪異，彷彿鬆了口氣又好像很害怕。

我們穿過一層薄膜，脫離圈套保護的邊界。之後的時間將一天一天前進，而如果附近有噬魂怪，也會來攻擊我們。我不得不提醒自己，即使是古早的噬魂怪也一樣恐怖。我試著感覺胃部是否有任何異樣，手不自覺地移到了肚皮上。目前還沒有異狀。

我們開過一個又一個小鎮，大部分時間都默默消化著過去一天的瘋狂經歷。所有人都累壞了，不只是因為在汽車旅館發生的事讓我們身心俱疲，也因為已經很晚了——雖然這裡的時間是中午，但在現代已經接近午夜。想想這跟我們發現爺爺的安全屋是同一天，真是不可思議，有種恍如隔世的感覺。

「我們應該打電話回去。」布蘭溫說，「跟大家報平安，他們大概在擔心了。」

「沒辦法。」米勒說，「我們在這裡打會通到一九六五年的雅各家。」

「噢，」布蘭溫答道，「對喔。」

我從後照鏡瞄了她一眼，目光同時掃到艾瑪。她的表情莫名地緊繃，似乎想甩開什麼不快的念頭，然後她發現我在看她，隨即變得面無表情。

車內再度陷入沉默，除了我和艾瑪以外，所有人應該都覺得沒什麼。一會兒之後艾瑪說：「保羅，你的圈套還有多遠？」

「應該可以在太陽下山前抵達。」他說。

「你能在我們的地圖上指出來嗎？」

她稍微費勁地把公路地圖抽出來，翻到喬治亞州那一頁（後座幾乎沒有移動的空間，因為三人座擠了四個人）。艾瑪把地圖遞給保羅。

「就在……這裡。」保羅說，手指輕輕點在亞特蘭大和薩凡納中間一個大部分空白的區域。

伊諾換了個姿勢，把頭探過去看，笑了起來。「你在開玩笑吧，有人在叫做**大門**的鎮上建立圈套？」

「事實上，這個小鎮的名字就是根據圈套命名的。」保羅說，「據說是這樣。」

「喬治亞州大門鎮有特異者搶匪和公路大盜嗎？」米勒問。

「當然沒有，」他說，「建立這個圈套的時鳥之所以每天變換入口，就是為了讓心懷惡意的人沒辦法找到。」

「那位時鳥是誰？」米勒問。

「蜜雀女士，但我從沒見過她。我們現在也是改找圈套守門人，跟大部分人一樣。」

「你知道她發生什麼事了嗎？」

他搖搖頭。「不知道，但安妮女士知道。我們可以問她，但願你們能留下來稍微休息一下。」

「我不確定我們能待多久，」艾瑪說，「我們有很重要的任務。」

休息。這個詞真是令人垂涎，我忍不住做起床鋪、枕頭和軟綿綿被單的白日夢。如果我要一路開到喬治亞州的大門鎮而不撞到樹，就需要來杯咖啡提神，而且越快越好。但我想先離斯塔克市遠一點，所以一直等到靠近喬治亞州的邊界，才開始尋找咖啡店。在這個商業咖啡連鎖店還未占據各城市街角的時代，一路上的咖啡店算是不少了。不過這些城鎮在一九六五年似乎人口更稠密，也更繁榮，到處都能看到銀行、五金行、診所、餐廳和電影院等等，而不是只剩下開在郊區的大型購物中心，其他幾乎倒光光。笨蛋都看得出來其中的關連。

等我再也忍不住對著方向盤頻頻點頭，便把車停在一家很可能有賣咖啡的店前面，名叫強尼陽光地。

「誰要喝咖啡？」我說，「我快不行了。」

除了保羅，大家都舉起手。

「我不喝咖啡。」他說。

「那就來份三明治吧。」我說，「到午餐時間了。」

「不用了，謝謝，我在車上等就好了。」

「我們最好不要離雅各太遠，」艾瑪說，「以防附近有噬魂怪。」

保羅雙手交疊在腿上，目不轉睛地盯著自己的手。「我不能進去。」他最後說。

「他幹嘛這麼難搞？」伊諾說。

然後我突然意識到原因，感到一陣惡寒。

「他們不**讓**他進去。」我說。

「這是什麼意思？」伊諾煩躁地說。

保羅看起來既憤怒又尷尬。「因為我是黑人。」他小聲地說。

「那有什麼關係？」伊諾說。

米勒嘆了口氣。「伊諾歷史不太好。」

「現在是一九六五年。」我說，「而且我們身在南方腹地[8]。」沒快點想到這點讓我很難為情。

「太糟糕了！」布蘭溫說。

「讓我想吐，」艾瑪說，「怎麼有人能這樣對待別人？」

「你確定他們不會讓你進去？」伊諾說，透過店窗戶看進去。「我沒看到標示。」

「不需要標示。」保羅說，「這裡是白人的城鎮。」

「你怎麼知道？」伊諾說。

保羅倏地抬起頭。「因為很乾淨。」

「噢。」伊諾愧疚地說。

「我討厭在過去旅行的原因不全然是因為噬魂怪，」保羅說，「那甚至不是最主要的原因。」他深吸一口氣，再次垂下視線。半晌後，他抬起頭來，已把情緒藏在內心深處。他擺了擺手。「你們進去吧，我在這裡等。」

「算了，」艾瑪說，「我就算餓死也不在這裡吃。」

「我也是。」我不再感到疲憊，只覺得憤慨難安。我是在美國南方長大的，雖然是一個古怪的熱帶地區，也有來自其他州的移民，但仍然是南方。我從未直接面對，或被迫面對這醜惡不堪的過去，我住在白人城鎮，生長在富裕白人家庭，我對自己從未重視這件事感到慚

8 Deep South，又稱棉花州，是美國種族衝突最嚴重的區域。沒有明確定義是哪幾州，一般包含阿拉巴馬、喬治亞、路易斯安那、密西西比和南卡羅來納，有人認為德州和佛羅里達也包含在內。

愧。我從未想過在自己生長的地方、一次簡單的公路之旅，可能會受到別人歧視。而且不只是過去，雖然吉姆克勞法[9]早已廢除，但不代表種族主義就消失了。在美國某些地區，那些法律仍他媽的健在。

「不然我們燒了這地方怎麼樣？」伊諾提議道，「只需要花一分鐘。」

「那也改變不了什麼，」米勒說，「歷史——」

「我知道，我知道，歷史會自己修復。」

「歷史？」保羅搖了搖頭。「歷史是永遠無法癒合的傷口。」

「他的意思是我們無法改變過去。」布蘭溫說。

「我知道。」保羅說，再次陷入沉默。

突然間，窗外傳來一聲用力的敲擊。我轉頭看到一個圍著圍裙、頭戴紙帽的男人盯著我們，一手放在我們的車頂。

我把車窗搖下來一點。

「點餐？」他臉上毫無笑容。

「我們要走了。」我說。

「嗯哼。」他的視線移向後座，再到副駕駛座。「你們可以開車了嗎？」

「可以。」我說。

「這是你的車？」

9 Jim Crow laws，泛指種族隔離相關的法律，施行於一八七六～一九六五年間美國南方各州，又稱黑人歧視法。

「當然。」

「你是警察嗎？」艾瑪問。

他沒理她。「這是什麼車？」

「一九七九年的奧斯頓馬丁 Vantage。」伊諾很快回答，雙眼因為發現自己的失誤而瞬間睜大。

男人面無表情地盯著我們好一會兒，然後直起身來，朝某個人揮了揮手。「卡爾！」一名警察正要彎過街區盡頭的轉角處，聞聲轉頭朝我們走來。

「開車。」艾瑪輕聲說。

我轉動車鑰匙，引擎發出足以吵醒死人的巨大噪音，男人往後踉蹌了一步。接著他穩住身體，並試圖伸手進我的車窗，但打開的縫隙太小，他沒辦法整個手臂伸進來。我打下倒車檔，車子開始退後，男人咒罵著趕緊抽回手臂以免被扯斷。

* * *

奧斯頓馬丁的引擎聲很響亮，卻很耗油，在前往大門鎮的七個小時路程中，我們不得不停下來兩次加滿油。這個時代沒有自助加油站，所以我們必須忍受兩家加油站員的煩人問題。這裡是美國南方，所以一切都是慢條斯理的。加油慢，說話也慢，還慢吞吞地找零錢，提議要幫我們檢查機油和輪胎，或擦擋風玻璃等各種不需要的服務，都只是找藉口想要從各個角度觀察車子和我們。這可能是個好機會下車伸展筋骨，還有上廁所，但我們沒有一九六五年的穿著，更何況，我不想使用保羅不能用的廁所，我知道其他人也有同樣的感覺。我們選擇在喬治亞邊境的一片橘子園解決生理需求，大家在果園裡散開，還帶了一些成熟的果子回來，在開車途中吃。汁液沿著下巴流淌下來，果皮則甩出窗外。唯一曾下車的人是艾瑪和伊諾，他們在第二間加油站買了三杯保麗龍杯裝的咖啡，大家一起分著喝。再次上路後，車內瀰漫著一股詭譎的氣氛，大部分來自艾瑪。布蘭溫坐在她旁邊，問她還好嗎，她回答沒事，語氣聽起來卻不好，但她沒有多說。

我吃了橘子，又喝了咖啡，終於有精神開完剩下單調乏味的路程。一九六五年的州際公路尚未完善，代表我們必須沿著路況惡劣的鄉村小路，經過一個個交通不便的小鎮。因為我們的車原本就很引人注目（這輛奧斯頓馬丁在一九七九年上市時便充滿異國情調，在一九六五年更是帶著滿滿的未來感），我不得不小心開在限速以內，雖然我一直很想猛踩油門，聽聽V8引擎躁動的轟鳴聲，但在找到連接現代的圈套（最好是保羅的圈套）以前，我們會一直困在一九六五年，為了更快抵達大門鎮，絕對不值得在這個節骨眼引起《飆風天王》[10]式的追逐。

臨近傍晚時分，我們終於抵達了大門鎮。這個地方真的是在茫茫荒野中的偏僻地帶：低矮的丘陵上是一片玉米田，四周環繞著茂密的樹林；一些名字古怪的小鎮隱匿在名字同樣詭異的城鎮間，像是須袰多鎮、富足鎮、望尼艾鎮和聖誕老人鎮（沒開玩笑），我猜這些古怪的名字是一種偽裝。城鎮邊界豎了一個上面有彈孔的標示牌，寫著**歡迎蒞臨大門鎮**，雖然我

10 Dukes of Hazard，一九七九年的美國電視劇，二〇〇五年拍攝了電影版。

完全沒有看見任何城鎮的痕跡，只是更多的玉米田。

米勒清了清喉嚨，轉向保羅。「你說入口地點會……變？」

「是啊。你能在這裡停車嗎？」保羅說，「我要拿我的占卜杖。」

我踩下煞車，把車停到路肩。保羅下車走到大門鎮標示牌前，從外套裡掏出一支小鑰匙，跪下來把鑰匙插進標示牌的木樁底部，打開一扇密門，從那狹窄的隔間中拿出一個看起來像是木球和幾根形狀奇特的木棍。

「他到底要幹嘛？」艾瑪嘟囔著。

保羅將較大的木棍跟木球裝在一起，再把兩根較小的棍子接起來，分別鑽進木球的頂部，看起來就像一個奇怪的根莖植物，長出一對觸角。他接著把東西舉高往回走，但他還沒來到車邊，那根棍子就忽地指向右邊。他停下腳步，用兩隻手抓住棍子，棍子開始震動，看起來幾乎要飛離他的手；保羅站穩腳步，把身體往後傾，拉住棍子，棍子上的天線指向我們後方。不一會兒，棍子停止震動，保羅垂下手，回到車上。

「今天力量特別大！」保羅笑著說。他坐上車，把上半身和棍子都伸出窗外，讓棍子指引我開車的方向。開著開著棍子突然指向右邊，保羅跟著大喊：「走那邊！」我趕緊向右急轉彎，開上一條泥土路。又開了大約半哩，棍子急轉向左邊，指著一片玉米田。

「左邊！」保羅又喊。

我狐疑地看向他。「穿過那片玉米田？」

作物已經採收並捆好了，只留下一道道殘株，還有一堆堆小山般的玉米，在丘陵上鋪陳開來，一直延伸到視野之外。

「圈套入口就在田野裡。」保羅說，那根棍子猛地拉扯他的手臂，讓人擔心他的肩膀會脫臼。

我盯著那塊崎嶇不平的土地。「我不想弄壞車子。」

「對，不要過去，」伊諾說，「你會讓車輪定位跑掉，甚至更慘。」

「我們不能用走的進入圈套嗎？」米勒問。

「不能把這輛車留在圈套外，」保羅說，「如果有人發現你的車，就會知道圈套入口在哪裡。」

「你說這附近沒有公路大盜。」我說。

「通常沒有，但可能有人跟蹤我們。」

「那好吧。」我發動車子。「我會開慢一點。」

「事實上，」保羅說，「你最好開快一點。我們這個圈套不容易進入，又大又重的東西需要極大的衝力才能通過。你最好盡可能加快速度。」

我感覺自己翹起嘴角。

「既然如此。」

「如果你弄壞車子，這次你要自己修。」伊諾嘟囔了句。

「噢，**好耶**。」布蘭溫搓著雙手。

「大家坐穩了。」我說，「準備好了嗎？」

保羅雙手握著占卜杖，再度傾身到窗外。他的背抵著門柱，腳踩在擋風玻璃內側，然後他看向我點點頭。

「好了。」

我兩次催動引擎，然後放開煞車，把油門踩到底，衝過那片玉米田。突然所有的東西都震動了起來，包括這輛車、方向盤和我的牙齒。

「右邊！」保羅吼道，我把方向盤轉往右方，繞過一座玉米山。

「左邊！」他說，身體大幅伸出窗外。

輪胎壓過地面濺起些許泥土，一株株未採收的玉米敲打著汽車底盤，也拍打著保羅的身體。

「現在直走！」他叫道。

我們筆直地開向一座玉米山，幾乎快要撞上了。

「我必須轉彎！」我吼道。

「我說直走！直走！」

我努力抵抗想要轉動方向盤的強烈本能。眼看那座玉米山向我們襲來，除了保羅以外，所有人都放聲尖叫。忽然四周陷入短暫的黑暗，就像播映中的電影少了一格底片，接著是一瞬間的失重感，壓力也改變了。玉米山隨即消失，映入眼簾的是一片荒地。

保羅使勁坐回車裡，吼道：「好了，好了，**煞車，煞車，立刻煞車**。」我在衝上土坡時急踩煞車，四個車輪稍微離地，接著我感覺車子底盤撞擊地面，滑行一陣後終於停止。

「呃——」米勒從後座發出呻吟。

塵埃飄散在空氣中，引擎空轉，我們的車碰巧停在小鎮邊緣的一座老舊紅穀倉前。

保羅打開車門，踏了出去。「歡迎來到大門鎮！」

「噢，感謝老天。」米勒說著，蹣跚地下了車，很快我就聽見他嘔吐的聲音。

大家都下了車，很開心能腳踏實地。我們衝過玉米田時一直開著車窗，所以每個人身上都沾著灰塵，而且滿身大汗。我摸了下臉，手指便沾上了砂礫。

「你臉上都一條一條的。」艾瑪說著，用袖子替我擦了擦臉。

「你們可以去我家清洗。」保羅說著，並揮手要我們跟上。

我們跟著他進入鎮上。從頭到尾也就三個街區，看起來像是完全手工製造，十分精緻，從建築物到人車擁擠的泥土大街，再到木板鋪成的人行道。這裡是一九三五年，保羅解釋，大門鎮的圈套是在經濟大蕭條最慘烈的時期創建的。即便如此，這個地方依舊整潔，到處都有人種花，將建築物塗上幸福的色彩。眼前的行人打扮都很得體，這是個愉快且溫馨的小鎮，我不禁希望我們可以不用急著離開。

「保羅．漢姆斯利！」有人大叫。

「喔哦。」我聽見保羅喃喃道。

一名少女衝向他，穿著一件亮潔的白色洋裝，戴著一頂時髦的軟呢帽，她的眼睛燃著熊熊烈火。「你不打電話，也不寫信——」

「抱歉我回來晚了，艾琳。」

「晚了？」她一把摘掉帽子甩向他。「你兩年沒回來！」

「我有事走不開。」

「我要揍得你再也走不了。」她說著，又用帽子打了他一下，讓他從人行道上跳起來。她喘了口氣，轉向我們點點頭。「我是艾琳．諾羅克斯，很高興見到你們。」

大家還未回答，另外兩個年紀與艾琳相仿的女孩跑了過來。保羅向我們介紹，他們分別是朱恩和芬恩，是他的姊妹。她們用力地擁抱保羅，指責他這麼久都不回家，然後轉向我們。

「謝謝你們送他回來。」芬恩說，「希望他沒有造成你們的麻煩。」

「完全沒有。」我說，「他幫了我們很大的忙。」

「是呀！」布蘭溫說，「我們必須找到這個地方，但我們原本以為是要找一扇大門，而不是名為大門的**小鎮**，因為我們有——**噢！**」

艾瑪捏了一下她的手臂，偷偷湊到布蘭溫耳邊低聲說了些話。就連保羅也不知道H的事，或者我們要來這裡送包裹。我們同意遵守H的建議，在找到包裹的目的地前，不要大肆張揚。布蘭溫對艾瑪皺了皺眉，艾瑪也回敬她一眼。

「我們是來這裡赴一個重要的約會。」我說。

芬恩一聽精神來了。「是嗎？跟誰呀？」

「**誰**——」朱恩說。

「**誰欸欸欸欸**。」芬恩像貓頭鷹般拖著長音說道。

「這裡的負責人。」艾瑪說，「我猜這裡沒有時鳥，但有誰地位相近嗎？」

「安妮女士。」朱恩說。

芬恩和朱恩意見一致地點點頭。「安妮女士住在這裡最久，不管是有疑問，還是想尋求建議，都可以去找她。」

「我們現在能見她嗎？」艾瑪說。

三個女孩面面相覷，似乎正在進行無聲的交流。「她現在大概在睡覺吧。」艾琳說。

「但你們可以留下來用餐，」芬恩說，「埃爾默要做他最拿手的七十二小時烤羊肉，安妮女士絕不會錯過這道菜。」

「串燒羊肉。」朱恩說，「輕輕一撥就骨肉分離。」

我看向艾瑪，她聳聳肩，看來我們是要留下來用餐了。

我們跟著保羅穿過小鎮，他在走近一個跪在可愛小狗旁的年輕人時放慢腳步。

「雷吉哥！」保羅叫道，「你教牠翻滾了嗎？」

「嘿，看看是誰回來了！」年輕人抬起頭，跟保羅致意，「還沒，牠很乖，但可能腦袋太小了。」

「噢，真刻薄。」布蘭溫說。

「我沒有惡意，」雷吉說，「我只是得讓牠離開圈套一陣子，這樣牠才能長大，牠在這裡長不大。」

「我沒想到會這樣。」布蘭溫說。

「所以圈套中幾乎沒有嬰兒。」艾瑪解釋道，「讓他們在漫長的歲月中一直維持幼兒的狀態實在不太人道。」

一分鐘後，我們經過一棟木瓦牆的住宅，打開的窗戶前面站了個白人小男孩，他耳朵上戴著一副過時的耳機，似乎聚精會神地在做什麼事。保羅舉起一隻手，小男孩探出窗外，也揮了揮手。

「他們今天說了什麼，霍利？」保羅喊道。

男孩把耳機拿掉。「又在說錢的事，」他沮喪地回答。「沒什麼好玩的。」

「明天運氣可能會更好，要來吃飯嗎？」

他用力地點點頭。「要！」

我們繼續往前走，保羅解釋道：「那是我弟弟霍利，他的異能是透過收音機偷聽死人講話。」

「我不明白，」艾瑪說著，轉頭看向霍利。「他是你弟弟？」

「噢，我們沒有血緣關係。」保羅說，「我們大多是占卜師，這樣就夠親近了。」

「占卜師都有一樣的能力嗎？」

「還是有差異。沒有占卜師擁有完全一樣的天賦。艾琳可以在沙漠中找到水源，芬恩和朱恩的專長是找到迷路的人，霍利能連接死者說話的頻率。我們之中還有人可以讀心，像是知道一個人愛不愛你。」

保羅朝兩棟並排房屋之間的窄巷點了點頭，那裡有位老太太坐在搖椅上。她的眼鏡底下戴著一隻眼罩，但她似乎依然將我們看得很清楚，舉起手無聲地跟我們打招呼。不知為何我無法移開視線，邊走遠還邊轉過頭注視著她。

「你呢？」米勒對保羅說。

「我能找到門，所以總是能找到路回家。啊，到了！」我們抵達一棟房子，院子不大，還種著花，窗戶上掛著窗簾。

「我們幫你整理得漂漂亮亮。」朱恩說，「喜歡這個窗簾嗎？」

「很好看。」

「我就知道你一定會回家。」芬恩說。

「我倒是不太確定。」艾琳喃喃地說。

保羅踏上門廊，轉身面對我們。他看起來很高興。「別站在那裡了，快進來，梳洗一下準備吃飯了！」

第十一章

洗淨身上的塵埃，大家都很感激能在路上顛簸了好幾個小時之後，享受家的溫暖。保羅接著帶我們到一個擺著長桌的後院，這裡是好幾戶人家共享的空間。今天是個適合戶外用餐的好日子，餐桌上的香氣令人垂涎。我們開了七百哩的車，只吃了艾爾．帕茲走味的油炸麻花捲和一些垃圾零食果腹，現在看見一整盤冒著熱氣的羊肉和馬鈴薯擺在眼前，才意識到自己早已餓得前胸貼後背；我們撕下一大塊手工麵包，大口灌下薄荷冰茶，這可能是我吃過最美味的佳肴。全鎮一半的人似乎都過來用餐，四周全是我們來這裡後認識的人：朱恩、芬恩、艾琳和雷吉，他養的小狗在桌子底下蹦蹦跳跳，霍利則一隻耳朵全程掛著耳機；也有一些新面孔。坐在我正對面的是埃爾默，那身黑西裝、黑領帶跟穿在外面的圍裙很不搭。圍裙上印有一個唇印，寫著**親吻廚師**！他旁邊坐著一個年輕人，名字叫約瑟夫。

「真的很好吃。」米勒說著，用餐巾擦了擦嘴。大家都見怪不怪，也沒人盯著浮在空中的餐巾看。要不是他們太有禮貌，就是米勒並非第一個與他們一同用餐的隱形人。「我有個疑問，你是怎麼在二十四小時循環的圈套中，煮出七十二小時的烤羊肉？」

「這個圈套是在羊肉已經烤了兩天後創建的，」埃爾默說，「所以我們**每天**都能吃到烤三天的羊肉。」

「這樣利用圈套的時間還真聰明。」米勒說。

「那是在我來這裡以前的事了。」他說，「但願我能因此居功，但我所做的不過是把羊肉從烤肉叉上拿下來，切成片而已！」

「聊聊你們的事吧。」艾琳說，「你們是誰？」

「別那麼沒禮貌，」朱恩說，「他們是保羅的客人！」

「幹嘛？我們有權利知道呀。」

「沒關係。」艾瑪說，「是我也會這麼問。」

「我們是裴利隼女士照看的孤兒，」伊諾塞了滿嘴的馬鈴薯說，「從威爾斯來的，聽說過我們的事嗎？」一副他們理應聽過的語氣。

「沒印象。」約瑟夫說。

「真的？」伊諾說，環顧桌上其他人。「沒人聽過？」

每個人都搖搖頭。

「嗯，好吧，我們還滿出名的。」

「少自以為是了，伊諾。」米勒說，「由於我們在惡魔之灣的戰役中對抗偽人，所以在自己的特異者圈中小有名氣。而我們成功的重要關鍵就是坐在這裡的雅各——」

「別說了。」我悄聲制止他。

「但美國人可能對他爺爺亞伯拉罕．波曼更有印象？」

更多人搖頭。

「抱歉，」雷吉說著，彎下身去餵他在桌底下的小狗。「不認識。」

「真奇怪，」米勒說，「我以為一定……」

「他旅行時可能用假名，」艾瑪說，「他可以看到噬魂怪，還能……影響牠們？」

「噢！」艾琳說，「會是甘迪先生嗎？」

我對這名字有印象，但沒辦法立刻想起來。

「你爺爺有什麼特別的口音嗎？」坐在埃爾默身旁一個相貌更年輕的男子問。

「波蘭。」我說。

「嗯。」他點點頭，「他有時候會帶著一個年輕男人或女人跟他一起旅行？」

「年輕女人？」伊諾說，挑起一邊眉毛看向艾瑪。

「那就不是他了。」艾瑪的語氣忽地變得緊繃。

朱恩離開一會兒，帶著一本相簿回來。「這裡好像有他的照片。」她翻開相簿。「我們會拍照記住來來去去的旅人，這樣即使有人過了很久才回來，我們也能知道他能不能相信。有些敵人會冒充朋友進來這裡。」

「你知道的，偽人是偽裝高手。」埃爾默說。

「噢，沒錯。」我說。

「你應該再仔細看看保羅的照片，」艾琳說，「確定他是不是真的。」

保羅看起來很受傷。「我看起來跟以前不一樣嗎？」

「我覺得他變更帥了。」芬恩說。

「你看，」朱恩擠進我跟艾瑪的座位間，帶著相簿傾向桌面。「他就是甘迪。」她輕點一張小的黑白照片，照片中一個男人在樹下休息。他正對著鏡頭外的人說話，不知道那個人是誰，他又說了什麼。他的臉輪廓模糊，留著一頭黑髮，身旁趴了一隻長相可愛的小狗，還戴著一頂帽子。我幾乎沒看過這個時期的爺爺：年近中年，但依舊年輕、體態良好，彷彿仍在全盛時期。真希望我能認識那個時候的他。

其他朋友離開座位，圍過來一起看。艾瑪的臉變得蒼白陰森。「是他。」她的聲音輕得像是低語。「是亞伯沒錯。」

「你是甘迪的孫子？」保羅訝異地說，「你怎麼不早說？」

一部分是因為我不知道亞伯不只汽車行照用假名（我想起來先前就是在行照上看過甘迪這個名字），連工作時都用假身分；最主要也是為了遵守H的規則。「有個我信任的人要我不要透露噬魂怪獵人的事。」我說。

「連特異者都不能說？」朱恩說。

「任何人都不能。」

「真難理解，」埃爾默說，「他們是我們的英雄。」

現在我知道他們對亞伯的觀感，心想或許可以稍微放寬規則。

「我們怎麼知道你們說的是真的？」艾琳說，「我無意冒犯，但我們不了解你們。」

「我可以為他們擔保。」保羅說。

「但你只認識他們大概，呃，一天？」

「他們殺了兩名公路大盜，還趕跑一個！」保羅說，「幫了一群住在火鶴大莊園的特異者。」

埃爾默再次指向爺爺的照片。「妳看不出來他們兩個有多像嗎？」他說，「這男孩跟甘迪簡直一模一樣。」

艾琳的視線在我跟那張照片之間游移，從她的表情看得出來她也這麼認為。「你說他的真名叫亞伯拉罕？」

我點頭。

「他現在還好嗎？」埃爾默說，「他一定老很多了，我們好久沒看到他了。」

「啊，」米勒說，「他不幸在幾個月前去世了。」

周圍頓時響起一陣悲傷的細語。

「我很遺憾。」約瑟夫說。

「他怎麼死的？」雷吉問。

芬恩對他皺了皺眉。「你問這什麼問題！」

「沒關係，」我說，「他是被噬魂怪殺害的。」

「英勇犧牲。」埃爾默說，舉起他那杯茶。「敬亞伯拉罕。」

全桌的人舉起他們的杯子，異口同聲道：「敬亞伯拉罕！」

艾瑪沒有一起舉杯。「跟他一起旅行的人呢？」她說。

朱恩再次翻動相簿。「有個穿西裝、叼雪茄的男人是他的搭檔，他也會來這裡幫我們，幾乎跟甘迪一樣持續了很多年。」

她翻到另外一頁，手指滑過一張張照片，最後停在一張好幾年前拍的照片上，裡面是年輕的H。「這張照片是好久以前拍的。」她說，「但就是他。」

朱恩說得對，那是一張舊照片，但上面的人確實是H。同一張臉，打量你的眼神，彷彿一眼就可以將你看穿，嘴裡叼著一根沒點燃的雪茄。他這個人既沒那個閒工夫拍照，也沒有耐性回來補拍。

「他是甘迪的搭檔。」約瑟夫說，「這傢伙很幽默，你知道他對我說過什麼嗎？那時我才剛從越南回來，他開著他那輛古董車經過——」

「那個女的呢？」艾瑪直截了當地問。

約瑟夫話才說到一半，強忍住大笑的衝動。

「喔哦，」伊諾說，帶著調侃的笑容。「有人氣炸了。」

「那個女人，」艾琳說，「我記得他們叫她V，她滿怪的。」

「她很安靜。」埃爾默說，「總是默默觀察，一開始會以為她是亞伯的徒弟，感覺有天會取代他的位置。但偶爾我會有種她才是老闆的感覺。」

「我聽她提過她曾經在馬戲團工作。」約瑟夫說。

「我聽說她曾經是俄羅斯國家芭蕾舞團的舞者。」芬恩說。

「我聽說她後來去西部當了牛仔。」雷吉說。

「我聽說她在德州一個圈套的酒館裡打架，殺了七個人，不得不逃到南美洲。」朱恩說。

「她聽起來像是詐欺師。」艾瑪說。

「回想起來，」約瑟夫看了下她的表情。「老實說，她看起來有點像妳，我剛看到妳的時候，還以為妳可能就是她。」

我以為艾瑪的耳朵會冒出煙來，便湊過去低語道：「**事情絕對不是妳想的那樣。**」

她無視我。「有她的照片嗎？」

「這張。」朱恩說著翻到另一頁，用手指出那張照片。

照片上的V看起來相當強悍，或者靠馴服大灰熊為生，而且拍下這張照片前才剛馴服了一隻。她雙手抱胸地站著，揚起下巴，一副挑釁的模樣。我忍不住同意約瑟夫的看法，她的確看起來有點像艾瑪，但我打死也不會承認。

艾瑪盯著那張照片，彷彿要把那個女孩牢牢印在腦海裡。她好一會兒不發一語，然後只說了句：「好吧。」我看得出來她很努力壓抑自己的情緒，幾乎可以看到她把膽汁從喉嚨嚥回肚子裡。而後她的表情明朗起來，露出稍嫌甜美的笑容，對朱恩說：「非常謝謝妳。」

朱恩一下闔上相簿。「好。」她說，回到自己的座位上。「菜都要冷了。」

雷吉傾身橫過桌面靠向我。「那麼，雅各，甘迪有把他的本領全部教給你嗎？狩獵噬魂怪之類的？你一定遇過很多事吧！」

「完全沒有。」我說，「我從小到大一直以為自己是普通人。」

「他一直到今年稍早才發現自己是特異者。」米勒解釋。

「哎呀，」埃爾默說，「那你上的還真是速成班啊。」

「對啊。」

「不成功便成仁啊。」伊諾說。

「你知道你爺爺是我最早認識的兩個特異者之一嗎？」約瑟夫說。他面前的盤子已經掃空，往後靠著椅背，只用椅子的後腳撐地，微微搖晃。「那是一九三〇年，我才十三歲，父母都死於西班牙流感。我住在密西西比的克拉克斯維爾鎮，還未接觸過特異者。剛開始我對異能一無所知，但我知道我體內有什麼在改變，後來我的占卜能力開始顯現，而且很快便察覺有東西在追殺我，幸虧你爺爺和H早那東西一步，先發現了我，把我帶來這裡。」

「這麼多年來，甘迪和H不只帶了一個孩子來這裡。」埃爾默說。

「但為什麼要大老遠跑來這裡？」米勒問，「你家鄉附近沒有圈套嗎？」

「沒有占卜師的圈套。」約瑟夫說。

我看了看我朋友們的臉，他們似乎都有相同疑問。

「所以住在這裡的人都是占卜師？」我問。

「噢，不不不，不是這樣的。」芬恩說，「任何類型的特異者都能住進我們的圈套。」她指向院子對面的房子。「住那裡的史密斯異能是颷風，他隔壁的莫斯．帕克有念力，但只能移動食品，在開飯前可以幫忙端食物上桌。」

「還有一個能將黃金變成鋁的男孩在這裡住了好幾年。」朱恩說，「雖然這個異能不怎麼有用。」

「有一些圈套不歡迎外來者，」埃爾默說，「會立刻將外人驅逐出境。」

「他們除了自己的同類外，不相信任何特異者。」艾琳說。

「可我們都是特異者呀，」布蘭溫說，「那不就算是同類嗎？」

「似乎不算。」雷吉說著，把一塊軟骨扔到草坪上，他的小狗撲了過去。

「但只有同一種特異者住在一起不會違反時鳥準則嗎？」布蘭溫說。

「當然不嘍，」伊諾說，「還記得蒙古那個會說羊語的圈套和北非的漂浮者鎮嗎？」

「相同異能的特異者群聚有很多原因。」米勒說，「我就知道好幾個隱形人社區。」

「噢，」布蘭溫說，「我以為這樣是違法的。」

「時鳥準則不鼓勵按照能力分區，因為這會增長族群意識和不必要的衝突。」米勒說，「但明確禁止的是閉鎖圈套，也就是只允許某個類型的特異者居住，其他人禁止進入。」

「恕我直言，」埃爾默說，「但這附近已經沒多少時鳥了，他們的準則沒什麼太大用處。」

「為什麼這些時鳥不在了？」布蘭溫問，「都沒人可以解釋她們發生了什麼事，真的讓我越來越不爽了。」

「因為我們根本不記得有過時鳥。」雷吉說。

「有些人還記得。」身後一個聲音說。

我轉過頭看見那個戴眼罩的老太太蹣跚地朝餐桌走來。「你們沒等我就開始吃了。」

「抱歉，安妮女士。」芬恩說。

「對長者毫不尊重。」安妮女士喃喃道，聲音卻很清晰，其他占卜師全站起來跟她打招呼，顯示她很受尊重。我們也跟著起身。芬恩匆匆離開座位去扶安妮女士上桌，桌子的主位是空著的。她走到桌邊，扶著桌緣慢慢坐下，然後大家才再次就座。

「你們想知道事態為何會演變於此，」她沙啞的嗓音渾厚有力，聽起來像是從一條泥河深處冒出的泡泡。「我們的時鳥發生了什麼事。」安妮女士雙手交疊放在桌上，所有人都安靜下來。「她們以前是我們社會的核心，就跟你們那裡一樣。但很久以前衰敗的種子就已種下，早在英國、法國、西班牙和原住民仍在爭奪這個國家的所有權，或是人們開始爭論人類是否有權將他人視為財產之前。」

「安妮女士是老古董了。」芬恩低語道，「她很有可能就在現場目睹一切。」

「我一百六十三歲左右。」安妮女士說，「耳朵還很靈，芬恩．瑪尤。」

芬恩盯著她盤裡的馬鈴薯。「是的，安妮女士。」

「你們有人來自外地——」安妮女士看向我的朋友們，「所以可能不知道，這個國家是建立在黑奴和從原住民手中奪來的土地上。一百五十年前，這個國家的南方堪稱是全世界最富裕的地方之一，但大部分的財富並非來自棉花、黃金和石油，而是被奴役的人。」

她頓了一下讓大家消化她說的話。艾瑪臉色慘白，布蘭溫和伊諾不發一語，眼神低垂。我試著去理解這段歷史，這個龐大、制度化的邪惡思想，其影響難以估算，吞噬了好幾代人。從祖父母到父母，再到後代的子子孫孫，簡直無法想像、難以忍受。

半晌後，安妮女士繼續說：「所有的金錢與財富全部取決於一件事：一種人打壓控制另一種人的能力。試想若將特異者引入這樣的社會系統，會發生什麼事。」

「會引起騷亂。」艾瑪說。

「這讓掌權者心生恐懼。」安妮女士說，「想想看，原本一個人整天被奴役採棉花，這就是他的生活，終其一生不得擺脫。然而有天下午，這個人；這個年輕女孩，突然展現**異能**，有了**飛行**的能力。」安妮女士一邊述說，一邊將眼神飄往桌子上方，雙手向外伸展，我的腦海突然清楚浮現出畫面，不禁納悶她說的是否是自己的經歷。安妮女士的目光落到了布蘭溫身上。「如果妳是那個女孩，妳會怎麼做？」

「我會飛走。」布蘭溫說，「不——我會等到晚上，用我的力量幫助其他人逃脫，然後**飛走**。」

「那如果有人有調換日夜的能力呢？或者把人變成驢子？」

「我會把中午變成午夜，」朱恩說，「然後把監工變成驢子。」

「這樣你們就知道他們為什麼怕特異者了。」安妮女士把手放回桌上，壓低聲音說，「特異者的數量一直很少，異能總是很罕見，但即使我們只有一小撮人，他們還是很害怕，所以僱用算命師、江湖郎中和驅魔師把我們抓出來；用謊言及故事把特異者捏造成撒旦的化身，想讓我們的同胞告發我們。他們甚至殺掉認識特異者，或者說出特異者這個詞的人！而你們知道他們最害怕的人是誰嗎？」

「時鳥。」保羅說。

「沒錯。」安妮女士說，「時鳥是為特異者創建避風港的人。這是普通人找不到也闖不進來的地方，讓我們得以倖存。他們討厭時鳥到無以復加的地步。」

「所以那些普通人知道時鳥的事？」艾瑪說，「知道她們是誰？」

「他們必須要知道。」安妮女士說，「因為這事關他們的產業。特異者威脅他們的經濟和生活方式，甚至他們邪惡社會的基礎，所以那些奴隸主用其他國家的普通人想都不會想的方法對付我們。他們建立了一個祕密組織，致力於找出我們，摧毀我們的圈套，殺害我們的時鳥。他們冷酷、執迷，而且永不停歇，甚至在南方聯軍戰敗後，那個組織仍屹立不搖，我們為此付出慘重的代價。我生長在一八六〇年代，時鳥的人數永遠不夠，她們總是身兼很多工作，也一直處於危險的境地。一個時鳥必須維持四到五個圈套的運作，根本難得見上一面，然後有一天她們全都消失了，這些工作便由半時鳥和圈套守門人取代。他們算是公務員和僱傭兵，而非領袖，在沒有時鳥主持大局的情況下，美國的特異者逐漸分裂，變得不信任彼此。」

我的腦海突然閃過我們在一九六五年停下來吃晚餐的事，於是問道：「過去的圈套是分開的嗎？因為種族？」

「當然是分開的。」安妮女士說，「特異者不代表就沒有種族歧視。我們這裡的圈套不是什麼烏托邦，很多層面上都是外面社會的反射。」

「但現在已經沒有隔離了吧。」布蘭溫說著，眼睛瞄向霍利，坐在桌子另一端戴著耳機的白人男孩，以及他對面年紀稍長的白人女孩。

「融合花了很長一段時間。」安妮女士說，「但沒錯，我們的確逐漸在改變。」

「噬魂怪不在乎獵物的膚色。」埃爾默說，「牠們只想奪走人的靈魂，這一點有助於我們團結在一起。」

「那美國其他地區的圈套呢？」伊諾說，「還有時鳥嗎？」

「南方的時鳥首當其衝，遭遇最險峻的情況。」埃爾默說，「但全國的時鳥都漸漸消失了。」

「每一個時鳥？」布蘭溫說，「無人倖存？」

「我聽說還剩下幾個，」安妮女士說，「她們設法藏匿行蹤，但力量或影響力已大不如前。」

「那原住民呢？」米勒問，「他們的部落有圈套嗎？」

「有，但為數不多，因為他們大體上不懼怕異能，他們的特異者也未曾受到迫害，至少不是來自自己的同胞。」

「接下來就是我所知道的二十世紀了，」埃爾默說，「方才提到的組織開始衰敗，主要是因為存活的時鳥不多了，普通人漸漸遺忘我們，反倒是圈套之間為了領土、權力及資源彼此爭鬥。」

「時鳥不會容許這種事。」艾琳說。

「我們聽說過一點你們在歐洲跟噬魂怪對抗的事，」埃爾默說，「原本那些怪物大部分都在大西洋另一邊活動，直到一九五〇年代末發生了變化，偽人帶著噬魂怪回來復仇，雖然多數幫派因此停止內鬥，但我們也害怕被那些該死的影子怪物吞噬，幾乎不敢離開圈套。」

「我爺爺和H就是從那時候開始狩獵噬魂怪的。」我說。

「對。」埃爾默說。

「所以美國的普通人，」布蘭溫說，「知道特異者的事嗎？」

「不，」朱恩說，「他們長期以來對特異者一無所知，就連在十九世紀也鮮少有人了解。」

「不不不，朱恩，妳錯了。」安妮女士猛地搖著頭，「那只是他們希望我們這麼想罷了。記住我的話，還是有人知道，還是有普通人了解我們的力量。他們懼怕我們，想盡辦法要控制我們。」

「他們到底在怕什麼？」朱恩問。

「害怕某種可能性。」安妮女士說，「害怕我們特異者並未分裂或是彼此防備；害怕一個聯合起來的特異者王國的力量。這個可能性從以前到現在都讓他們恐懼不已。」她猛地頷首下了結論，吐了一口氣，拿起她的叉子。「好了，我說完了。你們可是都吃飽了，我連一口都還沒動呢。」

等安妮女士用完餐後，大家才離座，開始清洗碗盤。我認為那個包裹顯然是要交給安妮女士的，所以當她站起來要走，我就自告奮勇要扶她回去。

她說她要回去她的房子，我伸出手臂讓她攙扶。我們走了一段短短的路程回到她家，我把大小剛好能塞進口袋的包裹拿給她，她看起來一點也不驚訝。

「妳不打開嗎？」我問。

「我知道是什麼，還有是誰送的。」她說，「扶我上樓梯。」

我們走上三階樓梯來到門廊，她的背幾乎彎成九十度，她說道：「等我一下。」隨即消失在屋裡。

她在幾秒後回來，把一個東西放到我手中。

「他要我把這個給你。」

她把一個老舊、磨損的紙火柴放在我的手心。

「這是什麼？」

「你自己看看。」

紙火柴的一面寫著地址（北加州的一個城鎮），而彷彿地址還不夠直白似的，另一面寫著：**停在這裡是明智的選擇……保證物超所值！**

我把紙火柴塞進口袋。

「你見到他，幫我跟他說聲謝謝。」她說，「然後告訴他下次他媽的親自過來，讓我看看他那張帥臉，我們很想念他。」

「謝謝。」我說。

「別放棄他，他雖然難搞又固執，還很惹人厭，但不要因為他說不需要幫忙就被騙了。

It's SMART to stop here......
You get MORE for your money!
FOR YOUR OWN SAFETY
PLEASE DON'T
SMOKE IN BED

多年來，他一直承擔很大的壓力，他需要你，需要你們每一個人。」

我鄭重地點點頭，向她舉手致意，然後她走進屋裡關上門。

我回去找我的朋友，看見艾瑪和朱恩在說話，便大步穿過草坪朝她們走去。朱恩似乎在跟艾瑪解釋著什麼，讓她不是很開心；艾瑪雙手抱胸站著，臉色看起來很凝重。她一注意到我，頓時變得面無表情，很快地跟朱恩道別，向我跑來。

「妳們在聊什麼？」我問。

「就交流一些暗房的心得，你知道那本相簿裡大部分的照片都是她自己沖洗的嗎？」

她擺明了在撒謊，而且她那麼快便想出藉口，讓我措手不及。

「那妳為什麼看起來不高興？」我問，

「我沒有。」

「妳在問她那個女生的事，亞伯偶爾帶著的那個女生。」

「沒有，」艾瑪說，「我才不在乎。」

「妳騙不了我。」

她移開視線。「不要再問了，好嗎？布蘭溫和伊諾來了。」

米勒也跟他們在一起，他穿上了衣服，一眼就能看到；同行的還有一下就跟他們打成一片的朱恩、芬恩和保羅。

「我們之後再談。」

艾瑪聳聳肩。「沒什麼好談的。」

我差點就要大發脾氣，還好克制了下來，我告訴自己我永遠無法理解艾瑪的感受，如果我想跟她交往，就要尊重她內心的轉變，並給她空間去調適。

這很合理，卻無法讓我釋懷。

我們打算要離開了，保羅拿來一個金屬保溫瓶。

「這咖啡給你們路上喝，這樣就不用半途停下來。」

埃爾默走過來跟我們握手。「如果你們需要占卜師，就來找我們。」

「真是個有趣的人。」米勒在他走掉後說，「你知道他在七十年間打了三場戰爭嗎？一戰期間他在凡爾登壕溝裡的一個圈套睡著了，所以他的時間一直沒有往前進。」

布蘭溫和芬恩擁抱彼此。

「妳會寫信來吧？」芬恩問。

「比寫信更好，我們會親自上門拜訪。」布蘭溫說。

「那太好了。」

相互道別後，保羅陪我們走到城鎮邊緣，回到車上。途中，我把安妮女士給我的紙火柴拿給大家看。

「有地址！」米勒說，「H這次的線索很簡單嘛。」

「我想考驗結束了。」我說，「該執行真正的任務了。」

「先看看吧。」艾瑪說，「H似乎對考驗我們樂此不疲。」

「你們到外面以後要小心，」保羅說，「去北方更要注意安全，我聽說那裡很危險。」

他解釋該怎麼返回現代。我們已經回不去一九六五年了（我們也不想回去），因為從圈套後門出去會進入一九三〇年的春天，也就是大門鎮圈套建立的那天。從前面離開則很簡單，只要沿著原路出去就好了——穿過那片田野，而且速度要快。

我們揮別保羅。在確保大家都繫好安全帶後，我發動車子，踩下油門。車子在我循著輪胎痕駛過空曠的田野時不停震動，地形越來越崎嶇，我也越開越快。到了半途，我們進入圈套入口，輪胎痕跡消失了，突然一陣劇烈搖晃，白天成了黑夜，我眼前的泥土路變成一整片綠色的玉米株。我們衝了進去，壓平一根根玉米株，綠色穗軸打在車身上。正當我打算踩煞車時，我聽見米勒大喊：「**繼續開，不然會卡住！**」於是我緊催油門，引擎發出轟鳴，輪胎頓時多了些許抓地力。幾秒鐘後，我們便衝破那片玉米田，開到路上。

我停下車，每個人都屏住呼吸。我打開車前大燈，泥土路已鋪上柏油，但大門鎮郊區看起來跟一九六五年沒什麼不同。

我下車檢查損壞情況，米勒則下車嘔吐。擋風玻璃上緣有輕微的裂縫，散熱格柵和輪艙都卡著玉米株碎片，用拔的就能清除。除此之外，沒有其他損壞。

「大家都沒事吧？」我把頭探進車窗裡問。

「米勒有事。」艾瑪說，我聽見一陣乾嘔的聲音，抬起頭剛好看見一坨憑空出現的嘔吐物濺在人行道上。之前我從未見過隱形人嘔吐，這畫面我永生難忘。

在他嘔吐時，我感覺我的手機——到了現代又能用了——在口袋裡瘋狂震動。螢幕上顯示有**二十四通未接來電和二十三通語音留言**。

我看都沒看就知道是誰打來的。

我假裝檢查東西，走到車尾，偷偷聆聽語音留言。前幾通留言只是稍微表達關心，但後來變得越來越緊張和憤怒。第十三通是這樣的：「波曼先生，又是我，你的時鳥。我要你仔細聽好，我很失望你竟然不先行告知就貿然出行，我對你失望透頂。你無權未經我的允許就帶走孩子們，立刻回家，謝謝，祝一切順利。」

之後的留言我便不再聽了。我考慮過告訴其他人，最後決定算了。他們心知肚明裴利隼女士不會同意，我沒必要把語音留言的事告訴他們，讓他們不安，而且他們還可能決定要回去，我不想冒險。

「好了，」米勒說著，跌跌撞撞地走回車上，「我吐完了。」

我把手機塞回口袋。「抱歉讓你不舒服。」

「我猜這附近沒有火車可搭吧，」他虛弱地說，「我慢慢有點怕坐車了。」

「接下來的路會平穩許多，」我說，「我保證。」

他嘆了口氣。「但願你說到做到。」

第十二章

我們又回到了現代，高速公路走起來非常快速，至少大半夜的，一路暢行無阻。我們邊喝保羅給的溫咖啡提神，邊聽我在置物箱後面找到的《月之暗面》錄音帶，很快地就開過好幾哩路。不知不覺間，我們已穿過喬治亞州和南卡羅來納州，距離北卡羅來納州的城鎮，也就是紙火柴上的地址不遠了。自從在大門鎮的短暫爭吵後，我和艾瑪的關係降至冰點。她決定坐在後座，不管有多擠，伊諾則和我一起坐前面。

我時不時抬頭從後照鏡看向艾瑪，只要她沒睡，也沒有一臉陰沉地盯著窗外，就是在翻閱亞伯的任務日誌，她用一小撮淡粉色、閃爍不明的火焰當照明。我再次告訴自己她的內心正歷經一些改變，被迫處理她從未面對的情緒，因為她一直離亞伯很遠，橫跨時間，也遠隔重洋。但我覺得她是在故意給我臉色看，懲罰我先前質問她，我不知道自己還能忍多久。

凌晨三點半，我們終於下了交流道，我整個屁股都快麻掉了。我跟著手機導航前往紙火柴上的地址，完全不知道那裡會有什麼，加油站？咖啡廳？另一家汽車旅館？

結果以上皆非，我們來到一家名叫**二十四小時OK漢堡**的快餐店。這家店在一片漆黑、四下無人的購物中心停車場裡，發出淡淡的光。正如這家店的名字，店是開著的，看上去沒什麼問題。店裡所有的椅子都倒過來放在桌上，門上一個標示牌寫著**得來速**。

我把車停在店門口，我們是整個停車場裡唯一的車。H不在這裡。除了一個上大夜班的倒楣店員外，**一個人**也沒有。我看見他在店裡，站在櫃檯後面看手機。

「紙火柴上有寫幾點見面嗎？」布蘭溫問。

「沒有。」我說，「但我想他不會預期我們在半夜三點半過來。」

「所以我們要在這裡等到天亮？」伊諾說，「這也太蠢了。」

「有點耐心，」米勒說，「他隨時可能會來，如果要祕密進行任務，半夜似乎是見面的好時機。」

於是我們等待，時間一分一秒過去，裡面的店員放下手機，開始掃地。

副駕駛座忽然傳來一個長長的咕嚕聲，大家都看向伊諾。

「那是卡車的引擎聲嗎？」米勒說。

「我餓了。」伊諾說著，低頭看著自己的肚子。

「就不能等一下嗎？」布蘭溫說，「要是我們去點得來速，剛好H來了沒看到我們，因此錯過了怎麼辦？」

「不，伊諾說對了。」米勒說，「我能再看一下紙火柴嗎？」

我把紙火柴遞給他，他把紙火柴翻了個面。「這上面不只寫了地址，」他說，「還有線索，妳看上面寫的。」

他把紙火柴拿給布蘭溫，後者大聲念出上面的字：「**停在這裡是明智的選擇……保證物超所值。**」她抬起頭，「所以呢？」

「所以，」米勒說，「我覺得我們應該買東西。」

我發動引擎，開進得來速車道，在點餐擴音器和發亮的液晶菜單看板前停下來。一個沙啞尖銳的聲音大聲說：「**二十四小時OK漢堡，歡迎光臨，請問要——**」

布蘭溫放聲尖叫，以迅雷不及掩耳的速度將她的長臂伸出打開的車窗，用力朝擴音器揍了一拳，固定在地上的擴音器頓時倒下，凹了一塊，變得沉寂無聲。

「布蘭溫，妳搞什麼鬼！」我大喊，「他只是要幫我們點餐！」

「抱歉，」布蘭溫縮回座位上，「我嚇到了。」

「妳真的是帶不出門耶。」伊諾說。

在一般的情況下，我會迅速逃離現場，但現在不是什麼一般情況，所以我放開煞車，讓車慢慢地滑到取餐窗口，那名穿著橘色圍裙的店員仍在對耳麥講話。

「你好？聽得見嗎？」

他說話很慢，雙眼發紅浮腫，看起來像是吸了什麼。

「嘿，」我說，「喇叭，呃、不能用了。」

他從嘴裡吐出一口氣，嘴唇彈動。「好——吧，」他說著，打開窗戶。「你們要點什麼？」

然後米勒開口：「有什麼好吃的？」

「你在幹嘛啦？」艾瑪輕聲對他說。

店員皺起眉頭，往車後座看。「誰在說話？」

「我說的。」米勒說，「我是隱形人，抱歉，我應該先說一聲的。」

「米勒！」布蘭溫驚呼道，「你這蠢貨！」

然而，那名店員並不害怕。「噢，好吧。」他興致高昂地點頭。「如果是我的話，我肯定點二號餐。」

「那請給我們一份二號餐。」米勒說。

「還要五個漢堡！」伊諾吼道，「全部佐料都加，還有洋芋片。」

「我們沒有洋芋片。」那人說。

「他是指著條。」我說。

店員跟我收了錢，便回到廚房裡備餐。幾分鐘後他回到窗口，遞給我一個很重的紙袋，還因為沾到油漬而變得有些透明。我把捲起的袋口打開，裡面有好幾個漢堡，一份大薯條，以及一疊餐巾紙。我把漢堡分給大家，就看到一個小小的白色信封壓在底部。信封看起來很漂亮，用紅蠟封住。

「這是什麼？」我說，把信封拿起來給大家看。

艾瑪聳聳肩。「套餐裡的東西？」

我把車開進停車場停好，拆開信封，打開車內燈看裡面有什麼，大家都湊過來。信封裡是另一張紙巾，上面印了一些東西。那張油膩膩的紙巾上用打字機寫道：

未接觸目標遭追殺，高度威脅
任務：保護和接收
建議送到圈套一〇〇四四
請務必謹慎行事

就是這個。上面沒有提到未接觸特異者的名字，也沒確切說明圈套一〇〇四四的位置，但在紙巾後面有一組坐標。

「我看得懂坐標。」米勒興奮地說，「經線那行為負數，代表所在地位於本初子午線以西——」

「是紐約布魯克林的一所高中。」我拿起手機說，「我在地圖 App 裡搜尋了。」

米勒哼了一聲。「任何科技都不能取代真正的製圖師。」

「我們拿到任務，也知道目的地了。」艾瑪說，「唯一缺少的就是我們要找的特異者名字。」

「也許H也不知道名字。」布蘭溫說，「而那是任務的一部分。」

「或者是為了安全起見，」伊諾說，「不會有人想把未接觸特異者的名字寫在可能被別人拿到的紙巾上，像是做漢堡的廚師。」

「我覺得他不單單是個廚師。」米勒說，「對了，雅各，你能不能再開去送餐窗口一下？」

我發動車子，繞過那棟小巧的建築，開回得來速的車道。這次店員打開窗戶，看起來似乎覺得很煩。「呃，你好。」

米勒探出車窗。「抱歉麻煩你，老兄，我們想再來份三號餐。」

店員打著油膩的鍵盤將訂單輸入電腦，又跟我收了十塊五。在我付錢時，布蘭溫湊到打開的車窗，說道：「你認識H嗎？你是噬魂怪獵人嗎？這裡是什麼地方？」

店員把零錢找給我，對她的話充耳不聞。

「嘿！」布蘭溫說。

他轉身進了廚房。

「我覺得他不能回答那些問題。」我說。

一分鐘後他回來了，把一個油膩的紙袋放在窗臺上，發出扎實的砰一聲。

怪奇孤兒院【第二部】1

歲月地圖

「晚安。」說著便關上窗戶。

我提起紙袋，覺得格外的重，袋口也沒捲，但裡面只有薯條和洋蔥圈。就是一個套餐，我心想，我把袋子交給米勒後，將車開出停車場，回到高速公路上。前往布魯克林是一趟漫長的旅程，我想趁早上尖峰時間以前趕路，免得主要幹道變成停車場。

過了十分鐘，當我們在九十五號州際公路上奔馳時，米勒已經把紙袋吃到見底。我聽見他笑出聲來，於是轉過頭看他。他從袋底拿出一個蛋形的重物。

「那是什麼？」我說。

「看起來是三號餐，薯條外加一個手榴彈。」布蘭溫大喊一聲，躲到我的座椅後面。

看樣子OK漢堡不僅僅是一個情報中繼站，也是特異者的軍火庫。不知道爺爺還有多少祕密據點像這樣隱匿在眾目睽睽之下（我也很好奇一號餐會附贈什麼）。

米勒咯咯地笑了起來，將那顆油膩的手榴彈在雙手間來回滾動。「天啊，真的是物超所值！」

我一邊開車，一邊空出手來小口地吃著東西，其他人則是狼吞虎嚥。他們十幾歲的身體多年來第一次成長，有時候餓得很快。所有人吃飽後都睡著了，除了艾瑪，她坐在副駕駛座上，說要陪我熬夜開車。

我們將近一個小時幾乎沒有交談。我小聲地轉著電臺廣播的頻道，她則看著窗外流動的漆黑世界。天剛亮時，我們已穿過半個維吉尼亞州，瀰漫在我們之間的沉默就像一塊大石壓

Uncontacted subject being hunted,
highly threatened.
Mission: protect and extract.
Suggest delivery to loop 10044.
Extreme caution advised.

OK
BURGER

著我的胸口。我在這十五哩的路上一直在腦海裡跟艾瑪說話，而我終於受不了了。

「我們要——」

「雅各，我——」

我們有很長一段時間不說話，又在同一時間開口，不禁面面相覷，對彼此詭異的默契相當驚訝。

「妳先說。」我說。

她搖搖頭。「你先。」

我抬眼看向後照鏡，布蘭溫和伊諾都睡著了，伊諾還發出輕微的鼾聲。

「妳還是放不下他。」我本不想說得這麼直白，但這些話我已經憋太久了，非說出來不可。「妳放不下他，這對我不公平。」

她一臉震驚地瞪著我，嘴脣緊抿成一條線，像是有什麼話不敢說出口。

「無論何時有人提到他的名字，妳就會退縮；自從我們發現他有一個搭檔是女生後，妳就變得心不在焉。妳表現得像是他背叛了妳，而且不是多年以前，而是現在。」

「你不明白，」她小聲地說，「你不會懂的。」

我的臉因憤怒而發燙。我只想聽她承認自己很反常並且道歉，但事情卻偏離軌道，朝更糟糕的方向前進。

「我一直在忍耐。」我說，「我一直告訴自己不要管，不要多心，要給妳空間，妳的內心正經歷某種艱難陌生的轉變，但我們必須談談。」

「我不覺得你會想聽。」她說。

她短暫地垂下視線。我們正經過一座工廠，雙煙囪排放著廢氣，然後她說：「你曾經愛過一個人愛到痛不欲生嗎？」

「我愛妳，」我說，「但我不會痛不欲生。」

她點頭。「我很高興，希望你永遠不會有這種感受，因為那很恐怖。」

「妳有過？」我問。

她點點頭。「是亞伯，特別是在他離開後。」

「嗯。」我試著表現自然，但其實覺得很受傷。

「那很難受，剛開始前幾年我一直心神不寧，我想他也一樣。只是對他來說，這個症狀漸漸消失，而我，卻變得更慘。」

「妳覺得原因是什麼？」

「因為我被困在圈套裡，而他沒有。這麼多年來，被局限在那樣的地方，感覺世界都變小了，這對一個人的心靈沒有好處，會把任何一個小問題放大。對一個人的渴望原本應該要在幾個月後消退，結果卻變得……無法自拔。有一陣子，我真的考慮去美國找他，即使對我來說非常危險。」

我試著想像艾瑪當時的模樣，孤獨而憔悴，以亞伯越來越少寄去的信件聊以慰藉，外面的世界則是個遙不可及的夢。

過了廠區是一片起伏的田野，馬匹在晨霧中漫步。

「為什麼不試試看？」我說。艾瑪不是那種遇到挑戰會退縮的人，尤其為了她愛的人。

「因為我怕他見到我不會像我見到他一樣高興。」她說，「那會讓我痛苦得想死。但這不過是從一個圈套搬到另一個圈套去住，從一個監獄轉到另一個監獄的差別罷了。亞伯不受圈套的拘束，我却必須在附近找一個圈套待著，就像籠中鳥，等他有空來看我。我不適合那種生活——做個船長的妻子，成天隔海望夫，擔心地等待——我想去外面，自由旅行。」

「但妳現在出來了，」我說，「跟我在一起，為什麼還對我爺爺念念不忘？」

她搖了搖頭。「你說得倒簡單，但要我轉換這十五年來的心境沒那麼容易。十五年的渴望、悲傷及憤怒。」

「妳說得對，我不懂，但我以為這件事已經過去了，我以為我們已經講開了。」

「我們是講過了，」她說，「我也以為我放下了。要是沒有，我就不會告訴你那些事。但是……我不知道來這裡對我的影響會這麼深，我們做的每一件事，去的每一個地方……就好像他的鬼魂無所不在。我以為早就癒合的舊傷疤一而再再而三地不斷裂開。」

「拜託你們行行好，」伊諾的聲音從後座傳來。「你們兩個要分就趕快分，讓我好好睡覺，好嗎？」

「你早該睡了！」艾瑪說。

「妳正在心碎哭訴，我怎麼睡得著？」

「我們沒有要分手。」我說。

「噢？你騙不了我的。」

艾瑪把揉成一團的薯條袋扔向伊諾。「你給我挖個洞鑽進去。」

他發出竊笑，再次閉上眼睛。他可能睡著了，也可能沒有。不管怎樣，我們都覺得沒辦法放鬆交談，所以只是靜靜地開著車。我伸出手代替話語，她握了上來，我們的手在排檔桿下笨拙地牽著，十指緊緊交握，彷彿兩人都害怕放手。

艾瑪的話在我腦海裡盤旋，我有幾分開心她願意跟我分享那些事，但更希望她什麼都不要說。我內心一直有個細微的聲音，在我消沉的時候悄悄對我說：**她更愛他**；雖然我總有辦法蓋過這個聲音，要它閉嘴。如今艾瑪放大了我腦海裡的聲音，而我將永遠無法向她坦白，不然她就會知道我內心早已種下恐懼的種子，我越沒有安全感，那個聲音就越大。所以我只是握緊她的手，繼續開車。

開著爺爺的名牌車，那聲音挑唆道，執行從他那裡繼承來的任務，是為了證明……什麼？

為了證明我跟他一樣有能力、被人需要，且值得尊重。

我說過我不想過爺爺的生活，那是事實，我想創造屬於自己的人生，但我希望別人能用相同的態度對待我。看清楚之後，我便知道自己有多麼可悲，可是現在放棄回頭會更加可悲。在我看來，唯一的選擇就是完成這個任務，突破極限，得到大家的尊重，完全擺脫爺爺的陰影，然後贏得那個女孩——不是她對亞伯情感的投射，而是完整的愛。

這個目標很高，但至少這次特異王國並未命懸一線，會賠進去的只有我的感情和自我價值。

哈。

一直裝睡的伊諾再次開口：「既然你跟艾瑪分手了，我可以坐前面嗎？布蘭溫的粗腿壓死我了。」

「我要殺了他。」艾瑪說，「不是開玩笑的。」

伊諾坐了起來，一隻手放在胸前，假裝很震驚。「我的天啊，妳不會真的動手吧？」

「別多管閒事。」我說。

「雅各，有點骨氣吧，這女人還愛著你爺爺。」

「你在胡說什麼！」艾瑪的聲音大到把布蘭溫和米勒都吵醒了。

「那妳昨天在電話上跟誰說我愛你，不是亞伯嗎？」

「什麼？」我說，在座位上轉身看著艾瑪，「什麼電話？」

她猛盯著自己的大腿。

「在一九六五年的加油站。」伊諾說，「喔哦，妳沒跟他說喔。」

「那是私人電話。」艾瑪喃喃說道。

我們即將通過一個高速公路出口，我在最後一刻將車切過去開下交流道。

「哇！」布蘭溫說，「別帶著我們去送死！」

我把車開到路旁停下，下了車，頭也不回地走掉。附近有一座高架橋，我走到橋下陰暗處，在過往車輛拋出的垃圾堆裡曳足而行，聽起來像是腳下有一整片海洋。

「我應該早點告訴你的。」是艾瑪的聲音，她追了過來。

我不停地往前走，她跟著我。

「對不起，雅各，對不起，但我非得再聽一次他的聲音不可。」

她跟以前的他說話，那個活在過去圈套裡、時值中年的爺爺。

「妳以為我不想跟他說話嗎？他走後的每一天？」

「你知道這不一樣。」

「是不一樣。他是妳男朋友，妳愛他，但我是那個人養大的，他對我來說比我爸還重要，我對他的愛勝過於妳。」我提高音量大吼，以蓋過車流的嘈雜。「所以妳不能這樣做，不能暗地裡打電話給過去的亞伯，我也非常想跟他說話。妳不能說我不明白想念某個人，或氣他一聲不吭地丟下自己是什麼感覺；我知道是什麼感覺。」

「雅各，我——」

「還有妳不能說妳愛我，說我們可以在一起、誘惑我，表現出親切可人、堅強又討喜的一面，然後卻為他心痛，背著我跟他說妳愛他。」

「我只是打去告別！」

「妳背著我這件事才是最糟糕的。」

「我有打算跟你說這件事，」她說，「但旁邊一直有人在。」

「我要怎麼相信妳？」

「我真的想說，我內疚得不得了，但我不知道怎麼跟你說。」

「妳已經說了啊，妳還愛他！妳忘不了他！我只是他的替代品，勉強湊合一下！」

她眼睛睜大，「不是的，不要說這種話，我沒有這樣想，**完全沒有**。」

「但我感覺是這樣，妳不就是因為這個才跟我一起出任務的嗎？」

「你這樣說是**什麼**意思？」她提高音量大吼。

「妳難道不是活在過去的幻想裡嗎？想要彌補這麼多年來被丟下的缺憾？現在妳終於有機會跟亞伯一起出任務——或者退而求其次，跟他的孫子一起。」

「你這樣說太不公平！」

「是嗎？」

「是啊！」她吼道。一小團火焰從她緊握的拳頭冒出來，火花四散，幾張速食包裝紙和一件髒兮兮的毛衣燒了起來，她轉過身去。

她又慢慢轉回來面向我。「我跟來不是因為這個，」她刻意放慢速度，一字一頓地說，「是因為這件事對**你**來說很重要，因為我想幫**你**，跟他一點關係也沒有。」

「草燒起來了。」

我們跑過去踏熄火苗。踏熄之後，兩人的腳踝和鞋子都沾上了泥巴。她說：「我應該聽從我的直覺，不要來佛羅里達，不要去亞伯住的地方，否則就像是我在追逐他的亡魂一樣。」

「妳有嗎？追逐他的亡魂？」

她花了點時間，似乎認真地考慮了一會兒。「沒有。」她最後說。

「有時候我感覺**我**有。」

她的臉色變了，用一種全新坦率的眼神看著我，這是我們談話這麼久以來，她第一次露出脆弱的表情。「你沒有。」她說，「你站在他的肩上。」

我不禁想露出微笑，卻又阻止自己；我想伸手碰她，卻又一直把手插在口袋裡。我仍感覺有什麼不對勁，不想假裝沒事，一時的共識無法解決我們的問題。

「如果你要我走，就直說。」她說，「我會回去惡魔之灣，我在那裡有很多事可做。」

我搖搖頭。「不，我只是不想彼此隱瞞，不論是我們的關係，或是各自在做的事。」

「好。」她雙臂緊緊環抱在胸前。「我們是什麼關係？」

「我們是朋友。」

話一出口我便感到全身發冷，但這麼做似乎是正確的。我們對彼此的感覺不對等，我唯一的選擇就是退後。我們站在原地好一會兒，車流的聲音像是波浪般陣陣襲來，不知道下一步該怎麼做。然後她手臂環上我，抱了我一下，說她很抱歉。

我沒有回抱她。

她放開手，獨自一人朝車子走去。

其他人餓了，所以我們找了一個得來速買了咖啡和早餐三明治，便又回到路上。艾瑪坐在我旁邊沒有睡，但很長一段時間我們都沒有交談。其他人不知道我們之間發生了什麼事，但他們知道有什麼改變了，就連伊諾也學聰明了沒有再提起。

我和艾瑪似乎默默達成共識不在其他人面前談論私事。我們不會吵架，會公私分明地完成這個任務。等到事情結束，或許短時間不再見面。

我努力不去想這件事，讓自己沉浸在車身隨著道路起伏的節奏；但傷口依然存在，我感覺隱隱作痛，一路上一直無法專心。

我們終於進入東海岸的大城市，首先是華盛頓特區。小時候我和亞伯一起繪製的地圖就包含這一段的東北走廊，地圖上到處都是爺爺做的晦澀難懂的標記。有些路是網格，有些則會畫平行實線加強。每個城市周圍都有一堆符號：用虛線畫成的金字塔、三角形內有螺旋狀的符號。顯然每個符號對亞伯、Ｈ和其他噬魂怪獵人來說，都相當於需要注意的地點，但代表友好、還是危險，則不得而知。

我們駛過首都環線時，經過一個標示古怪的地方，大家討論著是否要去看看。

「那裡可能是安全屋。」米勒說，「或殺人巢穴，我們無法得知。」

「這些標記可能代表不同的圈套。」布蘭溫說。

「或不同的女友。」伊諾說。

艾瑪狠狠地瞪了他一眼。

然後我的手機響了起來，我花了點時間才把手機從中控臺上的一疊紙巾和冷掉的薯條裡解救出來。

螢幕上顯示**我**，也就是說有人從家裡的市話打給我。

「接呀！」布蘭溫說。

「不行，這不太好。」我想可能又是裴利隼女士打來的，於是試著按靜音，卻不小心按下了接聽鍵。

「靠！」

「喂？雅各嗎？」

是霍瑞斯打來的，不是裴利隼女士。我按下擴音。

「霍瑞斯？」

「我們都在。」米勒說。

「噢，謝天謝地。」霍瑞斯說，「我怕你們都死了！」

「什麼？」艾瑪說，「為什麼？」

很顯然他做了個夢，但不想說出他的噩夢嚇人。

「是他們嗎？」我聽見奧莉芙問，「他們什麼時候回來？」

「永遠不回去！」伊諾對著手機大喊。

「別聽他的。」米勒說，「我們現在在路上，會盡快回去，應該要再幾天。」他是猜的，但我也有同樣的想法。去一所高中找個特異者，送她去別的地方，再開車回家，能花多久時間？最多就幾天。

「聽著，」霍瑞斯說，「裴女士氣炸了。我們盡力幫你們掩護了，但克萊兒說溜了嘴。現在她把一切都怪在你頭上，完全暴怒。」

「所以你才打來？」我說，「我們都知道她會很生氣。」

「幫我一個忙，」霍瑞斯說，「要是她問起，你就跟她說我們都叫你不要去，但你不聽勸。」

「你們最好馬上回來。」奧莉芙說。

「沒辦法，」布蘭溫說，「我們有任務在身。」

「要是她知道我們要做的事，一定會理解的。」米勒說。

「我是不確定啦，」奧莉芙說，「每次有人說到你們的名字，她的臉就變成古怪的顏色。」

「她現在在哪裡？」

「出去找你們了。」另一個聲音說，「對了，我是阿修。」

此時我想像他們全擠在爸媽房間的電話前，頭挨著頭聆聽。

「嗨，阿修，」艾瑪說，「裴利隼女士去哪裡找我們了？」

「沒說，她只說我們不准出去，否則永遠禁足，然後就飛走了。」

「禁足，我的媽！」伊諾說，「你們不能讓她把你們當嬰兒對待。」

「你說得倒簡單，」阿修說，「你們在外面探險，我們卻在這裡面對勃然大怒的院長。昨晚我們被念了四個鐘頭，關於責任、榮譽、信任等等等等，我以為我頭要爆了；該被念的明明是你們。」

「我們又不是來玩的。」布蘭溫說，「探險並不有趣，我們離開後一直沒有睡覺、洗澡或吃飯，在佛羅里達差點中槍，伊諾又臭得像隻淋溼的狗。」

伊諾哼了一聲。「至少不是外表像。」

「聽起來還是比困在這裡好多了。」霍瑞斯說，「不管怎樣，請務必小心，要活著回來，然後我知道這聽起來很怪，但你們一路上要記得：中式餐廳好，歐式西餐爛。」

「這是什麼意思？」艾瑪問。

「『歐式西餐』是指什麼？」我說。

「這是我夢到的。」霍瑞斯說，「我只知道這很重要。」

我們表示會記得，然後霍瑞斯和奧莉芙說了再見。在掛電話前，阿修問我們旅途中有沒有聽到費歐娜的消息。

我看向艾瑪，她的表情就像我一樣羞愧。

「沒有。」艾瑪說，「但我們走到哪都會問一下的，阿修。」

「好，」他輕聲說，「謝謝。」而後掛了電話。

我放下手機，艾瑪惡狠狠地轉頭看向後座。

「別那樣看我，」伊諾說，「費歐娜是個善良可愛的女生，但她死了，阿修無法接受現實，也不是我們的錯啊。」

「我們還是該幫忙問的，」布蘭溫說，「在火鶴大莊園和大門鎮時就應該要問……」

「從現在開始問吧。」我說，「如果她真的死了，至少我們對阿修有個交代。」

「我同意。」艾瑪說。

「我也是。」布蘭溫說。

「嗯。」伊諾說。

「我們要討論一下接下來的計畫嗎？」米勒說。他很擅長在一發不可收拾之前轉換主題。

「好耶。」伊諾說，「我都不知道我們有計畫。」

「我們要去學校，」布蘭溫說，「找一個身陷危險的特異者，幫助他。」

「對耶，我都忘了，我們的計畫超級詳盡的，我在想什麼啊？」

「我聽得出來你在諷刺我。」布蘭溫說，「對不對？」

「才沒有咧！」伊諾諷刺地說，「計畫超簡單的，反正就是走進這所我們從沒去過的學校，問每個遇到的學生：『你們有沒有認識什麼特異者啊？這裡有沒有人最近展現異能？』這樣就能找到目標了。」

布蘭溫搖頭。「伊諾，這計畫聽起來很爛。」

「他是在反諷。」米勒說。

「你說你沒諷刺我的！」布蘭溫看起來很受傷。早上的尖峰時間馬路塞得水洩不通，一輛半掛式卡車突然插到我們前面，害我不得不減速，卡車後面還排出一團黑煙。我和米勒咳個不停，便把車窗關了起來。

「還有我們到底要把這個特異者帶去哪裡？」伊諾問。

艾瑪打開任務報告。「圈套一〇〇四四。」

「在哪裡？」布蘭溫問。

「還不知道。」艾瑪答道。

布蘭溫把臉埋進手掌裡。「噢，任務無法完成了，對不對？裴利隼女士永遠不會原諒我們，這一切都是白費工夫！」

前一秒她還相信這次任務很簡單，現在卻陷入絕望。

「妳太緊張了。」艾瑪說，「每一個艱鉅的任務都是這樣，欲速則不達，我們必須一步一步慢慢來。」

「就像有句老話說，」米勒說，「關於吃獰熊的那個？」

「那太噁心了。」布蘭溫的聲音透過手掌傳出來。

「那只是個比喻，沒有人真的吃獰熊啦。」

「我敢說有人吃，」伊諾說，「妳覺得他們會用烤的，還是生吃？」

「閉嘴。」艾瑪說，「總之就是一次一口，貪多嚼不爛。所以我們先專心想下一步的計畫，然後再擔心以後的事。我們先找到那名特異者，再擔心找圈套的事，好嗎？」

布蘭溫抬頭，透過指縫看向艾瑪。「我們能用別的比喻嗎？」

艾瑪笑了。「當然嘍。」

尖峰時間慢慢過去，等不再塞車後，我們便開往費城，接著再朝紐約以及未知的事物前進。大家都安靜下來，思考著下一步該怎麼做。

第十三章

雖說那個夏天我經歷了一連串瘋狂的事，但第一次開車前往紐約市也不惶多讓。一路上按喇叭、換車道、穿越窒悶的隧道和震動的橋梁都讓人心驚膽跳，我朋友在車上大吼大叫，要我避開危險。我握緊方向盤，關節都發白了，汗水滑到後腰處。經過無數次差點碰撞和錯過轉彎後，我們總算在手機平淡無奇的機械聲引導下，抵達目的地：胡佛高中附近。我一點也不了解紐約的地理，我只在小時候跟爸媽去玩過一次。但胡佛高中附近沒有任何我在電視或電影裡看過的地標。這裡是布魯克林，不是曼哈頓，更不是我曾聽過位於布魯克林、非主流年輕人聚集的街區。這個郊區髒亂擁擠，老舊的小房屋緊密靠在一起，街道兩旁停滿汽車。

學校一下就找到了，是一座宏偉的磚砌建築，只有零星幾扇窗戶，即使說是警戒最低的監獄或廢水處理廠之類的機構也不奇怪；但眼前這棟建築裡容納了數以千計心智容易受影響的年輕人。換句話說，這所高中看起來跟我在佛羅里達的學校很類似，想到要進去就讓我冒汗。

時值午後，我們把車停在對街，坐在車上觀察那棟建築，商量第一步該怎麼走。

「那怎麼制定我們詳盡的計畫？」伊諾問。

「我們可以進去隨處晃晃，」米勒說，「看看有沒有人特別突出。」

「這所學校有上千名學生，」我說，「我不覺得光用看的就能找到目標特異者。」

「不睡睡看也不知道啊，」米勒說著，打了個哈欠。「我是說試試看。」

「我也想睡覺。」布蘭溫說，「我大腦都要糊成一團了。」

「我也是。」我說。

布蘭溫把保羅給我們的那瓶咖啡遞給我——還有半瓶，不過已經冷掉了——但我喝不下。我既亢奮又疲倦，喝咖啡只會讓我變得焦躁。我們已經連續二十四小時不停趕路，我累到快崩潰了。

一陣鐘聲響起，三十秒後，學校前門敞開，學生魚貫而出。不一會兒，校園裡便塞滿了青少年。

「機會來了，」布蘭溫說，「有人看起來像特異者嗎？」

一個頂著一頭紫色莫霍克髮型的男孩從我們旁邊的人行道走過，後面跟著一個穿著垮褲搭配軍靴的女孩，還有上百個穿搭奇特的孩子。

「有，」艾瑪說，「每一個人。」

「根本沒用。」伊諾說，「如果我們要找的人遇到危險，他會害怕，一害怕，就會試著融入環境，而非特立獨行。」

「啊，所以我們要找的是某個看起來正常得**可疑**的人，」布蘭溫說，「正常過頭的人。」

「不，妳這白痴，我是說我們**不能**光用看得找，有別的辦法嗎？」

我們又持續觀察這批學生一陣子，但很明顯伊諾說對了。這簡直是大海撈針。

「或許我們應該問人。」艾瑪說。

伊諾笑了起來。「是啊，不好意思，我們在找某個有奇怪力量或能力的人？或者有人後腦長了張嘴？」

「猜猜誰會知道怎麼做？」我說，「亞伯。」

伊諾翻了個白眼。「他死了，記得嗎？」

「但他留給我們一本指南，或者說最接近指南的東西。」我伸手把放在艾瑪腿上那本亞伯的日誌拉過來。

「你或許是對的，」米勒說，「這裡面記錄他和H三十五年來執行過的每個任務，他們一定遇過這種狀況，我們只要找出他們是怎麼做的就好。」

「我們先休息一下，明天再回來。」我說，「那根針就別管了，我們現在連大海在哪裡都不知道。」

「好主意。」艾瑪說，「如果我再不睡覺，就會產生幻覺了。」

「有人來了！」布蘭溫輕呼道。

我看向車窗外，只見一個服裝整潔的白人朝我們的車走來。他穿著一件黑色Polo衫，下襬塞進卡其褲裡，戴著一副塑膠鏡片的墨鏡，一隻手裡拿著對講機；典型的副校長之類的人物。

「你們是誰！」他吼道。

「你好。」我冷靜親切地說。

「你叫什麼名字，」他呆板地重複道，「給我看你的駕照。」

「我們不是這裡的學生，所以沒必要告訴你。」布蘭溫說。

伊諾把臉埋進手裡。「妳這個白痴。」

男人屈身看向車內，舉起他的對講機，說道：「呼叫總部，這裡是校園外圍，發現幾名來歷不明的青少年。」然後他繞到我們車後，抄下車牌號碼。

我發動車子，同時用腳稍微踩了下油門，引擎發出響亮的轟鳴，男人嚇得蹣跚退了幾步（我越來越常用這一招了）。在他站穩之前，我便駛離了路邊。

「那男的給我一種不好的感覺。」艾瑪說。

「大部分副校長都是這樣。」我說。

然而，我在彎過轉角、沿著學校外側開過去時，突然感到體內傳來一陣椎心的刺痛，我彎著腰，不想被其他人發現。

不知道是不是噬魂怪？這就是那個未接觸特異者遇到的危險嗎？

不過痛楚很快消退，正如出現時一般稍縱即逝，所以我決定暫時保密。

我在從家裡帶來的明信片裡找到了休息的地方，也就是亞伯外出旅行時寄給我的那些明信片。我記得有一張是從紐約寄來的。我們駛離學校幾哩後，我停下車，拿出那疊明信片翻了翻。照片那面是一個平淡無奇的老舊旅館房間，翻過來寫著旅館名稱、地址及亞伯給我的簡短訊息，郵戳是九年前。

這家旅館就在紐約市近郊，我要在這裡待上幾天。這家旅館安靜又漂亮，有一流的設施。我這次是來紐約都會圈找朋友的，若你以後來這裡，二〇三套房我特別推薦。愛你的爺爺。

「有看出他寫了什麼嗎？」米勒說。

「有點怪，」艾瑪說，「他幹嘛要特地提他住哪裡？」

「這是最簡單的密碼，也就是藏頭詩。」

「什麼詩？」我說。

「念念看每行的第一個字，看他寫了什麼？」

我瞇著眼睛看。「這—裡—有—圈—套。」

「哇塞。」布蘭溫說著，湊過來看。

「他寄給你的是加密訊息。」米勒說，「好亞伯，就連死後仍在照顧你。」

我驚訝地搖搖頭，用手把明信片轉過來。「謝謝你，爺爺。」我小聲說。

「但我們不需要待在圈套裡呀，」艾瑪說，「我們既沒有要躲避噬魂怪，也沒有老化的危險，待在圈套裡可能還更麻煩。」

「是呀，在圈套裡的確會遇到一些怪人，」布蘭溫說，「我不是厭世，我只是想好好睡一覺。」

「我覺得我們應該試試，」米勒說，「我們得找出一〇〇四四號圈套在哪，也許那裡有人知道。」

伊諾嘆了口氣。「只要有床就好，睡在車上害我脖子快斷了。」

我想去看看，便投下決定的一票，主要是出於好奇，我也喜歡跟隨亞伯腳步的感覺。所以我們開過布魯克林，駛過一座巨大雙層吊橋到史泰登島。不到二十分鐘，便抵達那間名叫流瀑的旅館。這是一棟破舊的雙層建築，房間面向繁忙的大街，一個標示牌上寫著**每個房間都有電視**。

我們走進辦事處，要求住二〇三號房。旅館職員是個高瘦、笨手笨腳的年輕人，雙腳蹺在桌上。就算外面很熱，他仍穿著一件厚重的羊毛衣。他放下看到一半的雜誌打量我們。

「你們為什麼想住那間房？」

「有人極力推薦。」我說。

他把腳從桌上放下來。「你們是哪個幫派的？」

「裴利隼女士。」布蘭溫說。

「從未聽過。」

「那就沒加入幫派。」

「你們一定不是本地人吧。」

「那不就是旅館的功用嗎？」艾瑪說，「讓不住在本地的人留宿？」

「聽著，我們通常只讓有關係的人借住，但現在幾乎沒客人，我就破例讓你們住吧。不過我得先看一下你們的身分證明。」

「沒問題。」我說，準備拿出皮夾。

「不是那個。」他說，「我是說**證明**。」

「我想他是說證明我們是特異者的能力。」米勒說著，把櫃檯上的名片盒拿起來，丟向半空，又放了回去。「你好啊，我是隱形人！」

「那可以。」職員說，「你們想要怎樣的房間？」

「隨便。」伊諾說，「我們只想睡覺。」但職員已經從櫃檯下方拿出一個活頁夾放在桌上攤開，向我們介紹房間。

「我們有標準房，不錯，但沒什麼特別。我們有名的原因在於為特異者客人提供特殊住房。我們有挑戰重力的房間，」他翻到一張房間照片，裡面的家具都釘在天花板上，還有一個家庭面帶微笑地留影。「很受漂浮人的喜愛。他們可以舒適地放鬆、用餐甚至睡覺，不用穿上沉重的衣服或皮帶。」

他翻到另一張照片，一個女孩跟狼一起躺在床上，兩人都穿著睡衣。「也有寵物友好房間。歡迎大多數馴服的特異動物入住，只要牠們受過訓練，體重在一百磅以內，證明不會致命就可以。」

他又翻到一張照片，看起來像是一個布置精美的地窖。「我們也有房間提供給，呃，易燃的客人，」他的目光鎖定在艾瑪身上。「讓他們不會在睡夢中燒光房間。」

艾瑪看起來受到冒犯。「我從不自燃，我們沒養寵物，也不會漂浮。」

櫃檯職員還沒說完。「我們還有鋪著漂亮肥沃土壤的房間，供有根或半死的客人——」

「我們不要什麼奇怪的房間！」伊諾斥責道，「普通房就好！」

「隨便你們。」那名職員猛地把活頁夾闔上。「普通房。還有幾個問題。」

伊諾在職員填表格時咕噥了一聲。

「有沒有煙？」

「我們都不抽菸。」布蘭溫說。

「我問的不是香菸，而是你們有沒有任何部位會冒煙？」

「不會。」

「沒有煙。」他在表格上一個方框打勾。「單人或雙人？」

「我們想一間房間就好。」米勒說。

「我不是問那個，」職員說，「你們有誰是兩人一體嗎？分身、複製人、鏡中人，這樣要付額外押金並附上每個人的身分證。」

「沒有。」我說，「單人，但只要一間房。」

他在表格上做記號。「你們要待幾年？」

「要待？」

「幾年？」

「一個晚上。」艾瑪說。

「那要額外付費。」他喃喃道，在表格上做了標記，然後抬起頭來。「這邊請。」

他無精打采地從辦事處走出來，我們跟著他穿過充斥著車輛噪音的骯髒大廳，進入一個昏暗的雜物間。這是圈套入口。這次我在進去前便意識到了，所以對接下來的搖晃有所準備。圈套裡是冷清的夜晚，職員帶著我們走回大廳，比之前看到的還乾淨。「這裡一直都是晚上，讓客人隨時想睡就可以睡。」

他停在一個房間前面，幫我們開門。「有需要隨時叫我，我就在圈套外面，你們剛才跟我講話的那個櫃檯。大廳裡有冰塊可以拿。」

他離開後，我們走進房門。裡面的擺設看起來跟爺爺寄給我的明信片上一模一樣。有一張大床，掛著品質糟糕的窗簾，矮櫃上放著一臺胖胖的橘色電視，四周是假的松木牆板。所有元素搭配在一起，營造出一種不和諧感，幾乎像是噪音，持續發出低鳴讓人隱約覺得不安。房間裡還有一張折疊沙發床和雙人寬的小床，所以每個人都有地方睡覺。我們放鬆下來休息，我和米勒接著坐到折疊沙發床上，仔細鑽研亞伯的日誌。

「亞伯和H出了很多任務，面臨的挑戰跟我們的很類似。」米勒說，「看看他們怎麼處理，或許會有幫助。」

幸虧米勒在漫長的路程中將整本日誌看了兩遍，而他把細節記得非常清楚，幾乎可以立刻回想起日誌大部分的篇章。他翻到一九六〇年代早期某個任務的報告。在這個任務中，亞伯和H必須在德州貧民窟裡找到一個有危險的特異孩童，但他們不知道那個孩子住在哪個城鎮。「他們是從哪裡下手搜尋的？」米勒瀏覽那份報告。「融入當地民眾之中，跟人們交談。不久，他們就打聽到有一個巡迴馬戲團在那個地區，你也知道那是特異者可以放鬆融入的環境。他們在阿馬里洛外潛進去，發現特異孩童藏在一個裝有輪子的紙板大象裡，跟著馬戲團旅行。」報告裡附了一張大象的照片，的確很巨大，比房子還高。「你相信嗎？」米勒笑了笑，「一個特洛伊木象！」

「所以他們就只是問人？」伊諾一直在聽我們談話。「那就是他們厲害的調查手法？」

「簡單、直截了當的調查手法。」米勒說，「是最棒的方法。」

「好，」我說，「他們還做了什麼？」

「報紙搜索！」他的聲音聽來異常興奮。「你看這裡。」他翻了好幾頁，停在某份報告。「有個年輕女子快要變成隱形人，她是未接觸特異者，而以我的經驗判斷，幾乎可以肯定她嚇壞了。亞伯的目標是在她完全消失前找到她，把她帶去某個友善的特異者團體安置，最好是隱形人的。但這很困難，每次他試圖接觸這個女子，都會被她逃脫。」

「然後他們透過報紙找到她？」我說，「怎麼辦到的？」

「他們利用小報的標題準確找到她的位置。雖然小報可信度不高，但偶爾也會隱藏著真相。你看？」他翻到下頁，一張照片夾在任務報告的背面。兩個孩子在海邊，沙灘上塞著一張皺巴巴的報紙。頭條標題雖然模糊，可有部分還能讀，似乎是寫著什麼裸體的神祕女孩。

「多虧這個荒謬的報導，」米勒接著說，「他們才能追蹤到她在加州的一個海濱城鎮，又追到這個特定的海灘。海灘對隱形人來說很危險，因為沙灘上會留下足跡，所以他們終於有機會困住她並自我介紹，解釋發生在她身上的事，她便接受了他們的幫助。」

「要是報紙上找不到線索呢？」艾瑪問，「而且這裡也沒有馬戲團這麼明顯的目標呀？」

「要是目標在一個有三千名全部看起來都很像特異孩童的學校呢？」伊諾說。

「在這種情況下，雖然已知地點，卻沒有任何線索，他們就會融入該地區，等待那名特異者自己暴露行蹤。」

「盯梢，」我說，「就跟電影演的一樣。」

「盯梢要盯多久？」布蘭溫問。

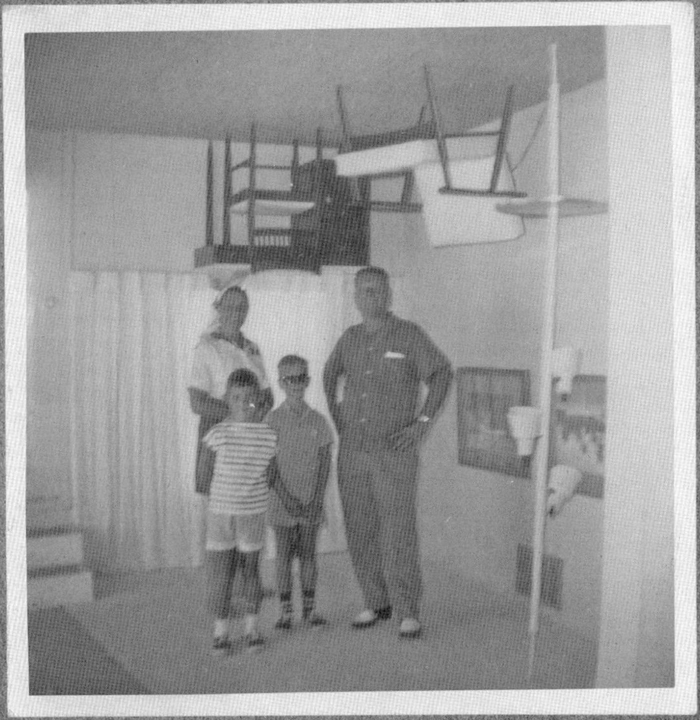

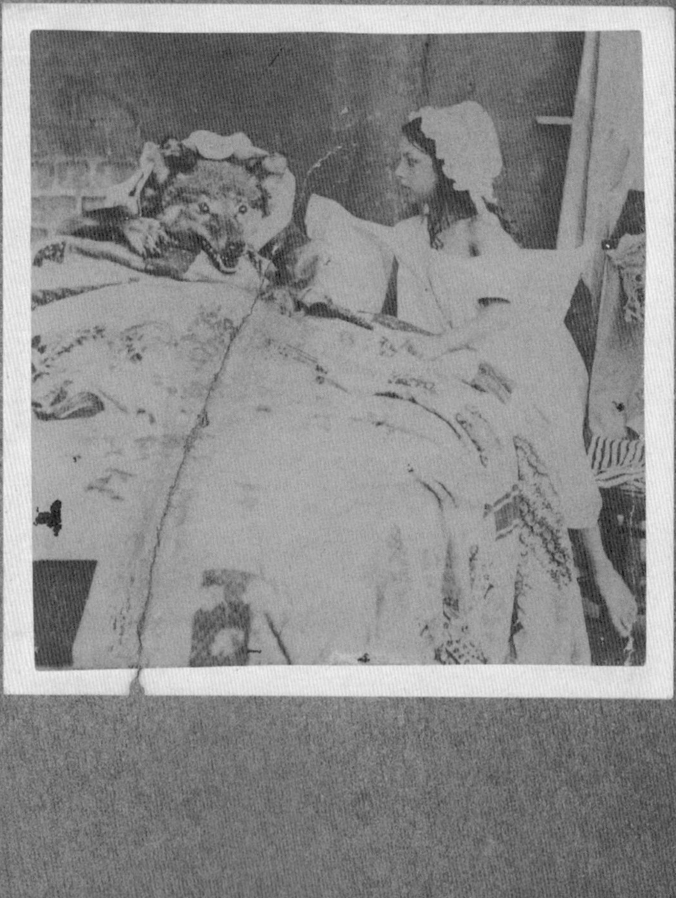

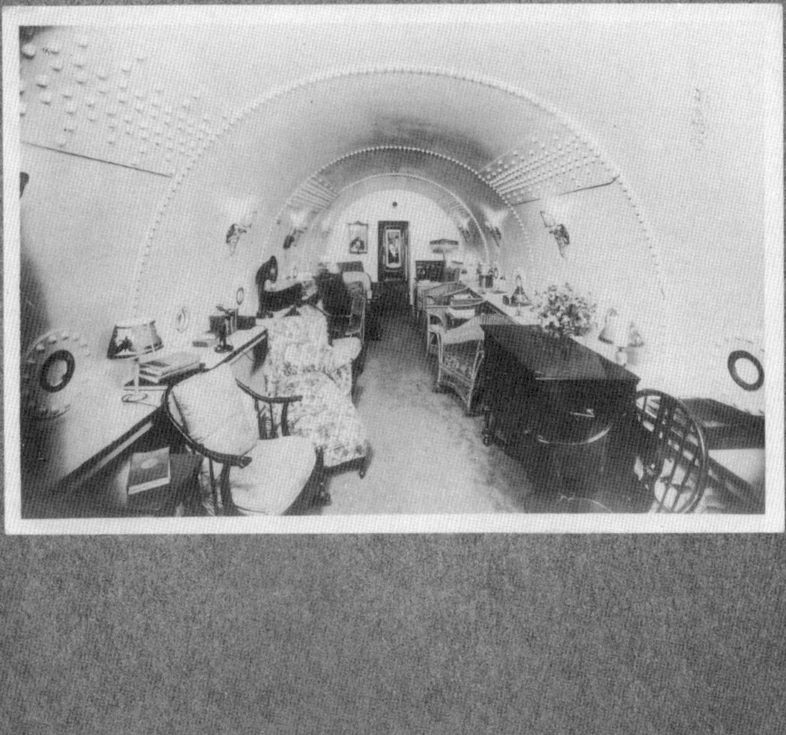

and left a supernatural stink in
that could only have been a peculiar
which nearly overcame us...

FIND NUDE MYSTERY GIRL

「幾個星期，有時候會更久。」

「幾個星期！」伊諾說，「或更久！」

「不需要等幾個星期。」我說，「我們進去學校，跟人們交談，到處詢問，你們只要假裝是他們的一分子就行了。」

「那很簡單嘛，多虧你帶我們進行廣泛而透澈的普通人課程。」伊諾說。

「你是在諷刺！」布蘭溫說。

伊諾指著她。「這次妳聽懂了。」

要不是我太累了，我敢說我和艾瑪的狀況（我睡沙發床，艾瑪睡房間另一邊的床），絕對會古怪到讓我半夜睡不著覺。我們之間的距離太不自然，在這罕見的安靜時刻裡，我卻心事重重。可是當我的頭一沾上枕頭，再張開眼睛的時候，就看見布蘭溫彎著腰、搖著我的肩。感覺不過才睡了幾分鐘，然而在無夢的瞬間，八小時就這麼過去了。雖然我覺得好像根本沒休息，但已經該起床了。

再兩小時，學校就要開始上課了，我希望有一整天的時間可以搜索目標。現在我們唯一允許自己浪費時間享受的是淋浴，每個人的頭髮都油膩膩的，耳朵和指縫都塞滿道路上的塵埃。我們向這個特異者自我介紹時，代表的是整個特異王國，不管對方是誰，大家都覺得至少看起來不能像睡在車上的樣子。

我最先洗好，所以在等待大家的空檔，我決定搜索一下報紙標題，就像亞伯和H在那個隱形女案件中做的一樣。在網路時代查資料實在容易得多，雖然我不得不離開房間，穿過圈套回到現代，才能使用手機。

在炎熱吵雜的現代，我站在製冰機旁，大概搜尋了最近關於這所學校的報導。幾分鐘後，我在《布魯克林鷹報》上查到一篇文章，報導日期是幾個星期以前，標題是**詭異斷電，神祕力量打敗愛迪生，胡佛高中皮皮挫**。報導大致是說，學校上課時間，禮堂正在舉行演講，忽然所有的燈都熄滅了。八百名學生突然陷入一片漆黑，引發恐慌，並導致人員遭到踩踏受傷。我覺得這個報導很怪，停電有什麼好害怕的？在容易發生雷暴的佛羅里達，學校突然斷電是常有的事。所以我往下拉到網友評論，該校學生的發文中提到，這起事件不只是停電，發電機供電的緊急照明也壞了。最怪的是，有一則評論說：「我手機的手電筒也不能用，其他人也一樣。」幾分鐘後照明再次恢復，但傷害已經造成。

在我看來，整起事件很像是電磁脈衝造成電力或電池驅動的設備損壞。但另外還有一部分說不通，那就是同一天稍晚，一個女生洗手間發生爆炸，有評論認為並非真的是爆炸。

「看起來像是閃光彈。」有人寫道，「牆壁被燒了，但沒有東西壞掉。」

換句話說，沒什麼爆炸傷害，所以不是炸彈、或其他常見的爆炸原因或是大火。那到底發生了什麼事？

據報有兩名男子在這起事件中受傷，都是教職員。而嫌疑犯是一名女學生，因為她未成年，所以不能公布姓名。她當時逃離了現場，警方希望她能到案說明。學校的兩個男性職員在女生洗手間做什麼？文章並未多做揣測，但其中一則網友評論寫到：「變態！！」

我回到圈套裡的房間，告訴其他人我找到的文章。

「就連我都覺得聽起來像特異者。」布蘭溫說。

艾瑪從浴室探出身來，正用毛巾大力擦乾頭髮。「如果是，」她的聲音因手的動作而抖動。「那我們要找的可能是某個能操控電流的人。」

「或是光。」米勒說。

「我們應該問問學校學生那天的事，」我說，「問他們記得什麼，有誰跟那起事件有關。高中可是八卦集散地，我們只需要迅速套一下交情，利用人喜歡說閒話的天性。」

我聽自己說出的這些話，覺得有點荒謬。套一下交情？我讀高中讀了兩年，只交到一個朋友。

「也許有人會知道這個有嫌疑的女生是誰，」布蘭溫說，「從洗手間大火逃離的人。」

「也許我們可以把監視錄影機的影片弄來。」伊諾說。

「不管是誰，聽起來力量很強大。」艾瑪說。

「毫無疑問。」米勒說。他穿了運動褲、立領襯衫，還戴著一頂報童帽。「她勢必是有相當的威脅性才會被追殺，所以我認為她很強大沒錯，或許也很危險。如果懷疑自己找到了目標，不要直接介入，先通知大家，再決定最佳的行動方案。」

「你為什麼要穿衣服？」我問，「我們一分鐘後就要離開圈套了。」

「有時候我想念穿衣服的感覺。」

「假設我們找到人了，」伊諾說，「然後呢？對她說跟我們走？我們要帶妳去時間圈套？」

「有何不可？」布蘭溫說。

「因為這聽起來很瘋癲！」

「他們是未接觸特異者，記住，」我說，「他們什麼都不知道。不知道什麼是時間圈套、特異者，也不知道世界上有別人跟他們一樣。」

伊諾剛穿上他的厚底運動鞋，走了幾步。「呃，真有彈性。」

「我們剛遇到雅各時，他也什麼都不知道，但結果也沒事呀。」布蘭溫說。

「我以為我瘋了。」我說，「然後艾瑪攻擊我，差點割斷我的喉嚨！」

「我以為你是偽人啊！」她從浴室裡大叫。

「你有一個不好的開始，」布蘭溫聳聳肩說，「但你現在戀愛了啊！」

我假裝忙著打包行李，伊諾和米勒都不理她。

布蘭溫看起來很疑惑。「有什麼不對嗎？」

艾瑪從浴室出來，把那頭淺金色長髮綁成鬆散的馬尾。她穿著一件亮綠色毛衣，跟她眼睛的顏色相襯，再搭配那件合身的黑色牛仔褲，非常合身，跟那雙白色鋭跑鞋形成對比。那個瞬間我感受到非常深切的渴望，讓我不得不移開視線。

她用還可以的美國口音說：「你們準備好要融入了嗎？」

布蘭溫豎起大拇指。「超棒的。」她的口音尖銳怪異。「真酷，老兄。」

聽她說話讓我煩躁。

「妳用原本的口音說話就好，而且不要說俚語。」

她噘起下脣，把拇指往下動了動。「煩耶。」

第十四章

我們剛好在第一聲鐘響前抵達學校，我把車停在幾個街區外的地方，避免被愛管閒事的副校長發現。在走向學校途中，我密切注意身體的感覺，隨時警惕噬魂怪出沒可能浮現的絞痛，但什麼也沒有。我們跟著一大群學生走上大門臺階，進入一條冗長的明亮走道，兩側教室擠滿了人群。我們背緊貼著牆面，避免被學生撞到，就這麼不知所措地站在原地，看著青少年像魚一般從身旁游走。

我們閃進一間空教室談話，牆上貼著莎士比亞和喬伊斯[11]的海報，還有一排排的桌子。我記得艾瑪說過她從未上過學，她環顧四周，看起來有點羨慕。

「通常我不會建議這麼做，」米勒說，「但我想我們這次分開行動比較好，比起一群人鬼鬼祟祟地集體行動，這樣比較不引人注意。」

「而且也能搜索更多地方。」艾瑪說。

「那就這樣決定了。」

我不確定他們是否準備好獨自在現代美國高中閒逛，但米勒說得對，如今也只能趕鴨子上架了。布蘭溫和伊諾一組，自告奮勇搜索操場和室外地區，他們會盡可能跟人交談（但不是用布蘭溫詭異的偽美國口音），取得情報。米勒因為是隱形人，無法跟任何人談話，所以他會潛入主要辦公室。「如果有像這次一樣嚴重性足以見報的事件，」他說，「那一定有其他較小的事件記錄在學校檔案裡。」

11 James Joyce，二十世紀最重要的作家之一。著名作品如《一個青年藝術家的畫像》、《尤利西斯》及《芬尼根的守靈夜》。

「這個人可能曾受過紀律處分。」艾瑪說。

「或者送去做精神鑑定。」我說，「如果他們試圖了解發生什麼事，那她至少會被送到校護那裡做心理檢查。」

「有道理。」米勒說。

最後別無選擇，只剩下我和艾瑪一組。我提議兩人去學校餐廳，那裡是八卦的溫床，艾瑪同意了。

「確定沒問題嗎？」在大夥兒分開前，我說，「你們記住不要談論一九四〇年代的事，也不要使用能力。」

「好啦，波曼，我們知道啦。」伊諾說，朝我揮揮手。「你擔心你自己吧。」

「大家一個小時後在這間教室外面會合。」我說，「假設發現什麼不對勁，就按火警警鈴，跑到大門口，明白嗎？」

「知道。」除了米勒以外所有人都回應了。

「米勒？」艾瑪說，「你在哪？」

教室的門關上，他已經走了。

學生餐廳一直是我最不喜歡的地方之一。又吵又醜，還很臭，而且就如同這所學校，充斥著一堆焦慮的青少年小團體，以一種複雜的方式交流互動，我永遠也無法融入。但現在我就在這裡，和艾瑪一起，站在一面磨損的油氈牆前，白願花一個小時待在餐廳裡。我一如既往，想像自己是人類學家，觀察某個外來文化的儀式；艾瑪看起來自在多了，就算室內擠滿了小她八十歲的人，她的站姿依舊很放鬆，目光淡定地掃過餐廳。

她提議我們去排隊拿早餐，然後坐下用餐。

「為了融入。」我說，「高招。」

「我只是餓了。」

「喔。」

我們去排隊，經過戴著髮網的餐廳大媽，從她們手中接過托盤，上面放了像極了橡膠的炒蛋、幾勺油膩的棕色香腸填料和一盒巧克力牛奶。艾瑪不自覺倒退一步，但她毫無怨言地接過托盤。我們端著托盤在室內繞圈，尋找位子坐下，這時候我原本聽起來合理的找人聊天計畫顯得很蠢。我們該怎麼做，隨便找個人自我介紹嗎？**你最近有注意到誰特別奇怪嗎？**餐廳裡每個人都各忙各的，和別人聊天，待在自己既定的社交圈裡——

「嗨，我們能坐這裡嗎？我叫艾瑪，他是雅各。」

艾瑪在一桌停下腳步，四張驚訝的臉抬起來看我們。其中一個金髮女孩盤子裡只放了顆蘋果，另一個女孩染了頭粉色頭髮、戴著小圓便帽，還有兩個戴著棒球帽的運動系男孩，面前的托盤盛了滿滿的食物。

粉頭髮聳聳肩說：「可以。」

「**凱倫**。」蘋果女孩壓低聲音說，但還是讓位給我坐。

我們放下盤子吃了起來。對方三個人像在看怪人似的看著我們，但艾瑪彷彿沒注意到一般，完全融入其中。

「我們是轉學生，聽說這所學校有點怪。」她的口音聽起來像美國人，其實不然，而他們注意到了。

「你們從哪來的？」粉頭髮說。

「威爾斯[12]。」

「真酷。」其中一個帽子男孩說，「我是海豹，他是海豚。」

「那是國家名，白痴。」粉頭髮說，「靠近英格蘭。」

「嘖。」帽子男一號轉了下脖子，「不然咧。」

「我們是交換學生。」我說。

蘋果女挑起一邊眉毛。「你聽起來不像外國人。」

「加拿大。」我正準備將塑膠叉叉進那團油膩的棕色物裡，想想又覺得最好不要。

「這學校絕對很怪。」粉頭髮說，「特別是最近。」

「學校禮堂怎麼了？」我問，「停電之類的？」

「不是，」一直沒說話的帽子男搖搖頭，「那是學校給家長的說詞。」

蘋果女朝他點點頭。「瓊恩也在場，他覺得學校現在鬧鬼。」

「才沒有，我只是不相信那是『停電』，他們想掩蓋什麼事。」

「什麼事？」我問。

12 威爾斯的英文是 Wales，跟鯨魚的 whale 發音接近。

他垂眼看著自己的托盤，攪著那坨棕色的東西。

「**他不喜歡講那件事**。」粉頭髮低語道，「**會顯得他是瘋子**。」

「閉嘴，凱倫。」蘋果女說。她轉向瓊恩，「你沒跟我說過。」

「拜託，」另一個帽子男說，「你跟凱倫說了，卻沒告訴我們？」

瓊恩舉起雙手。「好啦、好啦，還有，我說的不代表就是**事實**，好嗎？只是我的感覺。」

所有人都期待地看著他，他深吸一口氣。

「那時候超暗的，大家的手機或手電筒都沒辦法用，他們說是電力出了問題，但禮堂有一扇門直接通往外面，那裡是教職員的停車場，記得嗎？」他稍微往前傾，壓低聲音。「有人打開了那扇門，但根本沒有光線透進來，那天還是晴天耶。」

「什麼啊？」蘋果女說，「我不懂。」

「就好像——」他聲音變得更低沉，「黑暗把光**吃掉**了。」

我正準備提起那天稍晚在洗手間發生的那起不算爆炸的事件，忽然有人拍拍我的肩膀。我轉頭看見昨天那個看起來像副校長的男人，以及一個眉頭深鎖的短髮女子，那雙藍眸冷冰冰地看著我。

「打擾一下，」那個男人說，「你們兩位跟我們來。」

艾瑪舉起一隻手，撇過頭去。「走開，我們才聽到一半呢。」

跟我們同桌的青少年看起來很訝異。「**該死**。」粉頭髮低語說。

「我可不是在徵求妳的同意。」冷眼的女人抓著艾瑪的肩膀。

艾瑪把她的手甩掉。「別碰我！」

場面頓時變得有點難看，感覺整個餐廳的人都停止交談，轉而盯著我們。冷眼女人兩隻手抓向艾瑪，那個男人則抓住我的手臂。我將面前那盤食物朝男人一翻，趁他手放開的瞬間，從椅子上跳起來。艾瑪一定用火燒了那個女人，因為她大喊一聲往後退。而後我們拔腿就跑，一起跑向最近的出口。冷眼女人沒辦法再追上來，但那男人緊追在後，還大喊著要其他人阻止我們。有幾個人試圖抓住我們，都被我們躲過了，然而前頭還有六名穿著藍球服的運動員擋在出口前面。

我們在離他們不遠的地方停了下來，與他們正面對決。

「現在怎麼辦？」我說。

「用火開路。」艾瑪說，但我在她舉起手前抓住她。

「**不行。**」我嘶聲說。我看見人們拿手機對準我們，正在錄影。「大家都在看，不行。」

我正打算認命被逮，甚至開始思索該如何說服他們放了我們的時候，運動員身後的門忽地打開，一群女孩尖叫著跑了進來。是真的**尖叫**，她們的臉因害怕而扭曲，涕淚縱橫。運動員、那個像副校長的男人和整個餐廳的人的注意力馬上移到她們身上，但我沒工夫去想她們為什麼叫成這樣，只是感謝老天的安排，讓我和艾瑪趁機衝過分心的肌肉男，去到門外。

我們在走廊上跑了一段路後停下來，左顧右盼，試圖回想大門在哪個方位，然後我看見某個奇怪的東西朝我們衝來。

是一堆貓。

那群貓渾身溼透，以一種僵硬、不像貓的姿態搖晃著前進，然後我聽見伊諾尖聲大笑，布蘭溫則追著他衝出實驗室，邊穿過走廊邊大叫，他笑得彎下了腰。

「抱歉！我忍不住嘛！」

當那群貓晃到我們腳邊時，我聞到一股刺鼻的苦味，是甲醛。

「伊諾，你這**白痴**！」布蘭溫吼道，「你全搞砸了！」

他製造了唯一一個大到足以拯救我們的騷動：一群殭屍貓。

「我沒想過我會這麼說，」艾瑪說，「但有那個怪胎真是感謝神鳥。」

餐廳的喧譁聲已經平息，那些人很快就會來追我們。

「之後再謝謝他吧。」我說，接著跑到牆邊按下火警鈴。

「你把牠們變成**殭屍**？」

艾瑪努力裝出生氣的樣子，但幾乎快要破功。我們移動到學校中庭，暫時躲在撤離的高中生人潮中。

「不然太浪費那堆死貓了！」伊諾說，「他們只會拿來解剖而已。」

「為了**科學**。」布蘭溫說。

「是啊，」伊諾用手比了個引號，「**科學**。」

「你們應該去操場的。」我說。

「沒人願意跟我們講話。」伊諾說。

「你是說**你**自己吧。」布蘭溫說，「結果他覺得無聊就到處亂晃。」

「我聞到一股防腐液的甜美氣味從打開的窗戶飄出來，實在忍不住……」

我差點要吐了。

「所幸我在他跟動物屍體玩耍的時候，得到了一些情報。」布蘭溫說，「我跟一個很熱心的年輕人聊了聊，洗手間失火的時候他就在學校。他說他聽到一聲巨響，然後一陣閃光過後，他看見一個女生跑過走廊，有兩個大人在追她。」

「他們長什麼樣子？」我說。

「那個女生有著棕色肌膚，和一頭黑色的長髮，而那兩個大人的皮膚因為燒傷而發紅，衣服冒著煙，**非常**非常生氣。」

「他們抓到她了嗎？」我問。

「沒，她逃走了。」

「叫什麼名字？」我問。

布蘭溫搖搖頭。「不知道。」

我感覺袖子被用力扯了下。「**你在這裡啊！**」米勒說。因為我們周遭有很多普通人，所以他壓低聲音說話。「我一直到處找你，超難找的，有個白痴按了火警鈴！」

「就是我們啦。」艾瑪說，「我們必須逃離那裡。」

「現在還在逃啊。」我說。中庭和大門臺階上有好幾個地方都站了穿著 Polo 衫，像是教職員的人，正在搜索人群。

火警鈴聲戛然而止，有聲音從廣播系統傳出來，要大家回到教室。

「走吧，**快點**。」我說，「趁現在還有人掩護。」

「分開走。」艾瑪說，手指著對街。「在那裡會合，汽車後面。」

我們分開行動，迅速步出校園，過了馬路，在艾瑪說的那排路邊暫停的車後面重新會合，其他人蹲了下來，而我則持續盯著那些穿著 Polo 衫的大人。

「聽我說，」艾瑪說，「雅各和我也有問到一些事。」

「我也是。」米勒說，「文件和檔案裡沒找到什麼有用的情報，但我在學校辦公室跟一個漂亮的女生說話——」

「你跟人說話了？」我說，「你們都**沒人**在乎暴露自己是特異者嗎？」

「我比你們以為的還要聰明很多。」米勒說，「說真的，現在沒時間歇斯底里了。」

「那你跟人說話了。」布蘭溫說。

「對！一個非常可愛的女生，我覺得她認識我們要找的目標，還知道哪裡可以找到她。」

「是喔，哪裡？」艾瑪說。

「我不想逼她，那個人是她的朋友，她知道對方現在有危險，防衛心有點重。我還在試著一步步取得她的信任，火警就響了。」

「那就回去繼續取得信任啊。」伊諾說。

「我們說好了之後再見，反正她也不怎麼想在學校談這件事。」

「真不敢**相信**你跟人說話了。」艾瑪搖了搖頭。

「她沒看見我，我保證。」米勒惱怒道，「就沒人對諾林家的人有點信心嗎？」

那女孩答應放學後跟米勒在一家咖啡廳見面。還有幾個小時的時間，所以我們回到車上，討論接下來該怎麼做。布蘭溫想去看風景。

「我們在紐約耶！應該去看看自由女神像！還有其他觀光景點！」

「我們正在執行任務。」我說，「不行。」

「那又怎樣？噬魂怪獵人執行任務時都不能放鬆嗎？」

「就算有，」米勒說，「也不會寫在任務日誌裡。」

布蘭溫雙手抱胸生悶氣，我不在乎，就算我們有時間去看自由女神像，我也沒閒情逸致享受。布蘭溫能夠清楚劃分自己的生活，把壓力放到一邊，但我滿腦子都是找到那女孩，然後說服她接受我們的幫助；就算這兩件事都設法完成了，我們仍然不知道一〇〇四四號圈套在哪裡。我能理解為什麼有這麼多事情必須保密或是用密碼書寫，但我希望就這麼一次，H可以直截了當地告訴我。

「你們覺得這個圈套號碼代表什麼？」我說。

我們坐在車上，思考著下一步。

「所有美國的圈套都有編號嗎？」伊諾問，「如果有的話，我們只要找到名錄就行了。」

「主意不錯，但沒有這種東西。」我說，「我們只有我從家裡帶來的文件。」

我從圓筒包拿出日誌，其他人幫我查找那些文件有什麼我遺漏的線索。我們從手繪地圖、亞伯寄來的明信片和任務日誌的每一頁上搜尋一〇〇四四號。一個小時後，我疲勞地眨眨眼睛，有些人則在打哈欠。即使昨晚我們睡了八個小時，對消除疲累卻沒多大用處。我把那本日誌放在腿上睡著了，頭枕在方向盤上。

布蘭溫對伊諾大叫把我吵醒，還扭到了脖子。

「我要洗衣服啦！」她說，「真噁心！」

我還來不及問她什麼意思，就聞到了甲醛的味道。之前我因為太累了，所以沒注意到，伊諾渾身發臭，我們又跟他一起關在車上幾個小時，所以也跟著變臭。

「我們得找個廁所清洗兼換衣服。」米勒說，他聽起來有點慌張。

我們睡了兩個小時，沒剩多少時間米勒就要跟線人見面了。他告訴我那家咖啡廳的名字，我輸入手機。

「離這裡一哩遠而已，」我說，「一下就到了。」

「但願如此。」他說，「第一印象很重要！」

「哇，你一定很喜歡她。」伊諾說，「擔心身上很臭嗎？那你應該是墜入愛河了。」

我發動引擎駛離路邊，正準備開上一條繁忙的道路時，米勒隨意地說道：「對了，你們睡覺的時候，我推測出一〇〇四四號圈套的位置了。」

「什麼？」我說，「真的嗎？」

他拿起一張亞伯的明信片。我只能用眼角餘光去看，但正面是一張巨大橋梁的照片，橫跨一條河流和一個狹長的孤島，比針鑰島還細長。這時剛好遇到紅燈，讓我有機會看仔細一點。照片上方還寫著紐約市布萊克威爾島和昆斯博羅橋。

「布萊克威爾島。」我說，「沒聽說過。」

「看背面。」米勒把明信片翻過來。

QUEENSBORO BRIDGE AND BLACKWELL'S ISLAND, NEW YORK CITY.

我正準備大聲念出爺爺寫的訊息，但米勒說：「不，是這裡，郵戳，雅各。」

那個郵戳有點模糊，而且蓋得沒有很完整，但還是能依稀看出日期，是十二年前的，此外在小小的黑色圓圈底部有一個號碼。

正是一〇〇四四。

「太扯了。」我說。

我把明信片拿給後座的朋友，大家爭先恐後地搶著看，我一手抓方向盤，另一手拿起手機，用拇指輸入一〇〇四四查詢。搜尋頁面立刻跳出一張地圖：紅線框出一座狹長的小島，位於東河中央，夾在曼哈頓和皇后區之間。

這個圈套號碼跟密碼一點關係也沒有，是**郵遞區號**。

之後我們全程開著窗戶，讓車內甲醛的氣味散去，而後到一家速食店的洗手間清洗乾淨。米勒用飲水機的水和給皂機的洗手乳把自己從頭到腳洗一遍，當他覺得夠體面之後——考慮到他的狀況，我覺得有點荒謬——我們便徒步走向咖啡廳。那是一個光線昏暗、舒適的地方，感覺像是別人家的客廳，有老舊的沙發，聖誕燈飾順著屋椽延伸到吧檯的一端，旁邊一臺大型咖啡研磨機沙沙作響。咖啡廳裡只坐了五成客人，我一眼就注意到那個女孩，坐在角落的位子上。她有一頭棕色的鬈髮，戴著一頂黑色貝雷帽，穿著軍褲，似乎是走文青路線。她握著一大杯咖啡，一隻耳朵戴著耳機聽手機播放的東西。我們一走進門內，她的頭便轉向我們的方向。

米勒帶我們走到桌旁。

「莉莉？」

「米勒。」她說著往上看，但並非真的看見米勒。

「他們是我的朋友。」米勒說，「我跟妳說過的。」

我們相互打過招呼後，坐了下來。我試圖弄清楚為什麼米勒的聲音憑空出現，她一點也不驚慌。

「妳在聽什麼？」米勒問她。

「聽聽看。」

米勒拿起桌上的另一隻耳機，耳機浮了起來塞到他耳裡。在他聽音樂時，我發現了兩件事：女孩的椅子上靠著一根白色手杖，以及莉莉的目光從未停留在我們其他人臉上。

艾瑪推了推我，我們驚訝地面面相覷。

「他的確有說他沒被看到。」她喃喃地說。

「啊！」米勒說，肯定露出了興高采烈的表情。「我好多年沒聽到這個了，是塞戈維亞[13]？」

「答對了！」莉莉說。

「這是世上最棒的曲子之一。」米勒說。

13 Segovia，二十世紀著名西班牙古典吉他演奏家。

「我很少遇到古典吉他迷，我這個世代的人沒人了解真正的音樂。」

「我也是，而我九十七歲了。」

艾瑪朝米勒皺了皺眉，用口形說你幹嘛？

莉莉笑了笑，手指滑過米勒的前臂。「九十幾歲皮膚還很光滑。」

「身體年輕，但靈魂……」

「我完全懂你的意思。」她說。

我不禁覺得我們都是電燈泡。

「嘿，」伊諾幾乎是用喊的，「妳看不見！」

莉莉頓時爆笑出聲。「噢，是呀。」

「噢，閉上嘴，伊諾。」布蘭溫說。

「米勒，你這老傢伙！」伊諾笑了出來。

「我很抱歉，」米勒說，「伊諾的腦袋有點問題，他不管想到什麼，都會馬上說出來。」

「沒事吧，莉莉？」店裡的咖啡師傅喊了一聲。

莉莉給他一個沒事的手勢。「我很好，里可。」

「這裡的人都認識妳。」我說。

「這裡算是我第二個家吧，」莉莉說，「我每週四晚上都在這裡駐唱，流行樂和爵士，沒有塞戈維亞。」她朝立在旁邊的吉他盒點了點頭，又聳聳肩，「我想世界還沒有準備好。」突然她的表情變得有些僵硬，彷彿想起什麼不愉快的事。「米勒說你們在找某個人。」

「我們在找一個女孩，她……她燒了那兩個男人。」布蘭溫說。

莉莉臉色一沉。「他們攻擊她，她只是出於自我防衛。」

「我沒說她有錯。」

「真厲害的防衛啊。」伊諾說。

「他們活該更慘。」莉莉答道。

「妳能告訴我們她在哪裡嗎？」艾瑪問。

我們的問題讓莉莉渾身緊繃。「你們為什麼要找努兒？你們又不認識她。」

努兒，她的名字叫努兒。

「我們能幫她。」布蘭溫說。

「我不知道該不該相信你們，而且妳沒有回答我的問題。」

「我們有點知道她現在的處境。」我希望可以盡量說真話，又不用和盤托出。

「好吧。」莉莉喝了一大口咖啡，轉了一下杯子。「她的處境是什麼？」

我跟艾瑪交換了個眼神，我們能說多少？就算我們能相信莉莉，她會相信我們的話嗎？

「在她身上發生了不明所以的事。」布蘭溫說。

「她不能向父母傾訴。」我補上一句。

「是繼父母。」莉莉說。

「她的身體可能會受到影響。」艾瑪說，「發生一些變化。」

「可能有人在監視她，」米勒說，「她不認識的人，而她嚇壞了。」

「你們描述的情況幾乎每個青春期的女生都有。」莉莉說。

「還有，」我傾向她低語道，「她能辦到別人辦不到的事，感覺不可能做到的事。」

「強大而且危險的事。」米勒補充道。

莉莉安靜了一會兒，然後極其小聲地說：「對。」

「我們知道她經歷了什麼，因為我們都是過來人。」艾瑪說，「我們每一個人都不一樣。」

而後我們一個接一個告訴她，各自擁有的特異能力。她靜靜地聽著，點頭，幾乎不吭聲。她似乎不害怕，沒有逃之夭夭。

米勒是最後一個，我感覺得出來他不想說。他明顯喜歡這個女孩，不想放開先前幾個小時享受的夢幻時刻，如果他只是普通人，或許還有機會跟她在一起。

「然後我、天啊，我是米勒，很遺憾，我、呃，就跟我朋友一樣，也不完全是普通人……」

伊諾搖了搖頭。「噢，真是痛苦。」

「沒關係，米勒。」莉莉說，「我知道。」

「妳知道？」

「你是隱形人。」

我看不見米勒的表情，但我猜得出來——眼睛睜大，嘴巴半開。

「妳——妳怎麼——」

「我不是完全看不見。」她說，「很多盲人都保有一點視力。我大概有〇．一的視力，雖然沒有手杖就無法出門，卻可以分辨出跟我說話的聲音是否憑空出現！老實說，剛開始我還以為自己瘋了，但後來你跟我問起努兒的事，一切就變得合理多了。」

「我都不知道要說什麼了。」米勒說。

「我知道努兒不可能是唯一一個與眾不同的人。」

「天啊，妳幹嘛不早說？」米勒說。

「我想看看你會不會告訴我。」莉莉微微一笑，「我很高興你說了。」

「感覺真蠢。」米勒說，「希望妳不會覺得我很卑鄙。」

「完全不會。」莉莉說，「我知道你必須小心行事，但我也一樣。」她壓低聲音，「其實你們不是唯一在找她的人。」

「還有誰？」我問，「警察？」

「我不確定是誰，他們到她家和學校打聽過。」

「他們長什麼樣子？」我說。

「她又看不見。」伊諾說。

「是啊，你一直在提醒我呢。」莉莉說，「那些人就是在禮堂停電之後，來學校找努兒的。他們把她逼到洗手間裡，她才不得不採取自我防衛。」

我很快聯想到那個像副校長的男人和他眼神冰冷的同伴，他們難道是特異者？甚至是偽人？

「努兒說他們駕駛窗戶全黑的 SUV。」莉莉繼續說，「而且假扮成有權有勢的人。警察、社工、教師，所以她再也無法相信任何大人。」莉莉面露傷心的神情。「她是我認識最堅強的人了，我從沒見過她這麼害怕的樣子。」

「我們來這裡是為了幫助她。」艾瑪說，「我想我們應該就是要保護她避開那些人。」

「你們跟我說了你們的能力，」她說，「但你們是誰？」

「我們是裴利隼女士照看的孤兒。」布蘭溫說。

「呃，」伊諾說，「那個說法已經不完全正確了。」

「我們還不知道自己是什麼身分。」我說，「但我爺爺是……有點像是FBI探員，專門幫助我們這樣的人？我們想繼承他的遺志。」

「奇人，」莉莉說，「奇人……自我防衛……聯盟。」

「簡稱老人會[14]。」伊諾說。

「她是在幫我們取名嗎？」布蘭溫說，「當下？立刻？」

「我喜歡。」米勒說。

「你當然喜歡。」伊諾說。

「如果我們找不到妳朋友並幫助她，就不需要什麼響亮的名稱。」艾瑪說，「我們會回到惡魔之灣，餘生都在懲罰中度過。」

「妳能帶我們去找她嗎？」我問。

「她躲起來了。」莉莉說，「但我能傳簡訊問她要不要見你們。」

就在此時，我從咖啡廳的前窗看見一輛黑色窗戶的SUV十分緩慢地開過。副駕駛座的車窗搖下來一條縫，裡面坐著一個戴著反光眼鏡的人，細細觀察整個街區。

14 The Oddfellows League of Defense，簡稱OLD。

「我們最好動作快點。」我說，「這裡有後門嗎？」

「我帶你們去，但我得先傳個簡訊給努兒。」莉莉說，「因為我得要大聲對手機的語音辨識系統說話，考慮到內容，我想我最好找個沒人的角落。」

「要我幫忙嗎？」米勒說著，把他的椅子往後推。

另一桌的客人猛地看了過來。

「米勒，冷靜點。」我低聲說，「有人在看。」

莉莉站起身。「謝謝，我自己可以。」她的步伐緩慢卻帶著自信，朝咖啡廳後方的洗手間走去。

等確定她聽不到了，米勒留戀地長嘆一口氣。

「各位，」他宣布道，「我想我戀愛了。」

第十五章

幾分鐘後，莉莉從洗手間出來，米勒跑過去帶她，她巧妙地伸手，這樣在其他顧客眼中才不會看起來很怪。當他們走回桌邊，她說：「可以，她同意跟你們見面。」

「太棒了。」我說，「在哪裡？」

「我會帶你們去，她在的地方只有我能找到她。」

我無法理解她的意思，但這引起了我的好奇心。我們跟著莉莉從後門進到咖啡廳後面的巷子。我盡可能地偷偷回到停在前門的車上——沒看到黑色的SUV——然後把車開回後巷載他們。所有人都擠進車裡，米勒堅持讓莉莉坐前面，她給我們的地址不遠。

一路上社區的景色漸漸改變，房子變得老舊、沒有美輪美奐的外觀，隨即又一起消失在視野中，取而代之的是倉庫和工業建築，老舊且生鏽。我從後照鏡注意到一輛灰色轎車跟蹤我們有一段時間了。我忽地右轉，接著連續轉了三次。不久後，那輛車不見了。

按照莉莉提供的地址，我們來到一整排的紅磚倉庫。街區的盡頭是一棟約五、六層樓的建築，仍在興建中。一樓被鐵絲網圍了起來，建築的上半部沒有窗戶，只有骨架。我開過去停在一條小巷裡。

我在下車前，抓起我的圓筒包，將一些必需品扔進去。手電筒、亞伯的任務日誌——雖然重，但要我留下日誌又會感到不安。以及置物箱裡蛋形的速食特餐（你永遠不知道什麼東西會派上用場）。我把包包斜背在背上，關上行李廂，轉身面對大家。

「好了。」

「我們要怎麼進去？」艾瑪說。

「有個隱藏的入口。」莉莉說，「跟我來。」

我們跟著莉莉走在大街上，她用手杖點著前方的路，我們得努力才能跟上她的腳步。

「妳似乎真的知道怎麼走。」米勒說。

「是呀，」莉莉答道，「我們來過這裡幾次，我和努兒。在我們想要遠離人群的時候。」

「像是誰？」我說。

「就是爸媽呀，尤其是努兒的繼父繼母。」她低聲說了些關於他們的話，我沒聽清楚，她接著轉向，用手杖點著路走進一條巷子，兩側是一個倉庫和仍在興建的建築物。走到一半時，她慢下腳步，用手摸了摸一旁的木籬笆，直到摸到某一塊特定的板子才停了下來。

「這裡。」她往前推，板子傾向前方，露出一個入口。「你們先走。」

「妳們兩個會來**這裡**？」布蘭溫說。

「這裡很安全。」莉莉說，「就連流浪漢也不知道怎麼進去。」

這個地方看起來像是某個非法開發商十年前的建築計畫，因為資金花光而廢棄，至今仍處於未開發完成的廢墟狀態，新舊交雜。

莉莉拿出手機，按下一個鍵，說道：「我們上去了。」語音轉換成文字發送了出去。

不久後便有了回應，她的手機以自動語音朗讀出來，所有人都聽得見。

「先在中庭等著，我想看看他們。」

聲音的主人是努兒，我們要找的特異者；我們很接近了。

當我們跟著莉莉穿過鷹架，我口袋裡的手機突然震動起來。我掏出手機看了看。

未顯示號碼。通常我不會接，但這次我有預感最好接起來。

「等一下。」我對其他人說。

我回頭鑽到外面的工地，接起電話。

「是我，H。」

我的全身變得緊繃。

「你在哪裡？我以為去過大門鎮後就能跟你碰面。」

「沒時間解釋了，聽著，任務終止。」

起初我以為我聽錯了。「你說什麼？」

「終止，結束。」

「為什麼？我一切都按照——」

「情況改變了。細節不重要，趕快回家，**馬上**，你們所有人。」

我心中升起一股怒火，在我們做了這麼多之後，我簡直不敢相信。

「是因為我們做了什麼嗎？我們搞砸什麼了嗎？」

「不，不是，聽著，孩子，情況變危險了。照我說的，終止任務，然後回家。」

我抓著手機的手過度用力，甚至顫抖起來。現在放棄已經來不及了。

「訊號不穩定，」我說，「我聽不清楚。」

「我說**回家**。」

「抱歉，老大，通訊不良。」

「誰打來的？」我聽見艾瑪問，我轉身看見她出來找我。

我掛了電話，把手機塞進背後的圓筒包，這樣就感覺不到震動。

「打錯了。」

我們跟著莉莉穿過沒有門的入口進到建築物裡，走在銅線被扯下的走廊上，牆面留下長長的切口，彷彿黑色的血管。砂礫和灰泥在腳下嘎吱作響，撕開的絕緣層像粉紅色的棉花糖一樣散落各處。莉莉走路時，每一步都差不多落在原有的腳印上，彷彿她記得這條路的每一步。我時不時會注意到一個不屬於這裡的東西，像是顛倒的咖啡罐或瓦楞紙箱，她會用手杖去敲，我這才意識到這些東西是用來當作道路標記的，讓她知道自己在這條走廊上走了多遠，還剩多少距離。

拐過轉角後，就進入樓梯間。

「雖然我能自己走樓梯，但如果你幫我會更安全。」她說。我們都知道你指的是米勒。他十分樂意地伸出手臂給她攙扶，我們爬了六層樓梯，都有點上氣不接下氣了。

「後面的路會有點怪。」莉莉提醒道。

離開樓梯間以後，我們走進一個完全漆黑的走廊裡，真的是一點光線也沒有。與其說是光源慢慢遠離，不如說是突然消失。不是輕柔地逐漸暗下來，而是彷彿有條界線，光線到這裡就會被某個看不見的屏障阻擋，我們一旦越過這條界線，雖然可以看到身後的樓梯間，但往前卻什麼也看不見。

「就像學校禮堂的門一樣。」我說，然後聽見艾瑪附和道，「嗯哼。」

我拿出手電筒照進黑暗裡，光線卻有如遭到吞噬。艾瑪手掌向上放出一團火焰，但光芒也照不了多遠就消失了。

「努兒可以拿走光。」莉莉解釋道，「所以除了我，沒人找得到她。」

「真聰明。」伊諾說。

「大家手牽起來搭在我身後。」莉莉說，「我帶你們走。」

我們排在她身後穿過走廊，在黑暗中速度緩慢且跌跌撞撞。我們經過兩間從窗口照進陽光的房間，但外面的光甚至沒能超過房門口一吋。感覺有點像在水中漫步，或者在外太空。我們轉了幾次彎，雖然我試著在腦海中畫出行經的路線圖，但很快便搞混了，不確定沒有莉莉帶路，我還走不走得出去。

然後腳步聲變了，我們走進走廊盡頭的一個大房間。

「我們到了！」莉莉喊道。

一束強烈的光線從上方照向我們，大家都遮住自己的眼睛，現在是因為太亮而看不清，而非黑暗。

「讓我看你們的臉！」一個女聲從上方喊道。「再報上名字！」

我放下手，在強光中眨了眨眼，大喊我的名字；其他人也跟著照做。

「你們是什麼人？」女孩喊道，「想做什麼？」

「我們能面對面談嗎？」我說。

「還不行。」女聲說道。

不知道爺爺碰過多少次這種情況，希望我能稍稍借用他豐富的經驗，我們先前遇到問題都是這麼解決的。要是這女孩不喜歡我接下來說的話，或者不買帳，我們的努力就付諸流水了。

「我們大老遠跑來找妳，」我說，「是想告訴妳妳不孤單，還有其他人跟妳一樣，我們**就**跟妳一樣。」

「你們根本不了解我。」女孩喊道。

「我們知道你跟大部分人不一樣。」艾瑪說。

「而且有人在找妳。」我說。

「妳很害怕。」布蘭溫說，「我第一次發現自己跟其他人不一樣的時候，也很害怕。」

「是嗎？」女孩說，「怎麼不一樣？」

我們決定最好的方式是讓她親眼瞧瞧。由於我沒機會展現我的異能，艾瑪便伸手生出一團火；布蘭溫把一塊沉重的水泥塊舉到頭頂；米勒隨便拿起一個東西證明自己肉眼看不見。

「他就是我跟妳提過的。」莉莉說。我可以聽見米勒的笑聲。

「我們能談談了嗎？」我說。

「在那裡等著。」女孩說，她發出的光隨即消失。

我們在黑暗中等待，直到聽見她的腳步聲靠近。聲音從上方傳來，走下樓梯，然後我看見了她。我不由自主地深吸一口氣，她真的全身都在發光。一開始，她看起來有點像是移動的光球，等她走近後，我的眼睛漸漸適應強光，才終於看出來她是個十幾歲的女孩子——是一位頎長的印度女生，五官深邃，墨黑色的頭髮勾勒出她的臉龐，間距較寬的雙眼閃爍著精光。她棕色肌膚的每一個毛孔都散發著光芒，連她穿的連帽風衣和牛仔褲也從底下微微透著光。

努兒走向莉莉，用力擁抱她。莉莉的頭頂只到努兒的臉頰，努兒的雙臂環著她，乍看之下莉莉就像被光包圍。

「妳還好嗎？」莉莉問。

「除了無聊之外，其他還好。」努兒說完，莉莉輕輕笑了笑，轉身跟我們介紹她的朋友。

「她是努兒。」

「嗨。」努兒淡淡地說，仍在打量我們。

「努兒，他們是……呃，你們怎麼稱呼自己？」

莉莉的臉碰巧轉向艾瑪。

「我是艾瑪。」她說。

「我的意思是，妳再說一次你們的身分？」莉莉說。

艾瑪皺起眉頭。「現在叫我艾瑪就行了。」

「我是雅各。」我說，朝努兒走了一步，伸出手來，但她只是看著我的手，我尷尬地把手放下。「有能談話的地方嗎？」

「當然。」努兒說，「我帶你們參觀我的豪華沙龍。」

她挽著莉莉的手臂，轉身進到走廊。她似乎不在乎背對我們，應該是不認為我們對她有威脅。我注意到她身上發出的光暗了下來，縮回她身體的中心，很快變成只有她的軀幹熠熠生輝，我透過她拉鍊沒拉的風衣和牛仔褲上的破洞看見一絲亮光。自見面後她就一直保持警覺，但現在也慢慢放鬆戒備了，彷彿她體內的光反映了她的情緒。

我們跟著她從光禿禿水泥牆的大房間，移動到一個沒有窗戶的小房間。裡面擺了兩張椅子和一張沙發，上面蓋著毯子，到處放著平裝書、漫畫和空披薩盒，證明她在這裡待了很多天。我沒看見任何燈具，卻有光線從房間四個角落散發出來，這個光源明顯是無中生有，溫暖的黃色光輝，像火焰般躍動。

我們坐下來談話。事實上，大部分是**我**在講——因為就在幾個月前，我也同樣面臨了足以改變人生的處境。努兒一直保持戒備地聽著，我告訴她我從小到大都對自己的天性一無所知，而我爺爺的死又是怎麼促使我尋找真相，進而發現一個時間圈套，遇見這群特異孩童。

她舉起手要我停下來。「在講到**時間圈套**之前我還聽得懂。」

「噢，對。」我說，「我太習以為常了，都忘了這些事聽起來有多怪異。」

「時間圈套是指重複循環的一天，每二十四小時重複一次。」艾瑪解釋道，「我們這樣的人幾個世紀以來都躲在那裡避開危險。」

「普通人進不去。」米勒說，「獵殺我們的怪物也不行。」

「什麼怪物？」努兒問。

我們盡可能詳盡解釋，噬魂怪長什麼樣子，散發什麼氣味，會發出怎樣的聲音。但我們說完後，努兒似乎仍一頭霧水。

「怎麼了？」我問，「妳有被噬魂怪攻擊過嗎？」

「我試著弄清楚你們說的話。」她說，「你們講的話很瘋狂，時間圈套、沒人看得見的怪物，還有外型改變。」她走到沙發旁，拿起一本一角翹起來的漫畫，揮了揮。「感覺像是你們看太多漫畫書了，要不是莉莉很喜歡你們，我早就把你們轟出去了，然後那個——嗯——」

「這個。」艾瑪手中生出一顆火球，從右手拋到左手，火焰彈跳的姿態令人著迷。

「是呀，」努兒扔下漫畫書。「那個。」她雙臂抱胸，靠在沙發扶手上。「還有，追我的不是怪物，至少我覺得他們不是。」

「妳可以跟他們說呀，」莉莉說，「他們想幫妳。」

「妳知道我這輩子聽過多少遍這種話嗎？『他們只是想幫忙，相信他們，妳有什麼損失？』總是一樣的臺詞。」她深深吸了口氣，猛地呼出來。「但我猜，現在這個情況我別無選擇。」

「妳躲在一棟廢棄大樓裡，」伊諾說，「仰賴一個盲人帶食物給妳。」

努兒凝視著他。「那你的能力又是什麼？矮子。」

「噢，沒什麼好看的。」艾瑪很快地說，擋在伊諾前面。

「**不好意思**喔，」伊諾瞄了一眼她。「怎樣，妳覺得丟臉？」

「當然不是。」艾瑪說，「我只是覺得可能有點……**太快**。」

「現在說什麼都太晚了。」努兒說，「是時候攤牌了，沒有祕密。」

伊諾把艾瑪推開。「妳聽到這位女士說的了，沒有祕密。」

「好吧。」艾瑪說，「別太過分了。」

伊諾起身，從口袋拉出一個塑膠袋，袋子隨著裡面潮溼的黑色重物搖擺。「好險我留了一顆學校的貓心臟。」他開始搜尋整個房間。「有娃娃或填充玩具嗎？或者……**死掉**的動物？」

努兒向後挪了一下，但看起來很感興趣。「走廊裡有一個房間都是死鴿子。」

她帶他去看那個房間，一分鐘後，她跑回來，邊笑邊朝空氣揮了幾下。然後一隻沒有眼睛、缺了一隻翅膀的鴿子飛了進來，瘋狂地在空中打轉。我們其他人抱頭閃避，那隻鴿子自己撞到牆上，掉到地上，躺在一堆羽毛裡，動也不動。

伊諾跑進來。「我從來沒有控制過鳥！真酷！」

「真是瘋了。」努兒說，氣喘吁吁地笑道，「搞什麼鬼啦！」

「我能說什麼呢？」伊諾說，「我超有才華的。」

「你是個怪胎！」她說，又笑了起來。「但我覺得很酷，真的。」

伊諾喜出望外。

「現在妳都知道了。」艾瑪說著，從地上站起來。

「換妳了。」我說。

「好啦，好啦。」努兒走到沙發上坐下。「其實能告訴你們讓我鬆了口氣，目前唯一知道這件事的人就是莉莉。」

我們緊挨著她圍坐成一圈。燈光暗了一點，努兒用溫柔卻堅定的語氣陳述她的故事。

「我第一次注意到自己不對勁是去年春天。」她嘆了口氣，環顧我們的臉。「大聲說出這件事感覺好怪。」

「慢慢來。」艾瑪說，「不趕時間。」

努兒感激地點頭，再次開口：「六月二號星期二下午，我剛放學回家，然後屁臉，就是那個不是我爸的男人，等了我一整天。」

她繼父的真實姓名不叫屁臉，但的確是ㄆ開頭。

「他認為我放學後參加社團是浪費時間，我們講了超級久，他覺得我應該去皇后冰淇淋店打工，拿超爛的薪資。我跟他說我放學後參加社團活動是為了申請大學，而我也不需要賺零用錢，反正州政府會付他和緹娜錢來養我。他不喜歡我頂嘴，開始大呼小叫，我就一如往常地跑去小孩房，也就是我和兩個不是兄弟的男孩睡覺的地方，門可以上鎖。葛雷格和安柏不在家，所以只有我一人在房裡，可是屁臉不肯放過我，他一直在門口大叫，我越來越煩，不知道該怎麼辦，最後我終於開口大聲頂撞他，但發出來的卻不是我的聲音，而是房間裡的光在瞬間變亮了，比原本還亮，然後熄滅。」

「妳就是這樣察覺的嗎？」艾瑪說，「發現自己與眾不同？」

「不，我以為是房間鬧鬼之類的。」她臉上閃過一絲短暫的笑容，然後搖搖頭。「我一直到幾天後才意識到不對勁。就是在塔可餅店——」

「老天，對，」莉莉說，「就是那天嗎？」

「嗯哼，我剛被巴德學院的藝術速成班錄取，我從不覺得自己有機會，是妳要我去申請的。」

「妳絕對有能力進去呀。」莉莉說，「拜託。」

努兒聳聳肩。「這全是為了大學學分，花了我三千美元，比我所有的財產還多出兩千六百美元。所以我決定退出社團，去皇后冰淇淋打工。屁臉還說：『該死的沒錯。』後來雖然我去那裡打工，但我的薪水得要拿來補貼家用，而不是在我高中還沒畢業就去付大學學費。所以我提醒他我有權在銀行開戶，不須要監護人同意。他就開始大吼大叫，反正我就是因為這樣跑出來，跟妳在塔可餅店見面。」

「他跟蹤她。」莉莉說，「在餐廳對她咆哮。我也吼了回去，我猜他不敢在公共場合怒罵盲人，所以便衝出餐廳，在街上等我們吃完。」

「我就在塔可餅店吃了史上最久的一餐。」

「甚至還久到一起吃完了猛男餐。」莉莉說，「因為整個套餐總共四千六百大卡，所以以前我們從來沒有吃完。但那天我們坐太久了，而我只能用吃來紓壓……」

「那時候他就站在街上盯著我們。最後我真的很火大，再也受不了了。我不想因為屁臉緊迫盯人而失控，所以跑進浴室。事情就發生了。我感覺有什麼在我體內聚積，我想要大叫，但這次我忍住了。然後洗手間的燈開始一閃一閃，變得很詭異，我……我不知道該怎麼解釋，可我就是知道該怎麼做，知道自己有辦法。我把手往上伸，將整個空間的亮光抓住，然後整個房間陷入一片漆黑，只有我的手心在發光，彷彿我正抓著世界上最亮的螢火蟲。」

「哇，」伊諾說，「真是**太**酷了。」

「大家都會這麼想，」努兒說，「但其實真的很可怕，我以為我瘋了。後來這樣的情況一再發生，起初我不知道怎麼控制，每當我覺得惱怒，或傷心或對某件事生氣，就會發作。因為學校很糟糕，所以很常在學校發生，但我可以感覺力量快要爆發，就會設法及時離開現場，到某個可以獨處，不會有人打擾的空間。我覺得少部分人的確有注意到，但他們無法確切連結到我身上，他們只是看到我煩躁的樣子，然後燈光閃爍。可是就在差不多那時候，那些人開始進入校園閒晃，那些不速之客。」

「他們是什麼人？」

「我還不知道。他們看起來像教職員，教職員似乎也把他們當作同僚對待，但沒人認識他們。一開始他們好像在監視每一個人，可是我有種感覺他們是在找我，然後發生了禮堂事件，我才確定。」

「到底發生什麼事？」

「我們在報紙上看到了報導。」米勒說，「但我們想聽聽妳的說法。」

「那是我人生中最慘的一天。嗯，或許是第二或第三慘的吧。我在學校集會中途發作。集會一開始是在講那些令人討厭又千篇一律的內容，也就是對學生們叨念學校精神。但後來他們談到了我，只不過他們不知道那個人是我。他們說有人肆意破壞學校公物，打破燈泡，燒毀物品，還說如果那個人在場，應該立刻站起來向大家道歉，這樣的話，學校就不會開除他們。如果不自首，就會受到處分。我感到很不舒服，覺得他們一定知道是我做的，只是想要耍我，看我會不會自己承認。然後坐在我後排的女生，蘇茲．格蘭特，一個賤人。她開始小聲說可能是我做的，因為我來自破碎家庭、是出身貧民區的孤兒之類的，破壞學校和諧，我氣炸了，真的非常非常生氣。」

「然後事情就發生了？」我說。

「禮堂天花板上安裝的劇院燈，全部在瞬間亮了起來，然後爆掉，一大堆玻璃碎片掉到大家頭上。」

「該死。」莉莉說，「原來是這樣。」

「很慘。」努兒說，「我知道我得離開那裡，所以我讓室內陷入黑暗中，逃了出來。有兩個假的教職員開始追我，當下我便確定他們真的知道是我。他們追我追到洗手間，我別無選擇，只能把從禮堂拿來的所有光線一口氣放出來，對準他們的臉。」

「他們長什麼樣子？」我問，但我心裡早已有底。

「他們長得太普通了，實在很難形容。」

「年齡？身高？體格？種族？」

「中年人、中等身高、中等身材，大部分是男性，有一、兩個女的。兩個白人，兩個棕色皮膚。」

「他們穿著怎樣？」米勒問。

「扣領 Polo 衫，搭配一件外套，不是海軍藍就是黑色。彷彿是從型錄裡面挑出來的，那種沒有特殊背景的普通上班族會穿的衣服。」

「妳燒傷他們之後做了什麼？」我問。

「我試著逃回家，但那裡也有他們的人。所以我來到這裡，幸好我很擅長躲人。」

「我聽越多，」布蘭溫說，「越覺得不像特異者。」

「他們聽起來一點也不像特異者。」米勒說，「我覺得像偽人。」

「像味人？」努兒說，面露疑惑。「他們有味道嗎？」

「不，是偽人。」艾瑪說，「偽裝的偽。他們以前是特異者，因為意外變成怪物，上百年來一直是我們的敵人。」

「噢。」努兒說，「太難懂了。」

「他們不可能是偽人。」我說，「人數太多了，偽人都是小群體或單獨行動。」

「而且他們剩下的人數也不多了。」艾瑪說。

「那是我們認為。」伊諾說。

「昨天我可能在學校感覺到一個噬魂怪。」我承認道。

「什麼？」艾瑪吼道，「你幹嘛什麼都不說？」

「那感覺只持續幾秒。」我說，「我無法確定，但如果他們是偽人，可能至少會有一個噬魂怪跟他們一起行動。」

「各位，當務之急不是搞清楚他們是誰。」米勒說，「把努兒送到安全地才是重點。等完成任務，我們再來盡情地爭吵那些穿 Polo 衫的人是誰。」

「安全地？」努兒說，「是指哪裡？」

我看向她。「時間圈套。」

她移開視線，將一隻手靠在額頭上。角落的光線閃爍起來。「你們讓我看了那些證據後，我應該要能相信你們，但——」

「我知道。」我說，「要消化的事情太多，一切又發生得太快。」

「不只是太多，而且很瘋狂。我一定是瘋了才會跟你們走。」

「妳只需要相信我們。」艾瑪說。

努兒看著我們幾秒鐘，點了點頭，然後說：「但我沒辦法。」她站起來，朝門口走了幾步。「我很抱歉，你們似乎是好人，但我已經沒辦法相信我根本不認識的人。就算你們能讓死掉的動物復生，或用手發出火焰。」

我看向艾瑪、伊諾和布蘭溫，大家都不發一語，我真的不知道該說什麼好。我不能就這樣失敗，不能辜負爺爺、辜負我的朋友，還有我自己。正當我準備開口的時候，整個建築突然搖晃起來。

這股震盪伴隨著引擎運轉的聲音，是一架直升機，正在大樓頂上盤旋。

我們焦急地面面相覷，等待直升機的轟鳴聲遠離。然而時間一分一秒過去，聲音卻越來越大。

雖然大家都沒說，但我們都知道這代表什麼。最後我還是開口了。

「他們追來這裡了。」

努兒的目光掃向我，既生氣又驚慌。「是你們帶他們來的？」

努兒抓住莉莉的手臂，很快地走出房間。我們跟上去澄清。

「不是我們帶他們來的！」米勒說，「就算是，也不是故意的，我以時鳥之名發誓！」

我們來到一個較大的房間，這裡有個沒有玻璃屋頂的天井，抬頭可以直接看到天際。突然間，那架直升機闖入視野，遮蔽了天空，整個房間頓時充滿了噪音，螺旋槳的下衝氣流直灌進來。

一束聚光燈往下打，使所有東西都變白，在地上投射出鮮明的影子。努兒直直瞪著那束光，眼神銳利，似乎準備好跟這些人對抗，不論對方是誰，而不打算跟我們走。

「妳一定要跟我們來！」我吼道，「沒有別的選擇了！」

「當然有。」她吼了回來，然後雙手往上伸，把燈光從空中抓住。我們所在的房間和上方的空間頓時陷入一片漆黑，周圍的光源只剩下天空中的一個小點和努兒手中那顆發光的球體。

有什麼從上方落了下來，一個冒著煙的小東西在黑暗中翻滾，彈到水泥地板上發出刺耳的金屬聲。接著那東西開始噴出一團白煙，是催淚瓦斯之類的東西。

「憋氣！」艾瑪吼道。

莉莉開始咳嗽。

布蘭溫一把抱起莉莉。「我是布蘭溫！我背妳走！」

努兒點頭向布蘭溫表達謝意。「這邊。」她說，開始沿著漆黑的走廊奔跑。

我們幾乎是亦步亦趨地跟著她，沒有人想被留在那個人為的黑暗中。衝到大廳盡頭後，我們遇到一個岔路，可以往右或往左。努兒走了右邊那條，我們跟著她，但不久後就聽見一些聲音和沉重的腳步聲，兩個揮著手電筒的男人出現在前方的轉角。

他們大吼要我們站住，接著聽到啵的一聲，一個罐子從走廊飛來，掉到我們附近，瓦斯狂噴。

所有人都開始咳嗽，我們隨即朝反方向跑去。很明顯他們不想殺了我們，他們要活捉努兒，也可能他們想趁這個機會抓住我們所有人。

「我們得要離開這棟大樓。」我邊跑邊喊，「樓梯，樓梯往哪裡走？」

我們拐過一個彎後碰到死路，努兒轉身看向後方。

「要穿過那些人。」她指向腳步聲的方向。

「我們完了。」我說，「我要用快樂兒童餐附送的玩具……」

我把圓筒包轉到身前，手伸進去找手榴彈，但努兒似乎對我們的逃生路線受阻一點也不慌張。「在這裡！」她大喊，閃進一個入口，進到一個小房間裡。

我們跟著她進去，這個房間沒有窗戶、沒有門，沒有任何的逃生口。

「我們被困住了！」我說，在袋子裡的手抓著手榴彈。我不想用這個，萬一讓整棟樓都塌了怎麼辦？但要是沒有其他選擇，我會冒險使用。

「你要我相信你。」努兒說，「首先你要相信我。」

腳步聲越來越清晰。

我放下手榴彈，把手抽出來。努兒把我們推到角落，然後站在房間中央、將手伸到空中四處抓取，她的手每抓一次，我們四周的空間就暗下一分，從走廊射進來的自然光變暗，消失到她的掌中。她把集中起來的光塞進自己嘴裡，吞了下去。

我只能說這是我見過最怪異的景象之一了。我看見那顆球在她的臉頰裡發光，再通過喉嚨到達胃裡，光線似乎被她的身體吸收抑制，最後，當腳步聲抵達門口時，我們已站在完全的漆黑之中。那兩個男人擋在門口，用他們無光的手電筒對準我們，但周遭的黑暗好似伸出觸手包圍了他們。他們半盲地跌跌撞撞進入房內，手上的手電筒頓時成了廢物。一個人用手電筒敲著自己的手；另一人則對著發出雜音的對講機說話。

「目標進入等級六，重複一次，等級六。」

我們背抵著牆，不發一語，幾乎不敢喘氣。因為我們被黑暗深深籠罩，我真心覺得他們找不到我們，除非——

我的手機。我把它設定為震動，但就算塞在袋子裡，還是會發出嗡嗡聲，微小的嗡鳴聲瞬間暴露出我們的位置。

接下來的事情以迅雷不及掩耳的速度展開，兩個男人單膝跪到地上。我的腦海才剛閃過**就射擊位置**幾個字，努兒突然爆出一聲咆哮，她存在胃部的光芒穿過她的喉嚨，從嘴巴往前射出，朝那兩個男人爆發，看起來——即使我撇過臉，雙眼緊閉——就像是有上千顆燈泡一起發亮。一陣熱浪襲來，我聽見他們尖叫著倒在地上。當我再次張開眼睛，房間裡的每一吋都充斥著白光，那兩個男人倒在地上抓撓著自己的臉。

我們正準備越過他們，跑出房間，卻聽見更多的腳步聲。另一個男人從走廊拐進房內，手上拿著槍，似乎打算射擊，布蘭溫撲向他，抓住他的肩膀，甩掉他的槍，然後將他扔向後面的牆壁。那人撞穿牆面，水泥的粉塵混合血沫飛散在空氣中。所有人都愣住了，久到足以讓努兒的視線從牆洞轉向布蘭溫，嘴巴比出O形，然後我們才回過神來，趕緊爬過洞口。

牆洞的另一邊，在男人癱軟身體的後方，是一個充滿日光的房間，在那之後則是樓梯間。我們快速下了樓梯，布蘭溫把莉莉扛在肩上，以讓人眼花的速度走下六層階梯到一樓。我們出了大樓，跑進位在某條後巷的籬笆洞，甚至沒有回頭看，只聽見直升機的聲音越來越小，漸趨平靜，直到我們不得不停下來喘氣。

「我覺得、我覺得妳可能**殺**了那個人。」努兒對布蘭溫說，眼睛睜得大大的。

「他有槍。」布蘭溫邊說邊把莉莉放到地上。「如果有人拿槍對著我的朋友，我就會殺了他，這是——」她抹了抹滿是汗的額頭，猛地呼出一口氣。「這是原則。」

「很好的原則。」努兒說著，轉向我。「抱歉，懷疑你是他們的人。」

「沒關係。」我說，「我要是妳，可能也不會相信。」

努兒走向莉莉，抓起她的手。「妳沒事吧，莉莉？」

「有點嚇到。」莉莉說，「但我沒事。」

「我們得離這裡遠遠的，而且要快。」艾瑪說。「最快的方法是什麼？」

「搭火車。」努兒說，「車站離這裡只有一個街區。」

「那車子怎麼辦？」伊諾說。

「他們已經認得那輛車了，」我說，「我們之後再回來開。」

「如果到時候還活著的話。」米勒說。

幾分鐘後，我們坐上了通往曼哈頓的擁擠地鐵。這是正確的方向嗎？我們跳上第一輛抵達月臺的列車，好擺脫追捕我們的人。我的朋友們小聲地討論著那些人的身分，是偽人嗎？某個我們不知道的敵對特異者幫派？我站起來，看著貼在地鐵車廂上的地圖，路線四通八達。我們應該把努兒帶到那個位於河上的孤島——一〇〇四四。布萊克威爾島，明信片上是這麼寫的。我問努兒和莉莉知不知道這個地方，兩人都沒聽過。現在我的手機沒有訊號可以搜尋地圖，而且我們找到那座島後，又該怎麼找到圈套的位置？圈套入口幾乎都不好找。

我越想越對這個計畫沒有把握。我們被交付了這個任務，H卻突然說要終止，讓我對這整件事產生疑竇。什麼情況改變了？他打來到底是要警告我什麼？是那些追捕我們的人，還是圈套一〇〇四四已不再安全？

而且，現在我們的任務目標不再只是目標，她叫努兒，有名字、有故事和臉孔（還很漂亮）；我很難想像要將她交給陌生人。我真的要把她丟在某個我一無所知的圈套裡，拍拍屁股回家嗎？

我瞥了她一眼，她那雙磨損的帆布鞋踩在塑膠長椅上，膝蓋緊貼胸前，疲憊地盯著地板，我無法想像她有多累。

「如果離開紐約，妳會想念這裡嗎？」我問她。

她花了整整五秒鐘才從不知飄往何方的思緒中回過神來，看向我。

「想念紐約？為什麼？」

「因為我覺得妳應該跟我們回家。」

艾瑪猛地看向我，出聲反對的卻是米勒。

「那不是我們的任務！」

「別管任務了。」我說，「比起送她去這個瘋狂城市裡的圈套，她跟我們在一起反而更安全。」

「我們大部分時間都住在倫敦，」艾瑪解釋道，「在惡魔之灣。」

努兒退縮了一下。

「沒有聽起來那麼糟啦，」米勒說，「只要妳忍受得了臭味。」

「我們就快完成任務了。」伊諾說，「現在可別搞砸了，把她帶去她該去的地方，趕緊結束任務。」

「我們不知道那個圈套裡有什麼人，」我說，「或者他們的能力是什麼之類的。」

「那跟我們有什麼關係嗎？」伊諾說。

「我贊同雅各的話。」米勒說，「在美國，時鳥所剩無幾，保護和培育特異者是時鳥的工作。現在誰要來教她如何當個特異者？」

努兒舉起手。「有人可以告訴我發生什麼事了嗎？」

「時鳥，就像是老師，」我說，「和監護人。」

「還有政府領袖。」米勒說，隨即小聲補充道，「雖然未經選舉……」

「也是霸道、自以為無所不知的人，總管他人的閒事。」伊諾說。

「基本上是我們社會的骨幹。」艾瑪說。

「我們不需要時鳥，」我說，「只需要一個安全的地方。不管怎樣，裴利隼女士現在大概想殺了我們吧。」

「她會想開的。」伊諾說。

「所以妳要跟我們來嗎？」我問努兒。

她嘆了口氣，然後笑了起來。「管他的，我也需要放個假。」

「嘿，那我呢？」莉莉說。

「當然是非常歡迎妳啦。」米勒說，有點太殷勤了。「不過普通人恐怕不能進入圈套。」

「反正我也不能離開！」莉莉說，「我們才剛開學。」她笑了笑說，「天啊，我說得好像這些瘋狂的事都沒有發生一樣，看看學校對我們洗腦有多深。」

「這個嘛，上學是很重要啦。」米勒說。

「但我還有爸媽，他們對我很好。他們會很擔心我。」

「我會回來的。」努兒說，「但稍微離開避避風頭也好。」

「所以妳相信我們了？」我說。

她聳聳肩。「還可以。」

「想來趟公路之旅嗎？」

忽然間，布蘭溫從椅子上跌下來，蜷縮在地板上。

「布蘭溫！」艾瑪叫道，跑到她旁邊。

地鐵上的人即使注意到我們，也假裝沒看見。

「她沒事吧？」伊諾說。

「不知道。」艾瑪說。她輕輕拍著布蘭溫的臉，不斷叫她的名字，直到她眨了眨眼睛。

「各位，我想……該死，我應該早點跟你們說的。」布蘭溫呻吟一聲。拉起自己的衣襬，鮮血自她的身體汩汩冒出。

「布蘭溫！」艾瑪說，「天啊！」

「拿槍的人……我想他射中我了，但別擔心，不是用子彈。」布蘭溫打開手掌給我們看一個小飛鏢，沾滿了她的血。

「妳怎麼都不說？」我說。

「我們必須快點離開那裡，我以為我夠強壯，可以抵擋他射向我的東西。但顯然……」

而後她的頭一歪，昏了過去。

第十六章

我們沒有去找圈套。就目前的情況看來，我們最不需要的就是去找圈套。所有人腦海裡唯一的念頭就是送布蘭溫去醫院。我們在下一站下車，甚至沒注意看是哪一站，便爬上樓梯出了地鐵。莉莉抓著米勒的手臂，我和艾瑪、努兒攙扶著身體虛弱卻意識清楚的布蘭溫，沿著人行道拖著沉重的步伐前進。我們現在的位置是曼哈頓，這裡的建築更高，路上人潮洶湧。

我掏出手機叫救護車，伊諾則在街上對人們大喊：「醫院！醫院在哪裡？」結果這種做法更有效率。一名好心的女士面露關切地指向一條街，並推著我們朝正確的方向走，還詢問布蘭溫的狀況。我們當然什麼也沒說，不想讓她跟著我們進急診室，或問我們的名字（我已經開始想像找一個時鳥來抹除她……以及醫護人員的記憶了），所以我們假裝自己只是在開玩笑，她頓了一下，便大步離去，可想而知一肚子火。

醫院就在前面，已經可以看見不遠處建築的招牌。忽然一陣濃郁香甜的飯菜香撲鼻而來，我慢下腳步。

「你們有聞到嗎？」伊諾說，「是迷迭香吐司和鵝肝醬！」

「不是吧，」艾瑪說，「是牧羊人派。」

大家往前的腳步越來越慢。

「我絕對不會認錯這個味道。」努兒說，「是捲餅，瑪撒拉香料起司捲餅。」

「你們在說什麼啊？」莉莉說，「為什麼要停下來？」

「她說得對，我們必須送布蘭溫去醫院。」米勒說，「雖然我現在聞到的可能是全世界最香的紅酒燉雞……」

我們的動作已經完全停下來了，站在一家窗簾全部拉上的店面前，很可能是一家餐廳，雖然外面沒有任何招牌，只有一個標示寫著**全天開放，歡迎光臨**。

「其實我感覺還好，」布蘭溫說，「聽你們這樣講，我倒是有點餓了。」

她的狀態看起來並不好，不僅說話含糊不清，身體的重量也幾乎都壓在我們的手臂上，但我大腦的認知彷彿被棉花包了起來。

「她在流血，」艾瑪說，「醫院就在那裡了。」

布蘭溫低頭看著自己的衣衫。「沒有流很多血啦。」她說，但那塊紅色汙漬似乎在擴大。

我的大腦出現兩種欲望在拉鋸。一個欲望大喊：**去醫院，笨蛋！**但在另一個欲望的迷惑下，我幾乎聽不見它的聲音。弔詭的是，那個聲音聽起來像是老爸在說話。它很堅持，以一種精力充沛且愚蠢的語調說道：**快到晚餐時間了，難道我們不該趁這個機會，嚐嚐道地的紐約美食嗎？該死，我們何不快點停下來吃飯呢？**

大家似乎都同意這個提議，唯獨莉莉和艾瑪除外，但就連她們也慢慢不再強烈反對。

我推開門，催促大家進去。這真的是一家餐廳，一個復古的小店，有鋪著方格桌巾的桌子和藤椅，一側牆邊放著一臺飲料機。櫃檯後方站著一個身穿圍裙、戴著紙帽的女服務生，她對我們微笑，彷彿一整天都在等待我們上門。我們是餐廳內唯一的客人。

「你們看起來餓壞了！」她說，雀躍地踮了踮腳尖。

「噢，是呀。」布蘭溫說。

女服務生似乎沒注意到布蘭溫衣服上的血，「事實上，你們看起來快餓死了。」

「是啊，」伊諾說，聲音有些僵硬。「餓死了。」

「這是什麼餐廳？」努兒問，「我好像聞到了印度起司。」

「噢，我們應有盡有。」柏妮絲稍微擺擺手。「只要是你們想吃的。」

她有說過自己的名字嗎？我怎麼會知道？我的大腦感覺糊成一團。腦中質疑的聲音慢慢變成耳語，莉莉反對的聲音也安靜下來。我最後聽見她說：「你們可以儘管待在這裡，但我要帶你們的朋友去醫院！」然而她卻拉不動布蘭溫，只要布蘭溫不願意，就很難把她拉走。

「我們沒帶錢。」當我發現自己把錢留在車子的後車廂時，難過得就像家裡死了人一樣。

「碰巧今天我們有特別促銷活動。」柏妮絲說，「全部免費招待。」

「真的？」布蘭溫說。

「沒錯，你們在這裡不用花一毛錢。」

我們身無分文地走到櫃檯，在固定的塑膠椅上坐一排。店裡沒有菜單，所有人只是簡單告訴她想吃什麼，她扯著嗓子對後方看不見的廚師點餐。然後非常神速地，上餐鈴響了，她陸續端出一盤盤餐點。米勒點了紅酒燉雞；努兒點了瑪撒拉香料起司捲餅和芒果拉昔；艾瑪點了烤羊肉搭配薄荷果凍；我點了雙層起司漢堡、薯條和草莓奶昔；布蘭溫點了龍蝦，加上龍蝦剪刀和印有龍蝦圖案的圍兜；莉莉點了韓式拌飯，中間還打了顆蛋。眼前猶如各國料理大會串的陣仗實在難以想像能在任何餐廳看到，尤其不會在廚房只有一個人的油膩復古餐館。但我腦海裡反對的聲音漸趨無聲：

不要吃。

離開這裡。

這不是個好主意。

在來不及以前。

快走。

我不記得自己吃下了雙層起司漢堡、薯條和草莓奶昔，但我的杯子卻在不知不覺間見底，盤子上只剩下油膩的碎屑，我感覺頭很重，非常沉重。

「噢，甜心！」柏妮絲從櫃檯後方小跑出來，手放在胸口。「你們看起來很累的樣子！」

我很累，真的很累。

「我真的非常非常**非常**累。」我聽見艾瑪說，其他朋友也喃喃表示贊同。

「你們要不要上樓睡一下？」

「我們得走了。」努兒說。她試著從櫃檯前的凳子上站起來，卻徒勞無功。

「是嗎？」柏妮絲說，「我不這麼覺得。」

「雅各。」艾瑪在我耳畔低語。

她的聲音像喝醉一樣。

「我們得走了。」

「我知道。」

我們不知不覺間被催眠了。這就像是人魚幻想世界的特異者企圖對我們做的事，不過這次我們上鉤了。

「樓上為你們準備了床，只要走這裡……」

她話一出口，我頓時站了起來。事實上，我們全都站起來，柏妮絲把我們推向逃生出口，進入一條古怪的走廊，牆面漆著紅白色的糖果條紋。

我們放任自己被推走，靠近走廊時，感覺走廊不斷拉長延伸。我聽見些許爭執的聲音，轉頭看見柏妮絲用手擋住莉莉的路。

「嘿，」我含糊地說，「不要欺負她。」

莉莉在說話，我看見她的嘴唇張合，喉嚨費力地震動，但她的聲音卻沒有（或不能）傳進我耳裡。

「我們很快回來，莉莉，在這裡等我們。」努兒說。

當然，就算她讓莉莉通過這條走廊，莉莉也沒辦法加入我們。差不多走到一半，我感覺一陣速度感襲來，我的胃往下沉，耳朵一陣嗡嗚；我們進入圈套了。

後方已沒有莉莉的身影，前方糖果條紋的走廊到了盡頭，出現一道樓梯。

「就在樓上！」柏妮絲的聲音在空中迴盪，四周卻看不見她的身影。

我們慢慢地拖著腳步上樓，一步一階。隨著上樓的步伐，我感覺自己逐漸喪失意志力。我們任由海妖的歌聲擺布，帶領我們前進，而我們所能做的似乎只有服從。

兩個女孩四肢著地地跪趴在樓梯轉角處，看起來像是忙著在進行地毯式搜索。當我們進

please
pay
when served

到走廊，她們停下手邊動作，抬頭看著我們。

「你們有看到一個娃娃嗎？」年長的女孩說，「弗蘭琪的娃娃不見了。」

她感覺像在說笑，但臉上毫無笑容。

「抱歉。」努兒說。

「我們點了……睡覺？」米勒說，聲音透露出疑惑。

「進去那裡。」年長的女孩說，朝她身後的門點點頭。

我們從她們身旁走過。「**跑**。」我好像聽見有人輕聲喝道，「**趁現在快跑**。」但等我再次回頭看向她們，兩人都盯著地板，繼續有條不紊地搜索。我感覺自己身在夢境。

穿過門後，我們來到一個空間狹小、環境整潔的廚房。一個小男孩坐在桌邊，另一個打著領結的男子站在一旁俯視他。桌上擺著拼圖和積木塔，男人好像正在為男孩做什麼測驗。他聽見我們進來的聲音，抬起手臂指向隔壁房間，「走那邊。」甚至連看也沒看我們一眼，他的注意力全都放在那個男孩身上。「Sanguis bebimus,」他說，「Corpus edimus.」

「Mater semper certa est,」男孩回答，眼睛空洞無神。「Mater semper certa est.」

「母親永遠是對的。」米勒把他的話翻譯出來。

那位教師直起身子，拍了牆壁一下。「小聲一點！」他吼道，但不是對我們。我不知道是什麼讓他這麼生氣，等我們快要離開廚房去到隔壁時，我聽見有人在唱歌。

一個不成調的低沉聲音唱道：「祝妳生──日快樂，親愛的弗蘭琪……祝妳──生日──快──樂……」

我無法讓腳動得更快一點，如果可以的話，我會拔腿就跑。唱歌的人是一個畫著小丑妝的男人，頂著一頭白色假髮。他坐在躺椅上，肚子抵著一張小的雞尾酒桌，拿著一個酒瓶往杯裡倒。他看起來像是被卡在那裡，喝著杯子裡的酒，再從瓶子倒更多酒到杯子裡，哼一段歌詞後，再喝一口。當他看見我們時，舉起酒杯說：「乾杯！生日快樂，弗蘭琪！」

「生日快樂。」我非自願地說。

小丑似乎靜止了，保持舉杯的姿勢，嘴巴微張，從喉嚨深處傳來一個飄忽的聲音，難以辨識：

讓

我

睡吧

「進來！」隔壁房間傳來一個刺耳的叫聲。

我們全部一起擠進一個堆滿娃娃的臥房，每個空間都塞得滿滿的。地上、牆上的架上都擺了娃娃，牆角一張扶手椅上的娃娃多到滿出來，一張鐵架床上也是。由於娃娃實在太多，我根本沒注意到有個女孩夾在其中——女孩躺在床上，半個身體埋在大量的白瓷小臉中——直到她再次開口說話。

「坐下！」她吼道，動手撥開身上的娃娃。

我們的身體自動坐到地上，我聽到布蘭溫悶哼一聲，她的傷勢一定惡化了。

「我沒說你們可以發出聲音！」女孩說。她穿著一件棉質睡衣和黃色燈芯絨褲，看起來像是一九七〇或八〇年代的服飾。她說話時，上唇勾起，露出譏笑。「好啦，你們是誰？」

我感覺舌頭動了起來，回答道：「我叫雅各，來自佛羅里達州的一個小鎮——」

「無聊，無聊，**無聊！**」她大吼，接著指向艾瑪。「妳說！」

艾瑪感到一陣不安，然後開始說話。「我的名字是艾瑪．布魯，我在康瓦爾郡出生，來自威爾斯某一年的圈套——」

「**無聊！**」女孩尖叫，又把手指向伊諾。

「我叫伊諾．歐康納。」他說，「我們有個共通點。」

女孩興致來了，在他說話時，從擺著一堆娃娃的床上站起來，走向他。

「我能用生物的心臟讓生物死而復生，」伊諾說，「首先要拆開身體，但——」

女孩將拇指和食指收在一起，伊諾的嘴瞬間閉上。「你真好看。」她說，一根手指在伊諾的下巴游移。「不過一說話就毀了。」她用手指碰了下他的鼻尖。「叭，等會兒再對付你。」

她轉向布蘭溫。「妳。」

「我叫布蘭溫．布朗利，我很強壯，我哥哥維多也——」

「**無聊！**」女孩尖叫道，「**阿噗！**」

一個腳步聲朝我們跑來，方才打著領結的教師出現在門口。

「是的？」

「我不想要像這樣的娃娃，阿噗。你**看**他們，像是能好好玩大富翁的人嗎？**像嗎？**」

「呃……不像？」

「**沒錯，他們不像。**」

她朝一落娃娃踢了一腳，娃娃四處飛散。

「但我喜歡**他**。」她指著伊諾。「其他的既**討厭**又**無聊**。」

「真的很抱歉，弗蘭琪。」

「我們該拿他們怎麼辦呢，阿噗？」她轉過身很快地順帶介紹。「他的真名不叫阿噗，但我愛怎麼叫就怎麼叫。」

「也許我們該吃了他們？」阿噗建議道。

弗蘭琪嗤之以鼻。「你總是想吃掉別人，真怪呀，阿噗。總之，上次吃了讓我胃痛。」

「還是賣掉？」

「賣掉？給**隨**？」

「給**誰**。」教師脫口而出，隨即用手摀住嘴，臉色變得慘白。

女孩大發雷霆。她指著他，迅速往下畫了一條隱形的線，那位教師彷彿被繩子操縱似的，跪到地上。「**你、不准、糾正我**。」

「是的，弗蘭琪。是的，夫人。」他的聲音在顫抖，「Mater semper certa est.」

「這就對了，說得非常正確。」一小排娃娃穿過房間走向他。「因為你很聽話，阿噗，我只會讓它們咬掉你一條腿。」

教師不斷地重複那句話，速度越來越快，「Mater semper certa est, Mater semper certa est!」直到所有字都黏在一起，含糊不清。那群娃娃湧向他，咬動瓷牙，大聲咀嚼。男子哭喊著，陣陣啜泣，但他沒有掙扎。等他看起來快要昏厥過去時，女孩張開雙手，再把手一拍，所有娃娃全部癱軟在地。

「噢，阿噗，你真好玩。」

男人鎮定下來，抹了抹臉，搖搖晃晃站起來。「這是哪裡？」他清了清嗓子。「妳可以把他們賣給泛靈論者、門塔特、氣象人……」他顫抖著用手指按著自己的脖子，檢查脈搏，然後把手藏到背後。「但老樣子，鬼影的出價最高。」

「嗯，我討厭他們，但只要不來這裡……」

「我會連絡他們，安排一個拍賣會。」

「不過他我不賣。」她指著伊諾，用兩指憑空畫了個U型，伊諾的嘴角隨之往上彎，形成一個誇張詭異的微笑。

「好，弗蘭琪，那很好。」

「我知道很好。其他人怎樣，我不在乎。只有一個條件，不管誰買下他們做什麼壞事，我都要在場觀看。」

腦袋空白了好長一段時間後，我被綁在椅子上醒來。我們排成一排，雙腳綁在椅腳上，雙手則捆在身後。艾瑪、布蘭溫、努兒，甚至是米勒（繩子纏繞在一個看似沒人的椅子上）；唯獨伊諾不見蹤影。

我們在一個老舊劇院的舞臺上，前面是一片破舊的黃色布幕。我轉動脖子，看見後方的繩索和滑輪，以及上方貓道旁的燈具。雖然我們的嘴巴沒有被堵住，卻發不出聲音，我甚至無法張開嘴，但我聽見布幕另一邊傳來人群說話的聲音，似乎在談論我們。

「他們入侵我的私宅！想要偷我的東西！」說話的人是那個瘋癲的小女孩弗蘭琪。「我有權吊死他們，但我也有憐憫之心，就幫大家一個忙。」

「真有趣，通常是妳想偷我們的東西。」一個粗啞的男聲說，「上次我跟妳買的標本才兩天就化成一堆屍塵。」

「你自己不好好照顧，又不是我的錯。」弗蘭琪說。

「賣方不需要對買家的使用錯誤負責。」這是我唯一認出來的聲音——教師阿噗。

「妳賣我的是垃圾！妳要免費賠我一個！」

聽起來場面似乎一觸即發，隨即一個女人吼道：「閉嘴！中立地帶禁止吵架！」

紛爭平息下來。粗啞的男聲說：「妳已經浪費我太多時間了，弗蘭琪。快點展示妳的商品吧。」

「好吧，阿噗！」

隨著一聲巨響，舞臺上揚起一片塵埃，布幕慢慢上升。舞臺下空空蕩蕩，座椅滿布破裂的痕跡，陽臺包廂搖搖欲墜，彷彿隨時會塌下來。

舞臺上有六個人。他們的目光對準我們，但似乎又互相密切地監視著彼此，每一個人都跟其他人保持謹慎的距離。弗蘭琪和阿噗離我們最近，弗蘭琪一身燕尾服，手裡拿著一根指揮杖，儼然一副馬戲團頭目的樣子。

現在回想起來這一切都很神奇，但當時我無從得知那些人是誰。或許這樣最好，因為要是我知道他們聲名狼藉，可能就會太過膽怯而無法好好思考。弗蘭琪跟紐約最惡名昭彰的特異者集團有交情，其中三個集團的領袖都露面了。居中的是一個年輕人，頂著一頭像是巨浪翻捲的髮型，身穿完美無瑕的西裝，鞋子滿是紅色的泥土，臉上掛著危險的淡笑。他的名字是瑞克．唐納文，站在他身後的是他兩名手下。一個文靜的女孩放鬆地看著報紙，另一個男孩則是一副呆頭呆腦的樣子，一臉迷茫地微張著嘴巴。

瑞克邊盯著我，邊跟一個穿著純白洋裝，繫著巨大蝴蝶結，看起來很年輕的女孩爭論。她頂著一頭精心設計的繁複髮型，燙過的鬈髮披在背上。她的臉宛如牛奶般白皙，光滑而冰冷。嘴巴則跟瑞克相反，嘴角下垂，不停蠕動，彷彿在咀嚼著什麼，或者是小聲地自言自語。最奇怪的是她的頭頂和肩膀上盤旋著一團黑煙，緩慢移動著，卻從未消失。那團煙的一端縮窄，形成漏斗狀，彷彿是從她的右耳噴出的。她的名字是安潔莉卡，沒有帶任何同伴。

瑞克不喜歡拍照，但後來我看見他的一張快照，就跟現在坐在我面前一樣的姿勢；反觀安潔莉卡卻很喜歡照相，尤其是她一張坐在鞦韆上的照片，煙霧飄向右側。這張照片後來在美國特異者間廣為流傳，甚至有人裱框掛在牆上，當作射擊目標練習，或懸賞海報。

瑞克和安潔莉卡為了某個尚未出現的人在吵架——鬼影的代表——弗蘭琪拒絕在他來之前開始拍賣會。

「他不可能在這裡露出他那張毛茸茸的臉。」瑞克說，「或在這座城市的任何地方。」他的聲音很悅耳，帶著淡淡的愛爾蘭口音。

「我希望他來。」嘴巴微張的手下說，「我會綁了他去領賞金。」

「那我會付錢觀看。」安潔莉卡說，「不過無論如何，你們都得不到那筆賞金。狗臉和他的人不怕你，會怕李奧和他的打手，但不怕你。」她唉聲嘆氣地說，聲音從一開始的高昂嘶啞，慢慢變得輕飄飄地落到地上。

瑞克瞄了眼懷錶，將蹺著的腿放下，站了起來。「再一分鐘，弗蘭琪，然後我就要帶我的人走。」

「阿噗，讓他坐下！」弗蘭琪吼道。

「請坐，唐納文先生。」教師說。

「我不會讓給小孩取名字的人命令我。」瑞克說。

「你會後悔的。」弗蘭琪說，「總有一天，你會求我原諒你。」

在他們的衝突升級之前，劇院最末端發出一聲巨響，那道雙扇門忽地敞開，一個瘦小的身影衝了進來。

「來了！」弗蘭琪說，「我就說他會來吧。」

那個人匆匆穿過走道，把遮住臉的帽子和高領大衣脫掉。「抱歉，我來遲了。」他聲音高亢，帶著濃厚的紐約口音。「紐約的交通真是一場噩夢！」

他跑上階梯，進入舞臺燈照射的範圍。看到他的臉讓我嚇了一跳，他除了眼球和嘴唇外，每一吋臉龐都覆蓋著又長又密的毛髮。他是狗臉，怪誕街上那群「鬼影」的領袖，紐約最令人厭惡的特異者幫派。

「狗臉！」瑞克叫道，「我們上星期才狠揍了你們一頓，沒想到你還有種來。」

「你說那叫狠揍？」狗臉回答，舔了舔兩根手指，把眼前一綹毛髮梳攏。「真有趣，我記得你們有三個人送醫，我這邊只有兩個人。」

「我想你忘了怎麼數數了。」瑞克說，「離我的地盤遠一點，不然我們要送你去的就不是醫院，而是停屍間。」

「哇哇哇，」狗臉嘲弄他，「『離我的地盤遠一點！』有人需要換尿布嘍。」

本已坐下的瑞克，再次從椅子上跳起來，但他的一個手下拉住他。狗臉十分淡定，對瑞克假裝被拉回座位上以防止衝突的舉動發出輕笑。

「是我就不會輕舉妄動。」狗臉說，「我讓三個手下在門外盯著裡面的動靜，只要他們聽見我大喊，你就死定了。」

「無聊的炫耀夠了吧。」安潔莉卡說。她的臉色平靜，頭頂煙霧卻變得濃密，形成漩渦。

「是的，讓我們開始吧。」教師說。

大家都坐了下來，雖然幫派領袖之間明顯劍拔弩張，但他們的注意力漸漸移回我和我的朋友身上。

「妳今天想讓我們看什麼，弗蘭琪？」狗臉說，「更多鄉巴佬？」

「我不需要譁眾取寵的特異者，」瑞克說，「我想要有真材實料的傢伙。」

「是啊。」狗臉說，「他的手下已經有夠多扯後腿的白痴了。」

瑞克惡狠狠地瞪了他一眼。

「不，不，這些人是**真貨**。」弗蘭琪說，「但價錢可不**實在**。」

「我們等著瞧。」安潔莉卡說。

「我只在乎一件事，他們會搶劫嗎？」瑞克說，「我需要打手和把風的人。」

「我需要變色龍。」狗臉說，「最近我的幫派被普通人盯上了，好幾次差點被逮到，嚇得我毛都快掉光了。」

「你確實需要少點毛。」瑞克笑道。

「這個是隱形人！」弗蘭琪轉過身，用指揮杖戳了戳米勒，後者發出短促的尖叫。

我們仍無法開口說話。

「哼嗯，」瑞克說，敲打著手指。「我可能會有興趣……」

「他們要加入你的幫派還不夠醜。」狗臉說，「最好把他們留給我。」

「我還是需要氣象人。」安潔莉卡嘆道，「御風者、播雲者，真的有**能力**的人。」

「好吧，說話。」弗蘭琪說，把指揮杖朝我們的方向一揮。「說出自己的能力。」

我感覺下巴鬆開，原本變得麻木的舌頭突然陣陣刺痛，知覺如潮水般湧現。一開始很難開口，布蘭溫也試著講話，但聽起來好似忘記怎麼發音。

狗臉兩手一攤。「他們是什麼啊，白痴？」

「當然是白痴，不然弗蘭琪怎麼會抓得到他們？」瑞克說。

「浪費我的時間。」安潔莉卡說著，從椅子上站起來。

「他們只是舌頭不靈光而已！」弗蘭琪辯解道，「別走！」

弗蘭琪開始用指揮杖毆打布蘭溫，並尖叫道：「**說話！**」

看見這一幕讓我火冒三丈，腦子裡一下有什麼打開了，我立刻找回自己的聲音，大吼：

「**住手！**」

弗蘭琪轉過身，勃然大怒，拿著指揮杖走向我，然而她必須先經過艾瑪。艾瑪早在沒人注意的時候，燒開了手腕的束縛，雖然她的腳仍綁在椅子上，卻還是能夠用上半身將弗蘭琪撲倒在地。

艾瑪用手臂勾住弗蘭琪的脖子，另一隻燃著火焰的手貼在她臉旁。

「住手、住手、住手！」弗蘭琪尖叫道，整個人扭來扭去。她似乎無法再用念力控制艾瑪，不論她怎麼努力，就是辦不到。

「放開我們，不然我就毀了她的臉！」艾瑪叫道，「我說到做到！我真的會動手！」

「噢，燒吧。」安潔莉卡說，「她太煩人了。」

其他人笑了起來。他們看起來很驚訝，但是對事態的轉變並不怎麼懊惱。

「你們為什麼杵在那裡？」弗蘭琪吼道，「殺了他們！」

狗臉雙腳伸直、腳踝交叉，雙手枕在後腦杓。「我不知道耶，弗蘭琪，事情才剛剛變得有趣呢。」

「我同意。」安潔莉卡說，「終於有一次讓我覺得不虛此行。」

艾瑪看起來很惱火。「你們沒人在乎她的死活嗎？」

「我在乎。」教師興趣缺缺地說。

「妳不能這麼對我！」弗蘭琪吼道，「妳是我的！我抓到的！」

我感覺手臂、腳和舌頭都漸漸恢復知覺。女孩下的咒語解除了。我看向我的朋友，他們也開始移動癱軟的四肢。

「我提議我們一起分了他們。」瑞克說，從腰間掏出一把粗槍管的手槍，上了膛。「你們各拿一個，兩個歸我。」

「我有更好的主意。」狗臉說。他四肢著地，發出凶猛的吼叫。「全部都歸我。」

「小心消化不良。」安潔莉卡警告道。

她頭上的煙霧閃著亮白色的光芒，隨即發出隆隆聲響。我原本以為是煙霧，結果是一團暴風雲。「還有，別想對我們用火。」她對艾瑪說。

「我們不屬於任何人。」我說，「也沒有人能買下我們。」

「要是時鳥委員會發現你們做的好事，你們麻煩就大了。」米勒說。

這番話讓他們挑起眉毛。瑞克往前踏了一步，語氣忽地多了分尊敬，說道：「你們誤會了，我們不**買**人，這種交易很久以前就不合法了。但我們偶爾會以金錢競價的方式，為犯罪的特異者交保，依照我們的**喜好**。」

「什麼犯罪？」米勒說，「你們才**是**罪犯。」

「闖入弗蘭琪的地盤。」狗臉說，而弗蘭琪怕到不敢說話。

「她陷害我們！」布蘭溫說，「用食物對我們下藥！」

「Ignorantia legis neminem excusat.」教師說，「不知法律不免責。」

「我們保釋你們，」瑞克繼續說，「你們不用坐牢，但要為我們工作三個月還債。很多人期滿後都會決定繼續留下來。」

「當然是那些還活著的人。」狗臉狡黠地一笑，「膽小鬼可不能加入我們。」

「妳，小姐，能力挺強的。」安潔莉卡說著，謹慎地邁向艾瑪，微微欠身。「我想妳在我的幫派會感覺賓至如歸，我們的能力都與元素有關，跟妳一樣。」

「讓我們打開天窗說亮話。」艾瑪說，「我不會跟妳走，我的朋友也一樣。」

「我想妳會的。」狗臉說。

布蘭溫扯開繩子發出啪的一聲巨響，她從椅子上站起來。

「不准動！」瑞克吼道，「不然我就開槍！」

「你開槍，我就燒她。」艾瑪說。

「照她說得做！」弗蘭琪發出呻吟。

瑞克猶豫了一下，稍微放低槍管。即使他們講話不留情面，但並非真的希望弗蘭琪死；又或者他們不是真的想殺死我們。

布蘭溫走到努兒椅子旁邊，扯斷綁住她的繩子。

「謝謝。」努兒說著，站起來揉著自己的手腕，然後她往空中猛揮了下手，將刺眼的聚光燈光線收攏。燈仍亮著，在上方的貓道閃閃發光，光束卻堪堪停在我們頭頂上方。「這樣好多了。」她雙手合攏，將她收集的少許光線壓縮，塞進嘴裡，臉頰像是嚼了一團發光的口香糖般鼓起。

「聖母瑪利亞。」瑞克咕噥了聲。

「你們是什麼人？」狗臉說。

布蘭溫才剛扯斷米勒的繩子，現在正走過來幫我鬆綁。

「他們不會是這裡的人。」安潔莉卡說，「有那樣的異能，他們的名字絕對會傳得沸沸揚揚。」

「記得偽人嗎？」米勒說。

「你一定是在開玩笑吧。」瑞克說。

「因為我們的緣故，他們現在不是死了就是進了監獄。」

「主要是因為**他**。」布蘭溫說。她扯斷我手腕的繩子，像勝利者一樣舉起我的手臂。

「我們是裴利隼女士的孤兒。如果她聽說你們做的事，她和其他時鳥會給你們好看，連怎麼死的都不知道。」

「那是我聽過最瘋狂的事了。」瑞克說。

「我想他們會在這裡混得很好。」狗臉說。

劇場裡的氣氛起了變化，他們不由得對我們多了幾分尊重，雙方也總算勢均力敵。但這些幫派領袖仍對我們和彼此保持警惕，沒人放下戒備。瑞克的槍仍瞄準我們，艾瑪依然將火貼緊弗蘭琪的臉，狗臉四肢著地準備突襲，而安潔莉卡的雲霧正悄悄形成雷雨，綿密的雨絲淋溼了她的頭和肩膀。我們感覺就像在點燃的炸藥旁起舞。

「我有個問題想問你們，你們最好實話實說。」瑞克說，「像你們這樣的人不會無緣無故到別的城市，你們為什麼來這裡？」

我猜測我以為雙方能平等交談，但現在回想起來，我都不知道我為什麼要告訴他。我很自豪也很輕率地把真相脫口而出，「我們是來幫她的。」我說，朝努兒點點頭。「她是新的特異者，有了危險，我們要來帶她跟我們回家。」

幫派領袖各自琢磨我的話後又面面相覷，眾人緊張地沉默了片刻。

「你說她是新的？」狗臉說，「意思是……未接觸者？」他身體向後傾站了起來，語調從低吼提高成正常人的聲音。

「沒錯。」艾瑪說，「有什麼問題嗎？」

安潔莉卡搖了搖頭，雨水從她的下巴滴下來。

「該死！」瑞克說，朝空氣揍了一拳。「該死，我真的很想要那個用火的。」

「你們在說什麼啊?」布蘭溫說。

「是呀,發生了什麼事?」努兒說。

弗蘭琪笑了起來。「噢,你們慘了。」她說。

「妳閉嘴。」艾瑪說。

「綁架未接觸特異者是重罪。」教師說,「重刑犯。」

「沒人綁架我。」努兒說。

「你們是外來者,」瑞克說,「而且要把未接觸特異者偷運出境,那就表示——」他重重地嘆了口氣,跺了一下腳。「真討厭!」

狗臉站起來,拍了拍手。「我們不能收你們。」他說,「不然就會變成同謀。」

「不行嗎?」安潔莉卡說,「我越來越中意他們了。」

「妳在開玩笑吧。」狗臉說。他開始不安地來回踱步。「如果我們不舉報,結果傳到李奧耳裡呢?我們的命就如螻蟻,比草芥更不值。」

「還以為你天不怕地不怕呢。」安潔莉卡說。

狗臉轉向她吼道:「白痴才不會怕李奧!」

瑞克轉過身,等他再轉回來時,手裡拿著一個看似小型手機的東西。「我討厭做這種事,真的,我很希望跟你們一起工作,但恐怕我別無選擇。」

他往手機按了好幾個鍵。不一會兒,警笛開始大作,彷彿瞬間從四面八方湧來——牆壁、天花板和空氣中。我和我朋友們面面相覷,然後看向面前那些美國人,他們早已放下武器,不再威脅我們,就只是面露沮喪。

艾瑪放開弗蘭琪，後者摔到地上。「我們另一個朋友呢？」艾瑪對那女孩大吼，「妳對伊諾做了什麼？」

弗蘭琪倉皇地跑向那些美國人。「他現在是我的收藏品了！」她躲在瑞克的膝蓋後面。「你們再也找不回他啦！」

如此一來，我們似乎沒理由再留下來，也沒什麼能脅迫我們。警笛大作，我和朋友四處張望。

「我想我們最好趕快離開這裡。」我說。

「還用你說。」艾瑪說。

我和艾瑪、努兒幫忙攙扶布蘭溫，她雖然可以自己行走，但仍有些搖晃。我們盡快跑下樓梯，沿著走道往後方出口走去，但動作不快。不論是那些美國人或他們的手下都沒有要阻止我們的意思。我們衝出門外，來到夕陽餘暉下。六名穿著一九二〇年代西裝、拿著古董機槍的男子跑向我們，他們舉起槍大吼要我們站住。一堆子彈射中我們身後的水泥牆後反彈。

我們停下腳步，其中一人突然踢了我的腳，讓我面朝下地摔在人行道上，還有個人用腳踩著我的頸背。

一個低沉而生硬的命令傳來：「戴上！」隨即一個頭罩套在我頭上。

四周陷入一片黑暗。

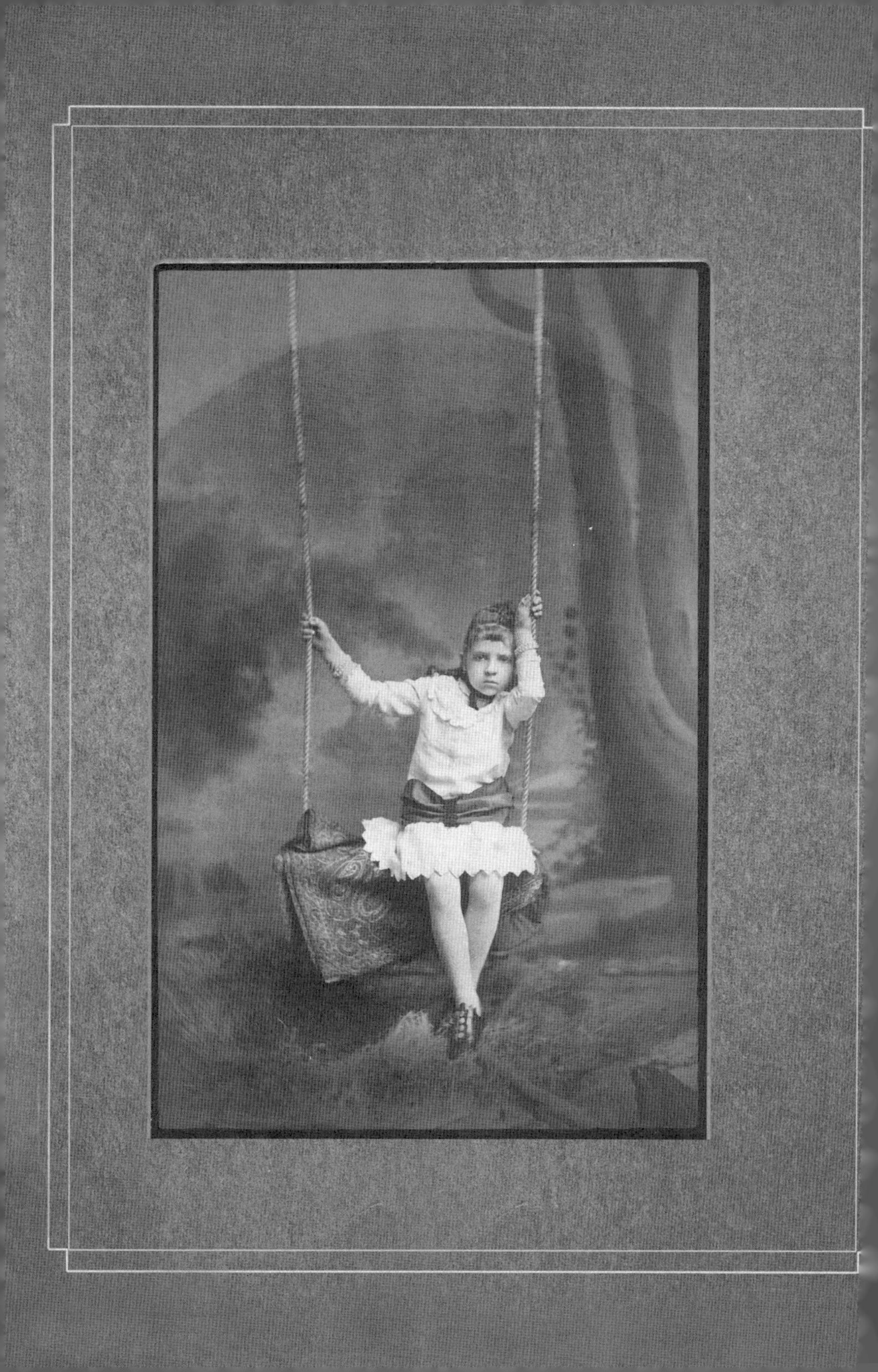

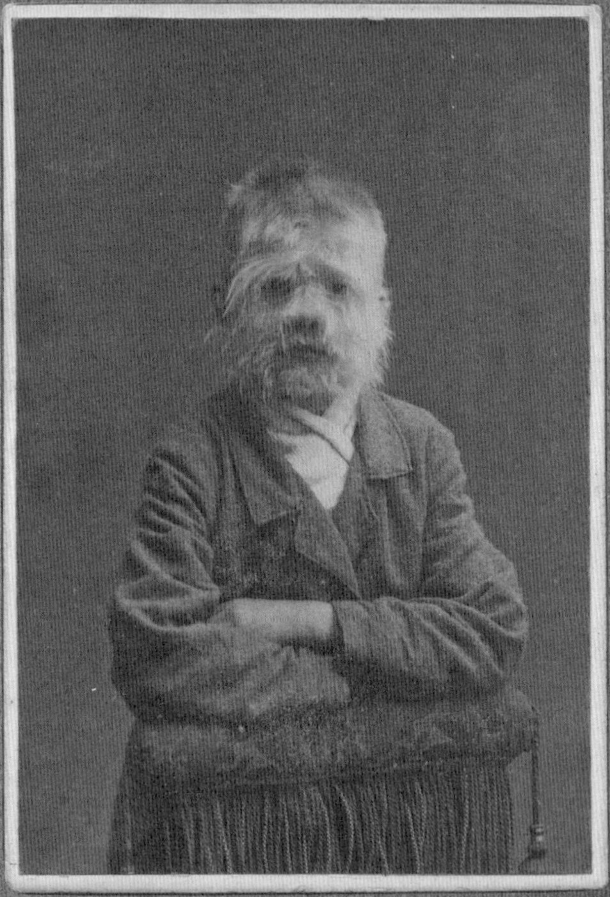

第十七章

有人拽著我的腳，粗暴地拉著我走了一會兒，接著抓著我的雙臂，將我扔到一個金屬地板上，用力甩上門。我想我被關在某種車子的後車廂裡。他們給我戴上頭罩，所以我什麼也看不見，也幾乎沒辦法呼吸。下巴因為剛才撞到水泥地面而隱隱作痛，手腕再次被綁起來，緊到磨破了皮。大型多缸引擎發出轟鳴，我聽見艾瑪說了句話，其中一個打手吼道：「閉嘴！」隨著啪的一聲響，整個空間安靜下來，我感到怒火中燒。

車子一路上震動搖晃，沒人開口說話。當我們坐在車裡，等待今後的命運時，我想到了兩件事：第一是這夥人鐵定是李奧的手下，這個人似乎是紐約唯一一個人人都怕的特異者；第二就是我把圓筒包弄丟了，而亞伯的任務日誌就放在裡頭。他唯一刻意鎖在自己祕密地窖裡的東西就是那本日誌，上面寫滿了敏感資訊。幾乎記載了他做為噬魂怪獵人的全部歲月，卻被我弄丟了。

我最後一次背著那個圓筒包是在落到弗蘭琪手中的時候，肯定是那個教師在把我們帶到廢棄劇院之前拿走了。他看過裡面了嗎？他知道自己拿到什麼嗎？更糟的是，要是他丟掉了，或者看了日誌呢？

然而現在這些都不重要了，如果這夥人真的是李奧的手下，而他又像每個人想得那樣可怕，我或許活不過今天。

司機猛地踩了煞車，我沿著金屬地板往後滑，一名打手抓住我的脖子。車子停了下來，我聽見門打開的聲音。我們被拖下車，推搡著進入某棟大樓，沿著走廊穿過一個圈套入口，轉換輕柔到我幾乎沒發覺。然後我們再次被帶到室外，但四周的氛圍已截然不同。天氣很冷，外頭熙熙攘攘，我們來到一個較久遠的年代。人們走在人行道上的腳步聲不一樣，聲音更扎實，因為沒有人穿運動鞋。四周都是車輛，引擎聲聽起來更刺耳，喇叭聲洪亮許多，排氣管則狂吐煙霧。

當我因路面不平而絆了兩次腳之後，抓著我手臂的男人警告我別輕舉妄動，然後就揭開我的頭罩，繼續推著我往前走。我眨著眼睛適應突如其來的亮光，試著將眼前的景象看清楚，弄清楚自己身在何地，畢竟我若想活命就得早點逃脫。

這裡是紐約，大概是二十世紀上半葉，我猜是一九三〇或四〇年代。路上的古董車和巴士無庸置疑是這個時期的，男士也都穿著西裝搭配帽子，綁架我的人完美地融入這個場景。他們一點也不在意摘掉我的頭罩，想來是因為他們不擔心我認出自己所在的地方。他們可能掌控了整個地區，向這個圈套裡的人呼救可能對我沒有好處——這夥人可能會殺了任何妨礙他們的普通人。為了不引起騷動，他們唯一費心遮掩的只有那些機槍，用報紙包住夾在胳膊下。

我們走在街上，似乎沒人注意我們，我不確定是紐約人的作風就是如此，或是這裡的人已經學會了忽視李奧的手下才能常保安康。我試著回頭看看我朋友是否都在，後腦杓卻因此挨了一記。綁匪就走在我的前方和左右兩側，狗臉和瑞克則落後幾步跟著，低聲交談。

我們轉進一條小巷，走上一個裝卸貨的坡道，又經過幾個穿著連身工作服的男人，進入一個昏暗的倉庫。

「李奧在等。」其中一個工人吼道。

我們穿過一個鬧哄哄的廚房，裡面擠滿了廚師和服務生。他們貼著牆讓我們通過，小心不跟我們對到眼。接著走過一個舞廳，一個大中午卻死氣沉沉的豪華酒吧，但有一半的座位坐滿了。最後走上一道鍍金樓梯，進到一個辦公室。

辦公室很大很漂亮，擺放著加上金色點綴的精緻木雕。在房間盡頭，一個男人坐在閃著光澤的大辦公桌後面等候。他穿著黑色細條紋西裝，搭配搶眼的紫色領帶，頭上那頂奶油色的霍姆堡氈帽，跟他身上的衣著不太相襯。他旁邊站了個高個子的男人，看起來像是殯葬員，穿了一身黑。

我們朝他走去，桌後的男人一直盯著我，我感覺皮膚刺痛，就像是被冰柱扎到一樣。他把玩著一把拆信刀，反覆把刀尖刺進桌面的綠色毛氈中，戳出一個個小洞。他的目光一動，很快地艾瑪、米勒和布蘭溫就被拖到我身旁站定。

努兒不在其中，不知道他們對她做了什麼，我感覺一股恐懼湧上心頭。而後瑞克、安潔莉卡和兩名瑞克的跟班快步進來，每個人身後都跟著一個里奧的人。狗臉不見蹤跡，顯然他逃跑了。

「李奧，很高興見到你，好久不見了。」瑞克說著，雖然沒戴帽子，但仍做了個舉帽的動作。他的跟班一聲不吭。

安潔莉卡鞠了躬。「你好啊，李奧。」她說，她頭上那團雲縮成適當的大小，緊緊攀附在她身上，彷彿也受到驚嚇。

李奧用拆信刀指著她。「妳最好不要在這裡下雨，小美人，這地毯我才讓人熨過。」

「不會的，先生。」

「那麼，」李奧把拆信刀對準我們。「就是他們？」

「對。」瑞克說。

「狗崽子去哪裡了？」

「跑了。」高個子男人說，聲音聽起來陰險油滑。

李奧稍微握緊那把拆信刀。「那很糟啊，比爾，人們會覺得我們對罪犯手軟。」

「我們會抓到他的，李奧。」

「最好別搞砸了。」他看向瑞克和安潔莉卡。「至於你們，我聽說你們參加了一場違法的拍賣會？」

「噢、不，不是這樣。」瑞克說，「這些特異者，」他指向我和我的朋友們。「我們想僱用他們，比較像是……是招聘會。」

「招聘會！」李奧笑了起來。「那可是全新的特異者，你確定你們不是想私下交易？藉由威脅恐嚇讓他們免費為你們工作？」

「不，沒有的事。」瑞克說。

「我們絕不會那樣做。」安潔莉卡說。

「那你們怎麼處置外來者？」李奧說。

「交給你。」瑞克說。

「沒錯。」

「弗蘭琪以為他們沒什麼特別的，所以——」

「弗蘭琪是個神經病！」李奧吼道，「判斷誰是無名小卒、誰是臥底不是她的工作，你們把外來者交上來，**由我**判定！明白嗎？」

「明白，李奧。」兩人異口同聲。

「那個吞光者呢？」

「在休息室等著。」李奧的左右手比爾說，「吉米和沃克在看著她。」

「好，別對她無禮。記住，我們首先是要交朋友。」

「知道了，李奧。」

李奧轉而面向我們，把腳從桌面拿開，往前坐了一些。「你們哪裡來的？」他說，「你們是加州幫對不對？米斯的人？」

「我來自佛羅里達。」我說。

「我們是英國來的。」布蘭溫說，聲音聽起來粗啞。

「我們不認識什麼米斯，也不知道你在說什麼。」艾瑪說。

李奧點點頭，垂眼看著桌面，沉默了很長一段時間。當他再次抬起頭時，臉色因憤怒而漲紅。

「我是李奧．伯漢姆，這座城市歸我管。」

「整個東海岸。」比爾說。

「這裡的規矩是，我問問題，你們老實回答。最好不要騙我，也不要浪費我的時間。」

李奧將手舉過頭頂，狠狠地往下一戳，將拆信刀用力地刺入桌面。房內的每個人都嚇了一跳。

「宣讀罪狀，比爾。」李奧說。

比爾打開便條簿。「私闖民宅、拒捕、綁架未接觸特異者。」

「加上假造身分。」李奧說。

「了解，李奧。」比爾邊說邊書寫。

李奧從辦公椅上站起來，晃到椅子後面，前臂靠在椅背金色的鑲邊上。「自從偽人和影子怪物不告而別，圈套日漸開放後，」他說，「我就知道遲早有人會試圖來搶我們的地盤。我以為他們會先奪取外圍那些無關緊要的圈套，像是芬曼女士在松林荒地外的部隊，或裘斯．巴羅在波克諾山的賭窟；但是衝著我們所知力量最強大的野生種而來……我不知道這事發生多久了，而且還是在光天化日之下，在我的地盤裡——」他邊說邊直起身子，憤怒使得他口沫橫飛。「這不僅是無恥，還是羞辱。你們加州幫以為『李奧很弱，李奧睡著了，我們直接到他家拿走小豬撲滿就好，反正不會被抓。』」

「你顯然很生氣。」米勒說，「雖然我不想跟你唱反調讓你更加惱怒，但我們不是你以為的人。」

李奧從他的椅子後面走出來，站到米勒面前，後者被迫穿上條紋睡袍，讓他難以偷溜。

「你是本地人？」李奧問，聲音平穩。

「不是。」米勒答道。

「你們想偷走那野生種？」

「野生種到底是指什麼？」

李奧朝米勒肚子揍了一拳，米勒彎下腰去，發出呻吟。

「住手！」艾瑪叫道。

「比爾，告訴他們野生種是什麼。」

「不知道自己是特異者的特異者，並且尚未跟任何特異者幫派或團體結盟。」比爾背誦般說道。

「野生種」似乎是未接觸特異者的另一種稱呼，但比較有貶損的意味。

「她有危險。」我說，「我們想幫她。」

「所以帶她穿越五區？」李奧似乎並不買帳。

「去我們在倫敦的圈套，」布蘭溫說，「讓她遠離你這樣的人。」

李奧揚了揚眉毛。「倫敦，你看，比爾，這比我想得還糟，現在不只加州幫，英國佬也找上門了。」

「她不屬於你們，也不是你們的一分子。」我說，「她是自願跟我們走的。」

李奧拉挺衣領，直直走向我。扣住我手臂的人抓得更用力了。「我不知道你是真的無知，還是假裝不知道。」他說得很快，「但無所謂，法律就是法律，這個國家的法律就是如此，那個吞光者是本地人，誘使她離開就是犯罪，而你們已經認罪了，我除了拿你們殺雞儆猴外別無選擇。」他舉起手打了我一巴掌，一切發生得太快，我還來不及做好挨打的準備。這一掌的衝擊與力道幾乎把我打倒在地上。

「比爾，把這些混混帶出去，查出他們是誰，不要怕施壓，我們可不是好欺負的。」

「沒問題，李奧。」

被拖出去時我看見艾瑪的臉，她也朝我看過來。我對她做了個不會有事的的口形，但這是自從我們幾天前離開佛羅里達以來，我第一次覺得毫無把握。

這就是我和李奧最初的相遇，但不會是最後一次。

MINISTRY OF PECUL
AFFAIRS
PROPERTY OF ARCHIVES
№ 224

我說不上來在那個牢房裡待了多久。我感覺像是過了好幾天，但也可能不到二十四個小時。沒有窗子、沒有陽光，除了一張小床和馬桶外，沒有任何家具。那裡唯一的光源是一個永不熄滅的燈泡，所以時間流逝變得難以衡量，尤其受到圈套時差的影響，我的身體時鐘原本就很混亂。

他們送來錫碗裝的食物、錫杯裝的水，每隔幾小時就會有人來問話，通常都是不同的人。起初他們只想知道我來自哪裡和為誰工作，他們似乎真的相信我來自加州，而且騙他們我不是加州幫的人——他們一直是這麼叫我的。雖然我用盡各種方法否認，但事實真相——我跟這群來自英國的特異者是一起的——聽起來又不太可信，因為我說話明顯有美國口音，而且我來自現代，我朋友卻不是。要說服他們很難，我的說詞一點都不合理。他們輕描淡寫地說要將我處死，對我和我朋友們犯下的「罪行」進行嚴懲。但他們沒有打我或是折磨我，我想這跟走廊盡頭的那個人有關。每隔幾個小時，他們就會把我帶出牢房，去到另一個無窗的房間，坐在一個面孔嚴肅的男子對面。他頭髮剪得很短，戴著小小的圓框眼鏡，很長一段時間就只是盯著我看，不發一語，身體往後靠著椅背，啃著酸黃瓜。

我覺得他是在試著讀取我的心思。不知道酸黃瓜是否是他能力的一部分，或者他只是吃上了癮。最後他肯定找到了他想知道的信息——或者他們入侵了我其中一個朋友的大腦——因為其他審訊員忽然改變態度，他們似乎相信了我不是加州人，而且我跟來自大西洋對岸的特異者是同夥。

後來他們還想知道歐洲特異者、時鳥和裴利隼女士的事。他們相信時鳥謀劃了一場入侵或襲擊。他們想知道我們從美國綁走了多少特異者，引誘了幾個野生種。我跟他們說一個也沒有，我們是單獨行動，沒有讓時鳥知道。我重申對李奧說過的話：我們是來幫助一個身陷危險的未接觸特異者，我們只是想幫她。

「什麼危險？」審訊員問。他很高大，下巴的鬍子沒刮，留著一頭白髮。

我覺得告訴他們實情沒有壞處，便描述了學校裡跟蹤她的人、黑色窗戶的SUV、建築工地的直升機，以及一個男人在追我們的過程中，用某種飛鏢射中布蘭溫。

「我沒讀過書，」審訊者說，「但我對我們的敵人暸若指掌，我知道他們長什麼樣子、穿著打扮、早餐吃什麼和他們母親叫什麼名字，而這些人跟他們一點都不像。」

「我發誓這是真的。」我說，「這件事跟時鳥毫無瓜葛，也不關裴利隼女士的事。這個女生有危險，我們只是想幫她。」

審訊員大笑起來。「只是想幫她。」他傾身靠近我，我能聞到他身上散發的薄荷腦和夜間盜汗的酸臭味。「我見過時鳥一次，在斯克內塔第。一個老太太，跟大約二十個孩童一起住在樹林裡。他們像是小鴨般跟著她，同床共寢，連上廁所也跟著去。」他搖搖頭，「這世上沒有人**只是想幫忙**，況且，時鳥監護的孩子也不會獨自行動。」

我感到一陣憤怒和自尊心受損。

「我爺爺就是。」為什麼要保守祕密？我不能讓他們以為時鳥想對付他們，誰知道那會造成什麼後果。「他有個團隊專門對抗噬魂怪，並對有危險的特異者伸出援手。人們叫他甘迪。」

審訊員收起笑容，把我的供述寫在一本小便條簿上。

「他今年稍早去世了。」我接著說，「他希望我接手他的工作，至少我這麼認為。我從他的一個同事那裡接到任務。」

審訊員從便條簿上抬起頭來。「你是說甘迪的同夥還活著？」

他盯著我的方式讓我不寒而慄，我知道我說錯話了。

「不——」我假裝不懂他的意思。「我們是透過一個機器獲得指示。」我撒謊。「就是那種電傳打字機？我剛好站在附近，命令就印在一張紙上傳出來，好像它知道我在那裡似的。我只是假設是爺爺的同事傳的。」我想將剛才對H的描述掩蓋過去，但為時已晚。

審訊員闔上便條簿。「你幫了大忙。」他說，隨即眨眨眼，將椅子往後推。

「我們不是故意要來找麻煩的，」我說，「我們不知道這裡是你們的地盤，也不知道這裡的法律之類的。」

鑰匙插進門裡嘎吱一聲，門打開了。審訊員對我微笑。

「祝你愉快。」

二十分鐘後，他們把我拉去見李奧。房間裡只有他、抓住我的那個人和他一身黑的得力助手比爾。我一進門，李奧便走向我，朝我的臉揍了一拳。

「你知道你爺爺是殺人兇手，對不對？」

№ 561
PECULIAR AFFAIRS

我不知道該說什麼，所以保持沉默，他顯然心情很惡劣。

「甘迪，或隨便你怎麼叫他。」

「他叫亞伯拉罕・波曼。」我小聲說。

「綁架、謀殺，一個神經病。看著我。」

我抬頭對上他的目光。「你根本不知道你在說什麼。」

「是嗎？」他說，「比爾，把甘迪的檔案拿來。」

比爾走向其中一個文件櫃，開始翻找。

「他是個好人。」我說，「他對抗怪物，救人性命。」

「起初我們也是這麼認為。」李奧說，「直到我們發現他是個怪物。」

「找到了，李奧。」比爾說。

比爾拿著一個棕色的文件夾走過來，李奧接過來打開，翻到其中一頁，臉上冷硬的表情出現裂痕。「這裡。」他說著，我看到他皺眉。

他狠狠地打了我一巴掌，使我踉蹌了一下，抓住我的男人再次把我拉起來。我整個頭都在刺痛。

「她是我的教女。」李奧說，「一個甜美的小女孩，才八歲，名叫阿嘉莎。」

他把文件轉過來讓我看。那頁夾著一張照片，上面是一個騎著三輪車的小女孩，我體內湧出一股深沉的恐懼。

「他們連夜帶走了她，甘迪和他的同夥。他們甚至帶著一個影子怪物，聽命於他們。牠打破她房間的窗戶，把她從二樓拉出來。有一條黑色的汙漬延續到她床邊。」

「不會的，」我說，「他絕不可能綁架小孩。」

「有人看到他了！」他吼道，「她卻消失了，再也沒人見過她。他要嘛把她餵給那東西吃，要嘛就是親手殺了她。如果他把她賣到其他幫派去，我會聽見風聲，她就能重獲自由。」

「我很遺憾發生這樣的事，」我說，「但我可以保證不是他做的。」

他又打了我一下，這次打在另一邊臉頰，我的視線頓時模糊起來，耳朵嗡嗡作響。等我能看清楚了，發現他正望向窗外灰濛濛的午後。

「一共有十樁綁架事件我們確定與他有關，這只是其中一件。有十個小孩被帶走，從此消失在這個世界上。他手上沾滿鮮血，但你說他死了，所以我決定要你替他付出代價。」

他走到一個擺滿酒瓶的手推車旁，為自己倒了一小杯棕色的酒，一口灌下。

「好了，你說這個還活著的同夥在哪裡？」

「不知道，我不知道。」

我決定和盤托出H的事，反正我已經說溜了嘴，而且我掌握的資訊也不足以將他們引到他身邊，我甚至不知道他住哪裡。

李奧的手下用手臂勾住我的脖子，我感覺他的手臂越收越緊。

「你**知道**！你要把那女孩帶給他！」

「不，我要把她帶去一個圈套，沒有要去找他。」

「什麼圈套？」

「我不知道。」我撒謊，「他還沒跟我說。」

比爾扳著手指的關節。「他在裝傻，李奧，他以為你會上當。」

「沒關係。」李奧說，「我們會找到他。沒人能躲在我的地盤裡不被發現。我真正想知道的是，你們對他們做了什麼？那些受害者？」

「沒有。」我說，「我們沒有害人。」

他一把抓起放在桌上的文件，翻了開來，推到我面前。「這是你爺爺救的一個小孩，兩個星期後我們找到他，他看起來像是被救了嗎？啊？」

那是一張屍體的照片，一個小男孩肢體殘缺，死狀悽慘。

他揍了我的肚子一拳，我彎下腰，發出呻吟。

「這是什麼病態的家族事業？是這樣嗎？」

他踢了我，我倒在地上。

「她在哪？阿嘉莎在哪？」

我說著：「我不知道，我不知道。」或者試圖開口，但他一次又一次地踢我，直到我呼呼困難，鼻血滴得滿地都是。

「把他拉起來。」李奧厭惡地說，「該死，我又要讓人重新熨過地毯了。」

他們抓著我的手臂把我拉起來，但我的腳無法支撐身體的重量，又跪到了地上。

「我要殺了甘迪，」李奧說，「我要親手殺了那該死的混蛋。」

「甘迪死了，李奧。」比爾說。

「甘迪死了。」李奧重複道，「那我要你為他付出代價，小子。現在幾點了？」

「快六點。」比爾說。

「到了早晨就處死他。弄得盛大一點，邀請所有部隊。」

「你錯了。」我低語道，聲音微微顫抖。「你看錯他了。」

「你想怎樣，小子？溺死還是槍斃？」

「我可以證明。」

「還是兩個都要？」比爾說。

「好主意，比爾。一次給他，一次給親愛的甘迪爺爺。現在把他拉出去。」

當晚，他們第一次關掉我牢房裡的燈。我渾身疼痛地躺在昏暗之中，希望身體就此消失，思緒一片混亂。我擔心我的朋友，他們是否被打、受到折磨或威脅？我擔心努兒和他們打算對她做的事。如果我從未試圖幫她，她的處境會不會比現在更好？如果我有聽H的話，在他打來時立刻收手呢？

答案幾乎可以肯定。

我承認，我也擔心自己的處境。自從我來到這裡以後，李奧的人就不停威脅我，但這是第一次他們像是真的要殺我。李奧不再需要從我口中問出任何情報了，他似乎只想要我死。

他對爺爺的那些瘋狂指控又是怎麼回事？我從不覺得他說的是真的——但會是誰做的？我有想過是偽人進行綁架與謀殺，然後假裝是亞伯做的、陷害他，希望李奧的幫派能夠殺了他，替偽人解決一個麻煩。至於爺爺在犯罪現場被目擊（李奧強調這一點），偽人是偽裝大

師，或許他們之中有人打扮成他的模樣，或戴了唯妙唯肖的面具。

牢房門忽地傳來響亮的敲打聲。

來了，他們要送我上路了，甚至不想等到早上。

門上的窗格打開。

「波曼。」

來人是李奧。我很驚訝，又覺得很合理——他想親自做個了斷。

「過來。」

我從床上起身，站到門上的窗格前。

「偽人陷害了我爺爺。」我說，不是因為我覺得他會相信我，而是我不得不說。

「閉上你該死的嘴。」他頓了一會兒，整理一下思緒。「認識這個女人嗎？」

他把一張照片拿到窗格前。我對這個意料之外的人物感到困惑，好一會兒才反應過來。照片上是那個染了一頭金髮、戴著白手套和羽毛帽的女歌手。她手裡拿著一瓶通樂，看起來像是在對它歌唱。

「她是男爵夫人。」我說，很開心自己的腦袋沒有壞掉。

李奧放下照片，皺著眉頭看了我片刻。我完全看不懂他的表情，是通過測驗了？還是又說錯話了？

「我們打了幾通電話。」他最後說，「你的同伴說你們曾在火鶴大莊園暫留。我們很擔心，所以就打給住在那裡的朋友，看看是否全部被你們殺光了。我很驚訝，你們的所作所為不僅得體，還幫我解決了我一直想要處理的一些事情。」

我一頭霧水。「什麼事？」

「那些自以為是老大的白痴飛車黨！我一直打算去趟佛羅里達，把他們狠揍一頓，你們幫我省了這個麻煩。」

「那其實、呃，沒什麼。」我努力讓聲音聽起來平靜一點，不要像某個仍然擔心自己可能會被殺的人。

李奧笑了笑，垂下視線，彷彿很尷尬。「你可能會想，像我這樣的大人物為什麼會在乎一個觀光客圈套。若不是我妹妹住在那裡，我根本不會管。」

「你是說男爵夫人？」

「她叫朵娜，她喜歡那裡的天氣。」他搖搖頭，小聲地自言自語：「上了幾節歌劇課……」

「你要放我走？」

「光靠我妹妹說好話只會讓你不用死而已，但你有個身分特殊的朋友。」

「是嗎？」

他一下關上窗格。鑰匙轉動門鎖，然後門打開了。我們之間只距離幾步，而且毫無阻隔。然後他站到一旁，沿著走廊朝我大步走來的人是裴利隼女士。

好一會兒，我以為自己在做夢，然後她開口：

「雅各，馬上從裡面出來。」

她明明很生氣，臉上卻滿是痛苦及擔心的神情，眼睛因為鬆了口氣而睜大。我知道她會在我奔向她時張開雙臂——她也的確這麼做了。我緊緊地擁抱她。

「裴利隼女士、裴利隼女士，我很抱歉。」

她拍拍我的背，親吻我的額頭。

「等會兒再說吧，波曼先生。」

我轉向李奧。「我的朋友呢？」

「在卸貨平臺等你。」

「努兒呢？」

他的表情立刻一沉。「別得寸進尺，孩子，不要再來這裡了。你幫了我妹妹可免除牢獄之苦，但下不為例。」

李奧的手下帶我們通過走廊，穿過李奧的俱樂部和廚房，去到外面的卸貨平臺。在微弱的曙光中，我看見艾瑪和布蘭溫等在那裡，旁邊則是穿著白襯衫和灰色休閒褲的米勒。當我看見他們完好無缺地站著，沒有受傷，頓時整個人鬆懈下來。直到那時，我才意識到之前自己多麼絕望。

「噢，感謝神鳥。」布蘭溫說，在我和裴利隼女士靠近時雙手合十。

「我說他會沒事的。」米勒說，「雅各自己應付得來。」

「沒事？」艾瑪說著，臉色蒼白地檢查我的傷勢。「他們對你做了什麼？」

我有一陣子沒照鏡子了，但從我斷掉的鼻梁和身上其他的傷判斷，樣子一定很嚇人。

艾瑪抱著我，在那一剎那我們彼此之間發生的事都不重要了，我只覺得能再次擁抱她真好。她抱我的力道有點太緊，讓我肋骨的傷隱隱作痛。我吸了一口氣，往後退。我向她保證我沒事，雖然我的腦門腫得像快爆掉的氣球。「伊諾呢？」我說。

「在惡魔之灣。」米勒說。

「謝天謝地。」

「他從那家可怕的餐館逃出來後，」艾瑪說，「打電話回你家把事情都跟裴利隼女士說了，她們才找到這裡來。」

「我們欠他一命。」米勒說，「沒想到有一天我會說出這種話。」

「你可以在回惡魔之灣的路上了解細節。」一個帶有法國口音的聲音傳來，我轉身看見杜鵑女士和另一名時鳥站在出口處。她穿了件銀色高領的電藍色洋裝，面無表情。不論是她或另一名時鳥看到我們，都沒有露出一點高興的樣子。

「來吧，車子在等了。」

李奧的人目送我們出去，不只視線，槍管也隨著我們移動。我再次想到努兒，以及我們要把她丟在這裡，成為某種俘虜。我覺得很難受，不僅因為我們任務失敗，而是我可能讓她的命運變得比孤身一人更慘。

時鳥將我們從卸貨平臺打包上一輛大車，車門還沒關上便駛離了俱樂部。

「裴利隼女士？」我說。

她微微轉頭，露出側臉。「你還是不要說話比較好。」她說。

第十八章

我們經由連到圓形圈套的曼哈頓圈套入口回到惡魔之灣——要是我們之前知道這條路線，就不用花好幾天開車，也省去數不清的麻煩。由於我受了傷，時鳥沒有馬上訓斥我，反而帶我去找一位名叫拉斐爾的接骨師。他就在尖刺小街的一間破屋裡工作。當天剩下的時間（包括整個晚上），我都躺在一個擺滿藥瓶的房間裡，拉斐爾用具刺激性的藥粉和味道刺鼻的膏藥為我療傷。雖然他不是塵土教母，但我感覺自己的傷口已經開始癒合。

我被禁止下床，可是卻幾乎無法入睡，因為失敗、自我懷疑和內疚而苦惱不已（要是我聽H的話，在他要求我停手時終止任務就好了）。李奧對於爺爺的指控也讓我心神不寧。不是因為我覺得李奧說的是真的——爺爺當然是被偽人陷害的，這是唯一說得通的解釋——而是任何人都可以編造這樣的謊言汙衊他令我惴惴不安。我必須澄清謠言，如果我能再次聯絡上H的話；而我主要對努兒感到愧疚，如果她從未碰到我，現在會更安全，雖然過著被追捕的生活，但至少是自由的。

早上我的朋友們來看我，艾瑪、米勒和布蘭溫，還有伊諾也來了。他講述自己如何從弗蘭琪詭異的催眠術中掙脫出來，發現自己穿著娃娃的衣服，便盡快脫下衣服，逃跑了。

「我們認為他是在我對付弗蘭琪的時候醒過來的。」艾瑪說，「她解開了對我們所有人的催眠，一定也影響了伊諾。」

「她的力量相當強大，可以遠端操控別人。」米勒說，「我要把她寫進我的《美國特異者名人錄》裡。」

「我也能遠端操控別人啊，」伊諾說，「只要是死人。」

「真可惜，你們會是很配的一對。」我說。

伊諾靠了過來，碰了碰我手臂上的瘀傷，我痛得大叫。

他們告訴我裴利隼女士還沒找他們談話，甚至沒有絲毫譴責。回來這裡以後，她幾乎不跟任何人說話，也沒有警告我們不准離開惡魔之彎。

「她依然很生氣。」艾瑪說，「我從未見過她這個樣子。」

「我也是。」布蘭溫說，「就連當初我哥不顧大家都在船上，還把石灘島渡輪整個弄沉也沒這麼生氣。」

「要是她們把我們逐出特異王國怎麼辦？」艾瑪說。

「這整件事就是個餿主意。」布蘭溫悲慘地說。

「我們在妳被飛鏢還是什麼的打中之前都很順利。」伊諾說。

「所以是**我的**錯嘍？」

「如果不是為了找醫院，我們就不會落入弗蘭琪的陷阱裡！」

「這不是誰的錯，」我說，「我們只是運氣不好。」

「就算布蘭溫沒受傷，也會有其他事阻撓我們。」艾瑪說，「想想我們有多無知，能做到這種地步已經很不可思議了。我們太蠢了，以為一點點準備和訓練就能在美國出任務。」

她很快地瞄了我一眼，然後移開視線。「畢竟這個世上只有一個亞伯．波曼。」

輕描淡寫的一眼，卻刺痛了我的心。我痛苦地掙扎著從床上坐起來。「他的搭檔覺得我們準備好了，所以才給我們這個任務。」

「而我非常想知道為什麼。」門口一個聲音說。

我們轉頭看見裴利隼女士，拿著一個沒點燃的菸斗靠在門框上。她在那裡多久了？

每個人的神情都緊繃起來，準備挨罵。裴利隼女士走進門內，觀察整個房間的設備。「我想你們不知道自己闖了多大的禍吧？」她走到一半停下腳步。

「妳一定很擔心。」米勒說。

她猛地把頭轉向他，瞇起眼睛，顯然她還不想聽我們說話。「我是擔心，但不只擔心你們。」她的語氣異常冷淡，「我們籌劃了好幾個月的時間，甚至早在噬魂怪的威脅消退之前，就一直在努力爭取跟美國幫派達成和平協議。你們的所作所為很可能讓這些努力付諸流水。」

「我們不知道。」我小聲說，「妳和杜鵑女士說時鳥在忙著重建圈套。」

「這是我們的最高機密。」她說，「我從沒想過還得警告自己的學生不要以身犯險，闖入管轄混亂的區域。你們不僅沒有取得同意，甚至沒有告訴我，就接受一個不知名、完全不可靠的來源指派，去進行某個計畫不周的營救任務……」她的語調變得尖銳，然後她頓了下，用指節揉了揉眼睛。「抱歉，我幾天沒睡了。」

她從裙子口袋掏出一根火柴，抬起腳，輕巧地劃過鞋底，點燃她的菸斗。她沉思著呼出幾口煙後，繼續說：

「我和其他時鳥不眠不休地想方設法，才和五區幫的李奧．伯漢姆達成協議，釋放你們。結果原本極力促成和平條約的人反而被指控犯下嚴重的罪刑，事態變得相當複雜。」裴利隼女士讓我們思考片刻，繼續說道，「美國一直有嚴重的分歧。接下來我要說的才是重點，之所以告訴你們是因為我想讓你們牢牢記住自己讓情況變得多棘手。美國主要分成三個派系：五區幫，影響力遍及整個東海岸；隱形之手，勢力集中在底特律；然後是西部的加州幫，以洛杉磯為總部。德州和美國南方則是自治及半法治區，抵制任何圈套的集中控制。這種不幸的局勢只會加劇社會分裂，但三大巨頭之間緊繃的關係才是關鍵所在。他們長期為了邊界問題爭執不斷，再加上往日舊恨，雖然這一百年來，噬魂怪襲擊的威脅嚴重削弱了幫派的機動性，阻止小規模的衝突升級為戰爭。但如今大部分的噬魂怪都走了，衝突日漸加劇。」

「換句話說，我們選了一個糟糕的時機犯下大錯。」米勒說。

「沒錯。」裴利隼女士贊同道，「尤其是我們時鳥在這中間必須小心地周旋。」

這些事我先前聽說過，但我的朋友沒有。他們一下子洩了氣，全嚇壞了。

「我可以理解情勢複雜，」我說，「我只是不明白為什麼幫助其他特異者有那麼糟糕。」

「在歐洲沒什麼，」裴利隼女士說，「但在美國是很嚴重的褻瀆。」

「但我爺爺幾乎這輩子都在幫助未接觸特異者。」

「那是好幾年前的事了！」她幾乎是用吼的。「情況改變了，波曼先生！法律已經改寫！如果你先問過我，或其他時鳥，我們就會告訴你美國人的領土意識很強，二十五年前的英勇行為現在會被視為死罪。」

「但為什麼？」

「因為在特異王國中最有價值的資源是我們：特異者。如果兩個圈套之間發生紛爭，他們就需要盡可能地挖掘更多特異者，成為戰士、接骨師、信差、隱形間諜等等，組成一支軍隊；但特異者能招募的人口十分有限，拜貪得無厭的噬魂怪之賜，特異者已有很長一段時間難現蹤跡，一出現就會被搶走，一點都不誇張。而且由於缺乏新血，特異者人口逐漸老化，又離不開圈套。日漸衰老且無法離開圈套的軍隊效率實在不高，所以在特異王國再也沒有比未接觸特異者更具價值的存在了，尤其是能力強大的特異者。」

「為什麼H不告訴我們？」我說，「他一定知道幫助努兒會惹到當地的幫派。」

「我也想問他相同的問題，」裴利隼女士生氣地說，「遠不止這個問題。」

「我相信他的動機是好的，」米勒說，「努兒還被其他凶狠的人追殺。」

「幫助她或許是好事，」裴利隼女士說，「但讓我監護的孩子身涉其中就不是了。」

「我們很抱歉。」艾瑪說，「請相信我們是真心的。」

裴利隼女士沒有理她，她一直忽視我們任何道歉的舉動。她走到窗邊，對著嘈雜的大街呼出一團煙。「我們原本在談和方面取得進展，但這件事嚴重損害了美國幫派對我們的信任。中立黨不能被懷疑除了和平以外還有其他意圖，這對和談是一大打擊。」

「他們會發動戰爭嗎？」米勒說，「因為我們？」

「我們或許還有機會補救。但那些幫派在許多關鍵問題上和我們的想法相去甚遠。他們必須就領土邊界達成共識，並選出維護和平委員會……這些都不是小事，而且是很大的賭注。要是幫派間爆發戰爭，不只是對美國特異者，對我們所有人都是一場災難。戰爭可謂細菌，幾乎難以控制，一定會傳播開來。」

從我們耷拉的肩膀和沮喪的表情可以看出每個人都羞愧不已，我也開始後悔——甚至寧願不曾與H取得聯繫。

過了似乎很長一段時間後，裴利隼女士轉身看向我們。「比起幫派不信任我們，」她說著嘆了口氣，「我覺得更糟糕的是，我再也沒辦法相信你們了。」

「別這樣說，女士，請別說這種話。」布蘭溫哀求道。

「妳大概是最讓我失望的人，布朗利小姐。布魯小姐或歐康納先生做出那樣的事不令人意外，但妳一直很忠心、善良。」

「我會彌補的，」布蘭溫說，「我保證。」

「妳這一個月要在惡魔之灣跟清潔廚房小組一起工作。」

「好、好，沒問題。」布蘭溫殷切地點頭，表情因為受罰而鬆了口氣，因為這表示有可能獲得原諒。

「布魯小姐，我要重新安排妳到濃煙街的垃圾焚化爐工作。」我看見艾瑪瑟縮了一下，但什麼也沒說。「歐康納先生，你負責打掃煙囪；諾林先生──」

「裴利隼女士？」我打斷她。

她話才說到一半，我的朋友皆難以置信地盯著我。

「什麼事？」裴利隼女士說。

我知道我要問的問題會受到一堆人抗議，但我還是要說。

「努兒怎麼辦？」

「什麼怎麼辦？」裴利隼女士說。我知道她的耐心已經快磨光了，但我沒辦法就這樣撒手不管。

「我們就……把她丟在那裡。」我說。

「我知道發生了什麼事，」裴利隼女士說，「如果可以，我也想讓她跟我們一起回惡魔之濟；但為了釋放**你們**已經用光我所有的手段，而且一直堅持帶走她，只會讓整件事看起來像是她才是我們的目標，我們真的是衝著未接觸特異者而去的，那會破壞和平談判。」

裴利隼女士說得有道理，但她說的是政治，我的重點是活生生的人。難道我們沒辦法在避免戰爭爆發的同時拯救努兒嗎？所以我堅持己見。

「李奧既瘋狂又危險。」我說，「我知道這樣很糟，但或許我們可以**偷偷**把她帶出來，他們就不會知道是我們……」

艾瑪狠狠地瞪了我一眼。**別說了**，她向我做了個口形。

我看得出來裴利隼女士快要失去耐性。

「波曼先生。」她說，「如果那個女生有危險，也是你的錯。我不敢相信在我跟你說了那麼多以後，你仍堅持要我們把她帶出那個圈套，簡直難以置信。」

「我知道是我的錯，我也承認，」我說得很快，努力表達我的看法，並避免把裴利隼女士逼得太緊。「但妳應該看看那些追捕她的人，他們有直升機，還有像是特種作戰部隊的裝備。」

「顯然那是其中一個幫派的人馬。」

「不是，」我提高音量，「李奧的人不知道他們是**誰**——」

「波曼先生。」

「她一定有什麼特別的地方，非常重要，我感覺得出來——」

「**波曼**先生**！**」

「雅各，**住口**。」米勒喝斥我。

「我只是覺得如果她不重要，H就不會派我們去找她，他不是笨蛋。」

「波曼先生，她不是你該**關心**的事！」裴利隼女士大吼。

我從未聽過她這樣大吼，房間頓時變得悄然無聲，就連窗外傳來的喧鬧聲似乎都安靜了下來。

她渾身因憤怒而顫抖。

「有時候我們必須為大局著想，不可能面面俱到。」她說，努力控制她的語氣。「一個人的安全不比成千上萬人的和平重要。」

我也很生氣，所以除了「爛透了」三個字，我講不出更能表達自己想法的話。

布蘭溫倒抽一口氣，從來沒人敢那樣對裴利隼女士說話。

裴利隼女士往前站了一步，靠近躺在床上的我。「是的，波曼先生，**爛透了**。但是能夠在那麼**爛**的選擇間做出決定，正是領袖可以被人罵**爛**的原因，這也是我們永遠不讓孩子參與高層決策的原因。」她刻意說出「孩子」這個詞，彷彿狠狠地甩了我們一巴掌。

我看見艾瑪皺了皺眉，「裴利隼女士？」她開口。

裴利隼女士猛地轉向她，彷彿覺得她竟敢在這時候發言。「什麼事，布魯小姐？」

「我們不是小孩了。」

「你們是。」她說，「你們就是小孩，今天發生的事證明了一切。」她隨即轉身步出房間。

裴利隼女士離開後留下我們在震驚中沉默，等她的腳步聲漸漸遠離，大家才敢開口說話。

「你真是個混蛋，波曼。」伊諾說，「你讓她更生氣了，開口閉口都是那個女生的事！」

「如果你們之中有人被留在那個圈套裡，**大家**都會很擔心。」我說，「為什麼就不能擔心她？」

「裴女士說了，」布蘭溫說，「那不關我們的事。」

「他們又不會**殺**了她。」伊諾說，「她跟李奧那夥人在一起，絕對比她在某個廢棄大樓躲避直升機更安全。」

「我們不確定！」我說，「任務是把她帶到安全的圈套去，而不是把她丟在——」

「管他什麼**任務**！」艾瑪脫口而出，「已經沒有任務了！任務結束！笨蛋才會接那個任務！」

「我舉雙手贊成。」布蘭溫說，「我們應該把發生的事全忘了，但願時鳥能原諒我們。」

「這件事一部分是她們的錯！」我說，「如果她們有好好告訴我們實情，這些都不會發生。我不知道她們在搞什麼和平協議……」

「別把錯推到時鳥身上。」布蘭溫說。

「她們把我們當白痴耍，」我說，「你們自己也說了啊！」

「我是不知道你怎麼想，」布蘭溫說，「但看過美國人的生活方式後，我很開心我們有時鳥，我再也不會抱怨她們。所以如果你要抱怨就請便，別把我算進去。」

「我沒有抱怨，我只是說——」

「我們跟她們不是平等的，雅各，你也不是。我的意思是，你在靈魂圖書館做的一切真的很棒，但不代表你出了名，是大家的英雄，人們想要你的簽名，你就跟時鳥一樣重要。」

「我沒那麼說。」

「但你的所作所為卻是如此。所以如果裴利隼女士想對你保密，那她一定有充分的理由。到此為止吧。」

布蘭溫轉身走出門外，留下一室寧靜。

「那你們其他人呢？」我說。

「我們怎樣，**你想說什麼？**」艾瑪酸溜溜地說。

「妳之前說的獨立呢？自己做決定呢？就因為裴女士生氣了，那些話就不算數了嗎？」

「不要故意裝傻，」伊諾說，「我們可能會**開戰**。」

「裴利隼女士有權利對我們生氣。」艾瑪說。

「我承認我們常常被當作小孩看待，」米勒說，「但我們選了個壞時機展現獨立意志。」

「我們又不知道。」我說，「我們犯了一個錯，不代表就應該完全放棄。」

「你錯了。」伊諾說，「在這件事情上，我們必須放棄。我要去睡一會兒，掃煙囪，然後希望一切恢復原樣。」

「多麼英勇的情懷。」我說。

伊諾笑了起來，但我聽得出來我的話傷到他了。他走到我床邊，從口袋拉出一些枯萎的雛菊，扔到我的毯子上。「你也不是英雄，」他說，「你不是亞伯・波曼，永遠都無法成為他，所以你為何不放棄呢。」然後走了出去。

我愣住了，不知道該說什麼好。

「我最好也走了。」米勒含糊地說，「我不想讓院長覺得我們在……」

我不想聽他說完剩下的話。

「什麼？密謀嗎？」

「之類的。」他說。

「其他人呢？他們會來看我嗎？」自從我們出任務回來到現在，我還沒看到霍瑞斯、阿修、奧莉芙或克萊兒，感覺像是很久以前的事了。

「不會吧。」米勒說，「再見，雅各。」

我不喜歡這樣的結果，感覺像被劃清界線，我站在一邊，其他人站在另一邊。米勒走了，他的外套和褲子飄出門外，現在房裡只剩我和艾瑪——她也準備走向門口。

「別走。」我說，突然感到羞愧與絕望。

「我真的得走了，抱歉，雅各。」

「事情不需要就此結束，這只是一次挫敗。」

「拜託別說了。」她的淚水在眼眶裡打轉，此時我才發現自己也一樣。「事情該結束了。」

「我們可以跟H用電話取得聯繫，跟他說發生了什麼事，接下來該——」

「聽我說，雅各，你聽好，」她雙手合十，指尖碰著自己的嘴脣，一副虔誠祈禱的模樣。「你不是亞伯，」她說，「你不是亞伯，如果你執意要變成他，恐怕會沒命的。」她慢慢轉身，門框圈住她的身影，她走了出去。

我躺在床上聽著街上鬧哄哄的聲音，思考、做夢，在拉斐爾進來幫我上奇怪的藥粉時跟他說話。我在焦慮中昏睡，載浮載沉。我的心情在憤怒及後悔之間擺盪。對，我感覺被朋友拋棄了——我還能稱他們為朋友嗎？——但我也有幾分了解他們為什麼不願意站在我這邊，他們為我冒了許多險，幾乎失去一切。我不知道特異王國是否會驅逐人民，但我想我們也差不多落到那個地步了。

我也很氣艾瑪，對她所做的事、說的話，還有掉頭就走；但我也在想，我們的關係走不下去，問題是否在我身上，我是不是逼她面對這麼多年來一直在逃避的感覺？如果我從未去亞伯的地下堡壘，沒有打電話給H，沒有把艾瑪拖下水，我們會不會還在一起？

還有裴利隼女士。或許裴女士太過專制、讓人洩氣，總是一副高人一等的樣子，但她的確有理由對我生氣，我的朋友也是。事情的發展讓人非常難受，不僅因為對時鳥感到失望，也對爸媽感到氣憤。但真正的問題在於我一直試圖掌控這個我一竅不通的世界，特異者的社會非常複雜，有規則、傳統、派系和歷史，就連我朋友，幾乎一生漫長的歲月都在研究，也沒有弄懂。一個新手應該要像太空人準備上太空一樣經過嚴格的訓練和學習，但當裴利隼女士的圈套崩毀後，我別無選擇地投身其中，為了活下去而奮鬥。我奇蹟般地誤打誤撞，加上本身異能和朋友的勇氣，得以存活下來，甚至獲得勝利。

但人不能仰賴運氣，我的錯誤在於認為自己能貿然介入，一切都能迎刃而解。因為賭氣，我自願去蹚這灘渾水，還煽動我的幾個朋友，到頭來，這樣做不僅不聰明，也很不厚道。我還差點死掉。

我準備不夠充分，卻過度自信。我不能怪裴利隼女士，甚至不能對她或我朋友生氣。我越想就越對某個人感到不滿，一個甚至已經不在的人，早已逝去的爺爺。我從小到大，他一直知道我是什麼人，他也知道做為一個特異者，有一天我會面臨什麼狀況，但他完全沒有教導我。

為什麼？就因為我在小學四年級時頂撞他？因為我傷了他的心？我很難想像他會那麼小心眼，或者是像裴利隼女士說的那樣，他只是不想讓我痛苦？他希望我能做為普通人長大？

表面上看起來，這個決定很貼心，如果不去深思的話。因為他**知道**。他住在這裡，在這個複雜、血腥而分裂的美國特異者社會，如果他真的為我著想，就應該知道這麼做反而會讓我身陷危險。就算沒遇到噬魂怪，一些美國特異者幫派最終也會發現我。試想若我透過**那種**方式知道自己是特異者，還成為冷酷公路大盜的戰利品，會有多驚訝。

亞伯沒有給我任何地圖、鑰匙和線索，沒有給我任何提示，教我如何在這個詭異的全新現實中生活。這本是他的責任，他卻沒有做到。

他怎麼能這麼不負責任？

因為他不在乎。

我腦中再度響起令人討厭的聲音。

我不相信他不在乎，一定有其他答案。

然後我想到有一個仍在世的人可能會知道。

「拉斐爾？」

那位接骨師動了一下，他正在窗邊的椅子上打盹，清晨的微光灑在他身上。

「什麼事，波曼先生？」

「我想離開這裡。」

三個小時後，我下了床，可以再次行動。我一隻眼睛下有塊紫色的瘀青，肋骨隱隱作痛，不過拉斐爾依然創造了奇蹟，我現在感覺還不錯。我偷偷摸摸地回到班森的圓形圈套裡，但到處都是人——現在正值早上繁忙的尖峰時間——我還有幾次被攔下來簽名（被認出來仍然讓我感到驚訝，我從小到大幾乎都是無名小卒，每次有人接近我，我的第一個想法都是他們認錯人了）。

我知道我不該離開惡魔之灣，冒著被人目擊並告訴裴利隼女士的風險。但那不是我目前最關心的事。我已設法神不知鬼不覺地走進了前門，穿過大廳，上樓去到圓形圈套的走廊。圓形圈套入口的職員認出了我，我告訴他我要回家，他還向我揮別。我在走廊上奔跑，穿過忙碌的旅客和檢查臺的官員，雪倫的聲音從一扇敞開的門內傳了出來；我拐過轉角，來到我家圈套所在的短走廊，找到寫著僅限裴利隼女士及其孤兒的清潔間，閃了進去。

我走出花房，邁入佛羅里達的午後斜陽和悶熱的天氣中。

我的朋友都在惡魔之灣，爸媽在亞洲旅行。

屋子裡沒人。

我走進去，坐在客廳的沙發上，從口袋掏出手機，還剩下一點電。我撥了H的電話號碼，對方在響第三聲時接起電話：

「洪餐館。」

「H在嗎？」我說。

「稍等。」

我聽到電話那頭傳來碗盤碰撞的聲音，然後H接了電話。

「喂？」他謹慎地說。

「我是雅各。」

「我以為時鳥會把你關起來。」

「沒有，」我說，「但非常生氣，我很確定他們知道我打給你後也不會高興。」

他笑了起來。「是啊。」我知道他也生我的氣，我聽得出來，但他似乎在接起電話前就已經原諒我了。「嘿，我很高興你沒事，你讓我很擔心。」

「是啊，我也擔心我自己。」

「為什麼不聽我的話？現在一切都搞砸了。」

「我知道，對不起，讓我彌補。」

「不用，你做得夠多了。」

「你打給我的時候，我就該取消任務的。」我說，「但——」我猶豫了一下，擔心我說的話會像是在責怪他。「你怎麼不告訴我這是違法的？」

「**違法**？你從哪聽說的？」

「這是幫派的法律，不能把未接觸特異者——」

「每個人都有權自由出入任何地方。」他打岔道，「任何妨礙自由的法律都不需要理會。」

「我同意，但時鳥打算和幫派達成和平協議，而且——」

「你以為我不知道嗎？」他說，有些惱怒。「幫派若想開戰就會開戰，跟你我在做的事無關，不要隨便聽信別人。不管怎樣，現在有比那該死的幫派是否要互鬥更重要的事。」

「真的？什麼事？」

「那女孩。」

「你是說努兒？」

「我當然是說她，別再大聲嚷嚷她的名字。」

「她為什麼這麼重要？」

「我不會在不安全的線路中告訴你，反正你也不需要知道。老實說，我一開始就不應該讓你介入這件事。我沒有做出更好的判斷，也打破了諾言，我真的很火大，因為你差點就沒命了。」

「什麼諾言？對誰的諾言？」

他頓了一會兒，我還以為電話斷線了，但我仍能聽到背景炒菜的聲音。最後他說：「你爺爺。」

他的話讓我想起打電話給H的目的。

「為什麼？」我說，「為什麼他什麼都不跟我說？為什麼他拜託你對我保密？」

「因為他想保護你啊，孩子。」

「但那是不可能的，他這麼做只會讓我不知所措。」

「他一直想跟你坦白，但他死得太早，沒辦法親口告訴你。」

「那他想保護我什麼？」

「我們的工作，他不想你被牽扯進來。」

「那他為什麼要在任務途中寄明信片給我？或繪製地圖給我？或用幫我取的綽號做為他祕密地窖的密碼？」

我聽見H深深吸了一口氣，徐徐吐出。「他留下工具給你以防萬一，就是這樣。好了，我現在要出門了。」

「去幹嘛？」

「執行最後一個任務。」他答道，「然後我就永遠退休。」

「你要去帶她回來，對不對？」

「那不關你的事。」

「等我，我跟你一起去。我想幫忙，拜託。」

「不了，謝謝。就像我說的，你做得夠多了，況且你也不服從命令。」

「我會聽的，我保證。」

「好，那就聽我的話，回去過你的生活，回到時鳥和安全的世界，因為你還沒有準備好接這個工作。或許有天你準備好了，我們會再見面。」

然後他掛上電話。

第十九章

我站在客廳裡，手握著電話，仍聽著電話另一頭的寂靜。我思緒跑得飛快，我得找到H，而且要快，我必須幫他。我的確青澀又毫無經驗，但他老了，疏於鍛鍊。他需要我，即便他不肯承認；但有件事他說對了──我不擅長服從命令。哎，算了，這是我第二次幫助努兒的機會，或許只有一線生機，但此時此刻我會竭盡所能把握機會。

首先，我得找到H，幸好我知道要從哪裡找起：從我第一次拿到他手機號碼的紙火柴上，那是一家位於曼哈頓的中式餐館。這次我打過去，聽見背景清楚傳來餐館的聲響──可能是忙碌的廚房或餐點準備區──而且我很確定某個在那家餐館工作的人接了電話。我認為H就住在餐館後面，或者樓上。餐館的名字和地址都在紙火柴上，所以很容易找，只要我能去紐約。

這次我沒有打包行李或帶任何特別的物品。我換掉穿了好幾天的衣服，上面沾了血，氣味有點難聞，然後從後門跑出去，進入花房。從另一端出來之後，我來到圓形圈套的走廊，很清楚我的目的地。裴利隼女士是藉由圓形圈套上層走廊的一扇門，把我們從紐約帶回來的，我只需要沿著原路返回就行了。用跑的會吸引太多目光，所以我低頭快步行走，希望旅客、交通代理人或櫃檯職員不會注意到我。我一路衝到樓梯間，在沒人攔下我的情況下上了樓，抵達上層走廊，卻迎頭撞上一面黑色的巨牆。

牆說話了，低沉響亮的聲音毫無疑問是雪倫。「波曼！你不是應該在鶴鶉女士新建的獸園幫獰熊刷身體嗎？」

裴利隼女士尚未跟我說我的懲罰，雪倫卻知道了，糗事總是傳得很快。

「你從哪裡聽到的？」我說。

「牆上有耳啊，我的朋友。改天我帶你瞧瞧，它們需要定期打蠟。」

我聳了聳肩，努力把那畫面趕出腦海。「我正要過去。」

「怪了，那圈套在樓下。」他雙手抱胸，俯身看我。「你為這裡帶來了很多麻煩，你知道吧？讓羽毛掉滿地。」

「我和我的朋友並非有意惹誰生氣，真的。」

「我不是說你們做了壞事。」他壓低聲音，「偶爾羽毛也需要掉一掉，你懂吧。」

「嗯哼。」我說，感到煩躁不安。時鳥隨時可能經過看到我。

「不是每個人都喜歡時鳥做事的方式，她們太習慣自己做決定了，從不問別人，不徵求意見。」

「我懂你的意思。」我說。

「是嗎？」

我沒撒謊，只不過不想在這時候談論這件事。

雪倫身體向前傾，在我耳畔低語。他的呼吸冰冷，散發出泥土的氣味。「下週六晚上在舊屠宰場有場會議，我希望你也能參加。」

「什麼會議？」我說。

「就是一些志同道合的人討論一些方案，你能來就太好了。」

我窺看他的兜帽，看見一道白閃閃的牙齒，在黑暗中發光。

「我會去的。」我小聲說，「但別指望我在背後捅時鳥一刀。」

兜帽下的微光擴大成一個微笑。「你現在不正打算這麼做嗎？」

「情況更複雜。」

「我明白。」雪倫站直身體，從我前面讓開。「我會幫你保密的。」

他伸出手來。「你會需要這個。」他給我一張車票，一面印著時間事務部，另一面則寫著任何地點。「美國圈套受到嚴密的監控，那裡的局勢很緊張，我們不能隨便讓人過去。」

我試著從他手中接過車票，但他不肯放手。

「週六。」他說，然後放開手。

現在我一個人行動，移動很方便。我上禮拜總得擔心另外三、四個人的行蹤，如今可以迅速穿過擁擠的走廊，不用頻頻回頭看，讓我鬆了口氣，我輕鬆就能融入人群，將手上的票交給職員。對方是個大塊頭，坐在桌子後方一個小凳子上，他一臉稀奇地看著那張前往任何地點的票。

「你穿著現代的衣服。」他上下打量我。「有去服裝部檢查過時代謬誤了嗎？」

「有。」我說，「他們說我沒問題。」

「他們有給你免支付協議嗎？」

「呃，有。」我說，拍了拍口袋。「我看看放哪裡了……」

我後面排了一堆人，這位職員一次負責五個門，漸漸失去耐性。「去那扇門裡拿一件外套穿，」他說，揮手要我前進。「如果需要，口袋裡有地圖。」

怪奇孤兒院【第二部】1

歲月地圖

我向他道謝，去到那扇門前，上面小小的金色標示牌上寫著**一九三七年二月八日，紐約，布洛克百貨**。

我走進去，從門內側——臨時衣櫃——的掛鉤拿起一件老式的黑色大衣，套在我的衣服外面。接著朝這間毫無特色的小房間後方走去，經過短暫的黑暗及慢慢習慣的速度感後，我聽見門外的聲音變了。出口是一間百貨公司，看起來彷彿最近才倒閉的樣子，地上到處都是空架子和布滿灰塵的裸體模特兒，用報紙封起來的窗口灑進柔和的光線。門口有一個昏昏欲睡的警衛，從他的制服可以看得出來——很像方才那名職員穿的——他是我們的一分子，應該是負責過濾想進入惡魔之灣的人，對於離開的人倒是不會管，所以像我這樣沒攜帶行李的單獨旅行者，只要大方地朝他點個頭就能通過。

我來到大街上，在昏暗的冬日裡，疾步穿越第六大道；穿過洗衣店散到人行道上的滾滾蒸氣、路上的黑色雪堆、一整排穿著破舊大衣的男人，以及一個寫著**吃飯一分錢**的招牌。我把手伸進大衣口袋找到一張簡陋的地圖，上面畫著百貨公司的圈套入口，還有位於前方半哩遠的圈套外圍，穿過去就是現代了。地圖上有一行讀完後燒毀的指示，所以我把地圖扔進一個火桶中，旁邊擠了一圈衣衫襤褸的男人。然後，我稍微熱身一下，狂奔起來。

跑過幾條街後，我感覺四周空氣變得稀薄且振動起來。再往前一小段路，我便穿過圈套外圍，離開一九三七年回到現代。天氣立刻變得溫暖明亮，四周高樓聳立。

我叫了一輛計程車，把紙火柴上的地址告訴司機，十分鐘後，就停在一棟有防火梯的磚砌大樓前。從外表看去，這是一間小型中式餐館——洪餐館。窗邊掛著烤鴨，門口上方則是有流蘇的紅燈籠。我付錢給計程車司機，進到餐館，向一名服務生表示我要找H。他看起來一頭霧水，所以我把紙火柴拿給他看，然後他點點頭，帶我進去。

「在後面，第四棟。」他指著一條巷子，「跟他說週三要收租金。」

巷子裡有一座公共電話——這在現代紐約算是既奇怪又過時的物品，設置在一個裝有折疊門的電話亭裡。電話亭就夾在洪餐館後門和一扇通往舊公寓大樓的門之間，炒菜和碗盤敲擊的聲音從餐館裡傳出來。我推開門，進到一個大廳，一邊牆面上全是郵箱，另外一邊則是兩臺電梯，其中一臺標示**故障**。

哪一樓啊？我按下電梯按鈕，電梯叮的一聲打開門，我便感覺到了——我的腸胃傳來一陣刺麻感。代表此時此刻大樓裡就有一隻噬魂怪，或者頻繁出入而留下了痕跡。那應該就是H的噬魂怪。

我進入電梯，按下頂樓的按鈕。門嘎吱一聲關上，開始上升。

隨著電梯上升，我感覺體內的疼痛指針改變了方向，起初是一百八十度垂直，然後緩緩往下。電梯通過十四樓時，指針幾乎成了九十度，所以我按下十五樓的按鈕。

電梯停下後，門打開了。我立刻注意到兩件事不對勁。

首先是走廊中央有一條血跡。我看到血跡後垂下視線看了看我的腳，發現這條血跡一直延伸到電梯廂後方的角落，還有一灘快要凝結的血窪。

我的心跳猛地加快，有人受傷了，而且很嚴重。

第二件事就是整條長廊有一半沒有光，完全沒有，並非只是光線昏暗，而是放眼望去不見牆壁、地板及天花板，而我體內的指針直直指向那個方向。

這代表努兒就在這裡，而且發生了可怕的事。我晚了一步。

我沿著血跡快速地通過走廊，直到我再也看不見腳下的地板，我才放慢速度，伸出雙手，讓胃部的絞痛帶著我前進。我拐過轉角，被某個放在走廊上的箱子絆了一下。我在黑暗中又走了幾步，指針猛地指向左側一間公寓的門口。

門打開了一條縫，透過門縫我終於看到一絲光線。我把門打開，門板出乎意料地重，彷彿用鋼筋打造的。我跟著光來到一條短廊道，穿過堆滿骯髒鍋盆的狹窄廚房，進入一個房間。這裡髒兮兮的，擺滿了植物盆栽，空氣中瀰漫著濃郁的甜味。

努兒蜷曲在角落的沙發上，她的身體散發出柔和的橘光，毫無動靜。

我跑向她，她的長髮披蓋在臉上，我輕輕地將她翻個身，她身上發出的光讓我瞇起眼睛。我伸出兩指壓在她的頸部，她的皮膚很燙。不一會兒，我找到她的動脈，感覺脈搏有在跳動，我鬆了口氣。

房間另一頭傳來一個詭異高頻的哭喪聲，我轉身去看，H癱在一條古老的波斯地毯上，他的噬魂怪就跨坐在他身上，一根強而有力的舌頭纏著H的腰，另兩條舌頭則拉住他的手腕。那傢伙看起來像是要破開他的頭骨，吃掉他的大腦。

「走開！」我吼道，那哭聲在噬魂怪對我嘶吼時停止了。

我這才發現牠沒有要殺他，牠的朋友就要死了，牠是在為他哭泣。

我用噬魂怪語說了些話，驅離那隻生物，牠再度對我嘶聲反抗，不情願地把舌頭從H的手腕鬆開，一下便閃進廚房。

我蹲在老人身旁，鮮血浸溼了他的襯衫、褲子和身下的地毯。

「H，我是雅各．波曼，你聽得見嗎？」

他驀地清醒，目光注視著我。

「該死，孩子。」他緊皺眉頭，「你真的一點也不服從命令。」

「你得要去醫院。」

我把手臂放到他身體下方，他痛得發出呻吟，廚房傳來噬魂怪的低吼。

「算了，我已經流太多血了。」

「你可以的，只要我們——」

他掙開我的手臂。「不！」他強勁的聲音和手臂嚇了我一跳，但他又倒了回去。「別讓我叫何瑞修來，這整個社區都是李奧的人，我一出去，就會被打成蜂窩。」

努兒在角落發出呻吟，我轉頭看見她在沙發上翻身，雙眼仍緊閉。

「她沒事。」H說，「她被下了催眠粉，但她會醒來的。」

他痛得縮起身子，眼神有些呆滯。

「水。」

我起身衝向廚房，但還走不到三步，噬魂怪的舌頭就穿過我身旁，捲起一個晃動的水杯。我扶H坐起來，噬魂怪則把水杯抵在他脣間，我對牠古怪的溫柔感到驚訝。

H喝完水後，噬魂怪的舌頭把杯子拿開，放到茶几的杯墊上。

「你把牠訓練得很好。」我說。

「也該如此。」H說，「我們在一起四十年了，就像老夫老妻。」他低頭看看自己。

「天啊，我就像一塊瑞士起司。」說完，對著空氣咳出血沫。

噬魂怪發出呻吟，不安地蹲坐著。牠從廚房爬出來，蹲在附近，黑色的眼窩滲出油膩膩的淚水，滾落臉頰，流到牠圍在脖子上沾有汗漬的手帕。

我看向H，突然鼻頭一酸。我心想，**又再次發生**，我的胸口一陣酸楚，**我又要失去一個人了**。

我吞回心中的酸楚，設法開口：「發生了什麼事？」

「本來應該是小菜一碟。」他聲音嘶啞地說，「簡單地把人帶出來。如果不是何瑞修帶著我們闖出來，我們現在都會淪為李奧的囚犯。」他嘆氣道，「我還是老啦。」

「為什麼不讓我幫你？」

「我不想讓你冒險受傷。」他說，視線越過我看向天花板，似乎在想著什麼。「你是亞伯的寶貝孫子，蘆葦叢裡的摩西。」

「什麼意思？」我說。

他轉動頭看向努兒。「現在你可以幫普拉蒂許小姐了。我就快死了，所以也沒有其他人了。」

「我要怎麼做？我們要去哪裡？」

「先離開紐約。」

「我們可以去惡魔之彎。」

「不行，時鳥會把她還給李奧，她們不知道她有多重要。」他越說越小聲，變得含糊不清。「她也是。」

「她為什麼重要？」

「你知道嗎，在她今天中了催眠粉之前，她救了我大概三次。本來該是我救她的。」H

虛弱地笑了笑，「可惜她操縱光的能力不能阻擋子彈。」

他的意識漸漸模糊，眼睛閉了起來。

我摸著他的臉頰，感受他粗糙的鬍鬚，強迫他看向我。「H，她為什麼重要？」

「我向你爺爺發過誓，不會把你牽扯進來。」

「我早就牽扯進來了。」

他難過地點點頭。「我想也是。」他顫巍巍地吸了口氣。「她是預言要來的七個人之一。」

這件事完全超出我以為他會給我的解釋。

「七個人之一？七個什麼？」

「祕傳說，這七個人會成為特異王國的救星。」

「那是什麼？某種預言嗎？」

「很久以前的文獻。她的出生標示著一個新時代、一個非常危險的時代來臨。」他痛苦地皺起臉，閉上眼睛。「所以那些人才要追捕她。」

「就是開直升機和黑色 SUV 的那群人。」

「對。」他說。

「他們是其中一個幫派？」

「不，更糟糕，他們來自普通人一個十分古老的祕密組織，想要顛覆，還有——」他皺起眉頭，透過齒縫喘氣。「控制我們。」他呼吸漸趨困難，邊說邊喘著粗氣。「沒時間上歷史課了，帶那個女孩去找V，她是我們之中剩下的、最後的獵人。」

「V。」我說，腦袋一片混亂。「亞伯的任務日誌裡有出現，他親自訓練的徒弟。」

「對，她住在大風中，不想讓人找到她，所以小心一點。何瑞修，保險櫃裡的地圖……」

噬魂怪咕嚕一聲，隨即伏在牆上，把一幅畫放到一旁，露出後方的小保險櫃。在牠轉開保險櫃的數字盤時，我凝視著H的臉色，感覺他身體慢慢癱軟。

我握住他的手。「H，有件事我要知道。」他快撐不下去了，一想到知道爺爺祕密的人就要死了，我與爺爺最好、最後的一個連結就要斷了，讓我內心震撼不已，忍不住將我自聽到後就一直試圖掩埋的疑問說出口。「為什麼有人說我爺爺是殺人兇手？」

H再次猛地看向我。「誰跟你說的？」

我傾身靠向他，他在發抖。我快速告訴他李奧對亞伯的瘋狂指控——擄走他的教女，還殺了人，而且是個**孩子**。

我以為H會說，**那是偽人偽裝的**。或者他會簡單表示，**他騙你**。但他沒有。

他說：「你知道了啊。」

我的視線模糊了半晌，懷疑就像病毒一樣開始蔓延。「什麼意思？你在**說什麼**啊？」

我抓住H的肩膀，搖晃他的身體。噬魂怪發出尖叫，一根舌頭竄過來纏住我的腰，把我拉開。我被甩到房間另一頭，在地板滑行撞上桌腳。

我的內心湧出一股深深的恐懼，那就是李奧的指控是確實存在的。這就是爺爺的祕密：他並非想保護我、讓我留在正常世界、不受噬魂怪，亦或是開黑色SUV的神祕敵對組織襲擊。他是想讓我遠離**他自己**。

我從地上站起來，噬魂怪對我發出嘶吼，俯趴在H上方，擋住我的視線。我用噬魂怪語命令牠讓開，但牠拚命抵抗，或許H和噬魂怪都在抵抗我。

我跑向噬魂怪，大吼：*走、走開，放開他*。牠照做了，從H身上跳開，攀到天花板上，舌頭緊緊纏著燈具。我的目光瞬間瞄到了某個奇怪的細節：天花板上掛著一個樹狀的空氣清新劑。當然是為了消除臭味，因為這裡住了一隻噬魂怪。

我跪在H旁邊。「對不起。」這次我沒有碰他，「拜託告訴我他做了什麼。」

「他們騙了我們，七次，他們騙了我們。」

「誰？什麼？」

「組織。」

我沒有注意聽，我只想知道一件事。「**我爺爺殺了那些孩子嗎？**」

「沒、沒有。」

「他綁架他們？」

「沒有。」他的表情滿是痛苦——似乎還有悔恨。「我們以為——」他喘了口氣，「是在救他們。」

我整個人往後跌坐在腳跟上，突然感到一陣暈眩。**他不是殺人犯，他不是壞人**。我不曾意識到這件事、這個想法對我造成多大的壓力。

「我們做了很多好事。」他說，「也犯了一些錯誤，但亞伯的信念始終是正確的，**而且他非常、非常愛你**。」他的聲音變得虛弱。

我一下溼了眼眶。

「對不起。」

「不，不要道歉。」他用僅剩的力量，碰了碰我的手臂。「棒子現在傳給你了，我只覺得抱歉沒有很多人能幫你。」

「謝謝你。」我說，「我會努力讓你和爺爺引以為傲。」

「我知道你會的。」他微微一笑，「時候到了。」他抬眼看向天花板。「何瑞修，下來。」

噬魂怪仍在我的控制中。

「讓牠下來。」H說，「很久以前我就跟這可憐的傢伙有過約定，在我死前必須完成。讓牠過來。」

我起身退後幾步，收回控制，噬魂怪從天花板上下來。

「來這裡，何瑞修，我快死了，過來。」

噬魂怪爬向H，老人試著將身體轉離我的視線。

「不要看，我不希望你最後看見我這個樣子。」

牠爬到H身上，跨坐在他胸口。當我意識到接下來會發生什麼事時，我試著命令那隻噬魂怪離開——我對牠大吼——但H阻擋了我的控制。

我聽見H對那生物輕聲說：

「你一直很乖，何瑞修，記得我教你的，來吧。」

噬魂怪發出咕噥的聲音，渾身顫抖。

「沒關係，」H溫柔地說，摸著噬魂怪爪子般的手。「我沒事的。」

事情發生的瞬間我撇開視線，但我一輩子忘不了那個聲音。當我移回目光時，H的眼球不見了。兩個眼窩看起來就像成熟的李子被咬掉一樣，噬魂怪正在咀嚼著，肩膀顫抖不已，發出介於痛苦和狂喜的聲音，一分鐘之後牠站起來慢慢轉過身，彷彿覺得很羞愧。

「我原諒你，」H說，「我原諒你，哥們。」

他似乎不是在對噬魂怪說話，而是對著一團空氣，一個亡靈。

然後他就死了。

我和噬魂怪站在H屍體的兩側瞪著對方，我試圖控制牠。

坐下。

我本來以為牠主人死了應該會變得容易控制才對，但我的命令並未生效。

我試了第二次、第三次，還是沒有結果。我想或許得在牠決定奪取我和努兒的眼球前殺掉牠。

那隻噬魂怪一直張著嘴，露出牠的三根舌頭，發出嚇人的聲音——高頻率的尖叫，我還以為窗戶會被震碎。我抓起一旁桌上的黃銅紙鎮，以防要大戰一場。

但噬魂怪沒有襲擊我，牠踉蹌地往後退了幾步，背撞上牆後停了下來。而我體內無論何時都指向噬魂怪的悶痛減輕，與此同時，那個生物的舌頭開始萎縮，三根舌頭變得乾癟捲曲，呈現致命的褐色，而後掉了下來，猶如花朵一般枯萎。

噬魂怪低垂著頭緊貼牆面，胸膛上下起伏，彷彿剛跑完馬拉松。而後牠跌到地上，身體劇烈地抽搐起來。

我慢慢穿過房間，小心地接近牠，保持安全距離以防這是陷阱；然後，就像開始一樣突然，牠停止抽搐，我體內的痛楚也隨之消失。

噬魂怪動了起來，轉過頭看我，牠的眼睛不再是黑色、流著淚的窟窿，而是灰色，接著越來越亮，逐漸變成無瞳孔的眼白。

那個生物正轉變成別種狀態——牠正要變成偽人。我看了整整一分鐘，覺得噁心想吐，卻移不開視線，隨時準備如果有必要，就用黃銅紙鎮打牠的頭。

牠的身體開始蠕動，似乎並非有意識的行為，就好像身體器官在胸腔內變形。原本噬魂怪潮溼瑣碎的呼吸漸趨平穩，變得規律。這就好像目睹生物誕生。

他坐起身來，看著我。

我後退一步，突然想到一件事。這隻生物多年來一直陪伴著H，應該看見也聽到很多事，現在搖身一變成為人。要是他能夠記得，會記得那些事呢？偽人能保留多少過去身為噬魂怪的記憶？這些記憶多快會消失呢？

「說點什麼。」我命令他，「說話。」

他只是盯著我，甚至沒有發出咕噥聲。或許偽人的誕生就像牲畜一樣，可以站，甚至能跑，但無法說話，什麼也不知道。

他伸出手臂，扶著牆慢慢站起來。他拖著腳走到一張茶几邊，扯下上面的桌布。有一瞬間我以為他打算把桌布綁在腰間，彷彿突然意識到自己沒穿衣服，感到羞恥；但他卻蹣跚地走向H，跪下來，把布蓋到他臉上。

這表示他的確記得H曾經是他的主人。

「你能說話嗎？」我說，「我想聽你的聲音。」

他轉頭看我，面無表情，雙腳輕微搖晃。他張開嘴，發出一個聲音。

「呃啊啊啊啊。」

一個呻吟，不是字句，但總比沒有好。

「好，」我說，「你叫什麼名字？」

他頭左右搖擺，正在努力構思詞語，但似乎有一團濃霧籠罩著他的大腦。

他再次張口，吸了一口氣。

然後一聲尖叫打破了沉默，我轉頭看見努兒驚恐地坐起身，她的眼睛從偽人移到我身上，再看向躺在桌布下的H。

「沒事！」我喊道，「一切都沒事！」

但我緊張的語氣和她眼前的一切，都跟我說的話相互矛盾。此時噬魂怪正在蛻變，所以任何人都能看見。她突然醒來，目睹駭人的場景，她體內因為熟睡而隨著脈搏輕輕顫動的光芒，猛地發射出來，彷彿一顆璀璨的星星自她喉嚨升起。我朝她靠近，反覆告訴她沒有危險，但她搖著頭，似乎說不出話來；她看起來很害怕，並非因為我、偽人或地上的屍體，而是她體內的東西，她不知道該如何停下來。她是個全新的特異者，還無法完全控制自己的能力。

我猛地趴到地上，雙手抱頭，透過指縫看見努兒緊緊抓著沙發，把臉轉向另一邊。光從她的鼻子和嘴巴爆發出來，就像噴嚏一樣，一個圓錐形的噴射氣流劃破空氣衝向廚房，四周的牆壁、地板，甚至整間公寓都震動起來；一股熱浪向我襲來，纏住我頸背的汗毛；磁磚大片大片地破裂，碗盤碎裂，金屬變形的聲音傳來。突如其來的爆炸產生刺眼的亮光讓我閉上眼睛。

等光線暗淡之後，我抬起頭，房裡出現了新的光源，不是努兒發出來的柔和橘光，而是日光從敞開的窗戶灑了進來。廚房冒著陣陣白煙，轉換到一半的噬魂怪已不見蹤影。爆炸的後座力使努兒飛離沙發，摔到地上，我聽見她呻吟一聲。

「努兒？」我慢慢坐起身來。「妳受傷了嗎？」

「我頭痛死了。」我聽見她說，然後她的臉從沙發後方出現。「除此之外……」她低頭看了下自己。「完好無缺。」她說話時有煙從嘴裡冒出來。「你呢？」

「我沒事。」我說，「不知道妳記不記得我——」

「雅各。」她待在沙發後方，看著我。「你在這裡幹嘛？」

我稍微坐直身體。「我是來幫妳的。」

「那似乎不會有什麼好下場。」她看著H，瑟縮了下身體。「對誰來說都一樣。」她把臉靠在沙發上。「我一直告訴自己這不是真的。」她臉埋在坐墊裡說，「但我似乎沒辦法從噩夢中醒來。」說完，抬起頭看向我。「該死，你還在。」

「妳不是在做夢。」我說，「幾個月前我也經歷同樣的事，我完全了解妳的感受。」

「我覺得你不懂。」她說，「你就直接告訴我到底發生什麼事。」

「那可能要說好幾個小時，但簡單來說就是有壞人要抓妳，我是其中一個好人，我們得盡快把妳帶離紐約。」

「你根本不認識我，為什麼要幫我？」

「有點難解釋，這有點像家族事業。」我看向躺在我身後的H。「我也許下了承諾。」

「你說話一定要這麼難懂嗎？」

「妳很快就會懂的。」我站起來走向她，「妳能走嗎？」

她抓住沙發扶手，撐起身體，試著走幾步。

「看樣子可以。」她說

「可以跑嗎？」我問。

她腳步搖晃了下，然後重重地坐回沙發上。「力氣還沒恢復。」她說，「我們要逃到哪裡去？」

「去找一個叫V的人。她以前跟H和我爺爺一起工作，我只知道這些。」

她笑了起來，搖搖頭。「真是瘋了。」

「一直如此，妳會習慣的。」

身後傳來一個聲響，我們轉頭看見一個白色隆起的背部，那生物先前是噬魂怪，尚未完全進化成偽人。他就像滴水嘴獸一般蹲在窗口，兩手抓著窗框，身體對著街道，彷彿打算跳下去。

努兒縮到椅墊裡。

「他叫何瑞修。」我說，「之前妳看不到他，但他一直跟在那老人身邊。」

「E——」半蛻變的噬魂怪發出聲音，回頭看向我們，似乎試圖開口說話。「ㄌ……

六。」

「六！你是要說六嗎？」我興奮地往前一步。牠發出警告的聲音，準備放手。

我愣住了，隨即舉起雙手。「不要走！」

他看起來既新生又古老，而且非常、非常疲憊，他再次開口。

「D——」半蛻變的噬魂怪說。

努兒在沙發坐直身體。「D是指什麼？」

「ㄨ……五。」

「五。」我說。

我興奮地看向努兒。「他在跟我們說話！」

「聽起來很像是網格座標。」努兒說，「E－六、D－五，就像地圖一樣。」

就像歲月地圖。

「暴風雨中。」半蛻變的噬魂怪以高亢的聲音顫抖地說，「暴風雨……的中心。」

他會說話！

「什麼？」我說，「什麼在暴風雨的中心？」

「你要找的人。」

他抬起抓著窗框的一隻手指向牆面；那面內嵌保險櫃的牆。此時櫃門整個大開。

我起身跑過去。努兒製造出的爆炸風把門吹開了，地板上到處都是紙，還有塞滿鈔票的錢夾、一張照片、一本書和一張破舊的地圖。我彎腰撿起照片，那是一張小鎮的黑白照片。天空暗沉，遠方一個龍捲風彷彿黑色漏斗向下延伸。

暴風雨的中心，在大風中。

我拿高照片。「我們是要去找V嗎？」

我回過頭，窗口卻空蕩蕩的，剛才半蛻變的噬魂怪蹲踞的地方，只剩下窗簾被風吹得鼓起。

我轉向努兒。「發生什麼事了？」

她站在距離窗戶一半的位置，目瞪口呆。「他就……放手了。」

下方的街道傳來尖叫聲，努兒跑過去看。

「不行！」我嘶聲說，「他們會看到妳。」

她太晚收腳，只得在窗邊蹲下。「我想他們看到我了。」

「沒關係，我們會找到出路的。」

我把地圖、紙鈔和照片收起來，再去努兒旁邊。我們兩人都蹲著，膝蓋碰在一起，微風輕拂過髮絲。

「準備好了嗎？」我說。

「沒有。」但她看起來不害怕，挑釁地對上我的目光。

「妳相信我嗎？」

「當然不信。」

我笑了起來。「來日方長。」

我朝她伸出手。

她握了上來。

高寶書版集團
gobooks.com.tw

MS 033
怪奇孤兒院【第二部】1：歲月地圖
A MAP OF DAYS

作　　者　蘭森・瑞格斯（Ransom Riggs）
譯　　者　陳思華
特約編輯　余純菁
助理編輯　陳柔含
封面設計　林政嘉
內頁排版　賴姵均
企　　劃　何嘉雯

發 行 人　朱凱蕾
出　　版　英屬維京群島商高寶國際有限公司台灣分公司
　　　　　Global Group Holdings, Ltd.
地　　址　台北市內湖區洲子街88號3樓
網　　址　gobooks.com.tw
電　　話　(02) 27992788
電　　郵　readers@gobooks.com.tw（讀者服務部）
　　　　　pr@gobooks.com.tw（公關諮詢部）
傳　　真　出版部　(02) 27990909　行銷部 (02) 27993088
郵政劃撥　19394552
戶　　名　英屬維京群島商高寶國際有限公司台灣分公司
發　　行　希代多媒體書版股份有限公司/Printed in Taiwan
初版日期　2020年06月

國家圖書館出版品預行編目(CIP)資料

怪奇孤兒院【第二部】1：歲月地圖／蘭森・瑞格斯（Ransom Riggs）著, 陳思華譯. -- 初版. -- 臺北市：高寶國際出版：希代多媒體發行, 2020.06
面；　公分. -- (Myst ; MS 033)

ISBN 978-986-361-847-8(平裝)

857.7　　109005627